Für meine Freundin Anita

Anmerkung der Autorin

Dieser Roman basiert auf geschichtlichen Begebenheiten. Während die geschichtlichen Ereignisse der Wahrheit entsprechen habe ich mir die künstlerische Freiheit genommen den Personen der Handlung nach meinem Empfinden ein eigenes Leben zu geben.

skh

1. Kapitel

Dresden, im Haus der Czartoryskis, 22. Dezember 1800.

„Warum war ich nur ein solcher Narr und habe dich mitgenommen.“, sagte Peter während unserer Flucht aus St. Petersburg immer wieder. „Ich hätte nicht nachgeben dürfen!“

Schweig endlich! hätte ich am liebsten gerufen. Aber natürlich wagte ich es nicht. Mein Mann ist dreiundvierzig, ich bin siebzehn - vor einem Jahr haben wir geheiratet, und Fürst Bagration erwartet von mir denselben Gehorsam wie von seinen Soldaten. Es war Mitternacht, als er in mein Zimmer gestürzt kam und mich weckte. „Katharina, ich muss Russland sofort verlassen!“ Ich setzte mich schlaftrunken auf. Ich bemühte mich, meine Freude zu verbergen. Ich zündete die Kerze auf meinem Nachttisch an. Ich bin kurzsichtig, und erst als mein Mann einige Schritte näherkam, sah ich, dass er nicht seine Generalsuniform trug. Er war wie ein Bauer in eine dunkle Hose und ein dunkles Hemd gekleidet, und seine Haare waren kurz geschnitten. Ich erkannte ihn kaum wieder. Er sah aus wie ein verängstigter, alter Mann.

„Ist etwas geschehen?“ fragte ich mehr aus Neugier als aus echter Sorge. Peters Angelegenheiten berührten mich im allgemeinen nicht.

„Der Zar hat mich zum Tode verurteilt.“

„Onkel Paul?“ Ich begann allmählich zu begreifen, dass diese Angelegenheit mich sehr wohl berührte. „Was ist geschehen?“

„Paul verbündete sich mit Napoleon gegen England. Die russische Armee ist damit nicht einverstanden. Es wurde ein Komplott geschmiedet, auch ich bin darin verwickelt, und nun hat der Zar davon erfahren. Ich muss so schnell wie möglich fort von hier.“

„Vielleicht könnte ich Onkel Paul um Gnade für dich bitten,“ stammelte ich. „Schließlich hat er mich mit dir verheiratet.“

„Du redest wie ein Kind“, fuhr mich Peter an. „Ist dir denn nicht klar, dass der Zar verrückt ist? Jeder Mensch in Russland weiß das. Einem Irren kann man nichts ausreden.“ Peters Stimme wurde zu einem drohenden Flüstern. „Aber lang wird er uns nicht mehr tyrannisieren! Sobald erst Alexander rechtmäßiger Zar ist, komme ich zurück. Ich muss mich jetzt beeilen. Schlaf weiter, Katharina.“

Ich sprang aus dem Bett. „Peter! Du musst mich mitnehmen!“

„Mach dich nicht lächerlich." Er sah mich mit kalten Augen an. „Kein Mensch wird dir nahe treten, dazu bist du viel zu unwichtig."

„Wenn du entkommst, wird Onkel Paul mich statt dir hinrichten lassen!" Ich sah den gedrungenen, buckligen Leib des Zaren vor mir, sein pockennarbiges Gesicht, seine kleinen, boshaften Augen.

„Er wird überhaupt nicht an dich denken." Peter drehte sich um und wollte gehen.

„O doch! Onkel Paul hasst mich. Er hat mich immer schon gehasst. Er hat es mir nie verziehen, dass seine Mutter mich so liebte."

„Die große Katharina ist schließlich seit vier Jahren tot", entgegnete Peter - als ob ich das auch nur einen Augenblick lang hätte vergessen können.

„Paul aber hat Grand-mère nicht vergessen, da kannst du sicher sein." Ich weinte. „Erinnerst du dich denn nicht, was er getan hat, als er zu ihrem Nachfolger gekrönt wurde? Er wird mich hinrichten lassen als Rache dafür, dass sie ihn in der Thronfolge übergehen wollte. Um sie zu bestrafen, wird er mich töten. Jetzt hat er einen guten Vorwand!"

„Alexander wird dich beschützen."

„Alexej denkt nur an seine neue Freundin. Für ihn gibt es im Augenblick nur Maria Naryschkin, sonst nichts." Ich warf mich auf den Boden und umschlang Peters Beine. „Ich flehe dich an, nimm mich mit!"

„Du bist ja wahnsinnig", sagte Peter und versuchte, sich aus meinem Griff zu befreien. „Nimm dich zusammen und halte mich nicht länger auf. Ich bin in Lebensgefahr."

Ich ließ seine Beine nicht los. „Ich will nicht sterben", flüsterte ich und zitterte in meinem dünnen Nachthemd. „Ich erwarte ein Kind."

„Ein Kind?" Schnell half er mir auf. „Warum sagst du mir das jetzt erst?"

„Ich war nicht ganz sicher", murmelte ich und schlug die Augen nieder, um meinen hasserfüllten Blick zu verbergen. „Der Name Bagration darf nicht aussterben", hatte er nach der Hochzeit zu mir gesagt, als wir im Schlafzimmer des Petersburger Hauses seiner Mutter allein waren. Seine erste Frau war einen Monat zuvor an ihrer achten Totgeburt gestorben. Er hatte sich rasch ausgezogen und nackt auf seinem Feldbett ausgestreckt. „Beeil dich", hatte er ungeduldig gesagt, als ich langsam die Knöpfe meines Brautkleides öffnete. „Meine Soldaten warten auf mich."

„Wann soll es kommen?" fragte er jetzt erwartungsvoll.

„In sechs oder sieben Monaten", flüsterte ich. „Genau weiß ich es nicht."

„Wie kann man nur so nachlässig sein", brauste er auf. „Du weißt doch, dass es für mich nichts Wichtigeres gibt. Du musst einen Arzt aufsuchen, du musst dich pflegen. Schließlich ist es mein Sohn, den du trägst."

„Wenn du mich hier lässt", sagte ich beschwörend, „wirst du bald weder eine Frau noch einen Sohn haben. Onkel Paul wird mich hinrichten lassen, wenn er erfährt, dass ich mit dem Kind eines Hochverräters schwanger bin."

Zum erstenmal wirkte Peters strenges Gesicht mit den hohen Backenknochen unsicher. „Es ist eine lange Reise. Und du kannst keine Zofen mitnehmen."

„Nicht einmal Anuschka?"

„Deine alte Kinderfrau? Ausgeschlossen!"

Ich zögerte. „Nun gut", sagte ich dann. „Ich sage ihr, dass sie schnell meine Sachen einpacken soll."

Ein eisiger Wind zerrte an meinen Kleidern, als wir ins Freie traten. In der Dunkelheit wartete ein einfacher Schlitten mit vier Pferden. „Schnell!" drängte Peter. „Beeil dich!"

Einer der beiden Kutscher hob mich in den Schlitten. Anuschka legte mir eine heiße Wärmeflasche unter die Füße, dann umarmte sie mich zum letzten Mal, und dicke Tränen rollten über ihr runzliges Gesicht. „Schnell", rief Peter. „Schnell!" Die Türe wurde zugeschlagen, wir fuhren los.

Die Ebene vor den Toren St. Petersburgs war von einer hohen Schneeschicht bedeckt. Die Nacht war klar, und Peter schob den Vorhang zurück, um im Licht des Vollmondes die Landkarte auf seinen Knien zu studieren. Er sprach kein Wort. Sein Gesicht unter der hohen Pelzmütze war angespannt.

Ich hatte keine Angst mehr. Die schnellen Pferde brachten mich vor Onkel Paul und seinen dunklen Absichten in Sicherheit. Nur vor meinem Mann fürchtete ich mich noch. Warum nur hatte alles so kommen müssen? Warum war Grand-mère so früh gestorben?

Sie hätte mich nie gezwungen, einen Mann zu heiraten, der mein Vater hätte sein können! Diese und ähnliche Gedanken zogen durch meinen Kopf, während der Schlitten durch die kalte Nacht fuhr. Erst später fand ich den Mut, Peter zu fragen: „Wohin fahren wir eigentlich?"

Er gab mir keine Antwort, sondern starrte weiter stumm auf die Landkarte.

Mein Kopf begann mich zu schmerzen. Ich habe lange und schwere rote Haare, und wenn ich sie zu straff aufstecke, bekomme ich oft Kopfschmerzen. Ich band die Haube auf, zog die langen Nadeln aus dem Haar und ließ es lose über den Rücken fallen.

Peter klopfte mit dem Finger auf die Landkarte. „Wir fahren nach Sachsen", sagte er entschieden. „Viele Russen sind dort im Exil. In Dresden habe ich Freunde, die können sich bis zur Geburt des Kindes um dich kümmern."

Ich schauderte. Die Kälte drang langsam durch den Zobelmantel, den Alexej mir zur Hochzeit geschenkt hatte.

„Ist dir kalt?" fragte Peter und fügte vorwurfsvoll hinzu: „Es war Irrsinn, dir nachzugeben. Du wirst dir eine Lungenentzündung holen! Wenn du das Kind verlierst . . ."

„Wäre ich zu Hause geblieben, hätte ich das Kind auf alle Fälle verloren", wandte ich ein.

Darauf antwortete er nichts. Er widmete sich wieder der Landkarte und gab nur von Zeit zu Zeit den Kutschern Anweisungen. Später murmelte er: „Sobald ich dich in Dresden untergebracht habe, fahre ich nach England und schließe mich Lord Nelson an. Napoleon muss besiegt werden!"

Napoleon - seit vier Jahren sprach man in Russland von nichts anderem. Welch ein Ungeheuer musste dieser Mensch sein! Ganz Europa versetzte er in Angst und Schrecken, und erst vor kurzem hatte er die Österreicher vernichtend geschlagen. Das Leben in Paris allerdings schien sehr verlockend. Man trug kostbare Gewänder und tanzte. Plötzlich war meine düstere Stimmung verflogen. Ich werde die Welt kennenlernen, dachte ich. Am Ende dieser Reise würde Peter mich verlassen, und ich würde allein in einer westlichen Stadt leben. Herrlich! Vielleicht war Dresden ein wenig wie Paris! Ich schob den Vorhang auf meiner Seite zurück und blickte nach draußen. Die Schneedecke glänzte rosig in der aufgehenden Sonne.

Ich war plötzlich schrecklich hungrig. „Wann bleiben wir stehen, um zu frühstücken?“ fragte ich meinen Mann.

„Erst, wenn wir die Pferde wechseln“, entgegnete er schroff und blickte nicht von der Landkarte auf. „Wir dürfen keine Minute vergeuden.“ Dann aber besann er sich. „Das Kind!“ rief er. „Das hätte ich beinahe vergessen. Natürlich musst du etwas essen.“ Er griff in einen Korb und reichte mir Brot und kaltes Fleisch.

Wir fuhren und fuhren, und bald begann mein Rücken zu schmerzen. Peter legte mir ein Kissen unter den Kopf und befahl mir zu schlafen. „Wenn dem Kind etwas zustößt. . .“, murmelte er immer wieder; wahrscheinlich wäre er dann fähig, auch mich umzubringen.

Unsere Reise nahm kein Ende. Die beiden Kutscher, die wir von zu Hause mitgenommen hatten, übernahmen abwechselnd die Zügel, und wir machten nur einmal bei einem geheimnisvollen Freund meines Mannes Station, der uns mit frischen Pferden versorgte. Meist fuhren wir auch die Nacht über weiter. Das machte mir jedoch nichts aus - es war mir sogar lieber. Der kalte Schlitten war immer noch besser als die armseligen Gasthöfe, wo das Wasser im Krug fror und die harten Betten von Ungeziefer bevölkert waren - ganz abgesehen davon, dass ich sie mit meinem Gatten teilen musste.

Nach zehn Tagen zog ich mir eine Erkältung zu. Peters Züge wurden immer grimmiger, je mehr ich nieste und hustete. „Niemals hätte ich auf dich hören dürfen“, rief er immer wieder, bis ich am liebsten laut geschrieen hätte. „Du hättest unbedingt in Sankt Petersburg bleiben müssen - dort hätte das Kind die richtige Pflege gehabt. Meine Mutter hätte schon dafür gesorgt, dass du alles richtig machst und vorsichtig bist.“

Bei seinen letzten Worten vergaß ich einen Augenblick lang meine Halsschmerzen. Mochte die Reise noch so qualvoll sein - sie war himmlisch im Vergleich zu dem düsteren Haus in St. Petersburg, wo meine alte Schwiegermutter mit Argusaugen jede meiner Bewegungen überwacht hätte.

Wir kamen nach Warschau und stiegen vom Schlitten in einen Wagen um. In Polen war es etwas wärmer, aber ich fühlte mich so elend, dass ich es kaum bemerkte. Mein Hals brannte wie Feuer, mein Körper war völlig zerschlagen, mein Gesicht kam mir mager und abgehärmt vor. Drei Wochen lang hatte ich mir die Haare nicht waschen können, und meine Augen brannten vor Müdigkeit und Schlaf. „Wie fühlst du dich?“ fragte Peter alle fünf Minuten. Und sooft wir stehen blieben, musste ich abscheuliche Medikamente schlucken.

„Wenn alles gut geht“, sagte er eines Tages, nachdem er wiederum die Karte studiert hatte, „überqueren wir morgen die Oder. Bist du sicher, dass mit dem Kind alles in Ordnung ist?“

Ich nickte und schloss die Augen. Ich verspürte einen seltsamen, ziehenden Schmerz im Magen.

Am nächsten Tag auf dem Schiff fühlte ich mich wieder besser. Ein schöner, silberglänzender Fluss - und drüben lag Sachsen. Beim Anblick der malerischen Dörfer musste ich an Grand-mère denken, die mir oft von den schlanken Kirchtürmen und Giebelhäusern ihrer Heimat Anhalt-Zerbst erzählt hatte.

Wir legten an. „Wir sind gerettet!“ rief Peter und sprang an Land. „Komm, Katharina“, sagte er. „Jetzt ist alles gut! Mein Sohn, der künftige Fürst Bagration, wird in einem freien Land zur Welt kommen!“

Ein Wagen wartete bereits auf uns, und am nächsten Abend fuhren wir über das Kopfsteinpflaster Dresdens. Mitten im Winter war die Luft hier lau und mild.

Peter war der schlechten Unterkünfte nun auch schon überdrüssig und meinte: „Am besten steigen wir gar nicht erst in einem Gasthof ab, sondern fahren gleich zu Graf Czartoryski. Er weiß sicher einen Arzt, der dich sofort untersuchen kann.“

„Graf Czartoryski?“ sagte ich heiser. Ich war entsetzt darüber, dass ich mich in diesem ungepflegten, elenden Zustand unter Menschen begeben sollte.

Peter erklärte kurz, dass Graf Adam ein alter Freund sei und dass ihn sein Volk beinahe zum König von Polen gemacht hätte. Er sei in eine Verschwörung gegen den russischen Zaren verwickelt gewesen. Er hatte vor Pauls Rache fliehen müssen. „Die Familie soll hier ein großes Haus bewohnen“, erzählte Peter. „Sicher werden sie uns aufnehmen.“

Der ziehende Schmerz im Magen wurde plötzlich so heftig, dass ich einen Augenblick lang keinen Atem bekam. „Sind wir bald da?“ keuchte ich und umklammerte den Haltegriff im Wagen. Es war mir nun gleichgültig, wie ich aussah.

Es dämmerte bereits, als unsere Kutsche auf einem großen Platz vor einem Palais anhielt. In der Mitte des Platzes sprühte ein Medusenhaupt aus seinen steinernen Schlangen Wasser in einen Brunnen. Einer der Kutscher hob mich aus dem Wagen - ich konnte mich kaum aufrecht halten. Ein Lakai öffnete auf Peters ungeduldiges Klopfen das Tor. Er warf einen verächtlichen Blick auf das armselige Bauerngewand meines Mannes und hätte ihm die Türe vor der Nase zugeworfen, wäre Peter nicht mit dem Fuß dazwischengetreten.

„Ich bin Fürst Bagration“, fuhr er den Bedienten an. „Sag den Grafen, ich muss ihn sofort sprechen.“ Der Bediente verneigte sich tief und öffnete die Türe.

Wir betraten eine geräumige marmorne Vorhalle, die von vielen Kerzen hell erleuchtet war. An den Haken der Garderobe hingen Degen, Militärmäntel und Damenpelze. Einzelne Takte einer fröhlichen Mazurka drangen durch die hohen weiß-goldenen Türen. Plötzlich eilte ein hünenhafter, kräftiger Mann auf uns zu. Er hatte wirre, weiße Haare und einen weißen Bart und trug eine silbergraue Uniform. Er umschlang Peter mit seinen mächtigen Armen und küsste ihn auf beide Wangen.

„Mein lieber Peter Bagration“, rief er mit dröhnender Stimme. „Mein lieber, lieber Peter! Ich kann dir gar nicht sagen, wie glücklich ich bin, dich zu sehen. Wir haben hier in Dresden gehört, was geschehen ist, und haben uns größte Sorgen um dich gemacht. Ich freue mich ja so, dass du da bist!“ Er klopfte Peter kräftig auf die Schulter.

Aus Angst, nicht länger aufrecht stehen zu können, muss ich wohl leise geseufzt haben. Das erinnerte die beiden Herren an meine Gegenwart.

„Meine Frau bestand darauf, mich zu begleiten“, erklärte Peter verlegen. „Katharina, das ist mein lieber alter Freund, Graf Adam Czartoryski.“

Der Riese sah mich erstaunt an. Seine Augen waren feurig-schwarz. Es gelang ihm erstaunlich gut, das Erschrecken zu verbergen, das ihn bei meinem desolaten Anblick befallen musste. „Die kleine Fürstin Bagration“, sagte er gerührt und nahm meine Finger zwischen seine großen Hände.

„Wie zart sie ist!" Verwundert betrachtete er mein Handgelenk. „So zierlich - wie ein kleiner Vogel."

„Katharina erwartet ein Kind", verkündete Peter. „Hoffentlich ist ihr Becken nicht zu eng", fügte er dann finster hinzu.

„Das ist aber eine gute Nachricht!" rief Graf Adam. „Ich muss Sie sofort mit meiner Frau bekannt machen, Fürstin. Isabella wird sich freuen."

Bevor ich protestieren konnte, nahm er mir den Mantel ab und warf ihn einem Lakaien zu. Dann zog er mich in den Ballsaal.

Kristalluster tauchten den Raum in strahlendes Licht, und der Kerzenschein spiegelte sich im blanken Parkett. Die Luft war schwer vom Duft der Blumen und Parfüms. Eine Militärkapelle spielte eben einen Walzer. Alles drehte sich vor meinen Augen, und wie durch einen Nebelschleier sah ich Damen in wunderschönen Abendkleidern und Herren, die Perücken trugen. Graf Adam hielt mich noch immer an der Hand und führte mich zwischen den tanzenden Paaren hindurch.

„Isabella!" Seine Stimme übertönte die Musik, als er die Hand auf die nackte Schulter einer Frau legte, die mit geschlossenen Augen getanzt hatte.

Ihr Partner ließ sie sofort los. Sie schien erst verlegen, als sie die Stimme ihres Mannes hörte, dann aber sah sie Peter und mich staunend an. Ihr Haar war glatt und schwarz, das Gesicht hochmütig: schräggestellte, schwarze Augen und ein breiter, scharlachroter Mund.

„Isabella, wir haben Besuch", rief Graf Adam, der offensichtlich nicht bemerkte, wie ungelegen wir kamen. „Du erinnerst dich doch an unseren lieben Fürsten Bagration." Er legte Peter den Arm um die Schulter. „Er ist in Sicherheit! Und nicht nur das - er konnte seine Frau auf die Flucht mitnehmen."

Ich schloss einen Augenblick lang die Augen. Dass ich die anderen nicht sehen konnte, verschaffte mir die Illusion, dass auch sie weder mich noch mein ungepflegtes Äußeres sehen konnten.

„Ich freue mich sehr, Sie in Sachsen begrüßen zu können", hörte ich die Gräfin mit gezwungener Freundlichkeit sagen und musste die Augen wieder öffnen. Da erst sah ich den Mann, der neben ihr stand. Nie zuvor hatte ich einen Mann wie ihn gesehen. Die Männer in Russland sind groß und schwerfällig, mit breiten Schultern, schweren Gliedmaßen und unbewegten Gesichtern. Auch dieser Mann war hochgewachsen, aber er war feingliedrig und schlank. Er mochte etwa fünfundzwanzig Jahre alt sein. Sein Samtrock war blau, genauso blau wie seine auffallend großen Augen.

„Dies hier ist unser neuer Freund." Undeutlich vernahm ich Graf Adams Stimme. „Isabella gibt diesen Empfang ihm zu Ehren. Fürstin Bagration, gestatten Sie, dass ich Ihnen den neuen österreichischen Gesandten in Dresden vorstelle: Seine Exzellenz, Graf Klemens von Metternich."

Der Kopf mit den hellen Locken beugte sich über meine schmutzige Hand. „Enchantè, Madame." Sein Französisch klang melodisch. Auf seltsame Weise gab dieser Mann mir das Gefühl, die einzige Frau im ganzen Saal zu sein. Der Duft seiner Pomade stieg mir in die Nase, ich fühlte den leisen Druck seiner Lippen auf meiner Haut.

Ich wollte mich verneigen, doch da überfiel mich wieder der ziehende Magenschmerz. Mir wurde schwindlig, und ich verneigte mich weitaus tiefer, als sich eine junge Dame zu verneigen hat, wenn ihr ein Herr vorgestellt wird. Ich sank tiefer und immer tiefer, die Lichter zuckten, es wurde schwarz vor meinen Augen, und ich stieß mit dem Kopf gegen etwas Hartes.

Ich weiß nicht, wie viel Zeit vergangen war, bis ich spürte, dass mir jemand ein kaltes, nasses Tuch gegen die Schläfen drückte. Die Musik hatte ihr Spiel unterbrochen, ich öffnete mühsam die Augen. Verschwommen sah ich einen Kreis von Menschen um mich herumstehen. Peter wird wütend sein, dachte ich und versuchte den Kopf zu heben. Eine sanfte, aber energische Hand hielt mich zurück.

„Bleiben Sie ganz ruhig liegen", flüsterte eine weibliche Stimme. Dunkle Augen blickten zu mir herunter. Das war nicht die schöne Gräfin Isabella, sondern eine Frau mit strähnigen, braunen Haaren, hageren Gesichtszügen und gelblichen, vorstehenden Zähnen.

„Ich bin Eleonore Metternich", sagte sie leise. „Meine Freunde nennen mich Lorel."

„Ich schäme mich sehr", flüsterte ich ihr zu. „Wie konnte ich - einfach ohnmächtig werden."

Sie drückte mir das feuchte Tuch wieder gegen die Stirn. „Es war unverzeihlich von Graf Adam, Sie in den Ballsaal zu schleppen, erschöpft wie Sie waren. Natürlich wurden Sie da ohnmächtig. Jeder andere Mensch wäre auch ohnmächtig geworden, nur vermutlich schon früher."

Obwohl ich auf dem Parkettboden lag, hatte ich das seltsame Gefühl, immer tiefer zu sinken. Unbestimmt fühlte ich wieder den Schmerz im Magen. Der Raum begann sich zu drehen. Ich hörte mich noch lachen, dann wurde alles um mich wieder schwarz.

Nur dunkel kann ich mich daran erinnern, dass man mich aufhob und auf ein Bett legte. Ich wurde ausgezogen, ich verspürte einen brennenden Schmerz, ich schrie. Dann schlief ich ein, wachte kurz auf, drehte mich auf den Bauch und schlief weiter.

Heute morgen schien mir die Sonne auf die Nase. Ich erwachte mit einem wohligen Gefühl der Erleichterung. Ich genoss die weichen Laken auf der Haut, die Wärme der Daunendecken. Mein Gesicht schien sauber, die Haare frisch gebürstet. Ich nieste und setzte mich auf. Der fremde Raum glänzte in der Morgensonne. Holzscheite knisterten in einem marmornen Kamin. Ich lag in einem großen Himmelbett.

Die Tür öffnete sich, und Peter trat ein.

„Bist du endlich aufgewacht?" Seine Stimme war kalt, und er schien in Eile. Er trug wieder seine Generalsuniform mit den vielen Orden. Ich warf einen Blick auf sein steinernes Gesicht und erinnerte mich meines schändlichen Benehmens.

„Es tut mir leid, dass ich dir gestern Unannehmlichkeiten bereitet habe", murmelte ich und verspürte den Wunsch, mich unter der Daunendecke zu verstecken.

„Gestern?" rief Peter verächtlich. „Du hast eine ganze Woche geschlafen!"

„Eine ganze Woche?" Ich rieb mir die Augen. „Aber das ist doch nicht möglich! Ich kann mich an fast nichts erinnern."

Peters Augen wurden schmal, sein Mund hart. „Du weißt aber, was geschehen ist, oder?"

„Geschehen?" Ich schüttelte den Kopf. „Alles ist verschwommen. Ich war so müde dort im Ballsaal, ich fühlte mich ganz schwindlig und hatte Magenschmerzen..." Ich verstummte. Plötzlich wusste ich, warum ich mich beim Erwachen so wohlig matt und erleichtert gefühlt hatte. „Ich habe das Kind verloren?"

Er nickte und sagte eisig: „Ich hätte dir nie erlauben dürfen, in deinem Zustand Russland zu verlassen."

Ich starrte ihn an. „Es wäre dir lieber gewesen, der Zar hätte mich getötet?"

Ohne darauf zu antworten, zog er seinen pelzverbrämten Mantel an.

„Graf Czartoryski bestand darauf, unsere Abreise nach England deinetwegen aufzuschieben. Gestern erklärte sein Arzt dich für gesund. Jetzt können wir uns endlich auf den Weg zu Lord Nelson machen."

„Du verlässt Dresden?" fragte ich ungläubig. „Und was wird aus mir?"

Er zuckte mit den Achseln. „Du kannst bei Gräfin Isabella bleiben, bis du eine andere Unterkunft gefunden hast. Ich lasse dir Geld da - damit wirst du einige Wochen auskommen." Er deutete auf die Handtasche auf dem Toilettentisch. „Außerdem habe ich an Alexander geschrieben und ihn gebeten, dir regelmäßig die Einkünfte aus deinen Gütern zu überweisen. Meine hat Paul ja konfisziert." Er wandte sich zum Gehen.

Plötzlich fürchtete ich mich nicht mehr vor ihm. „Ich bin froh, dass ich dein Kind nicht zur Welt bringen muss!" schrie ich. „Hörst du? Ich bin froh darüber!"

Die Tür fiel krachend ins Schloss.

Jetzt hat sich mein Zorn gelegt, aber ich bin immer noch froh und erleichtert, dass ich Peters Kind nicht zur Welt bringen muss. Meine Kinderfrau Anuschka und die anderen Dienstboten daheim haben sich immer Schauermärchen über die schrecklichen Qualen und die Gefahren des Kindbetts erzählt. Meine eigene Mutter starb, als ich fünf Jahre alt war. Ich besitze eine kleine Miniatur von ihr, ein Medaillon, das ich immer an meinem Hals trage. Ich nehme es nie ab, nicht einmal nachts. Die Farben sind schon verblasst, aber man erkennt noch die roten Haare, die dunkelgrünen Augen und die feine, ein wenig aufgebogene Nase. Anuschka versicherte mir oft, ich sei das Abbild meiner Mutter. Ich erinnere mich noch gut, wie ich sie nach ihrem Tod unter dem Bett und im Schrank gesucht hatte und nirgends finden konnte. Ihr Bruder, mein Onkel Grigorij Potemkin, teilte mir damals mit, dass meine Eltern tödlich verunglückt waren. Er brachte mich zur Zarin Katharina. Ich durfte sie

Grand-mère nennen - genau wie Alexej, ihr Enkel, der bei ihr aufwuchs und den sie zu ihrem Nachfolger bestimmt hatte.

Sobald Peter draußen war, stieg ich aus dem Bett und griff nach meiner Handtasche. Sie war vollgestopft mit Rubeln, die mich jedoch wenig interessierten. Manche Leute tragen immer ein Gebetbuch mit sich, ich dagegen trenne mich nie von dem Tagebuch, das mir Grand-mère zu meinem dreizehnten Geburtstag, wenige Stunden vor ihrem Tod, geschenkt hatte. Bis heute morgen waren die Seiten leer. In Russland hatte ich nie gewagt, etwas einzutragen. Zuerst fürchtete ich, Alexejs böser Bruder Konstantin könnte das Buch finden und es Onkel Paul zeigen. Später wollte ich nicht, dass es meinem Mann in die Hände fiel.

In goldenen Lettern steht auf dem roten Ledereinband mein Name: Katharina Skawronski.

2. Kapitel

Dresden, 22. Dezember 1800,12 Uhr mittags.

Soeben klopfte es, eine Zofe mit flachsblonden Zöpfen, die sie über den Ohren zu Schnecken gerollt hatte, trat ein und knickste.

„Guten Morgen“, sagte ich auf russisch und lächelte.

Sie sah mich mit großen, verständnislosen Augen an. Ihr Gesicht war rund, die Wangen rot wie Äpfel. Nun erst fiel mir ein, dass ich mich ja in Sachsen befand. „Wie heißt du?“ fragte ich sie in Deutsch. Grand-mère, die in Preußen aufgewachsen war, hatte mich in dieser Sprache unterwiesen.

„Lisbeth.“ Das Mädchen knickste wiederum und lächelte nun auch. „Wünschen Durchlaucht das Frühstück?“

„Ja, bitte!“ Ich war plötzlich sehr hungrig.

Sie ging hinaus und kam nach wenigen Minuten mit einem Tablett zurück. Ich trank gierig die heiße Schokolade und verschlang das knusprige, goldgelbe Gebäck.

Lisbeth verschränkte ihre Arme und sah mir zu.

„Kein Wunder, dass Durchlaucht hungrig sind. Durchlaucht haben ja in der letzten Woche nur einige Löffel Suppe zu sich genommen.“

„Nicht einmal daran kann ich mich erinnern.“

Sie drehte sich um und legte frisches Holz auf das Feuer.

Nachdem ich gegessen hatte, legte ich zufrieden den Kopf auf das Kissen zurück und bemerkte zum erstenmal die kostbaren Vorhänge, die Perserteppiche, die zierlichen Möbel in Weiß und Gold. Welch ein Kontrast zu Russland! Selbst Grand-mères Palast war sparsam eingerichtet gewesen, und man hatte die Betten je nach Bedarf von einem Zimmer ins andere getragen.

Ich fühlte auf seltsame Weise etwas Aufregendes, Schönes auf mich zukommen - ich konnte mir meine Stimmung nicht recht erklären. Wieso konnte ich mich, allein in dieser fremden Stadt, so erwartungsvoll und glücklich fühlen? Mein Mann hatte mich soeben verlassen, ich hatte mein Kind verloren, ich war ein Flüchtling. Und dennoch...

„Ich möchte aufstehen.“

„Ich habe schon alles ausgepackt, Durchlaucht." Die Zofe half mir in meine Pantoffeln und in den weißen Morgenrock.

„Ich würde gerne ein Bad nehmen."

„Ein Bad? Aber das . . ." Sie schien entsetzt.

„Oh!" Ich hatte meinen Zustand vergessen. „Bring mir trotzdem heißes Wasser. Ich möchte meine Haare waschen."

Während ich vor dem Feuer saß und meine Haare trocknete, riss Gräfin Isabella die Tür auf und trat ein. War das die Frau, die ich am Abend unserer Ankunft so schön gefunden hatte?

Das Sonnenlicht, das durch die Fenster drang, enthüllte ihr schlaffes Kinn und das Netz feiner Fältchen um ihre dunklen Augen. Der Mund war schlaff, und die gefärbten Haare hingen strähnig und glanzlos auf die Schultern. Sie trug einen grünen Morgenrock mit Schleppe. „Ich freue mich, dass es Ihnen besser geht, Fürstin."

Etwas in ihrer Stimme verriet mir, dass sie mich nicht leiden konnte. „Wie betrüblich, dass Sie Ihr Kind verloren haben. Ihr Mann weinte, als der Arzt es ihm sagte." Sie setzte sich. „Wie lang Ihre Haare sind! Muss das mühsam sein, sie zu pflegen!" Sie deutete der Zofe, das Zimmer zu verlassen.

„Es tut mir sehr leid, dass ich Ihnen so viele Unannehmlichkeiten bereitet habe, Gräfin", murmelte ich und setzte mich wieder vor den Kamin. „Es gibt wirklich keine Entschuldigung für mein Betragen."

„Daran war nur mein ungeschickter Mann schuld", sagte die Gräfin. „Adam hat leider keine Ahnung, wie man mit Frauen umgeht." Sie nahm einen Handspiegel vom Tisch und betrachtete ihr Gesicht. „Ich sehe immer entsetzlich aus, wenn man mich früh weckt. Wenn Adam auf Reisen geht, macht er mehr Lärm als eine ganze Kompanie."

„Mein Mann erzählte mir, dass der Graf seine Abreise meinetwegen verschoben hat", sagte ich. „Das war sehr rücksichtsvoll von ihm."

„Mir gegenüber war es gar nicht rücksichtsvoll", entgegnete die Gräfin und betrachtete weiter ihr Gesicht. „Ich musste alle meine persönlichen Pläne umstoßen. Adam duldet nämlich nicht, dass ich allein ausgehe, wenn er in Dresden ist. Dabei hat er ohnehin nur die Politik im Kopf."

„Auch Peter interessiert sich nur für seine Armee“, sagte ich und kämmte mein Haar. „Wahrscheinlich muss man sich eben damit abfinden, dass alle Männer in ihrem Beruf aufgehen.“

„Nicht alle“, widersprach die Gräfin und schien plötzlich aufzuwachen. „Der neue österreichische Gesandte etwa, den Sie bei Ihrer Ankunft kennenlernten, hat so viel Charme, so viel Lebensstil!“

Das seltsam erregende Glücksgefühl von vorhin kehrte wieder. „Ja, ich erinnere mich an ihn.“ Ich fühlte, wie meine Wangen sich röteten. „Graf Metternich, nicht wahr?“

Sie nickte und schien um zwanzig Jahre jünger. „Ein bezaubernder Mann.“

„Die Dame, die mich so gütig umsorgte“, sagte ich beiläufig, „die mir die kalten Kompressen auflegte - ich würde mich gerne bei ihr bedanken. Erinnern Sie sich, wer sie war?“

„Sie meinen Eleonore Metternich“, sagte die Gräfin herablassend. „Jeder weiß, dass sie sich gern herrenloser Hunde und Katzen annimmt.“

„Ist sie die Schwester des Gesandten?“ fragte ich und dachte an die glanzlosen Haare, die vorstehenden Zähne. „Nein, sie ist seine Frau.“ Die Gräfin legte den Spiegel in ihren Schoß.

„Seine Frau!“ rief ich aus. „Aber er ist so attraktiv und sie...“

„Sie ist eine geborene Kaunitz.“ Die Gräfin hob den Spiegel wieder hoch und massierte mit den Fingerspitzen die welke Haut unter ihren Augen. „Ihr Großvater war Staatskanzler unter Maria Theresia. Die Familie hat immer noch viel Einfluss bei Hof. Außerdem ist sie enorm reich.

Die Metternichs waren verarmt, als Klemens Eleonore vor sechs Jahren heiratete. Sie verloren alles, als die Franzosen das Rheinland besetzten.“ Isabella stand auf. „Meine Coiffeuse erwartet mich.“

Auch ich erhob mich. „Ich werde mich natürlich bemühen, so bald wie möglich ein eigenes Heim hier in Dresden zu finden“, sagte ich der Höflichkeit halber. Ich wartete auf ihren Protest.

Erst nach einigen Minuten gab mir die Gräfin eine Antwort. Ihre Augen glitten prüfend über meine nunmehr trockenen Haare, mein Gesicht, meine Figur. „Wie alt sind Sie, meine Liebe?“

„Siebzehn.“ Ich zog den Morgenrock enger. „Ach! Sie sehen älter aus. Reifer.“

Ihre Worte machten mich verlegen, ich musste an meine etwas üppigen Brüste denken. Aber zumindest, ging es mir beim Anblick der Gräfin durch den Kopf, sind sie nicht schlaff.

„Leider“, hörte ich sie sagen, „sind wir an Platz hier ziemlich beengt. Wir sind diese armseligen deutschen Häuser ja nicht gewohnt. Sicher finden Sie bald ein geeignetes Quartier. Ich muss mich jetzt beeilen, ich erwarte Gäste zum Tee. Zu schade, dass Sie sich noch nicht wohl genug fühlen, um auch zu kommen.“

„Aber ich fühle mich wunderbar! Ich würde sehr gerne kommen!“

„Das ist völlig ausgeschlossen.“ Sie hob warnend die Hand. „Das würde ich Ihnen nie zumuten, mein Kind.“ Bevor ich noch protestieren konnte, war sie schon gegangen.

1.30 Uhr nachmittags.

Ich habe versucht zu schlafen, aber es wollte mir nicht gelingen. Als die Zofe eintrat, saß ich am Schreibtisch. „Darf ich Durchlaucht das Mittagessen bringen?“

„Ich bin nicht hungrig“, sagte ich. Die heiße Schokolade und die Brötchen drückten mich. „Ich glaube, ich gehe wieder zu Bett und versuche zu schlafen.“

Sie schüttelte die Kissen auf, knickste und ging.

Traurig und enttäuscht zog ich mir die Daunendecke bis zum Hals. Die glückliche Erwartung war vergangen. Ich kam mir vor wie eine Gefangene. Ungeduldig setzte ich mich wieder an den Schreibtisch.

Sollte ich wirklich allein in Dresden bleiben? Oder sollte ich Alexej schreiben, dass ich nach Russland zurückkehren wollte?

Alexej - ich werde nie den Tag vergessen, an dem ich ihn zum erstenmal sah.

Als Grigorij Potemkin mit mir in den kaiserlichen Palast kam, war die Zarin gerade beim Levée. Ihre Dienerinnen umgaben sie geschäftig, bürsteten ihre Haare, puderten ihre Schultern und banden ihre Schuhe zu. Onkel Grigorij beugte sich zu ihr nieder und küsste sie leicht auf den Nacken. „Ich habe dir die Kleine mitgebracht“, sagte er.

Grand-mère war eine stattliche Frau, ihre Augen blickten klar, prüfend. „Gut, dass sie noch zu jung ist, um das Unglück zu erfassen, das sie betroffen hat", sagte sie. Daran erinnere ich mich noch gut.

Die schweren Vorhänge vor der Tür teilten sich, und ein Knabe betrat das Zimmer. Obwohl erst elf Jahre alt, war er groß und stark wie ein Mann. Alles an ihm war goldfarben, die Haare, die Haut, die Stickerei auf seinem weißen Rock. Er verbeugte sich vor Grand-mère und küsste ihr die Hand.

„Alexej, mein Liebling", sagte sie und strich ihm über die Haare, „hoffentlich hast du gut geschlafen." Sie deutete auf mich. „Dieses kleine Mädchen bleibt bei uns. Es ist eine Waise."

Das fremde, unheimliche Wort machte mir Angst, ich begann zu weinen. Alexej stand auf. „Komm mit, kleine Schwester", sagte er. „Ich schenke dir ein Kätzchen, das nicht größer ist als meine Hand."

Meine Tränen versiegten, er breitete die Arme aus, und ich lief zu ihm.

Seit damals verließ ich ihn nur, wenn es unbedingt sein musste. Meine Zimmer lagen neben den seinen, und meist saß ich sogar in einer Ecke und hörte zu, wenn seine Lehrer bei ihm waren: ein Schweizer, ein Franzose, zwei Russen und der Geistliche. Grand-mère beschäftigte sich mit uns, so oft sie nur konnte; sie nahm uns in Papier- und Glasfabriken mit, und wir durften den Armen und Kranken Körbe mit Essen bringen.

Nach einigen Jahren fand Grand-mère, dass es für Alexej nun an der Zeit wäre, zu heiraten. Sie ließ die älteste Tochter des Kronprinzen von Baden kommen, und im Palast wurden Zimmer für Alexej und seine Braut eingerichtet. Ich erzählte der Köchin in der Palastküche, dass ich in meinem Zimmer Mäuse gesehen hätte, und bat sie um Gift. Das versteckte ich in meinem Schrank und beschloss, das Mädchen zu töten, bevor Alexej es heiraten konnte.

Elisabeth hatte dünne, blonde Haare, ein freundliches Gesicht und ängstliche Augen. Sie war vierzehn und hatte noch nie einen Kuss bekommen. Ich selbst war etwa zwölf gewesen, als Iwan, ein Page, mich im düsteren Korridor des Palastes aufhielt. Ich wehrte mich nicht, als er mich küsste. Als er mir in den Ausschnitt griff, versuchte ich zuerst, seine Hand wegzuschieben. „Hier steht ein Engel mit einem Schwert Wache", murmelte er. „Wir müssen ihn fortschicken."

Als seine Hand meine bloße Brust berührte, verspürte ich ein so wonniges Gefühl, dass ich mich nicht länger wehrte, sondern die Augen schloss.

Plötzlich ließ er mich los, und als ich aufblickte, stand Grand-mère vor uns. Sie schien mehr amüsiert als böse. „Wir werden langsam erwachsen, ma petite, wie?“ Ihre Augen maßen den jungen Mann. „Nicht schlecht.“

Iwan zitterte vor Angst. Grand-mère schlug ihn leicht vorne auf die Hose, die sich seltsam wölbte, und sagte: „Fort mit dir, Junge.“ Obwohl sie lächelte, war ihre Stimme streng.

Er floh.

„Du solltest dich ein bisschen in acht nehmen“, sagte sie nicht unfreundlich. „Ein Mädchen kann schwanger oder geschlechtskrank werden. Es ist viel vernünftiger, sich erst einen Liebhaber zuzulegen, wenn man verheiratet ist.“ Mit dem Finger hob sie mein Kinn in die Höhe. „Merk dir das, meine Kleine.“ Ihre seidenen Röcke rauschten, und sie ging.

Iwan wurde anscheinend entlassen. Ich sah ihn nie wieder.

Später erzählte ich Elisabeth diese Geschichte, und sie klärte mich auf, so gut sie konnte. „Bevor ich meine Heimat verließ“, flüsterte sie, „sagte mir meine Mutter, dass die Männer wilde Bestien sind. Aber ich kann nicht glauben, dass Alexej eine solche Bestie ist.“ Ihr blasses Gesicht wurde rosig.

Es war herrlich für mich, im Palast eine Freundin zu haben, die nur zwei Jahre älter war als ich. Wir steckten die meiste Zeit zusammen und ritten oft gemeinsam in den Wald. Manchmal begleitete uns Alexej, und dann strahlte Elisabeth.

Ein Jahr später starb Grand-mère völlig unerwartet an einem Schlaganfall. Ich sehe sie noch vor mir in ihrem Marmorsarkophag - sie trug ein silbernes Kleid mit Spitzenärmeln und auf dem Kopf eine goldene Krone. Das also war der Tod. Ein dreizehnjähriges Mädchen konnte seine Endgültigkeit nicht erfassen.

In der allgemeinen Verwirrung war Grand-mères Testament, in dem sie Alexej zu ihrem Nachfolger bestimmt hatte, gestohlen und vernichtet worden. Sein Vater Paul wurde zum Zaren ausgerufen. Er erklärte, dass er nicht der Nachfolger seiner Mutter, jener bösen Frau, sein wollte. Er ließ seinen Vater exhumieren, und während der Krönung saß das Skelett Peters II. auf Grand-mères Thron.

Onkel Paul übersiedelte mit seiner Frau und seinen fünf Kindern in den Palast. Wachen wurden an alle Türen gestellt. Jeder Brief, der Russland verließ, wurde zensuriert. Ausländische Bücher wurden ebenso wie die französische Mode verboten. Die Druckereien mussten schließen. Man wagte nur mehr zu flüstern, und alle zitterten vor Pauls Wutanfällen. Er schlug dann oft mit der Faust zu, manchmal auch mit der Peitsche. Seine Frau saß den ganzen Tag über in einer Ecke und beugte sich über ihren Stickrahmen.

Ich musste meine Zimmer der neunjährigen Pawlowna abtreten. Sie besaß Alexejs goldbraune Haare und seine ebenmäßigen Züge, nicht aber sein gutes, freundliches Naturell. Genau wie ihr Vater drohte sie den Bedienten mit der Peitsche, wenn sie ihre Befehle nicht rasch genug ausführten. Mir wies man eine kleine Dachkammer zu. Solange ich Anuschka und meine Katze behalten konnte, war mir das jedoch gleichgültig. Das Kätzchen, das Alexej mir vor acht Jahren geschenkt hatte, war silbergrau und hatte einen weißen Schnurrbart.

Eines Abends borgte sich Konstantin - siebzehn, klein und pockennarbig wie sein Vater - die Katze aus. Angeblich sollte sie ihm eine Ratte fangen. Am nächsten Morgen fand ich ihren abgeschnittenen Kopf vor meiner Tür.

Konstantin war es auch, der mir erzählte, dass meine Eltern gar nicht bei einem Unfall ums Leben gekommen waren. Er zeigte mir zwei Hunde, die sich paarten, und behauptete, so hätte es meine Mutter mit einem Liebhaber getrieben. Mein Vater sei von einer Bärenjagd verfrüht heimgekehrt, hätte sie überrascht und sie, den Liebhaber und sich selbst erschossen.

Alexej war damals zumeist niedergeschlagen und still, Elisabeth und ich bekamen ihn nur selten zu Gesicht. Eines Abends bat mich Elisabeth - sehr spät - zu sich in ihr Zimmer. Sie war in Tränen aufgelöst.

„Alexej hat eine Geliebte!“

Ich nahm ein Taschentuch und trocknete ihre nassen Wangen. „Sei nicht so unglücklich, Elisabeth“, murmelte ich zärtlich. „Das geht vorbei. Es ist noch jedes Mal vorbeigegangen.“

„Jedes Mal?“ Ihre Augen wurden groß.

„Hast du das denn nicht gewusst?“ fragte ich sie erstaunt. „Alexej schläft mit vielen Frauen. Die Bedienten reden immer wieder davon.“

„Entsetzlich", flüsterte Elisabeth und bedeckte ihr Gesicht mit den Händen. „Er darf mich nie mehr berühren." „Aber alle verheirateten Männer und Frauen hier im Palast haben ihre Liebesaffären", tröstete ich sie. „Auch Grand-mère hatte viele Liebhaber."

„Schrecklich, schrecklich", stöhnte Elisabeth immer wieder. „Meine Mutter hatte doch recht. Die Männer sind Bestien."

Ich half ihr beim Entkleiden und brachte sie zu Bett. „Wer ist denn seine neue Geliebte?" fragte ich dann. Nun, da ich in der Dachkammer wohnte, dauerte es etwas länger, bis die Gerüchte zu mir drangen.

„Maria Naryschkin." Elisabeth begann wieder zu weinen. „Eine polnische Hure. Und sie erzählt allen, dass mein Mann sie liebt."

Ich zog mein Kleid aus und schlüpfte zu ihr unter die Decke. „Du bist so lieb", sagte sie und umarmte mich. Sie zog mir das Hemd herunter und legte ihre Hand auf meine Brüste. „Du bist zu beneiden", sagte sie. Sie war flach wie ein Knabe.

In diesem Augenblick ging die Tür auf, und Alexej kam herein. Er trat ans Bett und sah uns. „Was macht ihr da!" schrie er, packte mich bei den Haaren und zog mich hoch. Dann schlug er Elisabeth ins Gesicht.

„Alexej", schluchzte ich. „Warum bist du so böse? Was haben wir denn getan?"

„Hinaus!" schrie er. Weinend lief ich davon. Einige Tage später teilte mir die Zarin mit, dass Onkel Paul mich mit Fürst Bagration verheiraten würde. Peter kam zum Abendessen. Ich sah nur seine grauen Haare und war entsetzt. Flehend schaute ich Alexej an, aber der wandte sich ab. Elisabeth hatte die Augen niedergeschlagen.

Peter betrachtete mich prüfend. „Sie sieht nicht sehr kräftig aus", meinte er dann.

„Katharina ist jung und gesund", wandte die Zarin schüchtern ein.

Pawlowna, die nun dreizehn war, trat an den General heran. Sie berührte seine Orden und fragte, was jeder einzelne bedeute. Peter Bagrations starres Gesicht wurde etwas milder, und sogar Onkel Paul verzog sein Gesicht zu einer Grimasse - die ein Lächeln sein sollte.

Eine Schar von Näherinnen machte sich daran, meine Ausstattung fertigzustellen.

„Fürst Bagration ist der bedeutendste General der russischen Armee“, meinte die Zarin. „Wir können dich nicht wie eine Bettlerin zu ihm gehen lassen.“ Und sie beugte sich wieder über ihren Stickrahmen.

Während Alexander mir als Hochzeitsgeschenk einen Zobelmantel überreichte, küsste er mich auf beide Wangen. „Ich wünsche dir viel Glück, kleine Schwester“, sagte er zärtlich. Ich war sehr froh - er hatte mir anscheinend vergeben.

Ohne Bedauern verließ ich Onkel Pauls Palast und folgte meinem Gatten in sein Heim. Ich dachte, dass nun auch für mich das fröhliche Leben beginnen würde, das alle verheirateten Damen bei uns führten. Aber ich hatte mich getäuscht; Peter hielt nicht viel von den Annehmlichkeiten des Lebens. Sein Haus war spartanisch eingerichtet, und seine achtzigjährige Mutter führte ein strenges Regiment.

Peter kehrte zu seinen Soldaten zurück, bevor unsere Hochzeitsnacht noch vorüber war. Ich wurde nie mehr in den Palast des Zaren eingeladen und sah Elisabeth niemals wieder.

3 Uhr nachmittags.

Ich habe mich entschlossen, doch keinen Kurier zu Alexej zu schicken. Ich gehe nicht zurück nach Russland. Und ich lasse mich in diesem Zimmer nicht einsperren wie eine Gefangene! Ich gehe hinunter zum Tee!

3. Kapitel

Dresden, 22. Dezember 1800, Mitternacht.

Ich kann nicht einschlafen. Immer noch höre ich seine Stimme, sehe ich sein Gesicht.

Die Gäste der Gräfin waren noch nicht eingetroffen, als ich zehn Minuten vor vier Uhr ihren Salon betrat. Zwei Holzfeuer brannten hinter Bronzegittern, Bärenfelle bedeckten den glänzenden Parkettboden. Auf einer Anrichte stand ein reich ziselierter, silberner Samowar. Ich blieb stehen. Am anderen Ende des Zimmers, in einem Alkoven, sah ich schattenhaft zwei Gestalten, die sich umschlungen hielten. Geräuschlos ging ich zurück zur Tür. Dann räusperte ich mich diskret und trat wieder ein. Die beiden Schatten lösten sich schuldbewusst voneinander, und Gräfin Isabella kam mir mit ausgebreiteten Armen entgegen.

Wiederum konnte ich kaum glauben, dass dies dieselbe Frau war, die vor wenigen Stunden in meinem Zimmer gewesen war. Ein weißes Samtkleid schmiegte sich eng an jede Rundung ihres Körpers. Ihre schwarzen Haare glänzten; der feste Knoten in ihrem Nacken wurde von einem glitzernden Diamantreifen zusammengehalten. Die strenge Frisur spannte ihr schlaffes Gesicht und verengte ihre Augen zu schmalen Schlitzen.

„Da ist ja unser kleiner Flüchtling!" Sie drehte sich nach dem Mann um, der ihr folgte. „Sieht Fürstin Bagration nicht bezaubernd aus?"

Ich kam mir in meinem grünen Spitzenkleid wie ein Provinzgänschen vor.

„Sehr." Wenn Graf Metternich lächelt, zeigt sich ein Grübchen in der einen Wange.

Auch die Gräfin lächelte, aber sie entblößte lediglich die Zähne. „Sie sind ein schlimmes Kind", sagte sie, und ihre Stimme klang süß. „Ich sollte wirklich böse auf Sie sein. Hat man Ihnen nicht verordnet, auf dem Zimmer zu bleiben und sich zu schonen?" Gäste kamen, und die Gräfin musste sie begrüßen.

Graf Metternich nahm meinen Arm und führte mich zum Kamin. „Setzen wir uns", sagte er. „Wir wollen ja nicht, dass Sie wieder ohnmächtig werden, Fürstin."

Ich errötete. „Ich schäme mich so“, murmelte ich. „Ich habe mich sehr schlecht benommen.“

„Der Empfang war langweilig, und Sie waren entzückend!“ Er küsste meine Hand und ließ sich dann von einem der Lakaien eine Tasse Tee reichen. „Sie ahnen ja nicht, Fürstin, wie erfrischend es ist, in Dresden einmal ein junges Gesicht zu sehen. Die meisten Damen hier, müssen Sie wissen, haben nämlich ihre besten Jahre bereits hinter sich.“

Ich nippte an meinem Tee. „Ich bin erstaunt, dass Sie sich beklagen, Graf“, sagte ich leichthin und fasste den Silbergriff der Tasse fester. „Sie schienen ganz zufrieden mit Ihrem Schicksal, als ich diesen Salon zum erstenmal betrat.“ Ich betonte die letzten drei Worte.

Er zuckte mit den Achseln. „Mein Vater erklärte mir einmal“, sagte er leise, „dass es im diplomatischen Dienst von höchster Wichtigkeit sei, sich beliebt zu machen, besonders bei den älteren Damen.“

„Leisten Sie mir nur deswegen Gesellschaft, Graf?“ Ich sah ihn mutig an und versteckte meine zitternden Hände hinter einem Seidenkissen.

„Mein Vater hat es nicht für notwendig erachtet, mir junge und hübsche Damen besonders ans Herz zu legen.“ Ich konzentrierte mich auf das Muster seiner grauen Halsbinde.

„Sie haben ein so sanftes Gesicht“, hörte ich ihn sagen. „In Ihren Augen liegt jedoch noch etwas - ein Versprechen, das jeden Mann magisch anzieht.“

„Ich bin kurzsichtig“, sagte ich verwirrt. „Deshalb muss ich oft blinzeln. Grand-mère sagte immer, ich würde davon Falten bekommen.“

„Falten?“ Er lachte und stand auf. „Ich werde jetzt wohl die anderen Gäste begrüßen müssen.“ Als er ging, berührte er meine Haare. „Haben Sie diese roten Haare von Ihrer Großmutter geerbt, Fürstin?“

Ich blickte zu ihm auf. „Zarin Katharina war nicht meine richtige Großmutter. Ich habe meine Eltern früh verloren, und Grand-mère hat mich zu sich genommen. Ich war erst fünf Jahre alt.“

„Sie sind bei Katharina der Großen aufgewachsen?“ Er setzte sich wieder. „Dann müssen Sie ja den jungen Thronfolger Alexander gut kennen.“

„Alexej steht mir so nahe wie ein Bruder.“

„Sagen Sie, sind die Gerüchte wahr?“ Das Lächeln war aus seinem Gesicht verschwunden, und seine Stimme wurde zu einem vertraulichen Flüstern. „Hat man wirklich versucht, den Zaren zu töten?“

Ich nickte. „Das ist ja der Grund, weshalb wir aus Russland fliehen mussten.“

„Wer hat es denn versucht? Alexander?“

Ich sah ihn groß an. Der Gedanke war mit bisher noch nicht gekommen. „Nein“, rief ich, „Alexander sicher nicht! Der kann keiner Fliege ein Leid antun.“ Dann schwieg ich, denn mir war plötzlich, eingefallen, wie wütend Alexej damals war, als er mich im Bett seiner Frau fand. „Unmöglich“, sagte ich unsicher.

„Wer dann?“

„Die Armee“, sagte ich und fühlte mich dabei unbehaglich. „Die Offiziere meines Mannes.“ Alexej konnte von dem Komplott nichts gewusst haben. Selbst wenn er und Onkel Paul einander hassten, würde Alexej niemals an der Ermordung seines eigenen Vaters mitwirken. „Nein“, wiederholte ich. „Nein. Ich bin ganz sicher, dass Alexej nichts damit zu tun hat.“

„Aber er wird Paul auf den Thron folgen, nicht wahr?“

„Ja“

Dann schwiegen wir.

„Ich habe das unbestimmte Gefühl“, meinte Graf Metternich nach einer Weile, „dass ein neues Attentat bevorsteht. Sind Sie nicht auch dieser Ansicht, Fürstin?“

Ich zögerte und blickte mich vorsichtig um, bevor ich antwortete. „Bei uns hasst jeder Onkel Paul“, flüsterte ich. „Die Menschen leben in ständiger Angst. Ich selbst habe mich noch nicht daran gewöhnt, frei zu sprechen. Seit Grand-mères Tod hat es keine Gesellschaft wie diese mehr gegeben.“ Ich deutete in den Raum, der sich nun mit eleganten, plaudernden Menschen gefüllt hatte. „Während der letzten vier Jahre hat in Russland niemand zu lachen gewagt.“

„Sie haben meine Frage noch nicht beantwortet, Fürstin Bagration.“

„Der Zar ist irrsinnig." Ich wiederholte die Worte meines Mannes. „Jeder in Russland weiß das. Ja, ich glaube auch, dass man bald wieder versuchen wird, ihn zu töten." Peters Worte klangen mir in den Ohren: Paul wird uns nicht mehr lange tyrannisieren.

„Ich hatte keine Ahnung", sagte Graf Metternich, „dass ich mich mit der Schwester des zukünftigen Zaren unterhalte. Das ist eine große Ehre für mich."

Ich schlug die Augen nieder. Ich konnte seinem Blick nie lange standhalten. „Ich vermisse Ihre Frau - kommt sie heute nicht?" murmelte ich.

Er schüttelte den Kopf. „Meine Frau geht nicht viel aus. Sie ist leider etwas kränklich."

„Oh! Das tut mir aber leid." Ich sah die dunklen Rehaugen vor mir, das hagere Gesicht. „Es ist hoffentlich nichts Ernstes?"

„Wir haben voriges Jahr zwei kleine Söhne verloren", sagte er traurig. „Seither hat Lorel sich nicht mehr recht erholt."

„Wie furchtbar!" rief ich. „Haben Sie noch andere Kinder?"

„Marie. Sie ist drei."

„Ihre Frau war sehr lieb zu mir am Abend unserer Ankunft. Ich würde mich gerne bei ihr bedanken."

„Lorel würde sich sicher über Ihren Besuch freuen", versicherte er. „Aber ich muss Sie warnen: Wenn meine Frau hört, dass Sie ganz allein in Dresden sind, wird sie Sie wie eine Gluckhenne unter ihre Fittiche nehmen."

Ich kämpfte mit den Tränen. „Ich hätte nichts dagegen."

Er ergriff meine Hand und drückte sie. „Ich habe vorhin gehört, dass General Bagration Sie verlassen hat. Man wird dafür sorgen, dass sich eine so bezaubernde junge Dame nicht einsam fühlt. Dresden ist berühmt für seine Gastlichkeit."

Gräfin Isabella eilte auf uns zu. Ihre Augen waren dunkel vor Zorn. Graf Metternich sprang auf.

„Sie dürfen nicht so egoistisch sein, lieber Klemens, und meinen Gast nur für sich behalten wollen." Ihre Stimme klang schrill, unbeherrscht. Sie packte ihn am Arm und zog ihn fort.

Die Menschen in diesem Raum lachten, plauderten, kokettierten. Man konnte alle Sprachen hören, Deutsch, Englisch, Französisch, Italienisch, Polnisch. Nur Russisch sprach niemand. Die Kleider der Damen waren so tief ausgeschnitten, dass man den Ansatz der Brüste sehen konnte.

Niemand bemerkte, dass ich ganz allein war. Ich folgte Klemens Metternich mit den Blicken und wartete eine Stunde. Er kam nicht zurück zu mir. Dann konnte ich ihn im Salon nicht mehr entdecken, und auch die Gräfin war verschwunden. Ich ging auf mein Zimmer.

Dresden, 23. Dezember 1800, 11 Uhr vormittags.

Eben weckte mich die Zofe mit einem Brief. „Meine liebe Fürstin Bagration", stand da in einer großen, hochmütigen Schrift. „Da ich gestern Abend erfuhr, dass Verwandte aus Polen um Neujahr hier eintreffen wollen, muss ich Sie zu meinem Bedauern ersuchen, so bald wie möglich ein anderes Quartier zu beziehen."

Unterschrift: „Gräfin Isabella Czartoryski."

4. Kapitel

Dresden, Maria-Theresien-Straße 19, 23. Dezember 1800.

Ich bin übersiedelt! Mein neues Heim ist reizend. In diesen letzten Stunden ist so viel geschehen, dass mir noch immer der Kopf brummt. Nie zuvor habe ich solchen Kummer und solches Glück zugleich erlebt.

Es ist nie angenehm, aus einem Haus hinausgeworfen zu werden, aber besonders hart ist es zu Weihnachten und in einem fremden Land. Vielleicht hätte ich geweint, wären nicht die runden Augen der Zofe auf mich gerichtet gewesen, als ich von dem Brief aufblickte.

„Wünschen Durchlaucht das Frühstück?" Ihre Stimme klang ein kleines bisschen frech, und ich nahm an, dass sie den Inhalt des Schreibens kannte.

„In diesem Haus will ich nicht einmal mehr ein Glas Wasser haben!" Ich schleuderte die Decke von mir und sprang aus dem Bett. Aus meiner Handtasche nahm ich zwanzig Rubel und reichte sie dem Mädchen. „Ruf mir sofort einen Wagen!"

„Jawohl, Durchlaucht." Ihre Stimme klang wieder respektvoll, sie steckte das Geld in die Tasche ihrer weißen Schürze. „Durchlaucht wollen ausfahren?"

„Das geht dich nichts an. Geh und tu, was ich dir gesagt habe."

Sie errötete bis an die Haarwurzeln, knickste und lief aus dem Zimmer.

Als ich das Haus verließ, schlugen die Uhren gerade elf. Alle Türen waren geschlossen, das Haus schien ausgestorben bis auf einen einzigen Bedienten, der das Stiegengeländer abstaubte.

Die Zofe stand an der Eingangstür. „Der Wagen wartet, Durchlaucht."

„Sage deiner Herrin, dass ich ihrem Wunsch selbstverständlich entspreche", sagte ich. „Ich danke ihr für ihre Gastfreundschaft." Ich reichte dem Mädchen noch einen Geldschein. „Bitte, pack meine Sachen zusammen. Ich werde sie abholen lassen."

Die Luft war frisch und angenehm, der Platz lag im Sonnenlicht. Hausfrauen mit wollenen Tüchern auf dem Kopf und Körben am

Arm waren auf dem Weg zum Markt. Kinder bewarfen einander mit Schneebällen, und auf der anderen Straßenseite sah ich einen Händler, der Weihnachtsbäume verkaufte. Ihr würziger Duft wehte über den Platz zu mir herüber. Dresden ist so ganz anders als St. Petersburg mit seinen vereisten Straßen und den hohen, goldenen Zwiebeltürmen.

Das Pferd, das vor den leichten, schwarzen Wagen gespannt war, wieherte und stampfte mit den Hufen. Ein alter Kutscher lüftete seinen Hut und hielt mir die Wagentür auf. „Wohin, meine Dame?" fragte er mit rauer Stimme, während er mir beim Einsteigen half.

Ich blieb stehen, einen Fuß auf dem Trittbrett. Hatte ich vor, umherzufahren und nach einem Haus Ausschau zu halten, das ich mieten oder kaufen konnte? Nein, denn sobald ich gelesen hatte, dass ich ausziehen musste, war mir klar gewesen, wen ich um Hilfe bitten würde. „Zur österreichischen Gesandtschaft!" Ich stieg ein, die Tür fiel zu. Der Wagen klapperte davon. Während ich mich auf dem abgeschabten Ledersitz zurechtsetzte, kamen mir Bedenken. War es nicht unverschämt, diese Frau, die ich kaum kannte, zu bitten, mir ein Quartier zu verschaffen? Insbesondere, da doch ... Lorel wird begeistert sein, hörte ich seine Stimme sagen ... sie wird Sie wie eine Gluckhenne unter ihre Fittiche nehmen.

Die Kutsche fuhr durch enge Straßen, die Häuser mit den hohen Giebeln sahen schmuck und sauber aus. Auch die Leute, die über das Kopfsteinpflaster gingen, waren auffallend adrett gekleidet und wirkten zufrieden. „Das ist die Elbe", sagte der Kutscher stolz und zeigte mit der Peitsche auf einen blauen Fluss. Dann deutete er auf eine mächtige Barockkirche. „Das ist die Hofkirche", erklärte er. Wir bogen in eine Seitengasse ein. „Ho!" Der Kutscher zog an den Zügeln, und das Pferd blieb vor einem kleinen, weißen Gebäude stehen. „Die österreichische Gesandtschaft, meine Dame." Er kletterte vom Bock und half mir aus dem Wagen.

„Warten Sie hier auf mich", sagte ich. Mir zitterten die Knie, als ich die Marmorstufen hinaufstieg. Ein Lakai bat mich in weichem österreichischem Tonfall in den zweiten Stock hinauf, wo die Privaträume Seiner Exzellenz, des Gesandten, lagen. Oben empfing mich eine rundliche Haushälterin.

Der Gedanke, dass er hier wohnte, machte mich nervös. „Ist Gräfin Metternich zu Hause?"

„Wen darf ich melden?"

„Fürstin Bagration. Bitte, sagen Sie ihr, dass es dringend ist." Die Haushälterin warf einen Blick auf meinen Zobelmantel. „Freilich", sagte sie und knickste. „Ich richte es der Frau Gräfin gleich aus."

Sie geleitete mich in ein helles Empfangszimmer. An der Wand hing ein überlebensgroßes Bild des Kaisers. Franz sieht seiner Großmutter Maria Theresia gar nicht ähnlich. Ich kannte sie von einem Bild, das in Grand-mères Palast hing. Franz ist mager, streng und nicht sehr sympathisch, dachte ich, während ich sein Bild betrachtete. Ein Kindermädchen in einer weißen Schürze trat ein, auf dem Arm hielt es ein kleines Mädchen mit langen blonden Locken.

„Wie reizend, dass Sie mich besuchen, Fürstin", rief sie und streckte mir ihre freie Hand entgegen. Meine Kurzsichtigkeit hatte mir wieder einen Streich gespielt! Es war Gräfin Metternich. „Ich habe viel an Sie gedacht", sagte sie herzlich und schüttelte mir die Hand. „Ich freue mich, dass es Ihnen besser geht."

„Ein reizendes Kind", sagte ich und berührte das feine blonde Haar mit den Fingerspitzen.

Lorel Metternich drückte die Kleine fest an sich und küsste ihre runde Stirn. „Sie müssen entschuldigen, dass ich die Schürze umhabe. Ich bin gerade dabei, Marie zu füttern. Das ist immer eine Qual!"

„Sie müssen mir vergeben", sagte ich schnell. „Ich wäre niemals so hereingeplatzt, wenn ich nicht . . ." Ich kämpfte plötzlich mit den Tränen. „Wenn ich nicht dringend Ihre Hilfe bräuchte."

Die Rehaugen sahen mich besorgt an. „Ich bringe Marie ins Kinderzimmer. Ich bin gleich wieder da."

„Kann ich nicht ins Kinderzimmer mitkommen?" bat ich.

„Aber natürlich, gern!"

Auf dem geblümten Überwurf des Bettchens saßen Stofftiere und Puppen mit Porzellangesichtern. Mitten im Zimmer standen ein großer Tisch mit einem gelben Wachstuch und vier einfache, feste Stühle. Lorel ließ das Kind zu Boden gleiten und legte den Finger an den Mund. Gehorsam begann das kleine Mädchen mit einem Bilderbuch zu spielen.

Sobald wir uns gesetzt hatten, stieß ich hervor: „Ich muss sofort eine andere Unterkunft finden."

Die Gräfin zeigte keinerlei Erstaunen über diese Mitteilung. „Morgen ist Weihnachten", sagte sie ruhig. „Alle Leute sind mit Vorbereitungen beschäftigt. Ein paar Tage wird es ja Zeit haben, oder?"

Ich schüttelte den Kopf und fing an zu weinen.

Lorel wartete mit gefalteten Händen, bis ich mich ausgeweint hatte. „Was ist denn geschehen?"

Wortlos nahm ich Gräfin Isabellas Brief aus der Handtasche und reichte ihn ihr. Lorel las ihn aufmerksam. „Gräfin Czartoryski scheint erregt", meinte sie in ihrer ruhigen Art und gab mir den Brief zurück. „Haben Sie eine Ahnung, womit Sie ihr Missfallen erregt haben könnten?"

„Ich wüsste wirklich nicht womit."

Sie griff nach meiner Hand. „Ich würde mich darüber nicht allzu sehr kränken. Frauen in ihrem Alter sind oft launenhaft. Für eine schöne Frau ist es nicht leicht, alt zu werden. Darüber brauche ich mir wenigstens keine Sorgen machen", fügte sie mit traurigem Lächeln hinzu. Ich schwieg verlegen.

„Klemens muss gestern sehr spät nach Hause gekommen sein", sagte sie. „Ich habe schon geschlafen und ihn nicht gehört. Und heute früh, als ich aufwachte, war er schon wieder weg. Ich muss ihn fragen, ob ihm an der Gräfin irgend etwas aufgefallen ist. Er hat sie ja gestern gesehen."

„Ich weiß." Ich wich ihren ehrlichen Augen aus. „Ich war auch dort zum Tee."

„Ja?" Sie schien erfreut. „Hoffentlich hatten Sie Gelegenheit, sich anzufreunden."

„Graf Metternich war so freundlich, sich eine Zeitlang mit mir zu unterhalten", sagte ich zögernd. „Er war der einzige, den ich zumindest vom Sehen bereits kannte."

Eleonore Metternich lachte. „Jetzt verstehe ich Isabellas Zorn! Haben Sie denn nicht bemerkt, dass sie unsterblich in Klemens verliebt ist?"

Ich glaubte, nicht recht gehört zu haben.

„Warum schauen Sie denn so entgeistert drein?" fragte sie und legte ihre Hand wieder auf meine. „Glauben Sie denn, ich weiß nicht, wie anziehend mein Mann ist? Bei mir war es ja auch Liebe auf den ersten Blick! Ich würde mich höchstens wundern, wenn eine Frau ihn nicht unwiderstehlich fände."

In diesem Moment ging die Tür auf. Das Kind, das bis dahin ruhig in seinem Bilderbuch geblättert hatte, sprang auf: „Papa!"

Klemens Metternich beugte sich zu Marie nieder, hob sie auf und bedeckte ihr kleines Gesicht mit Küssen. „Welch charmante Überraschung", Graf Metternich blickte mich mit seinen blauen Augen fest an. Er küsste seine Frau auf die Wange, dann neigte er sich über meine Hand.

„Fürstin Bagration braucht dringend eine Unterkunft", sagte Lorel und blickte ihren Mann voll Bewunderung an. „Es scheint, dass Isabella sie als störend empfindet", berichtete sie belustigt. „Was könnte nur der Grund dafür sein, mon chèr?" Ohne eine Antwort abzuwarten, fuhr sie fort: „Ich denke, die Fürstin könnte eine Zeitlang bei uns wohnen, bis sie. . ."

„Nein, nein, ich möchte Ihnen keineswegs zur Last fallen, Gräfin!" wandte ich heftig ein.

„Aber ich hätte Sie sehr gerne bei mir", sagte sie herzlich. „Klemens lässt mich viel allein - es wäre nett, Gesellschaft zu haben."

Er räusperte sich. Heute war er weniger festlich gekleidet, er trug einen weichen grauen Rock mit hohem Kragen und ein weißes Hemd mit gestärkten Manschetten. „Ich wüsste vielleicht eine Lösung, Fürstin", sagte er mit einer leichten Verneigung. „Die Gesandtschaft hat kürzlich ein kleines Haus für einen illustren Gast aus Wien gemietet."

„Das hast du mir gar nicht erzählt, mon cher." Lorel schien interessiert. „Wer soll denn kommen?"

Er antwortete nicht sofort, sondern beugte sich wieder zu seiner kleinen Tochter hinunter und küsste sie. „Wir erwarteten Graf Cobenzl", sagte er und richtete sich auf. „Leider erhielten wir heute die Nachricht, dass er einen Gichtanfall hatte und dass es ihm daher unmöglich war, zu kommen."

„Der arme, alte Kerl mit seiner lästigen Gicht", meinte Lorel. „Anderseits ist das doch ein glücklicher Zufall. Jetzt kann die Fürstin das Haus gleich übernehmen."

„Es gibt nichts, was sie abhalten könnte", sagte er herzlich. „Es ist eingerichtet, wir haben sogar schon eine Köchin und eine Zofe aufgenommen."

„Ich habe Ihnen ja gesagt, mein Mann findet immer eine Lösung", meinte Lorel stolz und vergaß, dass sie das noch nicht gesagt hatte.

„Das ist mir aber eine Erleichterung!" rief ich. „Ich danke Ihnen vielmals! Ist es weit von hier?"

„Nicht sehr. Etwa fünfzehn Minuten im Wagen."

„Dann werde ich meinem Kutscher sagen, er soll mich sofort hinbringen."

„Bleiben Sie doch zum Mittagessen", bat Lorel, und ehe ich ablehnen konnte, hatte sie schon geläutet und dem Mädchen befohlen, noch ein Gedeck aufzulegen. „Hast du nachher Zeit, der Fürstin das Haus zu zeigen, mon cher?"

Er rückte sich das Halstuch zurecht. „Ich habe heute noch ziemlich viel zu erledigen."

„Ich will Ihnen wirklich nicht zur Last fallen." Ich hoffte, dass die beiden die Enttäuschung in meiner Stimme nicht bemerkten.

„Nun, eine halbe Stunde werde ich schon erübrigen können. Und wie ist das mit dir?" wandte er sich an Lorel. „Kommst du mit?"

„Mich müssen Sie entschuldigen", erklärte sie. „Marie hat um zwei Uhr Klavierstunde. Sie ängstigt sich schrecklich, wenn ich nicht bei ihr bin."

„Ihre Tochter bekommt schon Klavierunterricht?" Ich war erstaunt. „Mit drei Jahren?"

„Mozart schrieb mit vier sein erstes Klavierkonzert", erklärte Graf Metternich, während wir zur Tür gingen. „Mit fünf komponierte er bereits Menuette."

Wir betraten das Speisezimmer. Der massive Tisch, den ein besticktes Tischtuch bedeckte, war mit prächtigem Meißner Porzellan, wappengeschmücktem Silber und Kristall gedeckt.

„Wir haben ganz besonders vornehmen Besuch, Lorel", sagte Klemens zu seiner Frau, nachdem wir uns gesetzt hatten. „Ich weiß nicht, ob Fürstin Bagration dir gesagt hat, dass sie mit dem russischen Thronfolger eng befreundet ist."

„Nein, das hat sie nicht." Eleonore war erstaunt. „Alexander wird bald Zar werden, nicht wahr?"

„Ich hoffe es von Herzen", sagte ich mit einem Seufzer. „Ich hoffe es für Russland." Das Komplott zur Ermordung Onkel Pauls schien in diesem freundlichen, stillen Haus in Dresden unwirklich.

Lorel teilte die Suppe aus, und Klemens kostete. „Bitte, erinnere die Köchin wieder einmal daran, dass sie frisch gemahlenen Pfeffer verwenden soll, wenn sie *potage aux champignons* macht!" Der Ton dieser Ermahnung erinnerte mich an Peter.

„Ich habe nicht damit gerechnet, dass mein Mann Sachsen so bald wieder verlassen würde", sagte ich in die angespannte Stille hinein.

„Fürst Bagration soll ein hervorragender General sein." Klemens löffelte seine Suppe. „Schade, dass der Zar ihn ablehnt."

„Onkel Paul lehnt jeden ab, der sich gegen seinen Bund mit Napoleon stellt."

Lorel läutete, und es wurde Fisch in Aspik aufgetragen. „In gewisser Hinsicht kann ich den Zaren schon verstehen", meinte Klemens, während er sorgfältig die Gräten entfernte. „Frankreich hat wieder eine absolutistische Regierung." Er nahm einen Bissen vom Fisch, wandte sich an Lorel und schüttelte den Kopf. „Etwas zu süß."

„Soll man Napoleon Ihrer Meinung nach unterstützen?" fragte ich ungläubig.

„Er hat der Anarchie ein Ende bereitet", entgegnete Klemens Metternich sachlich.

„Wir sollten unseren jungen Gast nicht mit Politik langweilen", warf Lorel ein.

„Aber mich interessiert das alles sehr, als Kind hörte ich von Grand-mère sehr viel über Politik."

Klemens lachte. „Die Großmutter, die die Fürstin so bescheiden erwähnt, ist niemand geringerer als Katharina die Große!"

„Wirklich?" fragte Lorel interessiert. „Mein Großvater war sehr beeindruckt von ihr. Er war als Außenminister Maria Theresias in Russland."

„Grand-mère war die großartigste Frau, die es je gab", sagte ich begeistert. „Sie wollte alle Leibeigenen freilassen, weil sie fand, dass es mit den christlichen Grundsätzen unvereinbar war, Menschen, die doch zur Freiheit geboren sind, zu Sklaven zu machen."

„Das sind doch Sentimentalitäten", bemerkte Klemens trocken. „In der Politik darf man keine Ideale haben, man muss das einfache Volk unter Kontrolle halten. Gesetz und Ordnung sind notwendig. Man hat ja in Frankreich gesehen, was dabei herauskommt, wenn der Pöbel die Herrschaft übernimmt. Mein Gott, was hat es da an Grausamkeiten gegeben!`

„Grand-mère sagte immer: Man kann keine Omelette machen, ohne Eier zu zerschlagen!", warf ich ein. „Wenn man eine Situation, unter der Menschen leiden, nicht ändert, werden sie sich früher oder später selbst helfen. Ist eine Revolution nicht am einfachsten zu verhindern, indem man ihre Ursachen beseitigt?"

Er lächelte. „Sie sind entzückend, Fürstin."

Gerade in diesem Augenblick kam Maries Kinderfrau herein und flüsterte Lorel etwas ins Ohr. Die Gräfin entschuldigte sich und ließ uns allein.

„Ich war zehn Jahre alt, als die Berichte über die Gräuel und Verwüstungen der Französischen Revolution zu uns drangen", berichtete ich, nachdem sich die Tür geschlossen hatte.

„Ich studierte damals an der Universität von Straßburg", erinnerte er sich. „Wir hatten großartige Professoren. Manche verloren allerdings völlig den Kopf über all den Unsinn von Freiheit, Gleichheit und Brüderlichkeit."

„Unsinn? Sie nennen die Menschenrechte Unsinn?" rief ich.

Er zuckte nur mit den Achseln. „Bonaparte ist ein geschickter Bursche. Die meisten Menschen benützen die Politik als Ventil für ihre eigenen Leidenschaften. Napoleon war ehrgeizig - die Revolution passte in seine Pläne. Die Freiheit dient doch nur als Vorwand. Nur einige wenige, deren Fähigkeiten über dem Durchschnitt liegen, können von ihr Gebrauch machen. Es stört die Menschen nur wenig, wenn man ihre Freiheit einschränkt. Gleichheit heißt das Zauberwort, das die Massen begeistert!"

„In Russland lacht man über Napoleon", sagte ich. „Man hält ihn für einen kleinen Emporkömmling, der die Welt beherrschen möchte."

„Napoleon hat entdeckt", erklärte Metternich, „dass die Franzosen eitel sind, also verspricht er ihnen Ehre und Ruhm."

Ich betrachtete seine Lippen und konnte mich nur mit Mühe auf den Inhalt seiner Rede konzentrieren. „Alexej, sein jüngerer Bruder und ich spielten oft ein Spiel", fiel mir ein. „Konstantin wohnte bei seinen Eltern und kam nur selten zu Besuch in den Palast. Dann musste ich mich immer als französische Adelige verkleiden, und er schleppte mich auf eine Guillotine. Alexej rettete mich in letzter

Minute. Nachher hatte ich immer Alpträume. Ich träumte, dass Alexej nicht rechtzeitig kam und ich wie Marie Antoinette. . .“

Er blickte zur Tür, dann stand er rasch auf und trat hinter mich. „Es wäre sehr schade gewesen um einen so hübschen Kopf“, sagte er, und ich spürte seine Lippen auf meinem Nacken.

Bevor ich mich noch umdrehen konnte, saß er schon wieder auf seinem Stuhl, und im nächsten Augenblick betrat Lorel das Zimmer.

„Unsere kleine Marie konnte ohne Kuss nicht einschlafen“, berichtete sie und läutete um den nächsten Gang.

„Ich habe der Fürstin versichert, dass es ihr in Dresden gefallen wird.“ Klemens sagte das völlig unbefangen und lächelte.

„Leben Sie schon lange hier?“ Ich wandte mich an Lorel, ohne ihr jedoch in die Augen zu sehen.

„Nein, wir sind erst vor einem Monat hier angekommen. Es ist die erste diplomatische Mission meines Mannes.“ Aus Lorels Stimme konnte man Stolz heraushören.

Goldgelb gebackene Kalbsschnitzel wurden von einem Diener serviert.

„Nur selten wird jemand so jung Gesandter“, fuhr Lorel fort.

„Diese Gesandtschaft gehört allerdings nicht zu den besonders wichtigen“, lenkte Klemens ein. Er aß diesmal ohne Kommentar. „Wenn Sie mich fragen, ich glaube, Kaiser Franz wollte mir nur einmal auf den Zahn fühlen.“

„Er wird bald erkennen, dass du geschickter bist als alle anderen hier, mon cher.“

„Das ist allerdings keine Kunst.“ Er wischte sich den Mund mit seiner Serviette ab. „Das Diplomatische Korps hier in Dresden setzt sich aus Verrückten und Schwachsinnigen zusammen.“

Lorel lachte zustimmend. „Ich hoffe, unsere Wiener Küche ist Ihnen nicht zu schwer, Fürstin“, sagte sie, als sie sah, dass ich das Fleisch noch nicht angerührt hatte. „Klemens mag die Wiener Küche.“

„Das einzige an Österreich, das mir glatt durch die Kehle geht“, sagte er trocken.

„Pst!“ machte Lorel. „Immerhin bist du österreichischer Gesandter.“

„Ich kann deshalb aber trotzdem finden, dass die Österreicher unverlässlich und indolent sind und wenig Charakter haben. Anwesende sind natürlich ausgenommen“, fügte er mit einer leichten Verbeugung gegen seine Frau hinzu. „Ich meine das gewöhnliche Volk, nicht Aristokraten wie dich und deine Familie, meine Liebe.“

„Sehr freundlich von dir, dass du uns ausnimmst“, entgegnete Lorel spitz. „Dennoch glaube ich nicht, dass mein Großvater dein Urteil über die Österreicher geschätzt hätte. Sie müssen wissen, Fürstin, dass mein Mann in Koblenz zur Welt kam. Das liegt so nahe an der Grenze, dass er sich eigentlich als Franzose fühlt.“ Sie erhob sich und ging zur Tür. „Wir nehmen den Kaffee und das Dessert im Salon.“

„Wie schön!“ rief ich unwillkürlich aus, als ich in den Salon trat und den herrlichen Weihnachtsbaum sah, der bis zur Zimmerdecke reichte. Auf seiner Spitze saß ein goldener Weihnachtsengel.

„Der Baum kommt aus dem Schwarzwald“, erzählte Lorel. „Wir müssen Marie immer wieder zurückhalten, hier hereinzulaufen.“

„Das heurige Weihnachtsfest ist das erste, das ich nicht zu Hause verbringe“, sagte ich. Ich war ganz froh darüber, aber Lorel hatte sofort Mitleid mit mir.

„Sie müssen den Heiligen Abend unbedingt bei uns verbringen“, sagte sie herzlich. „Wie gedankenlos, dass ich nicht schon früher daran gedacht habe! In der Sorge um Ihr Haus ...“

„Wir sollten uns bald auf den Weg machen“, sagte Klemens und zog seine flache goldene Uhr aus der Westentasche. Er ließ sie aufschnappen und runzelte die Stirn. „Zwei Uhr. Um halb vier muss ich im Amt sein.“

„Ich finde das Haus sicher auch allein“, wandte ich, allerdings ohne viel Überzeugung, ein. „Sie haben beide schon so viel für mich getan!“

„Aber nein! Klemens begleitet Sie sicher gerne.“

Ein Silbertablett mit aromatischem, türkischem Kaffee und Schokoladekuchen mit einer Schlagobershaube wurde hereingebracht. Lorel beobachtete ihren Mann ängstlich, als er den ersten Bissen nahm. Er aß jedoch schweigend das ganze Stück auf. „Ausgezeichnet“, sagte er dann und bat um eine zweite Portion.

Ich konnte unseren Aufbruch kaum erwarten. Wiederum kam die Kinderfrau herein und teilte Lorel mit, dass die Klavierlehrerin gekommen sei.

„Vergessen Sie nicht, dass wir Sie morgen Abend um sieben Uhr erwarten, liebe Fürstin.“ Eleonore Metternich reichte mir zum Abschied die Hand.

Ich konnte ihre Einladung nicht ausschlagen. „Ich bin Ihnen so dankbar“, murmelte ich und wich ihrem Blick aus.

Im Wagen saß Klemens in respektvoller Entfernung von mir. Wir sprachen über das Wetter, er machte mich auf interessante Gebäude aufmerksam und erzählte mir, dass Dresden eine sehr gesellige Stadt wäre. Ich fragte mich, ob ich mir seinen Kuss nur eingebildet hatte.

Die Kutsche hielt in einer stillen Seitenstraße. Klemens stieg aus, half mir aus dem Wagen und führte mich zum Eingang. Aus der Tasche seines pelzbesetzten Mantels nahm er einen Schlüssel und steckte ihn ins Schloss.

„Was für ein Zufall, dass Sie den Schlüssel bei sich haben“, sagte ich in dem Bemühen, Konversation zu machen.

„Den habe ich immer bei mir“, erwiderte er und lächelte. „Man weiß ja nie...“

„Haben Sie nicht erzählt, dass dieses Haus für den Grafen Cobenzl gemietet wurde?“ fragte ich verwirrt. „Da müssen Sie mich wirklich missverstanden haben. Schauen Sie nicht so entsetzt, Fürstin.“ Er nahm mich am Arm. „Ich versichere Ihnen, dieses Haus wird Ihnen gefallen.“

Die kahlen Äste der alten Bäume waren mit Schnee bedeckt. In einiger Entfernung von der Straße stand ein graues Haus mit Giebeldach und schmalen Fenstern. Eine schwere Eichentür öffnete sich. „Exzellenz.“ Ein junges Mädchen machte einen tiefen Knicks.

Wir betraten einen Vorraum mit einem großen Spiegel. Das Mädchen nahm uns die Mäntel ab. Der Salon war mit Rokokomöbel eingerichtet, und Glastüren führten in einen gemütlichen Innenhof. Die Stühle im Speisezimmer waren mit rosefarbenem Brokat überzogen, am Tisch war für nicht mehr als vier Personen Platz.

„Wie gefällt es Ihnen?“ fragte der Graf und folgte meinen Blicken.

„Ein reizendes Haus“, antwortete ich und fühlte mich dennoch seltsam unbehaglich. „Ich weiß nur nicht, ob es Peter gefallen wird. Das Speisezimmer ist recht klein, und Peter lädt gerne alle seine Offiziere zum Essen ein.“

„Darüber brauchen Sie sich doch jetzt noch nicht den Kopf zu zerbrechen." Klemens schien ein wenig ärgerlich. Ich fürchtete, er könnte mich für undankbar halten.

„Ich finde das Haus sehr schön", versicherte ich hastig. „Und Sie haben ja ganz recht! Warum sollte ich jetzt schon auf meinen Mann Rücksicht nehmen, wo ich nicht einmal weiß, wann er zurückkommt."

„Sehen wir uns die übrigen Räume an." Er legte seine Hand unter meinen Ellbogen. „Oben ist ein Schlafzimmer und ein Boudoir."

Während wir die Stufen hinaufstiegen, ging er dicht hinter mir.

Ein Feuer brannte knisternd in dem weißen Marmorkamin im Boudoir, das ebenfalls in Rose und Weiß gehalten war.

„Hier ist das Schlafzimmer." Er öffnete eine Tür.

Ich blieb auf der Schwelle stehen. Dies war der größte Raum des ganzen Hauses. Der Boden war mit weißen Fellen bedeckt, in der Mitte stand ein riesiges Bett mit einem Seidenbaldachin und einer dazupassenden Brokatdecke. Ich trat ein, er dicht hinter mir. „Es ist sehr warm hier", sagte ich verlegen und deutete auf den Kamin. Klemens lächelte nicht mehr. Seine Augen hatten einen fremden Ausdruck - sie blickten so starr, dass ich Angst bekam.

„Ich werde mich hier sicher wohl fühlen", sagte ich nervös. „Sind Sie sicher, dass die Gesandtschaft das Haus nicht braucht, Graf?"

„Ganz sicher. Jedenfalls nicht jetzt."

Mein Herz klopfte heftig, als ich sah, wie er die Tür schloss. Rasch ging ich zu dem großen Fenster, das den Blick auf eine kleine Terrasse und den schneebedeckten Garten freigab.

„Wunderschön!" Ich hörte, wie atemlos und unnatürlich meine Stimme klang. „Bezaubernd!"

„Ja", sagte er leise hinter mir. „Ganz, ganz bezaubernd."

Dann war es still.

Ich fühlte seine Hände auf meinen Schultern, er drehte mich herum. „Graf Metternich ...", protestierte ich schwach, als er mich in seine Arme zog. „Ich ... ich ... denken Sie an Ihre Frau. Das ist ... das ist nicht richtig ..."

„Genau das ist richtig, kleine Fürstin", flüsterte er und brachte mich mit seinen Lippen zum Schweigen.

5. Kapitel

Dresden, 31. Dezember 1800.

Gestern konnte ich einen Blick auf ihn werfen, als er vor der Gesandtschaft in seinen Wagen stieg. Ansonsten habe ich ihn in den letzten sechs Tagen nicht gesehen. Ich kann nicht essen, ich kann nicht schlafen. Ich habe mir angewöhnt, stundenlang spazierenzugehen - mein Weg führt mich immer an der österreichischen Gesandtschaft vorbei.

Er hätte mir doch schreiben können, nur ein paar Worte, um mir zu zeigen, dass er mich nicht vergessen hat. Sicher ist er sehr beschäftigt, hat er gesellschaftliche Verpflichtungen ... Ich muss Geduld haben. Oder kann es sein, dass sein Kuss nichts bedeutet?

Dieser Kuss! Die Zeit stand still, nichts war mehr wichtig, weder mein Mann noch seine Frau. „Chéri“, sagte ich leise, „Chéri . . .“

„Wir müssen vernünftig sein, kleine Fürstin“, er löste sich von mir. „Leider kann ich den Nachmittag nicht mit Ihnen verbringen.“

Wann sehen wir uns wieder, Liebster, wollte ich fragen - aber ich bemerkte, dass er in Gedanken schon weit weg war, und so sagte ich nichts.

Ich beschloss, Weihnachten nicht in seinem Haus zu verbringen. Arme, liebe Lorel! Wie kann ich ihr je wieder in die Augen sehen?

Am darauffolgenden Nachmittag kam mein Gepäck von den Czartoryskis. Ich war gerade dabei, meine Sachen auszupacken, als das Mädchen eintrat und einen Besucher meldete.

Ich ließ alles liegen und rannte hinunter. Aber nicht Klemens, sondern ein Herr, etwa zehn Jahre älter als Graf Metternich, erhob sich hastig von einem Stuhl im Salon.

„Friedrich von Gentz“, stellte er sich vor und schlug die Hacken zusammen. „Seine Exzellenz, mein geschätzter Freund Graf Metternich, hat mir die ehrenvolle Aufgabe übertragen, der Fürstin meine Aufwartung zu machen und sie heute Abend um sieben Uhr in die österreichische Gesandtschaft zu geleiten.“

„Das ist sehr freundlich von Monsieur Metternich“, stammelte ich. „Ich wollte gerade der Gräfin Metternich schreiben und mich für heute Abend entschuldigen. Der Weihnachtsabend gehört der Familie - ich möchte um keinen Preis stören."

„Seine Exzellenz wäre zutiefst enttäuscht, wenn Eure Durchlaucht nicht kämen", sagte Herr von Gentz in seiner steifen preußischen Art. „Er und ich machten gestern einen langen Spaziergang, und er versicherte mir immer wieder, welch großer Gewinn die Ankunft der Fürstin Bagration für die Dresdener Gesellschaft wäre. Er hat mir zwar viel von der Schönheit und Anmut Eurer Durchlaucht erzählt, aber ich muss gestehen, er ist ihr bei weitem nicht gerecht geworden." Wieder schlug er die Hacken zusammen und verbeugte sich tief.

„Ich möchte ihn natürlich nicht enttäuschen. Graf Metternich und seine Gattin waren zu mir sehr hilfsbereit und freundlich."

„Es ist mir eine große Ehre, mich Eurer Durchlaucht als Begleitung zur Verfügung zu stellen. Zufällig wohne ich im Gasthof ‚Zum weißen Ross' - also in unmittelbarer Nähe. Sollten sich Eure Durchlaucht jemals einsam fühlen, bitte mich nur holen zu lassen."

Ich ließ Tee kommen. Herr von Gentz erklärte mir, dass er mir jederzeit gerne behilflich wäre, und so erzählte ich ihm, dass ich einen Wagen kaufen und einen Kutscher anstellen wollte.

„Nichts leichter als das", versicherte er mir. „Das soll noch heute erledigt werden. Was soll der Wagen etwa kosten?"

„Der Preis ist gleichgültig. Ich hätte gerne einen silbergrauen mit grüner Polsterung."

Er verzog seine schmalen Lippen zu einem Lächeln. „Ob mir das gelingen wird, weiß ich allerdings nicht. Aber ich werde mir große Mühe geben, einen Wagen zu finden, der einer schönen, jungen Fürstin würdig ist. Ich vergesse immer wieder", fügte er bitter hinzu, „dass sich nicht jeder, der sein Land verlassen muss, in einer so prekären finanziellen Lage befindet wie ich."

„Mussten Sie denn auch Ihr Land verlassen?" Ich hoffte, eine Gemeinsamkeit zwischen mir und diesem Mann mit den harten, schwarzen Augen zu finden.

„König Friedrich von Preußen hielt nicht viel von meinen politischen Ansichten", sagte er. „Ich gab in Berlin eine Zeitschrift heraus und versuchte durch sie, einen gewissen Einfluss auf den König auszuüben."

„Welche Art von Einfluss?“ fragte ich.

„Etwa die Steuern zu senken, einen freien Handel zu ermöglichen, der Presse größere Freiheit zu gewähren.“ „Die Zarin Katharina hätte diese Ideen sehr begrüßt“, sagte ich und fand, dass seine Anschauungen ihn mir eigentlich sympathischer machen müssten. Aber unerklärlicherweise war Friedrich von Gentz mir von Anfang an zuwider.

„Der König verbannte mich zum Dank dafür aus Preußen“, sagte er sarkastisch. „Ich durfte nichts mitnehmen.“ Er stand auf, verbeugte sich. „Wenn ich noch einen Wagen für Eure Durchlaucht finden soll, mache ich mich jetzt besser auf den Weg.“

Ich reichte ihm die Hand zum Kuss, aber anstatt zu gehen, wartete er noch, steif, sichtlich verlegen.

Endlich räusperte er sich. „Man wird eine Anzahlung für den Wagen leisten müssen. Leider bin ich nicht in der Lage, das ...“

Ich gab ihm tausend Rubel.

Am Abend holte er mich in einer silbergrauen Kutsche ab, deren grüne Polsterung genau zu meinem Kleid passte. Auf dem Weg zu den Metternichs erfuhr ich, dass der Wagen zehntausend Rubel kostete und dass der Kutscher im Monat hundert Rubel zu bekommen hatte. Auf meine Frage, ob es möglich wäre, den Wagen erst nach meiner ersten Überweisung von Alexej auszuzahlen, versicherte er mir, dass ich unbegrenzten Kredit hätte.

Lorel schenkte mir eine zarte Figurine aus Porzellan, die mir angeblich ähnlich sah. Ich konnte ihr nicht in die Augen sehen, als ich mich bedankte.

Es waren noch andere Gäste geladen, zumeist Österreicher, Angehörige der Gesandtschaft, wie Klemens mir erklärte, während er aus einer großen Kristallschüssel Punsch schöpfte. Die Kerzen am Christbaum funkelten, der Raum war in warmes, dämmriges Licht getaucht, seine Hand lag auf meiner, als er mir das Glas reichte. Bei Tisch saß ich an seiner rechten Seite. Er unterhielt sich ungezwungen und höflich mit mir, unter dem Tisch fühlte ich sein Knie an meinem.

„Ich bin so froh, dass Sie gekommen sind und dass Ihnen Ihr neues Heim gefällt“, sagte Lorel herzlich, als ich mich verabschiedete. „Ich hoffe, wir werden einander öfter sehen!“

Friedrich von Gentz - alle nennen ihn Fritz - brachte mich nach Hause. „Klemens ist ein ungewöhnlicher Mensch“, sagte er, als wir durch die stillen, verschneiten Straßen fuhren. „Mit seiner unerhörten Anziehungskraft und meinem Verstand könnten wir es in der Weltpolitik weit bringen.“

Heute Nachmittag fühlte ich mich so einsam, dass ich meinen neuen Kutscher zu Gentz schickte und ihn zum Tee einlud. Er kam unmittelbar darauf. Wir sprachen über das Wetter, über Napoleons jüngste Siege, die neueste Pariser Mode. Ich vermied es, von Metternich zu sprechen, und hoffte, dass Fritz ihn früher oder später selbst erwähnen würde. Das tat er jedoch nicht. Aus Angst vor einem einsamen Neujahrsabend lud ich ihn ein, zum Abendessen zu bleiben.

„Es gibt nichts, was ich lieber täte“, erklärte Fritz bedauernd. „Leider ist es mir jedoch unmöglich. Ich bin bei Gräfin Czartoryski eingeladen, sie gibt einen Ball für die ausländischen Diplomaten.“

Eben läuten die Kirchenglocken von Dresden wohltönend das neue Jahr ein. Umarmt Klemens gerade die Gräfin Isabella?

1. Januar 1801, 12 Uhr mittags.

Ich habe fast die ganze Nacht geweint. Heute früh kam ein Brief von Lorel Metternich. Sie wünscht mir ein glückliches neues Jahr und lädt mich für den 10. Januar zum Mittagessen ein. „Ich möchte Sie gerne mit den Damen der hiesigen Gesellschaft bekannt machen“, schreibt sie. Von ihm keine Zeile.

10. Januar 1801, 11 Uhr nachts.

Wie konnte ich nur glauben, er hätte mich vergessen!

Seine Geschäfte haben ihn so sehr in Anspruch genommen, dass er nicht Zeit fand, mir zu schreiben.

Von einer blonden kleinen Französin, die ein Flüchtling war wie ich, ließ ich mir für die Einladung bei Lorel ein neues Kleid machen. Wir entschieden uns für ein hochgeschlossenes Modell in schwarzer Seide mit langen Ärmeln. Die Farbe passte zu meiner Stimmung, und die Schneiderin versicherte mir, dass sie einen reizvollen Kontrast zu meinen roten Haaren bildete. Heute ließ ich den

Coiffeur kommen, der mir die Haare in große Locken legte. Ich betrachtete mich im Spiegel und war unzufrieden. Das strenge schwarze Kleid machte mich blass, aber immerhin sah ich ein wenig älter aus.

Bei meinem Eintreffen in der Gesandtschaft entschuldigte sich Eleonore Metternich, dass sie sich nicht schon früher mit mir in Verbindung gesetzt hatte. Der Jahresbeginn sei hektisch gewesen, sagte sie und fügte gleich hinzu, dass sie auf ruhigere Zeiten und auf gemütliche gemeinsame Plauderstündchen hoffe. Sie sah nicht gut aus und hatte offensichtlich abgenommen, seit ich sie zuletzt gesehen hatte. Ihr Gesicht war von krankhafter Blässe, und tiefe Schatten lagen unter ihren Augen.

Sie machte mich mit den anderen Gästen bekannt. Zwanzig Damen - alle älter als ich - musterten mich kritisch und meinten, ich schiene außergewöhnlich jung für die Frau des berühmten Generals Bagration. Etwa zehn Minuten nach meinem Eintreffen rauschte Gräfin Isabella herein. Sie begrüßte mich kühl und fragte mich später sehr förmlich nach meinem Gesundheitszustand. Aber hinter ihrem hochmütigen Gehaben fühlte ich ihre Verlegenheit. „Glücklicherweise konnte ich Ihrem Wunsch sofort entsprechen, Gräfin", sagte ich und sah ihr ins Gesicht. „Es war überaus unangenehm, Ihnen derart zur Last zu fallen."

„Es war keineswegs mein Wunsch, dass Sie sofort auszogen. Ich fand es eigentlich ein wenig unhöflich von Ihnen, dass Sie nicht einmal adieu sagten."

„Ich wollte Sie nicht wecken, Gräfin", sagte ich sanft. „Außerdem wusste ich zu diesem Zeitpunkt noch nicht, dass sich so bald etwas Passendes finden würde. Ich bewohne ein ganz reizendes Haus - besuchen Sie mich doch einmal. Maria-Theresien-Straße 19."

„Wie? Maria-Theresien-Straße 19?" Der leidenschaftliche Zorn, den ich schon einmal in ihren Augen gesehen hatte, war wieder da. Sie drehte sich abrupt um und ging davon. Ich kann mir nicht erklären, warum meine Adresse sie so erregt hat. Es sei denn ... nein! Das ist ausgeschlossen! Daran will ich nicht einmal denken!

Ich wusste nicht recht, worüber ich mit den schwatzhaften Damen plaudern sollte. Ihre Stimmen schwirrten um mich herum: „Ihr Neujahrsball war reizend, Gräfin ... die Gänseleberpastete war einfach köstlich ... ein wundervolles Kleid ... ich brauche eine neue

Coiffeuse ... meine Kinder haben Masern, wie lästig ... es ist heutzutage so schwierig, anständige Dienstboten zu finden ... diese französischen Flüchtlinge werden immer präpotenter..."

„Diese Menschen mussten wohl vor der Revolution fliehen?" fragte ich die dicke Dame neben mir.

Sie sah mich etwas leer an. „Vor welcher Revolution?" Immer wieder blickte ich verstohlen zur Tür. Die Damen gingen eine nach der anderen, ich aber zögerte den Abschied hinaus. Schließlich war ich der letzte Gast, und Lorel sah erschöpft aus. Gerade wollte auch ich mich verabschieden, da öffnete sich die Tür.

„Sie sehen wiederum hinreißend aus, Fürstin", sagte Klemens und küsste mir die Hand. „Nur eine Frau, die so jung ist wie Sie, sollte Schwarz tragen. Habe ich nicht recht, Lorel?" Er wandte sich an seine Frau. „Wie war's denn?"

„Ganz gelungen, glaube ich", sagte sie und legte die Hand auf die Stirn. „Aber so ein Damenkränzchen verursacht mir immer Kopfschmerzen. Du bist gerade rechtzeitig gekommen, mon cher. Du bringst die Fürstin doch nach Hause, nicht wahr?"

„Aber ich habe meinen Wagen hier", sagte ich und fürchtete, sie würden mein Herz klopfen hören.

„Wir schicken ihn eben weg. Sie werden mir doch nicht die Ehre versagen, Sie heimzugeleiten, Fürstin?"

Sein Wagen mit dem schwungvollen Wappen an der Tür wartete draußen. Nachdem wir uns gesetzt hatten, küsste Klemens die Innenseite meiner Hände. „Ich habe sehr viel an Sie denken müssen", sagte er zärtlich und sah mir in die Augen.

„Wirklich?" Ich hatte Angst, vor Erleichterung in Tränen auszubrechen. „Und ich . . : ich meinte schon, Sie hätten mich vergessen."

„Wie könnte ich! Falls Sie sich vernachlässigt gefühlt haben, bitte ich vielmals um Verzeihung. Ich war ungemein beschäftigt. Die Sachsen mit ihrer Servilität gegen Preußen machen mir große Sorgen. Ich muss alles daransetzen, um sie auf unsere Seite zu bekommen."

„Ich bin überzeugt, die Sachsen werden tun, was Sie wünschen, Graf", sagte ich und betrachtete eingehend sein Profil.

Er lächelte. „Ihr Vertrauen ehrt mich, Fürstin. Womit beschäftigten Sie sich in den vergangenen Tagen?"

„Ich habe mich mit meinem Haushalt beschäftigt", erzählte ich. Bestimmt las er in meinen Augen, dass ich nichts anderes getan hatte, als auf ihn zu warten. „Das Haus ist sehr behaglich", fuhr ich fort. „Ich fühle mich schon ganz heimisch. Und Dresden ist eine wunderschöne Stadt ... „Er lächelte und blickte mich unverwandt an. „Herr von Gentz besucht mich hie und da. . ."

„Der gute alte Fritz", sagte Klemens leichthin. „Ich muss Sie allerdings vor ihm warnen. Man erzählt sich, dass er hübsche Mädchen verspeist."

Die Kutsche hielt vor meinem Haus. Ich packte ihn am Ärmel. „Möchten Sie vielleicht eine Tasse Tee?" Meine Stimme klang fremd - atemlos, flehend.

Er sah mich kurz an. „Nichts könnte mich davon abhalten!" Er stieg aus und half mir aus dem Wagen.

Sobald wir in meinem Boudoir waren, nahm Klemens mich in seine Arme. „Chéri! Chéri ..." Ich bedeckte sein Gesicht mit Küssen. „Ich habe mich so nach dir gesehnt, ich ... ich habe es kaum ausgehalten vor Sehnsucht. Ich weiß nicht, was mit mir ist - ich habe so etwas noch nie erlebt."

Er küsste mich auf den Nacken, hob mich hoch und trug mich ins Schlafzimmer.

Plötzlich war mein Kopf wieder klar. „Nein!" rief ich. „Lass mich los."

Ohne auf meinen Protest zu achten, ging er lachend weiter.

„Graf Metternich, lassen Sie mich bitte los. Ich bitte Sie darum." Da musste er bemerkt haben, dass ich es ernst meinte. Er ließ mich los, rückte seine Halsbinde zurecht und entschuldigte sich. Wir tranken Tee, und nach einer Weile ging er.

Während sein Wagen davonrollte, weinte ich Tränen des Zorns und verwünschte mein Schicksal.

11. Januar 1801.

Rosen, Rosen, Rosen! Unzählige Rosen! Sie erfüllten jeden Raum meines Hauses mit ihrem Duft. Ich erhielt sie heute morgen, und kurze Zeit später erschien ihr Spender.

„Sie haben mich verzaubert“, Klemens Metternich küsste mich auf beide Hände. „Ich kann mich bei meiner Arbeit nicht mehr konzentrieren. Warum haben Sie mich gestern weggeschickt?“

Ich antwortete nicht, lächelte nur geheimnisvoll. Konnte ich ihm denn sagen, dass ich nach meiner Fehlgeburt noch nicht völlig wiederhergestellt war und dass mir das gestern mit Schrecken bewusst geworden war?

6. Kapitel

Dresden, Maria-Theresien-Straße 19, 15. Mai 1801.

In meinem kleinen Garten blühen Veilchen und Flieder. Die Frühlingssonne hier in Dresden ist mild und tut mir unendlich wohl. Ich fühle mich täglich kräftiger. Ich war krank. Eine Zeitlang haben die Ärzte sogar um mein Leben gefürchtet. Doch diese Krankheit hat mich vor einem Schicksal bewahrt, das schlimmer gewesen wäre als der Tod.

Die Rosen hatten mich gelehrt, dass ein Mann eine Frau noch heftiger begehrt,. wenn sie „nein“ sagen kann. Ich wies Klemens zurück, aber er besuchte mich immer öfter. Ich wusste allerdings nie, wann er kam. Und so wagte ich kaum, das Haus zu verlassen, aus Angst, ihn zu verfehlen. Manchmal kam er nachmittags zum Tee, manchmal spätabends nach einem Diner oder einem Empfang.

Am 24. März - nie werde ich diesen Tag vergessen - frühstückte ich gerade im Bett, als Klemens hereinstürzte. Es war neun Uhr morgens.

„Zar Paul ist ermordet worden!“

„Er ist tot?“

Klemens nickte.

Unerklärlicherweise brach ich in Tränen aus.

„Ganz Russland jubelt, wie ich höre“, sagte Klemens.

„Alexander ist zum neuen Zaren ausgerufen worden. Freust du dich nicht?“

„Doch, natürlich“, sagte ich und weinte weiter. „Aber der Tod ist etwas so Schreckliches, Endgültiges.“

Er reichte mir sein Batisttaschentuch, das nach Pomade duftete. Ich trocknete meine Augen und steckte das Tuch unter mein Kissen. „Seltsam“, flüsterte ich, „ich habe Onkel Paul immer gehasst, aber jetzt tut er mir leid. Er war so klein und hässlich, und niemand mochte ihn - nicht einmal seine eigene Mutter.“

„Die große Katharina war zu sehr damit beschäftigt, andere Männer zu lieben“, meinte Klemens lachend.

„Es war nicht Grand-mères Schuld, dass sie Paul keine gute Mutter war“, verteidigte ich sie. „Seine Großtante Elisabeth nahm ihn sofort nach der Geburt zu sich. Grand-mère ließ man auf einem harten Bett in einem eiskalten Zimmer liegen, und niemand kümmerte sich um sie."

„Wo war ihr Mann?"

„Peter? Dem war das völlig gleichgültig. Vermutlich war Paul sowieso nicht sein Sohn."

„War er denn impotent?"

Ich nickte. „Man behauptete es jedenfalls."

Klemens schüttelte den Kopf. „Dann war es also in Russland allgemein bekannt, dass Zar Paul ein außereheliches Kind war. Warum hat Katharina das nicht besser geheimgehalten?"

„Sie war fast noch ein Kind, als sie nach Russland kam, um Peters Frau zu werden. Erst vierzehn. Und er war nicht viel älter. Kaiserin Elisabeth wünschte, befahl die Geburt eines Erben. Was hätte Katharina tun sollen? Sie hatte Angst, man würde sie wieder nach Hause schicken."

Klemens begann zu lachen. „Wie schade, dass die Menschen nicht wissen, dass das lasterhafte Leben Katharinas nur ihrem Gehorsam zu danken war!"

„Mach dich nicht lustig über sie", bat ich. „Grand-mère war sehr unglücklich, solange Kaiserin Elisabeth lebte. Sie durfte ihr Kind nicht einmal sehen. Einmal schlich sie heimlich ins Kinderzimmer, das neben Elisabeths Schlafgemach lag, und fand den armen Knaben ganz in Schweiß gebadet. Seine Wiege war mit Silberfuchs ausgekleidet, und er war mit einer schweren pelzgefütterten Samtdecke zugedeckt."

„Kein Wunder, dass er sich nicht normal entwickelt hat", meinte Klemens trocken. „Weiß man übrigens, wer für sein Erscheinen auf dieser Erde verantwortlich war?"

„Einem Gerücht zufolge war es Sergej Saltikow, ein äußerst attraktiver russischer Adeliger."

„Äußerlich scheint Paul ihm allerdings nicht nachgeraten zu sein!"

„Nein." Ich konnte darüber nicht lachen. „Weißt du, wie er gestorben ist?"

„Jemand hat ihn in seinem Schlafzimmer erwürgt."

„Wer?"

„Das weiß man nicht."

Wieder begann ich grundlos zu weinen.

„Jedenfalls“, fuhr Klemens fort, „ist es ein Glück, dass Pauls Schreckensherrschaft nicht länger als fünf Jahre dauerte.“ Er strich mir über die Haare. „Arme kleine Fürstin! Es muss schrecklich gewesen sein, in seinem Palast zu leben.“ Ich legte meine Arme um seinen Hals, und wir küssten uns. Und ehe ich noch erfasste, was geschah, lag er nackt neben mir im Bett.

Er vergrub sein Gesicht in meinen Haaren, gedämpft hörte ich seine Stimme. „Du bist so warm, so weich ...“

Es wurde Mittag, und wir waren noch nicht aufgestanden.

Ich beugte mich über Klemens und zog mit dem Finger die Linie seiner Augenbrauen, seiner Nase, den schönen Schwung seiner Lippen nach.

„Ich habe ein schlechtes Gewissen wegen Lorel.“

„Wie meinst du das?“

„Sie ist der einzige Mensch in Dresden, der von Anfang an nett zu mir war. Und zum Dank dafür stehle ich ihren Mann.“

„Das tust du keineswegs“, meinte er empört. „Meiner Frau ist völlig klar, dass ein Mann heiratet, um eine Familie zu haben, und nicht, um dem Ruf seines Herzens zu folgen.“

Ich sah ihn an. „Aber sie liebt dich - das sieht man doch!“ Er legte seinen Arm um mich. „Sag mir lieber, dass du mich liebst, kleine Fürstin.“

Ich küsste ihn und vergaß darüber seine Frau.

„Mit Grand-mère hättest du es besser gehabt als mit mir, Chéri“, sagte ich schläfrig. „Jeder ihrer Liebhaber bekam ein Gut mit mehreren tausend Leibeigenen, eine monatliche Rente und zwanzigtausend Rubel in Gold.“

„Sehr großzügig“, sagte Klemens und streichelte meine nackte Schulter. „Ich könnte das Geld gut gebrauchen. Das Leben eines Gesandten ist verflucht teuer. Dabei fällt mir ein ... „ Er schaute auf die vergoldete Uhr auf meinem Nachttisch. „Ich muss zurück in die Gesandtschaft.“

Es klopfte. Ich war ärgerlich. Meine Bedienten hatten strengen Auftrag, mich nicht zu stören, wenn Graf Metternich bei mir war. „Was gibt es denn?“ rief ich.

Die Türe öffnete sich einen Spalt. Meine Kammerzofe steckte den Kopf herein. „Der Fleischerjunge kommt gerade von den

Czartoryskis. Er hat dort eine Kutsche gesehen, die anscheinend eine lange Fahrt hinter sich hatte."

„Hat er gesehen, wer ausgestiegen ist?" rief ich, und Angst begann mir die Kehle hochzusteigen.

„Graf Czartoryski und General Bagration. Der General ist auf dem Weg hierher." Die Tür wurde leise geschlossen. Klemens sprang aus dem Bett, zwängte sich hastig in seine Hosen. Binnen weniger Minuten war er angezogen, und ohne mir auf Wiedersehen zu sagen oder auch nur einen letzten Blick zuzuwerfen, rannte er aus dem Zimmer. Ich hörte noch, wie sein Wagen eilig davonfuhr.

Ich hatte kaum Zeit, mir das Gesicht mit kaltem Wasser zu waschen und mir einen Morgenrock überzuwerfen, als sich die Tür öffnete und mein Gatte hereinstelzte.

„Hast du schon gehört?" fragte er triumphierend.

Ich sah ihn verständnislos an. Ich konnte keinen klaren Gedanken fassen.

„Paul ist tot!"

„Ja, ich ... nein", verbesserte ich mich schnell, da mir gerade noch rechtzeitig einfiel, dass sicher nur die diplomatischen Vertretungen die Nachricht erhalten hatten und ich daher nichts wissen konnte. „Was ist geschehen?"

„Endlich hat es ihn erwischt!" Peter knöpfte sich den Kragen auf und setzte sich an den Bettrand. „Wir können wieder nach Hause fahren."

„Nach Hause!" Ich grub meine Fingernägel in die Handflächen.

„Was ist denn los mit dir?" fragte mein Mann, ungeduldig wie immer. „Verstehst du nicht, was das bedeutet? Alexej wird uns mit offenen Armen willkommen heißen." Er griff nach dem Taschentuch, das neben meinem Polster lag, und wischte sich den Schweiß von der Stirn.

Ich erstarrte. Er jedoch legte Klemens' Taschentuch zurück, ohne etwas zu bemerken.

„Wann?" presste ich endlich hervor.

„In einer Woche etwa, denke ich", sagte Peter und stand auf. Ruhelos ging er auf und ab.

„Das kommt alles so plötzlich", stammelte ich. „Ich kann noch gar nicht glauben, dass Onkel Paul wirklich tot ist. Wer hat ihn denn ermordet? Glaubst du ... glaubst du, dass Alexej davon gewusst hat?"

Peters Gesicht erstarrte. „Das soll dich nicht kümmern. Graf Adam erwartet, dass man ihn nun zum König von Polen macht. Er strahlt! Man wird das Ereignis ausgiebig feiern."

„Hast du Gräfin Isabella schon gesehen?" fragte ich vorsichtig. Ich fürchtete plötzlich, sie könnte sich über mich beschwert haben. Aber schon im nächsten Augenblick musste ich mir sagen, dass das sehr unwahrscheinlich war. Schließlich hatte ja ich sie gesehen, als sie Klemens küsste. Sie hatte also mehr Grund, sich Sorgen zu machen, als ich.

Peter schüttelte den Kopf. „Sie war nicht daheim. Dieses Haus hier ist besonders klein", meinte er abfällig. „Hast du nichts Besseres gefunden?"

„Ich war krank, als du fortgingst", erwiderte ich gereizt und bemerkte, dass Entrüstung ein schlechtes Gewissen beruhigt. „Du hast es nicht einmal für notwendig erachtet, mir zu sagen, ob und wann du zurückkehrst. Die Gräfin Metternich hat mir freundlicherweise geholfen, dieses Haus hier ausfindig zu machen." Das war keine ausgesprochene Lüge. „Für mich allein schien es groß genug."

„Das ist ja jetzt ganz gleichgültig", schnitt mir Peter das Wort ab. „Ich bleibe nicht lange hier." Missbilligend betrachtete er das offene Bett. „Schläfst du immer bis in den Nachmittag hinein?"

„Ich habe mich heute morgen nicht wohl gefühlt." Er sah mich prüfend an. „Du siehst müde aus." Während der darauffolgenden Tage hörte ich nichts von Klemens. Peter nahm seine ehelichen Rechte wahr; er hatte seinen Wunsch, einen Sohn zu zeugen, noch nicht aufgegeben. Er bemerkte nicht, dass ich jedes Mal wie Stein war und nachher stundenlang weinte.

Zwei Wochen später - zwei Tage vor unserer geplanten Abreise nach Russland - gaben die Metternichs einen Ball in der österreichischen Gesandtschaft. Die Czartoryskis, Peter und ich waren Ehrengäste.

„Trag alle deine Juwelen", befahl Peter. „Ich bin eine wichtige Persönlichkeit", meinte er hochmütig. „Jeder weiß, dass ich beim Zaren Einfluss haben werde." Er heftete sich alle seine Orden an die rot-goldene Galauniform. Ich legte das Brillantdiadem meiner Mutter an, Grand-mères birnenförmige Brillantohrgehänge und das glitzernde Brillanthalsband, Peters Hochzeitsgeschenk. Meine Hände zitterten so sehr, dass ich den Verschluss nicht alleine zubrachte. Werde ich ihm gefallen? Was wird er sagen? Ich sehe ihn heute zum letzten Mal, dachte ich verzweifelt.

„Es ist eine Freude, Sie anzusehen, Fürstin", begrüßte mich Lorel. Klemens stand neben ihr.

„Darf ich um diese Gavotte bitten, Fürstin?" Mit höflichem Lächeln geleitete er mich auf die Tanzfläche. „Chéri", ich war den Tränen nahe. „In zwei Tagen werde ich nach Russland fahren. Ich werde dich niemals wiedersehen."

„Aber natürlich werden wir uns wiedersehen", flüsterte er mir ins Ohr, und wir begannen zu tanzen. „Ich finde einen Weg. Und wenn ich nach Russland kommen muss." Er drückte mir beruhigend die Hand.

Mir kam eine Idee. „Chéri!" schrie ich beinahe. „Soll ich Alexej bitten, dich als österreichischen Botschafter nach Sankt Petersburg zu berufen?"

Er ließ einen Schritt aus. „Glaubst du, dass er das tun würde?"

Ich zögerte. Zum erstenmal wurde mir die Bedeutung der veränderten Situation mit all ihren Konsequenzen klar. Alexej war Zar! „Ja", sagte ich. „Sicher würde er das."

„Keine schlechte Idee." Klemens fasste mich enger. „Ich mag Dresden nicht, und Kaiser Franz wäre sicher froh, dem neuen Zaren einen Gefallen erweisen zu können."

„Ich habe mich so nach dir gesehnt", die Figuren des Tanzes zwangen uns immer wieder auseinander.

„Auch ich habe mich nach dir gesehnt", sagte er leise.

„Der Gedanke an dich hat mich keine Nacht schlafen lassen."

„Du hättest mir doch schreiben können", warf ich ihm zärtlich vor. „Ich hatte schon Angst, du wärest krank."

„Ich war krank vor Sehnsucht nach dir, kleine Fürstin. Ich hätte dir so gerne geschrieben, aber ich wollte dir Unannehmlichkeiten mit deinem Mann ersparen. Als ich dich damals so schnell verlassen musste - hat er doch nichts bemerkt, oder?"

Ich schüttelte den Kopf. „Peter war so glücklich über die Aussicht, nach Russland zurückzukehren, dass er sich sogar in dein Taschentuch geschnäuzt hat, ohne es zu bemerken."

Die Musik verstummte, wir mussten uns trennen. An jenem Abend tanzte er fast nur mit mir.

Beim Abschied umarmte mich Eleonore, Klemens verbeugte sich vor Peter und mir. Er wünschte uns eine gute Heimreise und gab der Hoffnung Ausdruck, uns irgendwann in der Zukunft wiederzusehen.

Ich weiß nicht mehr, wie ich zum Wagen gekommen bin. Mein Kopf dröhnte, im Herzen fühlte ich einen heftigen, schneidenden Schmerz.

Als meine Zofe mir beim Entkleiden half, brannte ich vor Fieber und konnte kaum atmen. Peter musste mitten in der Nacht einen Arzt holen lassen.

Der Arzt legte sein kaltes Ohr an meine glühende Brust und befahl mir zu husten. Etwas Heißes, Beängstigendes stieg mir die Kehle hoch. Das Kissen färbte sich rot.

„Was ist es denn?“ hörte ich Peter ungeduldig fragen. Der Arzt richtete sich auf. „Lungenentzündung.“ „Aber das ist doch unmöglich“, rief Peter entsetzt. „Übermorgen fahren wir nach Russland!“

Der Arzt schüttelte den Kopf. „Ich fürchte, die Fürstin wird lange Zeit unfähig sein, zu reisen.“

Ich ließ den Kopf auf das Kissen sinken und schloss die Augen.

Peter kehrte ohne mich nach St. Petersburg zurück. Heute, vier Monate später, bin ich immer noch sehr ruhebedürftig. Der Arzt meint, dass das russische Klima für mich lebensgefährlich wäre, und Peter ist damit einverstanden, dass ich auf unbestimmte Zeit in Dresden bleibe. Heute hat Klemens Geburtstag - achtundzwanzig Jahre wird er alt. Ich glaube, ich höre unten schon seinen Wagen.

7. Kapitel

Dresden, 1. September 1801.

In diesem Sommer wohnte Klemens nur offiziell in der österreichischen Gesandtschaft, in Wahrheit wohnte er bei mir. Seine Frau und Marie verbrachten den Sommer auf einem Landsitz der Familie Kaunitz bei Salzburg, während er als Angehöriger des Diplomatischen Korps Dresden nicht verlassen konnte. Während meiner Krankheit hat mich Lorel oft besucht - wir sagen uns seit damals du. Viele Stunden lang ist sie an meinem Bett gesessen, hat meine Hand gehalten und mir die Haare aus der Stirn gestrichen.

„Es ist mir ein großer Trost zu wissen, dass du hier bist, Katharina", sagte sie mir vor ihrer Abreise. „Versprich mir, dass du dich ein bisschen um Klemens kümmern wirst. Er ist so ungern allein."

„Ich werde ihn zum Abendessen einladen, sooft er Zeit hat", sagte ich. „Allerdings ist meine Köchin nicht so exzellent wie eure."

„Ich schicke dir Anna!" rief Lorel. „Du würdest mir damit einen großen Gefallen erweisen. Anna ist Wienerin und gerät immer in Selbstmordstimmung, wenn es niemanden gibt, für den sie kochen und backen darf. Ihre Kochkunst wird dir gut tun - du bist während deiner Krankheit recht mager geworden, Katharina. Außerdem wird Klemens dann noch lieber hierher kommen."

„Deine Frau will mir den Sommer über eure Köchin leihen", berichtete ich Klemens ein wenig später. „Wunderbar", meinte er. „Sie macht ein so viel besseres Souffle als deine Köchin."

„Aber, Chéri, wird sie denn nichts ausplaudern?"

Er hob mein Kinn in die Höhe und küsste mich auf die Nase. „Mach dir keine Sorgen, Kitty. Anna ist mir sehr ergeben."

„Wie alle Frauen", lächelte ich.

„Mich interessiert aber nur die Ergebenheit einer einzigen." Er zog mich in seine Arme.

Ich kann es immer noch nicht fassen, dass Klemens mich liebt. Warum aber wäre er sonst bei mir geblieben? Während der heißen Sommerwochen hatte er in der Gesandtschaft nicht viel Arbeit. Er ging morgens, während ich noch schlief, aus dem Haus und kam zu Mittag zurück. Nach dem Essen ruhten wir meist für eine oder zwei Stunden. Am Nachmittag lag ich im Garten unter einem Baum, während Klemens mir aus Büchern von Voltaire und Rousseau vorlas. Ich kann mich an ihren Inhalt nicht mehr erinnern. Ich fühlte mich immer noch schwach, und es genügte mir, seine Stimme zu hören und dabei den Vögeln und den Wolken am Himmel nachzublicken.

Abends kam meist Friedrich von Gentz. Er konnte sich keinen Landaufenthalt leisten, und Klemens meinte, es wäre eine gute Tat, ihm eine ordentliche Mahlzeit vorzusetzen.

Nach dem Essen begannen Fritz und Klemens in der Regel zu streiten.

„Österreich muss den Kampf gegen Napoleon wieder aufnehmen", meinte Fritz immer wieder. „Du musst das dem Kaiser klarmachen, mein lieber Klemens. Ihr müsst ihn besiegen, ehe es zu spät ist."

„Leider hat er soeben uns besiegt", warf Klemens ärgerlich ein. „Bist du denn nicht froh, dass endlich Friede herrscht?"

„Dieser Friede ist nicht von Dauer", beharrte Fritz. „Napoleon ist eine Gefahr für ganz Europa. Er wird nicht ruhen, ehe es ihm nicht gehört."

„Du übertreibst." Klemens nippte an seinem Brandy. „Frankreich ist endlich wieder zivilisiert."

„Zivilisiert!" höhnte Fritz. „Eine Gesellschaft von Wäschermädchen und Fischweibern?"

Klemens lachte. „Wie ich höre, spricht man die Frauen nicht mehr mit Bürgerin an, sondern mit Madame. Es würde mich gar nicht wundern, wenn auch die Monarchie wieder eingeführt würde. Meiner Meinung nach ist sie die einzige Staatsform, die ein Volk zusammenhält."

„Und wer sollte der Monarch sein?" fragte Fritz sarkastisch. „Vielleicht gar Bonaparte? Das wäre jedenfalls ein Grund mehr für dein Land, sich einzumischen und zu verhindern, dass das geschieht."

Ich saß auf der Armlehne von Klemens' Stuhl. „Wenn Österreich Napoleon den Krieg erklärt", warf ich ein, „würde Russland euch nicht unterstützen - jetzt, da Alexander Zar ist?" Während ich krank war, hatte Alexej mir zusammen mit meiner monatlichen Überweisung einen Brief geschickt. Er übermittelte mir Genesungswünsche und versicherte, dass „seine liebe, kleine Schwester immer einen Platz in seinem Herzen habe". Diese Worte hatten mich sehr glücklich gemacht, und Klemens, dem ich den Brief gezeigt hatte, hatte sie interessiert gelesen.

„Es ist noch zu früh", sagte er nun und schüttelte den Kopf. „Alexander muss sich erst durchsetzen, und Österreich muss neue Kräfte sammeln."

15. September 1801.

Lorel ist wieder in Dresden. Heute hat Klemens zum erstenmal seit drei Monaten nicht mit mir und Fritz zu Abend gegessen. Auch seine österreichische Köchin ist nicht mehr hier, und ich habe eine neue engagiert.

„Dieses Rindsgulasch hat überhaupt keinen Geschmack", sagte ich und legte Messer und Gabel weg.

„Mir schmeckt es." Fritz kaute mit vollen Backen weiter.

Plötzlich konnte ich seinen Anblick nicht mehr ertragen. „Ich habe Migräne", erklärte ich und stand auf. „Entschuldigen Sie mich, Fritz. Essen Sie bitte allein weiter."

Er stand ebenfalls auf und stellte sich mir in den Weg. „Seien Sie doch nicht so unglücklich, Fürstin Katharina", sagte er in seinem preußischen Tonfall, der immer so überheblich klang, „es gibt schließlich noch andere Männer auf dieser Welt als Klemens Metternich." Er streckte seine Hand aus, umfasste mich, und seine dünnen, vom Essen fettigen Lippen drängten sich an meinen Mund. Ich war so verblüfft, dass ich mich einen Augenblick lang nicht einmal wehrte.

Wie grauenhaft, dachte ich. Dieser Mensch zieht alles Schöne zwischen mir und Klemens in den Schmutz. Ich war außer mir vor Wut. Mit aller Kraft stieß ich ihn von mir und schlug ihn ins Gesicht. Nie zuvor habe ich einen Mann so bleich werden gesehen. Der Abdruck meiner Finger brannte rot auf seiner Wange.

„Das werden Sie mir büßen", zischte er. „Worauf sind Sie eigentlich so stolz, Fürstin? Bin ich nicht gut genug für Sie? Schlafen Sie nur mit Aristokraten?"

Ich lief an ihm vorbei in mein Schlafzimmer. Ich zittere jetzt noch. Morgen muss ich mit Klemens sprechen - ich will nicht länger seine Mätresse sein. Lorel tut mir zwar leid, aber Klemens muss sich scheiden lassen und mich heiraten. Peter Bagration wird mir sicher keine Schwierigkeiten machen, wenn ich ihn um meine Freiheit bitte.

17. September 1801.

Bevor ich noch mit Klemens über meinen Entschluss sprechen konnte, erzählte er mir, dass seine Frau schwer krank war. „Lorel hat sich in Österreich in der feuchten Gebirgsluft eine böse Erkältung zugezogen", berichtete er und runzelte die Stirn. „Die Heimreise hat ihren Zustand noch verschlimmert. Es scheint eine schwere Lungenentzündung zu sein."

„Ich muss sie gleich morgen besuchen. Sie war so nett zu mir, als ich krank war."

„Lorel kann zur Zeit keine Besuche empfangen", sagte Klemens. „Sie sieht aus wie ein Gespenst, und sie hustet Blut."

„Die Ärmste", murmelte ich und kam mir vor wie eine Heuchlerin. Ich wollte nicht daran denken, und doch ging es mir nicht aus dem Kopf: Vielleicht würde Lorel sterben. Jedenfalls musste ich meine Pläne vorläufig zurückstellen. Ich konnte jetzt nicht von Scheidung sprechen.

Klemens sah besorgt aus. „Bald beginnt in Dresden die Saison. Ich muss Bälle besuchen und selbst Empfänge geben. Ich brauche eine Gastgeberin. Lorel hat dich vorgeschlagen - würdest du das tun?" Er zog mich an sich und lehnte seine Wange an meinen Kopf.

„Du weißt, wie gerne ich alles tue, was du möchtest, Chéri", sagte ich und schmiegte mich an ihn. „Es würde mich sehr glücklich machen, an deiner Seite in der Öffentlichkeit zu erscheinen. Nur - schließlich bin ich verheiratet. Wird es nicht Klatsch geben?"

„Fritz wird uns immer begleiten. Dann wird man nie genau wissen, ob er oder ich oder keiner von uns beiden dein Geliebter ist."

„Das ist ausgeschlossen! Ich will Fritz nie mehr sehen!" Ich erzählte Klemens, was sich zugetragen hatte.

„So ein Gauner!" lachte Klemens. „Ich werde dafür sorgen, dass er sich bei dir entschuldigt."

„Ich verzichte auf seine Entschuldigung. Ich will sein Gesicht nie wieder sehen."

„Sei kein Kind, Kitty. Er war sicher nicht der letzte Mann, der dich zu küssen versucht. Du musst lernen, dich würdevoll aus der Affäre zu ziehen. Fritz wird sich entschuldigen, und du wirst ihm gnädig vergeben.“ Es war etwas in seiner Stimme, das keinen Widerspruch duldete.

19. September 1801.

Klemens kam heute Nachmittag überraschend in mein Boudoir, während die Schneiderin mir gerade ein grünes Chiffonkleid anprobierte. „Chéri“, rief ich. „Ich habe dich nicht erwartet!“ Ich wandte mich an das Mädchen, das am Boden hockte, den Mund voller Stecknadeln. „Kommen Sie ein wenig später, Mademoiselle.“

„Bitte lass dich nicht stören!“ Klemens setzte sich in einen Lehnstuhl. „Ich sehe gerne zu.“

Er betrachtete das Kleid. „Eine hübsche Farbe. Aber warum so hochgeschlossen?“

„Schneiden Sie es ein wenig weiter aus“, befahl ich der Französin. Sie nahm die Schere, machte einen kleinen Einschnitt und bog den Stoff um.

Klemens schüttelte den Kopf und trat hinter mich. Ich hörte das Geräusch reißenden Stoffes. „Stecken Sie es jetzt!“ befahl er dem Mädchen.

„Chéri!“

„Du hast einen wunderschönen Busen, Kitty. Weshalb willst du ihn verstecken?“

„Ich kann doch so nicht unter Leute gehen!“ Ich wagte es kaum, in den Spiegel zu sehen.

„Ich wüsste nicht, wofür du dich schämen müsstest.“

„Ein tiefes Dekollete ist große Mode in Paris“, versicherte die Schneiderin. „Die Französinnen schnüren das Korsett allerdings enger. So ...“ Sie griff unter den Stoff und zog ihn enger. Im Spiegel sah ich meine Brüste zu zwei weißen Halbkugeln anschwellen.

„So ist es richtig.“ Klemens nickte zufrieden. „Gerade die Spitzen sollen bedeckt sein.“

„Willst du allen Ernstes, dass ich so auf einen Ball gehe, Chéri?“ Ich konnte kaum atmen. Ich erinnerte mich, wie schockiert ich an jenem Nachmittag bei Gräfin Isabella gewesen war. Dabei waren die Dekolletes der Damen damals im Vergleich zu meinem ausgesprochen züchtig gewesen.

„Aber sicher! Kein Mann wird dir widerstehen können.

„Wirst du da nicht eifersüchtig sein?“

„Ihr Neid wird mich amüsieren.“

„Die Französinnen befeuchten ihre Kleider, bevor sie den Ballsaal betreten“, mischte sich die Schneiderin wieder ein. „Sie wollen, dass der Stoff am Körper klebt.“

„Das müssen wir ja nicht unbedingt nachmachen.“ Klemens lächelte. „Mein Bedarf an Lungenentzündungen ist für eine Weile gedeckt.“

„Chéri . . .“ Langsam gewöhnte ich mich an den Anblick meiner nackten Brüste. „Ich kann mir trotzdem nicht vorstellen, dass ich in diesem Kleid einen Ballsaal betrete.“

„Unsinn. Ich werde an deiner Seite sein, und du wirst den Kopf ganz hoch tragen. Wenigstens gewöhnst du dich an diese Mode. Wer weiß, vielleicht nehme ich dich einmal mit nach Paris?“ Er neigte seinen Kopf und küsste meine bloße Brust.

1. Oktober 1801.

Gestern Abend besuchten wir einen Ball, den Friedrich III. von Sachsen gab. Ich trug das grüne Chiffonkleid. Ich hatte mein Gesicht weiß gepudert und Wangen und Lippen rötlich gefärbt. Meine Haare waren zu glänzenden Locken aufgetürmt, nur zwei Haarsträhnen ringelten sich lose im Nacken. Friedrich von Gentz machte ein vollkommen ausdrucksloses Gesicht, als er in meinen Salon trat, um mich abzuholen. Er verbeugte sich und küsste mir die Hand. Einige Tage zuvor hatte er mich schriftlich um Vergebung gebeten.

„Fürstin Katharina Bagration!“ rief der Haushofmeister, als wir den Saal betraten. „Seine Exzellenz, Graf von Metternich! Herr von Gentz!“

Hunderte Gesichter wendeten sich uns zu. Es herrschte eine furchtbare Stille. Als junges Mädchen hatte ich oft geträumt, ich liefe nackt durch die Straßen von St. Petersburg. Diesmal war es kein Traum. Ich darf nicht ohnmächtig werden, dachte ich verzweifelt und machte meine Knie steif. Meine Augen suchten Klemens’

Gesicht. Er lächelte ungezwungen und bot mir die Hand, um mich die Stufen hinunterzuführen.

Wir gingen von einer Gruppe zur anderen. Die Herren verneigten sich tief und küssten mir die Hand. Die Damen blickten feindselig und nickten mir nur flüchtig zu. Hinter uns flüsterte jemand: *„Le bel ange nu."*

„Hast du gehört?", fragte Klemens leise. „Man nennt dich den schönen, nackten Engel!" Die Herren belagerten mich. Binnen kurzer Zeit war meine Tanzkarte ausgefüllt. Ich schwebte von Arm zu Arm. Erst als es Zeit war heimzufahren, sah ich Klemens wieder.

„Du warst die Ballkönigin!", rief er, als wir in der Kutsche saßen. „Morgen wird ganz Dresden nur von dir sprechen, Kitty! Habe ich nicht etwas aus ihr gemacht, Fritz?"

„Das hast du, Klemens, das hast du.", sagte Gentz ausdruckslos. „Bestimmt." Bei seinem Gasthof ließen wir ihn aussteigen.

Dann nahm mich Klemens in seine Arme und begann mich heftig zu küssen. „Hast du ihre Gesichter gesehen?", lachte er. „Mein Gott, die Augen sind ihnen beinahe herausgefallen! Und eifersüchtig waren sie! Wie gerne hätten sie dich mir weggenommen."

„Niemand kann mich dir wegnehmen, Chéri.", flüsterte ich an seiner Wange. „Ich habe mit mehr als hundert Männern getanzt, und ich weiß nicht einmal, wie sie ausgesehen haben. Jeder hat gefragt, ob er mich besuchen darf, und ich habe sie alle abgewiesen."

Klemens hob seinen Kopf. „Du darfst nicht zu unfreundlich sein, Kitty.", ermahnte er mich sanft. „Man soll zwar den Verdacht haben, dass wir zusammengehören, genau wissen soll es jedoch niemand. Ich bin verheiratet - du auch. Du musst die Menschen zum Narren halten, nicht brüskieren. Was ist schon dabei, wenn der eine oder andere dich besucht? Zum Beispiel Graf Cobenzl. Es ist mir aufgefallen, wie sehr er sich um dich bemüht hat. Er ist ein wichtiger Mann in Österreich - sozusagen mein Vorgesetzter."

„Er ist siebzig!" Soweit ich mich erinnerte, hatte der alte Mann mit dem weißen Haarkranz unangenehm eng getanzt.

„Eben. Ein alter Herr. Lächle ihm zu, mach ihm ein bisschen Freude. Er kann uns so manchen Gefallen erweisen."

Klemens blieb über Nacht bei mir.

„Chéri", flüsterte ich. „Chéri, liebst du mich?"

„Weißt du das denn nicht?" erwiderte er zärtlich. „Weißt du das denn nicht, Kitty?"

8. Kapitel

Dresden, 7. Februar 1803, Mitternacht.

Heute hatte ich Geburtstag. Ich bin zwanzig, also nicht mehr jung. Am Morgen kamen von Klemens drei Dutzend gelbe Rosen. Ich habe den ganzen Tag auf ihn gewartet, aber er konnte sich offensichtlich nicht freimachen. Vorige Woche holte er seine Frau aus dem Sanatorium, in dem sie das vergangene Jahr zugebracht hatte. Ich habe es noch nicht über mich gebracht, sie zu besuchen. Die Leute hier kennen mich als Gesellschaftsdame und ständige Begleiterin des Grafen Metternich. Man lud uns meist gemeinsam ein, ich arrangierte die Empfänge in der österreichischen Gesandtschaft und gab in meinem Haus kleine Diners für Besucher, die für Klemens besonders wichtig waren. Obwohl Friedrich von Gentz immer dabei war, weiß man sicher, dass ich die Geliebte Metternichs bin.

8. Februar 1803.

Heute Nachmittag kam er zum Tee. „Chéri!“ Ich lief ihm entgegen und küsste ihn. „Wo warst du gestern? Ich habe auf dich gewartet und konnte die ganze Nacht nicht schlafen. Ich hab mir solche Sorgen gemacht - warst du krank?“

„Ja. Ich bin etwas verkühlt.“

Ich sah ihn prüfend an. Die blauen Augen waren klar, die glattrasierten Wangen rosig. „Du siehst aber recht gesund aus.“

„Es hat stark geschneit, und Lorel wollte mich nicht aus dem Haus lassen.“

„Was für ein folgsamer Ehemann du geworden bist.“

„Schimpf nicht, Kitty.“ Er lachte und zog mich an sich. „Hast du meine Blumen bekommen?“

„Ja, sie sind wunderschön. Danke.“

Er ließ mich los. „Was ist denn los, Kitty?“

„Nichts.“

„Komm! Warum schaust du so böse?“

„Chéri ... wie soll es nun weitergehen?“

„Wie meinst du das?“

„Mit uns, mit dir und mir. Was wird geschehen - jetzt, da Lorel wieder hier ist?“

„Gar nichts wird geschehen.“ Er zuckte mit den Achseln. „Sie ist noch schwach. Die Schweizer Ärzte haben mir gesagt, dass sie viel Schonung braucht. Du solltest sie besuchen, Kitty.“

Er setzte sich, zog mich auf seinen Schoß und schmiegte sein Gesicht an meine Haare. „Hör zu, Kitty“, sagte er leise, „wir werden ein bisschen vorsichtiger sein müssen. In der Gesandtschaft geht nicht alles nach Wunsch. Man hat mich hierher geschickt, damit ich die Sachsen für uns gewinne. Wie du weißt, ist mir das nicht gelungen. Ich fürchte, dass man in Wien meine Versetzung plant.“

„Versetzung?“ Ich hob den Kopf und sah ihn entsetzt an. „Das heißt, du müsstest Dresden verlassen?“

„Graf Stadion wurde von Berlin abberufen und nach Russland versetzt. Ich würde gerne die Gesandtschaft in Berlin übernehmen. Die Familie Kaunitz hat großen Einfluss bei Kaiser Franz; Lorel hat ihren Vater bereits gebeten, mit ihm zu sprechen.“

„Chéri, was wird aus mir, wenn du nach Berlin gehst?“ Er küsste mich. „Aber es ist ja noch gar nichts entschieden. Und wer sagt, dass du in Dresden bleiben musst? Berlin ist eine aufregende Stadt, sie würde dir gefallen, Kitty.“

Fritz kam zum Abendessen. Er und Klemens besprachen die mögliche Berufung nach Berlin. „Ich sähe dich gerne als Gesandten in Preußen“, meinte Fritz und spießte mit der Gabel große Bissen einer Ente *á l'orange* auf. „Österreich muss sich mit einer anderen Großmacht zusammenschließen. Nur so kann sie Napoleon endgültig schlagen.“

„Ich sehe noch immer nicht ein, warum Napoleon unbedingt vernichtet werden muss.“, sagte Klemens eigensinnig und wiederholte einmal mehr seine Ansicht: „Bonaparte hat schließlich der Revolution ein Ende bereitet.“

„Das stimmt nicht.“, erwiderte Gentz ebenso halsstarrig. „Er hat sich die Revolution zu eigen gemacht und verbreitet sie jetzt mit Gewalt. Ich sage dir, wer Frankreich bekämpft, kämpft für Europa und für das Gleichgewicht der Staaten. Du könntest dem Weltfrieden in Berlin sehr nützlich sein, alter Freund.“ Er leerte sein Glas Rotwein. „Schließ dich Königin Luise an“, rief er. „Sie hat erkannt, wie gefährlich Napoleon ist.“

„Ich habe sie einmal in Frankfurt gesehen.", bemerkte Klemens. „Eine bildschöne Frau."

„Aber ihrem Gemahl, dem König, absolut treu!" warf Fritz sofort ein. Die beiden schienen meine Gegenwart völlig vergessen zu haben. Ich beschloss, den Zaren um Hilfe zu bitten.

9. Februar 1803.

„Liebster Alexej!", schrieb ich, sobald Klemens und Fritz gegangen waren. „Deine Schwester hat Sorgen. Zum erstenmal im Leben habe ich das Glück kennengelernt, einen Mann, der mich schätzt und begehrt. Bei ihm fühle ich mich geborgen. Nun aber - wenn Du, liebster Bruder, mir nicht hilfst - wird man ihn mir nehmen. Ich flehe Dich an, Alexej, bitte den Kaiser von Österreich, dass er an Stelle von Graf Stadion Graf Klemens Metternich nach Russland entsendet! Er ist ein brillanter Staatsmann, er würde Deine Politik sicher unterstützen. Wenn ich dessen nicht ganz sicher wäre, würde ich diese Bitte nicht an Dich richten. Ich sehne mich nach meiner Heimat. Hier in Dresden bin ich ja doch ein Fremdling. Wenn der Mann, dem mein Herz gehört, nach St. Petersburg käme, wäre ich wunschlos glücklich ..."

Heute morgen las ich den Brief noch einmal durch. Sentimentales Geschwätz! Alexej würde mich für verrückt halten! Schließlich ist mein Mann sein Freund! Ich verbrannte den Brief.

14. Februar 1803.

Peter ist wieder abgereist. Mir ist, als hätte ich zwei Tage lang den Atem angehalten. Am Samstag kam er an. Es war schon Abend, ich war im Ballkleid und wollte gerade wegfahren, als die Türglocke schrillte. Ich dachte, es wäre Fritz, der mich zum Ball abholte, und rief hinunter, dass ich gleich käme. Seit kurzem fahre ich mit Fritz zu den diversen Gesellschaften, und wir treffen Klemens erst dort. Auf der Stiege wäre ich beinahe mit meinem Mann zusammengestoßen.

„Peter! Du - in Dresden?"

„Ich bin auf dem Weg nach Wien."

Wir gingen in mein Boudoir. „Ich soll mir im Auftrag des Zaren die österreichische Armee ansehen." Sein Gesicht und seine Haare waren grau wie immer, aber um seinen Mund waren Falten entstanden.

Er starrte mich an.

„Katharina! Was fällt dir ein? Du siehst aus wie eine Hure!"

Ich versuchte, mein Dekollete mit den Händen zuzudecken.

„Du wirst hungrig sein." Ich war ganz ruhig. „Ich werde der Köchin sagen, dass sie dir etwas zu essen richtet. Ich muss leider gehen, ich bin eingeladen."

„Du gehst nicht! Ich verbiete dir, dich derart unbekleidet in der Öffentlichkeit zu zeigen."

Jeden Augenblick konnte Fritz erscheinen, dachte ich angsterfüllt. Und bei der Gräfin Fürstenberg wartete Klemens auf mich.

„Ich habe dich weder gesehen noch von dir gehört, seit du mich hier mit einer schweren Lungenentzündung zurückgelassen hast.", sagte ich eisig. „Ich habe die ganze Zeit von meinen eigenen Einkünften gelebt. Mit welchem Recht willst du mir etwas verbieten?"

Sein Blick löste sich nicht von meiner Brust. „Du bist immer noch meine Frau."

Er kam näher, seine harten Finger gruben sich in meine nackten Schultern, und er zerrte mich ins Schlafzimmer.

13. März 1803.

Wilhelmina von Sagan ist in Dresden. Vorgestern war sie bei mir zum Tee. Als Kinder nahmen wir bei demselben Lehrer Französischunterricht. Grand-mère hatte gemeint, es wäre angenehmer für mich, wenn ich eine Mitschülerin hätte. Wilhelmina war jedoch drei Jahre älter als ich und begriff natürlich alles viel schneller. Grand-mère, die sonst so verständnisvoll war, schien den Altersunterschied völlig zu übersehen und lobte Wilhelmina überschwänglich. Nun, da wir uns nach so vielen Jahren wiedersahen, umarmten wir einander und vergossen ein paar Tränen.

„Du siehst blendend aus", sagte ich und betrachtete die weißen Zähne, die lebhaften braunen Augen und die Fülle ihres dunklen Haares.

„Ich sehe grässlich aus!" Mit einem Seufzer ließ Wilhelmina sich auf mein Sofa sinken. „Meine liebe Katharina, du ahnst ja nicht, wie viel ich mitgemacht habe, wie viel Unrecht ich erdulden musste. . ."

Wilhelmina hatte schon als Kind aus jedem kleinen Missgeschick ein Drama gemacht. „Wenn es dir recht ist, trinken wir Tee, während du mir alles erzählst, ja?" Ich sah verstohlen auf die Uhr. In einer Stunde sollte Klemens kommen.

Wilhelmina knabberte an einem Keks. „Ich habe gar keinen Appetit", sagte sie mit matter Stimme. „Ich nehme immer mehr ab, seit meine Verlobung auseinandergegangen ist."

„Ich wusste gar nicht, dass du dich verlobt hast."

„Mit dem herrlichsten Mann der Welt! Einem Neffen Friedrichs des Großen. Mit Prinz Louis Ferdinand, einem blonden Halbgott! Er ist noch hübscher als Alexej. Er hat mich angebetet, er hat mich mit Geschenken überschüttet. Der Termin für die Hochzeit war schon festgesetzt - da hat König Friedrich Wilhelm plötzlich die Heirat verboten."

„Wie furchtbar!" sagte ich. „Was hatte denn der König von Preußen gegen dich einzuwenden?"

„Sicher hat er vom schlechten Ruf meiner Mutter gehört", sagte Wilhelmina bitter und nahm noch ein Keks. „Meinst du nicht auch, sie könnte endlich aufhören, einen Liebhaber nach dem anderen zu haben? Eine Witwe mit vier erwachsenen Töchtern! Aber die Herzogin von Kurland denkt natürlich nur an sich selbst!"

„Was führt dich nach Dresden?"

„Ach, wir sind alle hier." Wilhelmina wischte die Krumen von ihrem Rock. „Mama sucht Gatten für meine Schwestern."

„Und was wird aus dir?"

„Aus mir? Aber ich bin ja verheiratet. Als Louis Ferdinand mich sitzen ließ, heiratete ich den Prinzen Rohan. Aber das war ein großer Fehler! Er interessiert sich nur für das Geld, das ich von meinem Vater geerbt habe. Ich sehe ihn nie."

„Das ist alles sehr traurig", meinte ich bedauernd. „Grand-mère hat immer gesagt, man soll nie etwas aus gekränkter Eitelkeit tun oder aus Rücksicht auf das Gerede der Leute - das bringt nur Unglück!"

„Sie war eine kluge Frau“, seufzte Wilhelmina. „Erinnerst du dich noch, wie sehr sie mein Französisch gelobt hat?“

„Wenn ich dir nur irgendwie helfen könnte“, sagte ich daraufhin eher kühl.

„Das kannst du, meine liebe Katharina“, versicherte sie und betupfte mit einem Batisttuch die Augen. „Ich kenne niemanden in Dresden, und ich hoffe, wir werden wieder Freundinnen.“

Ich hatte noch nicht geantwortet, als sich die Tür öffnete und Klemens eintrat. Es blieb mir nichts übrig, als ihn Wilhelmina vorzustellen.

Sie wurde sofort munter.

„Aber, Katharina, du hast mir ja gar nicht erzählt, dass du so interessante Freunde hast!“ Sie lachte - wohl um ihre weißen, gleichmäßigen Zähne zu zeigen!

„Kitty hat es auch versäumt, mir von ihrer charmanten Schulfreundin zu erzählen“, sagte Klemens galant und setzte sich neben Wilhelmina auf das Sofa. „Ich finde Russinnen einfach unwiderstehlich.“

In meinen Schläfen begann ein Schmerz zu pochen. „Möchtest du Tee, Chéri?“ fragte ich und beschloss, keinen Zweifel darüber aufkommen zu lassen, dass dieser Mann mir gehörte.

„Tee? Wollen wir nicht lieber alle ein Glas Sherry trinken?“

Wilhelminas braune Augen folgten ihm zur Anrichte, wo er aus einer Karaffe drei Gläser füllte. „Wie geht es eigentlich deinem Mann, liebste Katharina?“ fragte sie sanft. „Ich habe General Bagration als besonders ernsten, schweigsamen Mann in Erinnerung.“

„Er war vor drei Wochen hier“, antwortete ich kurz.

Ich versuche immer noch, diesen Besuch zu vergessen. Peter hatte mich eine Hure genannt und mich auch wie eine Hure behandelt. Trotz meines heftigen Widerstandes hatte er mich mit Gewalt genommen. An den darauffolgenden Tagen musste ich mich nach jeder Mahlzeit übergeben.

Wilhelmina wollte und wollte nicht aufbrechen, ihr oberflächliches Geplapper war mir unerträglich. Klemens lachte sehr viel. Schließlich hielt ich es nicht mehr aus; ich bat Wilhelmina, mich heftiger Kopfschmerzen wegen zu entschuldigen.

„Meine Ärmste“, rief sie. „Warum hast du das denn nicht schon früher gesagt?“ Sie wandte sich an Klemens. „Ich glaube, es ist besser, wir ziehen uns zurück, meinen Sie nicht auch, Graf Metternich?“

Klemens sah mich fragend an. Ich schüttelte hinter Wilhelminas Rücken heftig den Kopf und deutete ihm, er möge bleiben. Er hatte mir versprochen, den Nachmittag mit mir zu verbringen.

„Ich fühle mich noch so schrecklich verloren in Dresden“, sagte Wilhelmina und ihre Stimme klang plötzlich wie die eines kleinen Mädchens. „Ich glaube, ich finde nicht allein heim.“

„Es wird mir eine Ehre sein, Sie zu begleiten“, sagte Klemens galant und stand auf.

Nachdem die beiden gegangen waren, griff ich nach dem nächstbesten Gegenstand und warf ihn mit aller Kraft auf den Steinboden. Zu spät erst bemerkte ich, dass es Lorels Porzellanfigurine war, die in tausend kleine Stücke zerbrach.

Als Klemens zwei Stunden später wiederkam, war er bester Laune.

„Eine äußerst intelligente junge Dame, deine Freundin. Spricht ausgezeichnet Französisch.“ Er streckte sich auf meinem Bett aus.

Ich saß vor meinem Toilettetisch und bürstete mir die Haare. Im Spiegel sah ich, dass er lächelte und die Hände unter dem Kopf verschränkte.

„Ich wusste nicht, dass es die Intelligenz einer Frau ist, die dich anzieht, Chéri. Intelligent ist deine eigene Frau auch. Wenn dir das so wichtig ist, warum machst du dir dann überhaupt die Mühe, sie zu betrügen?“

Klemens stand auf, legte seine Arme um mich und küsste mich auf den Nacken. „So scharfe Krallen kenne ich gar nicht an dir. Warum bist du denn so böse?“

„Du hättest ja nicht sofort springen müssen, um sie heimzubringen! Sie ist eine unausstehliche Person, und das war sie schon immer, schon als Kind.“

„Was konnte ich denn anderes tun? Da sie sich in Dresden nicht auskennt ...“

„Sie kennt sich vermutlich besser aus als wir beide zusammen“, sagte ich verärgert. „Außerdem wohnt sie nur wenige Straßen von hier entfernt. Es kann unmöglich zwei Stunden gedauert haben, sie nach Hause zu bringen.“

„Sie wollte mich ihrer Mutter vorstellen.“ Seine Stimme klang nun leicht verärgert. „Ich konnte doch nicht so unhöflich sein und ablehnen. Ich trank ein Glas Sherry, wir plauderten eine Weile und dann verabschiedete ich mich. Ich bin zu dir zurückgekommen - genügt dir das nicht?“ Er wollte mich küssen.

Ich wandte den Kopf ab. „Wenn du lieber bei ihr geblieben wärest - mir hätte es nichts ausgemacht.“ *Ich* wollte, dass er mich um Verzeihung bat.

Er ließ mich los. „Schön“, sagte er kühl. „Wenn das so ist, kann *ich* ja immer noch gehen.“

Er wartete einen Augenblick. Ich schwieg. Da drehte er sich um und ging.

Weinend warf ich mich aufs Bett. Das Kissen roch noch nach seiner Pomade.

Am Abend schickte er mir Rosen, und am nächsten Morgen versöhnten wir uns. „Chéri“, ich zog ihn eng an mich. „Ich ertrage es nicht, wenn du eine andere Frau auch nur ansiehst!“

„Die Eifersucht steht dir bezaubernd, Kitty. Im Augenblick bist du ganz sicher die einzige Frau, die ich ansehen möchte.“ Und er zog mir das Nachthemd von den Schultern.

9. Kapitel

Dresden, 1. April 1803, 2 Uhr nachts.

Soeben bin ich vom ersten Empfang, den Wilhelminas Mutter hier in Dresden gab, heimgekommen. Die Herzogin von Kurland hat wahrlich keine Zeit verloren und ihre vier Töchter sofort der Gesellschaft präsentiert. Sogar die jüngste, Dorothea, trug ein weißes Ballkleid - dabei ist sie erst acht! Alle Junggesellen der guten Gesellschaft von Dresden waren eingeladen, auch Friedrich von Gentz. Aber ich habe den Verdacht, dass Klemens, obwohl er verheiratet ist, ganz oben auf der Gästeliste stand. Wilhelmina wich keinen Augenblick lang von seiner Seite. Sie trug ein schwarzes Spitzenkleid, das ihre braune Haut durchscheinen ließ. Um ihren Hals lagen mehrere Reihen von Perlen, und Perlen steckten auch in ihrem glänzenden dunklen Haar.

„Sieht sie nicht aus wie eine Zigeunerin?" hörte ich Klemens zu Fritz sagen, als wir ankamen. Er tanzte öfter mit ihr als mit mir.

„Es sieht aus wie in einem Bordell.", flüsterte Fritz mir zu, während wir in einer Ecke des mit rotem Samt ausgeschlagenen Salons Champagner tranken und Kaviarbrötchen verzehrten. „Die richtige Umgebung für diese Huren."

„In Petersburg wurde viel über sie geklatscht.", sagte ich. „Sehen Sie Jeanne?" Ich deutete auf die mittlere der Schwestern mit ihren gebleichten Haaren und den plumpen Armen. „Als sie sechzehn war, ist sie mit ihrem Klavierlehrer durchgebrannt. Angeblich hat sie ein Kind gehabt." Warum erzähle ich Fritz das alles, dachte ich. Für gewöhnlich hasse ich Klatsch.

„Sie sieht auch aus wie eine kleine Schlampe." Fritz grinste. „Alle miteinander sehen sie weder vornehm noch aristokratisch aus - auch die Mutter nicht. Die erinnert mich an eine alte Kupplerin."

Fritz hat ein gutes Urteil, dachte' ich. Er ist mir jetzt überhaupt sympathischer. Seit dem Zwischenfall vor zwei Jahren hat er sich mir gegenüber immer korrekt verhalten.

„Gefällt Ihnen Wilhelmina nicht, Fritz?", fragte ich. Er zuckte mit den Achseln. „Mit Ihnen kann sie sich jedenfalls nicht vergleichen."

„Klemens scheint da anderer Meinung zu sein.“ Ich sah ihn mit Wilhelmina durch den Saal wirbeln, seine Wange lag an ihren schwarzen Locken. Mir wurde plötzlich übel. „Fritz ...“ Ich stützte mich auf seinen Arm. „Bitte bringen Sie mich nach Hause.“

„Jetzt, vor dem Diner?“

„Ich fühle mich nicht wohl.“

Er sah mich an. „Sie sind ja ganz blass. Soll ich Klemens rufen?“

„Nein!“ Wieder erfasste mich Brechreiz. „Gehen wir schnell, bevor man etwas bemerkt.“

Er führte mich durch einen Seitenausgang hinaus.

Jetzt, da ich im Bett liege, fühle ich mich etwas besser. Aber ich bin sehr müde. Bevor ich einschlafe, muss ich noch einmal aufstehen, die Zofe wecken und ihr sagen, dass sie Graf Metternich morgen nicht einlassen darf. Sie soll ihm sagen, dass ich mich nicht wohl fühle. Diesmal vergebe ich ihm nicht so leicht.

5. April 1803.

Seit fünf Tagen habe ich nichts von Klemens gehört. Der Brechreiz ist wieder da. Ich kann Speisen nicht einmal sehen! Fritz kam heute zum Tee, und während er Schokoladetorte mit Schlagsahne aß, fiel ich plötzlich in Ohnmacht.

Als ich wieder zu mir kam, lag ich auf dem Sofa in meinem Boudoir, und Fritz hielt mir ein Riechfläschchen unter die Nase. „Sie müssen sich zusammennehmen, Fürstin.“, sagte er ernst. „Sie machen sich noch krank.“

„Fritz.“, sagte ich und konnte die Tränen nicht zurückhalten. „Er kommt nicht mehr zu mir!“

„Ich habe ihn in den letzten Tagen auch nicht gesehen. Wahrscheinlich hat er viel zu tun. Jedenfalls ist er das alles gar nicht wert. Eine Frau wie Sie kann zehn Männer an jedem Finger haben, wenn sie nur will.“

„Ich habe immer geglaubt, Sie sind sein Freund.“

„Das bedeutet aber nicht, dass ich seine Fehler nicht sehen kann. Er ist unverlässlich und charakterlos wie alle Österreicher.“ Das klang sehr preußisch.

„Fritz“, flehte ich, „sagen Sie mir die Wahrheit! Ist er die ganze Zeit mit Wilhelmina beisammen, oder will er mich nur dafür bestrafen, dass ich die Gesellschaft ohne ihn verlassen habe?“

„Er würde einer Frau wie der Herzogin von Sagan bald überdrüssig werden“, sagte Fritz ausweichend. „Sie denkt nur an sich selbst. Solche Frauen können einen Mann nicht halten.“ Er half mir auf. „Ich glaube nicht, dass Sie sich wegen Wilhelmina Sorgen machen müssen. Außerdem sieht es ganz so aus, als würde Klemens tatsächlich nach Berlin versetzt.“

6. April 1803.

Ich habe gestern Abend etwas Schreckliches getan, aber ich wusste nicht mehr aus noch ein. Nachdem Fritz gegangen war, ging ich nervös im Schlafzimmer auf und ab. Wenn Klemens nun Dresden verließ, ohne sich von mir zu verabschieden? Es war beinahe Mitternacht, als ich mir einen schweren, schwarzen Umhang umwarf und aus dem Haus schlich. Es war kalt und feucht draußen, Nebel war eingefallen, aber ich bemerkte es kaum. Ein Nachtwächter, der die Stunden ausrief, blickte mich im Schein seiner Laterne scharf an, dann ging er jedoch weiter, ohne mich anzuhalten.

Die großen Fenster der Metternichschen Wohnung waren hell erleuchtet, am Straßenrand standen mehrere Wagen. Ich lehnte mich gegen die kalte Mauer des gegenüberliegenden Hauses und starrte hinauf.

Meine Hände und Füße wurden ganz steif von der Kälte, die ich nicht spürte, obwohl ich am ganzen Leib zitterte. „Geh wieder heim.“, sagte ich zu mir selbst. „Sei vernünftig!“ Aber ich konnte nicht. Meine Sehnsucht nach Klemens war so übermächtig, dass ich nicht mehr vernünftig denken konnte. Bevor ich noch wusste, was ich tat, war ich über die Straße und in das Palais gelaufen. An erstaunten Lakaien vorbei rannte ich, ohne mich aufhalten zu lassen, die marmornen Stufen hinauf. Vor dem Zugang zur Wohnung stand ein Kammerdiener. „Was wünschen Sie? Wer sind Sie?“

„Ich bin die Fürstin Bagration.“, rief ich. „Sagen Sie Seiner Exzellenz, ich muss ihn sofort sprechen!“

„Sofort, Durchlaucht.“, murmelte er. „Wollen Durchlaucht mir bitte folgen.“ Er führte mich in ein kleines Zimmer. „Ich werde Seine Exzellenz sofort verständigen.“ Es schien mir, als wartete ich eine Ewigkeit.

Klemens stürzte ins Zimmer. Er war bleich und betroffen. „Was in aller Welt ... Bist du wahnsinnig?“

Ich brach in Tränen aus. „Ich habe es nicht mehr ertragen", stammelte ich. „Ich musste dich sehen!"

Er half mir auf und führte mich hastig ins Stiegenhaus. „Du musst vernünftig sein.", flüsterte er. „Wenn Eleonore dich so sieht!"

„Das ist mir gleichgültig!" Ich begann zu schreien. „Ich gehe nicht weg, wenn du nicht mitkommst. Du kannst mich nicht zwingen!" Ich versuchte, mich seinem Griff zu entwinden.

„Bitte mach jetzt keine Szene.", beschwor er mich. „Wir geben ein Essen für Graf Cobenzl. Er will mit mir die Berufung nach Berlin besprechen - ich kann jetzt nicht!"

„Ich gehe nicht ohne dich."

Irgendwo öffnete sich eine Tür.

Klemens flüsterte mir verzweifelt zu: „Wenn du jetzt heimgehst, komme ich zu dir, sobald er unser Haus verlässt."

„Versprichst du es mir?"

„Natürlich!" Er zog mich die Stiege hinunter. „Wo steht dein Wagen?"

„Ich bin zu Fuß gekommen."

„Im Regen? Du wirst wieder krank werden!" Er führte mich hastig zu seinem eigenen Wagen und befahl dem Kutscher, mich heimzubringen.

Ich hielt ihn am Ärmel fest. „Du kommst bestimmt?"

„Jaja! Sobald ich nur kann." Seine Stimme klang gequält.

Ich trug immer noch den schweren Umhang und saß zusammengekauert auf einem Sessel im Salon, als ich ihn drei Stunden später die Tür aufsperren hörte.

„Chéri! Chéri! Du bist hier! Du bist wirklich gekommen!"

Er hob mich auf und trug mich in mein Schlafzimmer. Wir liebten uns, ohne dass er sich die Zeit genommen hätte, sich vorher auszuziehen.

„Ich hatte solche Angst, dass du mich nicht mehr gern hast", flüsterte ich nachher.

Seine Wange lag an meiner. „Wie kommst du nur auf diese verrückte Idee?"

„Du hast dich fünf Tage lang nicht blicken lassen. Ich dachte wirklich schon, du hättest dich in diese Wilhelmina verliebt."

„So ein Unsinn! Cobenzl hat mich ununterbrochen mit Beschlag belegt, ich hatte keinen ruhigen Augenblick." Er deckte mich zu, und ich schlief in seinen Armen ein.

Als ich heute morgen aufwachte, war er nicht mehr da. Aber das macht nichts. Diese Nacht hat mir bewiesen, dass er mich noch liebt.

Es ist zwei Uhr nachmittags, ich muss aufstehen. Wenn ich mich nur nicht so schwach fühlte! Sobald ich nur den Kopf hebe, dreht sich das ganze Zimmer. Ich werde um das Frühstück läuten. Heißer, starker Tee wird meine Lebensgeister wecken.

7. April 1803.

Der Tee hat nicht viel genützt. Jeder Schluck kam sofort wieder. Meine Zofe holte den Arzt.

Derselbe weißhaarige Arzt, der mich während meiner Lungenentzündung behandelt hatte, fühlte mir den Puls, horchte mich ab, ich musste ihm vorhusten - aber es war alles in Ordnung. Dann stellte er verschiedene Fragen. Nachdem ich geantwortet hatte, untersuchte er mich noch einmal. Und dann bestätigte er mir, was ich schon seit einigen Wochen vermutet hatte: Ich erwarte ein Kind.

Sobald er gegangen war, sprang ich aus dem Bett. Ich erwarte ein Kind von Klemens! Ich zog die Vorhänge auseinander und beugte mich aus dem Fenster. Der kleine Garten lag in strahlendem Sonnenglanz. Die Bäume hatten schon einen grünen Schimmer. Auch die braune Erde veränderte sich bereits, da und dort lugten schüchtern Maiglöckchen hervor. Arme Lorel! Ich wollte ihr nicht wehtun. Aber nun habe ich keine Wahl mehr. Wir müssen so schnell wie möglich heiraten.

In Eile schrieb ich ihm einen kurzen Brief und bat ihn zum Abendessen. Ich hätte dringende Neuigkeiten, die keinen Aufschub duldeten. Dann brach ich zu einem langen Spaziergang auf.

Wie mild die Luft war, wie zart der Duft der Frühlingsblumen. Leute lächelten mir zu, und ich lächelte zurück. Ziellos ging ich durch die Straßen. Gerade als ich einen Blumenladen betreten wollte, um die ersten Veilchen zu erstehen, hörte ich meinen Namen rufen.

Ich drehte mich um und stand vor Eleonore Metternich. Sie sah gut aus. Ihr heller Frühlingsmantel ließ sie weniger bleich erscheinen, und ihre Wangen schienen sogar rosig angehaucht.

„Meine liebe Katharina.“, sagte sie warm. „Ich freu’ mich ja so, dich zu sehen! Ich finde es so schade, dass sich unsere Freundschaft nie richtig entwickeln konnte. Aber seit meiner Rückkehr aus dem Sanatorium habe ich wie ein Eremit gelebt. Mein Mann hatte sehr viel Geduld mit mir.“

„Auch ich freue mich, dich zu sehen.“, sagte ich verlegen. „Du siehst sehr gut aus.“

„Ich fühle mich auch sehr wohl.“, strahlte Lorel. „Hast du ein bisschen Zeit? Dann trinken wir doch eine Tasse Tee miteinander.“

Bevor ich noch ablehnen konnte, hatte sie mich schon in eine kleine Konditorei gezogen. Drinnen war es warm, die Damen trugen alle helle Frühlingskleider und Blumen auf den Hüten. Kellnerinnen eilten umher und servierten heiße Schokolade und Kuchen.

„Ich weiß wirklich nicht, wen ich heute lieber getroffen hätte.“, sagte Lorel, während sie den Mantel auszog und über die Lehne ihres Stuhles legte.

„Du bist sehr lieb.“, sagte ich und sah sie dabei nicht an.

Wir bestellten Schinkenbrötchen und Tee.

„Dresden hat mir bisher nicht viel Glück gebracht, aber ich habe das Gefühl, als ob jetzt alles gut würde. Gestern hat Klemens die Nachricht erhalten, dass wir nach Berlin gehen.“

Ich legte mein Brötchen auf den Teller zurück. „Wann?“ brachte ich mühsam hervor.

„Sofort“, meinte Lorel heiter. „Das bedeutet einen großen Schritt vorwärts für meinen Mann.“

„Herzlichen Glückwunsch“, murmelte ich.

„Danke.“ Lorel sah sich vorsichtig um, dann lehnte sie sich zu mir. „Ich erzähle dir jetzt ein Geheimnis.“, flüsterte sie, und ihre Augen glänzten. „Niemand weiß es noch, außer Klemens. Aber du, du freust dich sicher mit mir. Stell dir vor, ich erwarte wieder ein Kind!“

8. April 1803.

Irgendwie gelang es mir, einen Glückwunsch zu murmeln. Dann schützte ich eine dringende Verabredung vor und floh aus der Konditorei.

Als Klemens zum Essen kam, brachte er mir eine Schachtel Schokoladebonbons mit. „Heute hat der Kaiser meine Berufung nach Berlin bestätigt.“, berichtete er glückstrahlend und goss zwei Gläser Sherry ein. „Das müssen wir feiern!“ Er trank sein Glas aus, ohne zu bemerken, dass ich meines nicht berührte. „Und nun erzähl mir deine Neuigkeit!“ Er machte es sich auf dem Sofa bequem und wollte mich an sich ziehen.

Ich stieß seine Hand weg. „Ich habe heute deine Frau getroffen, und sie hat mir ihre Neuigkeit erzählt!“

„Ja?“ Er war weder verlegen noch schuldbewusst. „Ist das nicht wunderbar?“

Ungläubig starrte ich ihn an und brachte kein Wort hervor.

„Seit dem Tod unserer beiden Söhne“, hörte ich ihn sagen, „habe ich mir nichts so sehr gewünscht als das.“ Meine Stimme klang schrill, wütend: „Und ich habe geglaubt, du hast keinen ehelichen Verkehr mit deiner Frau!“

Seine blauen Augen blickten erstaunt. „Das habe ich niemals behauptet.“

Das stimmte. Wir hatten über seine Beziehung zu Lorel nie gesprochen. „Aber ich war sicher“, begann ich, „ich habe angenommen ...“

Sein Blick wurde kalt. „Dafür kann ich doch nichts.“ Ich begann zu weinen.

„Hör zu.“, seine Stimme war ruhig, vernünftig. „Ich habe doch nie behauptet, dass ich Lorel nicht gern hätte. Ich würde sie nie verlassen, ja ich könnte sie gar nicht verlassen, selbst wenn ich es wollte. In meiner Stellung kann ich mir keinen Skandal leisten.“

„Wie konntest du nur? Wie konntest du nur ... gleichzeitig? Nachdem wir beisammen waren, bist du heimgegangen und ...“ Ich wusste nicht weiter.

Diesmal wehrte ich mich nicht, als er mich in die Arme nahm.

„Aber was hat denn das eine mit dem anderen zu tun?“ fragte er und strich über meine Haare. „Das menschliche Herz ist groß genug, um mehr als nur eine Person lieben zu können.“

„Ich ertrage den Gedanken nicht, dass du von mir gegangen bist und mit ihr geschlafen hast.“

Er hob mein Kinn hoch. „Du bist noch sehr jung“, sagte er zärtlich. „Du wirst früh genug erfahren, dass Liebe nicht immer gleichbedeutend ist mit Treue.“

„Ich würde lieber sterben, als jemanden betrügen! Wir Russen haben Charakter und Prinzipien! Wir sind nicht wie die Österreicher!“

„So?“ Klemens zog die Brauen hoch. „Würdest du mir vielleicht verraten, was zwischen dir und dem ehrenwerten General Bagration vorgefallen ist, als er vor zwei Monaten in Dresden war? Hast du dich deinem Mann etwa verweigert?“

Ich verspürte Brechreiz. Bis zu diesem Augenblick war mir nie der Gedanke gekommen, dass das Kind auch von Peter sein könnte. „Das ... das war anders.“, stammelte ich unsicher.

„Inwiefern?“, fragte er kalt und zog mich hoch.

Ich wusste nicht, was ich darauf antworten sollte. „Aber wie kann ich dir je wieder vertrauen?“ Jetzt konnte ich ihm nicht sagen, dass auch ich ein Kind erwartete.

Klemens stand auf und legte mir die Hände auf die Schultern.

„Du wirst im Laufe der Jahre noch viele Liebhaber haben, Katharina. Und eines Tages wirst du erkennen, dass ich trotz allem nicht der schlechteste war.“ Er wollte mich küssen. „Verdirb uns nicht diesen letzten Abend.“

„Geh!“, ich stieß ihn von mir. „Geh! Ich will dich nie wiedersehen!“

10. KAPITEL

Dresden, 10. April 1803.

„Ich habe es mir überlegt“, erklärte ich dem Arzt, als ich ihn gestern aufsuchte. „Ich will dieses Kind nicht.“ Der Arzt sah mich unter seinen buschigen Brauen ernst an. „Junge Frau“, brummte er, „das hätten Sie sich vor zwei Monaten überlegen sollen.“

„Ich bin nicht kräftig genug für ein Kind.“, wandte ich ein. „Erinnern Sie sich nicht mehr, wie krank ich war? Ich wäre an der Lungenentzündung beinahe gestorben.“

„Manchmal, bei schwerer Tuberkulose etwa, unterbrechen wir die Schwangerschaft“, sagte der Arzt und schüttelte den Kopf. „In Ihrem Fall liegt jedoch keinerlei Grund dafür vor, Fürstin. Sie sind völlig gesund.“

„Bitte helfen Sie mir.“, flehte ich. „Ich kann ... ich kann dieses Kind nicht zur Welt bringen!“

„Selbst wenn ich es tun wollte - jetzt ist es zu spät.“ Seine Stimme war nun milder, er klopfte mir auf die Schulter. „Viele Frauen haben plötzlich Angst vor dem ersten Kind. Das geht vorüber. Denken Sie doch daran, wie glücklich Ihr Mann sein wird, wenn er davon erfährt.“

Peter! Ich muss ihm schreiben, dass wir im Herbst ein Kind bekommen.

15. Mai 1803.

Heute feiert Klemens seinen dreißigsten Geburtstag! Er ist schon in Berlin. Bevor er Dresden verließ, kam er noch einmal und wollte sich verabschieden. Ich habe ihn nicht empfangen.

30. Juni 1803.

Ich habe einen Brief von meinem Mann aus St. Petersburg bekommen. Er freut sich sehr. Ich soll ihn Ende September hier erwarten. Er will bei der Geburt seines Sohnes anwesend sein. Auch der Zar hat mir seine Glückwünsche übermittelt.

31. Juli 1803.

In meinem Garten wächst eine bunte Fülle von Blumen. Jeder Tag ist strahlend, der Himmel blau. Wenn es nach mir ginge, könnte es regnen und nie mehr aufhören!

15. August 1803.

Ich sehe nicht mehr in den Spiegel. Meine Haare sind glanzlos, mein Gesicht aufgedunsen. Die Beine schwellen stark an, und der Bauch steht vor wie ein Ball; meine Arme sehen daneben lächerlich kurz aus. Mein einziger Freund ist nun Friedrich von Gentz. Jeden Nachmittag sitzt er mit mir im Garten, trägt mir den Sonnenschirm und leistet mir bei den Mahlzeiten Gesellschaft. Manchmal borge ich ihm Geld. Über Klemens haben wir bis jetzt nicht gesprochen, doch gestern hielt ich es nicht mehr aus.

„Haben Sie etwas von Ihrem Freund in Berlin gehört?" fragte ich und schloss die Augen, weil mich die Sonne blendete.

„Seine Exzellenz scheint so beschäftigt, dass er in all den drei Monaten noch keine Zeit gefunden hat, mir einen einzigen Brief zu schreiben." Seine Stimme war schneidend.

„Haben Sie ihm denn geschrieben?" Ich hielt die Augen weiterhin geschlossen. Eigentlich wollte ich nur erfahren, ob Klemens von meiner Schwangerschaft wusste.

„Nein! Ich habe auch meinen Stolz. Aber ich höre aus verlässlicher Quelle, dass Graf Metternich in Berlin einen neuen Freund gefunden hat, nämlich den Prinzen Louis Ferdinand."

Ich öffnete die Augen. „Den Neffen des Königs? Ist nicht Wilhelmina von Sagan mit ihm verlobt gewesen?"

„Ganz richtig. Klemens findet vermutlich, dass der Prinz ein besserer Umgang für ihn ist als ich."

„Wilhelmina hat mir erzählt, dass er sehr attraktiv ist."

„In Berlin nennt man ihn den preußischen Alkibiades", sagte Fritz. „Genau wie der berühmte Schüler des Sokrates ist auch Louis Ferdinand ein Kenner der Künste und der Frauen. Ich habe nie in seinen Kreisen verkehrt."

„Mich erstaunt eigentlich, dass Klemens die Konkurrenz nicht fürchtet.", sagte ich und rutschte unruhig auf meinem Stuhl hin und her.

„Vermutlich ist die Auswahl groß genug.", bemerkte Fritz. „Wie ich höre, findet Klemens bei den Damen in Berlin großen Anklang. Alle sind sie hingerissen vom Charme des neuen österreichischen Gesandten: Königin Luise, Jekaterina Dolgoruki, die Frau des russischen Gesandten, Madame de Staël ..."

„Madame de Staël? Die soll doch schrecklich hässlich sein!"

„Ihr Geist entschädigt für den Mangel an körperlichen Reizen. Im übrigen hoffe ich, dass Klemens oft Gelegenheit hat, sie zu sehen. Sie weiß nämlich, wie gefährlich Napoleon ist."

„Eine verschmähte Frau.", sagte ich verächtlich. „Die ganze Welt weiß, dass sie sich Napoleon angeboten hat und er sie nicht wollte. Klemens wird ihrem Urteil nicht viel Gewicht beimessen."

„Hoffentlich tut er es doch", seufzte Fritz. „Bonaparte wird von Tag zu Tag gefährlicher. Er hat sich mit der eisernen Krone der Lombardei gekrönt und verdrängt die Österreicher langsam aus Italien. Ich begreife nicht, dass Kaiser Franz den Franzosen immer noch schöntut. Ich hatte Klemens schon fast davon überzeugt, dass Napoleon die Revolution nicht wirklich niedergeschlagen hat! Jetzt natürlich. . ." Er zuckte mit den Achseln.

„Warum schreiben Sie ihm nicht?", fragte ich.

„Vielleicht tue ich es noch!" Fritz sah mich an. „Soll ich ihm Grüße übermitteln, Fürstin Katharina?"

„Nein." Das Kind bewegte sich. Manchmal bin ich ganz sicher, dass es nur Klemens' Sohn sein kann.

Dann gibt es wiederum Tage, an denen ich ebenso sicher bin, dass es Peters Kind ist. Ununterbrochen kreisen meine Gedanken um diese Frage.

1. November 1803.

Mein Mann ist hier. Er verbringt fast den ganzen Tag unten am Schreibtisch. Um mich nicht zu stören, hat er sich vor meinem Schlafzimmer ein Lager aufschlagen lassen. Mit sanfter Stimme fragt er mich jeden Morgen nach meinem Befinden - mein erschreckendes

Aussehen scheint er gar nicht zu bemerken. Manchmal tröstet mich seine Gegenwart. Aber dann muss ich wieder daran denken, dass er sich ja im Grunde nur für das Kind interessiert, das nun jeden Tag zur Welt kommen kann. Ich habe keine Angst vor der Entbindung - ich möchte nur, dass es endlich vorbei ist!

10. November 1803.

Drei Tage lang hatte ich Wehen. Ich fühlte mich wie in einem Dschungel, wilde Tiere bedrängten mich von allen Seiten. Ich vermochte nicht zu glauben, dass man etwas derart Grauenhaftes überleben kann.

Sobald das Kind den ersten Schrei getan hatte, stürzte Peter ins Zimmer. Die Hebamme zeigte ihm das kleine weiße Bündel.

„Ein Mädchen?“, fragte er mit tonloser Stimme.

Ich stellte mich schlafend, als er an mein Bett trat. Am nächsten Tag schon packte er seine Sachen und kehrte nach Russland zurück.

Meine kleine Tochter hat große blaue Augen und blondgelockte Haare. Ich will sie Klementine nennen.

11. Kapitel

Dresden, 10. Januar 1804.

„Pflicht, Pflicht, Pflicht." Heute Nachmittag las mir Friedrich von Gentz ein Kapitel aus „Träume eines Geistersehers" vor. Immanuel Kant ist sein Lieblingsphilosoph. Die trockene Stimme Friedrichs ging mir furchtbar auf die Nerven, ich gähnte und hustete, aber er las unbeirrt weiter.

„Sagen Sie, Fritz", unterbrach ich ihn schließlich, „hat die Saison in Dresden denn noch nicht begonnen? Ich bin erstaunt, dass ich noch keine einzige Einladung erhalten habe."

Fritz schloss das Buch und legte es beiseite. „Sie sollten selbst einen großen Ball veranstalten, Fürstin Katharina. Das gesellschaftliche Leben in Dresden ist am Einschlafen, ohne Klemens, ohne die Herzogin von Sagan . . ."

„Ich bin sehr froh, dass Wilhelmina von ihrem Sommeraufenthalt nicht mehr zurückgekehrt ist. Wo sie jetzt wohl sein mag?" fügte ich ohne viel Interesse hinzu.

„Ihre Mutter, die Herzogin von Kurland, hat ihr Haus ‚Unter den Linden' in Berlin wieder bezogen." Sein Blick durchbohrte mich. „Ihre vier Töchter sind natürlich bei ihr."

Wilhelmina in Berlin! Ich hätte nicht gedacht, dass mich etwas noch jemals so schmerzen konnte. Vor acht Monaten habe ich Klemens zum letzten Mal gesehen, doch wenn ich die Augen schließe, sehe ich jede Linie seines Gesichtes vor mir.

„Ich wüsste gern, ob die Gräfin Metternich ihrem Mann in Berlin ebensoviel Freiheit lässt wie hier in Dresden.", sagte Fritz nachdenklich. „Ich höre, dass sie sich seit der Geburt ihres Sohnes gesundheitlich sehr wohl fühlt."

Drei Wochen nach der Geburt von Klementine hatte ich eine Geburtsanzeige aus Berlin erhalten. Der junge hieß Viktor. Ich schrieb Lorel und gratulierte ihr. Sie traf wirklich keine Schuld an meinem Schicksal. Außerdem konnte ich der Versuchung nicht widerstehen, den Metternichs die Geburt meines eigenen Kindes mitzuteilen.

Eleonore antwortete sofort, dankte mir herzlich für die Glückwünsche und erwiderte sie, auch im Namen ihres Mannes. Sie schrieb, dass er viel zu tun hatte - wie gewöhnlich. Aber, so fügte sie hinzu, nach dem Verlust zweier Söhne sei der kleine Junge eine Quelle unendlicher Freude für sie beide.

„Sehen Sie doch nicht so traurig drein, Fürstin Katharina.“, durchbrach Fritz meine Gedankengänge. „Ich dachte, Sie hätten Klemens schon aus Ihrem Herzen verbannt. Sonst hätte ich Ihnen niemals gesagt, dass Wilhelmina in Berlin ist. Soll sie ihn doch haben - er ist Ihrer nicht wert!“

„Wie können Sie so etwas sagen? Sie waren doch sein Freund.“

„Deshalb muss ich doch nicht die leichtfertige Art gutheißen, mit der er die Frauen behandelt.“, sagte Fritz steif. „Allein in diesem Haus hier“ - seine Augen durchbohrten mich wieder - „hat Graf Metternich vor Ihnen drei Mätressen gehabt.“

„Das ist nicht wahr! Die österreichische Gesandtschaft hatte dieses Haus für Besucher aus Wien gemietet.“

„Hat er Ihnen diese Geschichte erzählt?“

Ich starrte ihn wütend an.

„Der erste ‚Gast der Gesandtschaft‘ war ein Mädchen, das ihm von Wien hierher gefolgt war.“, bemerkte Fritz trocken. „Nach ihr kam Ihre französische Schneiderin und dann die Gräfin Isabella.“

Mir fiel ein, wie Klemens den Schlüssel zu diesem Haus aus der Tasche gezogen und eine unbefangene Erklärung dafür gegeben hatte.

„Ich selbst habe ihm das Haus für diese Zwecke vermittelt.“, hörte ich Fritz sagen.

„Ich ziehe sofort aus!“

„Das ist auch der Grund, weshalb ich Ihnen die Wahrheit sagte, Fürstin.“ Seine Stimme klang verständnisvoll, vernünftig. „Dieses kleine Haus entspricht Ihnen in keiner Weise. Besonders jetzt, da man unten das Kind schreien hört. Wenn Sie Gäste einladen wollen...“

„Wollen Sie mir helfen, sobald wie möglich ein passendes Haus zu finden?“, unterbrach ich ihn.

Ich glaubte in diesem Salon ersticken zu müssen. Jedes Möbelstück widerte mich an.

„Ich weiß zufällig von einem großen, eleganten Haus, das zu haben wäre.“ Fritz war ganz bei der Sache. „Wenn Sie wollen, können

Sie morgen schon einziehen. Ein französischer Diplomat bewohnte es, und er ist vor einigen Tagen ausgezogen."

„Wie kommt es eigentlich, dass Sie immer Häuser und Schneiderinnen wissen, wenn man sie braucht, Fritz?" zog ich ihn auf. „Bekommen Sie etwas für die Vermittlung?" Erstaunt bemerkte ich, dass er rot wurde.

„Mein Zimmer im Gasthof muss schließlich bezahlt werden.", verteidigte er sich verlegen. „Wenn ich von meinen literarischen Versuchen leben müsste ..." Er seufzte. Dann fügte er sarkastisch hinzu: „Wenn ich es allerdings über mich bringen könnte, einen pikanten kleinen Roman über das Liebesleben meines Freundes Klemens Metternich zu schreiben, dann würde mir das vermutlich ein Vermögen einbringen."

Chéri! Chéri! Jetzt habe ich keinen Stolz mehr. Warum habe ich dich nur von mir fortgetrieben? Ich möchte dich um Vergebung bitten, möchte deine Hände küssen, möchte alles, alles tun, wärst du nur wieder bei mir.

12. Kapitel

Dresden, Museumstraße 3, 7. Februar 1804.

Heute habe ich Geburtstag. Ich bin zweiundzwanzig und fühle mich wie hundert. Vor einem Jahr hat Klemens mir gelbe Rosen geschickt. Damals war ich verzweifelt, weil ich den ganzen Tag vergeblich auf ihn gewartet hatte. Wie glücklich war ich damals, wusste ich doch zumindest, dass ich ihn am nächsten oder übernächsten Tag sehen würde. Heute weiß ich nicht, ob ich ihn jemals wiedersehen werde! Vor einem Jahr war ich noch in dem behaglichen kleinen Haus in der Maria-Theresien-Straße, wo mich alles an ihn erinnerte. Was bedeutete es schon, dass er vor mir andere Frauen dort geliebt hatte? Er gab es mir - war das nicht ein Beweis dafür, dass ihm die anderen gleichgültig geworden waren? Ich hätte nicht so unversöhnlich sein sollen. Und ich hätte nicht auf Fritz hören sollen, als er mich überredete, zu übersiedeln.

Mein neues Haus hat einen französischen Garten und eine große marmorne Eingangshalle. Klementine ist im dritten Stock untergebracht. Sie wird von einer englischen Kinderfrau und einer Amme, einem Bauernmädchen aus Sachsen, betreut. Ich weiß, es ist lächerlich, aber es kränkt mich zu sehen, wie diese Fremde mein Kind stillt. Anfangs, als ich selbst noch Milch in meinen Brüsten spürte, lief ich oft weinend aus dem Zimmer. Der Arzt meint, das wären nur die Nerven. Klementine ist jetzt drei Monate alt. Sie verschläft die meiste Zeit. Wenn ich sie aus der Wiege nehmen will, verzieht sie ihr kleines Gesicht und schreit. Ihre Nanny runzelt dann die Stirn und nimmt sie mir wieder weg. Wenn Klemens sie doch sehen könnte!

28. Februar 1804.

Morgen Abend gebe ich einen Ball, Fritz hat mir beim Aussenden der 250 Einladungen geholfen. Ich habe ein Orchester, zehn Lakaien, zwanzig Diener und einen französischen Koch engagiert. Unten stehen hundert rot-goldene Stühle bereit.

1. März 1804, Mitternacht.

Es kamen 50 Gäste. Heute früh sandte mir Prinz Friedrich August von Dresden die Nachricht, dass er leider nicht kommen könne - seine Frau sei erkrankt. Offenbar nahmen andere hochgestellte Persönlichkeiten dies zum Anlass, ebenfalls im letzten Augenblick abzusagen. Es kamen nur der neue russische Gesandte mit seiner Frau, einige seiner Attaches, etliche Freunde von Fritz, einige unbedeutende Beamte des sächsischen Hofes und mehrere Vertreter der Halbwelt, die sich irgendwie Zutritt verschafft hatten. Nun, im Grunde ist es mir gleichgültig, dass die Dresdner Gesellschaft mich ablehnt. Diese Snobs! Ihre Bälle waren sowieso immer entsetzlich langweilig gewesen! Um 11 Uhr waren bereits alle gegangen. Vielleicht kehre ich doch nach Russland zurück - was soll ich noch in Dresden unter lauter Fremden? Ich träume jetzt oft von St. Petersburg mit seinen goldenen Zwiebeltürmen. Ich kann kaum mehr Russisch. Manchmal muss ich schon nach dem richtigen Ausdruck suchen, wenn ich an Alexej schreibe.

Der Zar legt meiner monatlichen Geldüberweisung meist lange Briefe bei. Es macht ihn anscheinend glücklich, Ideen verwirklichen zu können, von denen Grand-mère zu uns als Kinder so oft gesprochen hat. Zar Alexander I. hat die Folter in Russland abgeschafft; er hat Universitäten gegründet und österreichische Professoren nach Russland berufen. Die Presse ist wieder frei. Für mein Volk ist er ein Heiliger und sein Väterchen.

23. August 1804.

Wiederum ist der Sommer ins Land gezogen, und ich bin immer noch in Dresden. Ich bringe es nicht übers Herz, diese Stadt zu verlassen. Ich habe die Hoffnung noch nicht aufgegeben, dass Klemens eines Tages zurückkommt, und sei es nur auf einen Besuch. Klementine ist jetzt zehn Monate alt. Ihr liebes kleines Gesicht lässt mich ihren Vater keinen Augenblick lang vergessen. Heute Nachmittag spielte sie im Gras mit einem jungen Kätzchen, und Fritz und ich sahen ihr zu. Wir sprachen über Klemens.

„Bis jetzt hat unser gemeinsamer Freund seine Mission in Berlin noch nicht erfüllt." Fritz presste die Lippen aufeinander. „Er wurde nach Berlin gesandt, um die Preußen zum Beitritt in das österreichisch-russische Bündnis zu bewegen."

„Es ist mir unbegreiflich, wieso er den König von der Notwendigkeit dieses Bündnisses noch nicht überzeugen konnte.", sagte ich nachdenklich.

„Nun, Seine Exzellenz verschwendet zuviel Zeit an sein Privatleben", sagte Fritz heftig. „Ich schrieb ihm vor einiger Zeit einen langen, ernsten Brief und versuchte ihm noch einmal deutlich zu machen, wie gefährlich Napoleon ist. Und was tat er? Er antwortete mit einer detaillierten Schilderung der Berliner Bälle ..."

Wenn Klemens wirklich so unfähig ist, überlegte ich, versetzte ihn der Kaiser vielleicht zurück nach Dresden ... „Ist das Bündnis wirklich derartig wichtig?", fragte ich.

„Natürlich ganz außerordentlich wichtig!" antwortete Fritz ungeduldig. „Verstehen Sie denn nicht, Fürstin Katharina? Vereint wären Österreich, Russland und Preußen ebenso stark wie Frankreich."

„Stark genug, um Napoleon zu schlagen?", erkundigte ich mich.

„Gegenwärtig wäre das noch möglich." Fritz legte seine Stirn in Falten. „Aber Frankreich wird von Tag zu Tag mächtiger."

„Grand-mère hat oft gesagt: ‚Wenn man verhindern will, dass ein Land zu einer drohenden Gefahr wird, muss man dafür sorgen, dass es schwach und uneinig bleibt'", zitierte ich.

„Ganz richtig", sagte Fritz. „Katharina die Große war eine kluge Frau. Aber ... zuvor muss Frankreich besiegt werden!"

Das Essen wurde aufgetragen, und wir gingen hinein. „Dieser lächerliche, kleine Parvenü!" setzte Fritz das Gespräch fort, während er den gebratenen Fasan in Angriff nahm. „Nicht nur, dass er sich selbst zum Kaiser macht - er verlangt auch noch, dass der Papst eigens aus Rom kommt und ihn krönt!"

„Alles spricht von dieser Krönung im Dezember", sagte ich und stocherte in meinem Essen herum. „Ich wollte, ich..."

Fritz ließ mich nicht ausreden. „Das wird das ordinärste Schauspiel, das es je gab.", erklärte er und zerbiss die zarten Fasanenknochen. „Ich werde Klemens heute Abend schreiben, dass dies der geeignete Moment ist, dem korsischen Ungeheuer den Krieg zu erklären - jetzt vor der Krönung! Ich glaube, ich könnte zwar Klemens überzeugen, aber ich fürchte, dass Kaiser Franz auf seinen Gesandten in Berlin nicht hören wird ..."

„Woher wollen Sie das wissen?“

„Weil die Österreicher Feiglinge sind. Ohne uns Preußen trauen sie sich nicht anzugreifen. Der Kaiser meint, man muss den Krieg gegen Frankreich vermeiden - zumindest dieses Jahr noch. Mit der österreichischen Wirtschaft steht es nicht zum besten. Vermutlich“, - er wischte seine dünnen Lippen ab - „bekommen die Österreicher nicht genug Backhendl zu essen!“

Ich sah verstohlen auf die riesige Portion auf seinem Teller.

„Warum machen sich eigentlich die Preußen immer über die Österreicher lustig?“, fragte ich. „Sie scheinen doch auch keinen schlechten Appetit zu haben. Ihrer hat mich jedenfalls schon ein Vermögen gekostet, Fritz.“

Es sollte ein Scherz sein. Im Grunde war es sicher eine taktlose Bemerkung. Fritz sprang auf, schlug die Hacken zusammen und verbeugte sich steif. Sein Gesicht war ganz blass.

„Ich wusste nicht, dass ich Durchlaucht zur Last falle. Ich dachte, meine Gesellschaft wäre willkommen. Ich wusste nicht, dass ich Almosen empfange.“

„Aber Fritz, ich wollte Sie doch nicht kränken!“, versuchte ich ihn zu beruhigen. „Das sollte doch nur ein Scherz sein. Verzeihen Sie mir.“

Die Farbe kehrte in seine Wangen zurück, er küsste mir die Hand, setzte sich wieder und aß weiter.

3. November 1804, Abend.

Niemals werde ich diesen Tag vergessen. Dabei begann er so fröhlich und harmlos. Ich hatte fünf kleine Mädchen aus der Nachbarschaft eingeladen, und wir feierten Klementines ersten Geburtstag. Auch Fritz war gekommen und hatte ihr eine Puppe mitgebracht. Nanny kam mit der Geburtstagstorte, auf der eine einzelne rosa Kerze brannte. Meine kleine Tochter schmierte sich Schokolade über ihr Gesichtchen, sie lachte mit uns und zeigte dabei ihre vier winzigen Zähne. Nachdem die anderen Kinder nach Hause gegangen waren und man Klementine zu Bett gebracht hatte, setzten Fritz und ich uns in mein Boudoir. Es war der erste kühle Herbsttag, und ich hatte im Kamin ein Holzfeuer anzünden lassen.

„Möchten Sie eine Partie Billard spielen?“, schlug Fritz nach einer Weile vor.

„Ich bin zu träge dazu."

„Vielleicht eine Partie Whist?", fragte er und nahm die Karten aus der Tischlade.

Ich schüttelte den Kopf.

„Oder ein Würfelspiel?" Er legte die Karten weg und griff nach der Schachtel auf dem Regal.

„Nein, das ist ja doch immer dasselbe.", lehnte ich ab. „Ich wollte, es würde einmal etwas Aufregendes geschehen."

Er sah mich an. „Spielen wir Raubüberfall?"

„Etwas Neues?", fragte ich mit wenig Interesse.

„Eigentlich nicht." Es klang atemlos. „Es ist ein sehr simples Spiel, aber es kann sehr aufregend werden."

„Wie spielt man es denn?"

„Wir tun so, als wären Sie eine reiche Dame auf der Reise.", sagte er. „Dieser Stuhl" - er bot ihn mir an - „ist Ihre Reisekutsche." Ich setzte mich. „Ich ... bin der Räuber." Er griff nach dem dunklen Chiffontuch auf dem Tisch und band es sich vor das Gesicht.

„Sie sehen gefährlich aus.", sagte ich und lachte unsicher. Ich sah von seinem Gesicht nur mehr die schwarzen, stechenden Augen.

„Juwelen oder Leben!", zischte er.

„Ich habe keine Juwelen bei mir, Herr Räuber.", sagte ich schüchtern. „Sie sehen ja." Ich deutete auf mein Samtkleid.

„Vermutlich haben Sie sie irgendwo versteckt.", knurrte er. „Wir werden sie schon finden."

Bevor ich recht erfasste, was geschah, hatte Fritz den Gürtel von meinem Kleid gerissen, mich aufzustehen gezwungen und mir die Hände auf dem Rücken zusammengebunden.

„In den Wald mit Ihnen!" Seine Stimme klang seltsam erstickt hinter dem Tuch. Er stieß mich ins Schlafzimmer und schloss die Tür.

„Fritz!" Ich hörte, dass meine Stimme angstvoll klang. „Sie haben den Scherz weit genug getrieben." Ich musste an meine Kindheit denken, an Konstantin und an die Guillotine-Spiele. „Bitte, binden Sie meine Hände wieder los."

„Sie sprechen zuviel, Durchlaucht!" Er griff in die Tasche, zog ein sauber zusammengefaltetes Taschentuch heraus und stopfte es mir in den Mund.

„Fritz! Ich rufe meine Diener!“, wollte ich sagen, aber es drangen nur unverständliche Laute aus meinem Mund. Er nahm meine gefesselten Hände und schob sie über den Bettpfosten.

„Jetzt werden wir Sie nach Juwelen durchsuchen.“

Die Knöpfe meines Kleides rissen ab. Seine Hände zogen und zerrten an meiner Unterwäsche.

So etwas kann doch nicht geschehen, dachte ich. Ich träume wohl. Friedrich von Gentz, der korrekte, zuvorkommende Fritz konnte sich doch nicht aufführen wie ein wildes Tier.

Er stand vor mir, und seine dunklen Augen starrten gierig auf meinen nackten Leib. „Sie Hure!“, zischte er. „Sie meinen, Sie sind zu gut für mich, aber mit Seiner Exzellenz, dem Grafen Metternich, kann man sich ins Heu legen, was? Sogar ein außereheliches Kind kann man von ihm haben!“

Ich stöhnte.

„Haben Sie geglaubt, ich wüsste das nicht? Ganz Dresden weiß es! Jeder lacht über Sie! Bringt ein Kind zur Welt, das nicht von ihrem Gatten ist, sondern von einem Mann, der Sie nie ernst genommen hat.“

Warum werde ich nicht ohnmächtig?, dachte ich.

„Und dennoch meinen Sie, Sie wären zu gut für mich!“ schrie er weiter. „Warum? Weil ich keinen hochtrabenden Titel habe und kein Geld? Weil ich kein Russe, Franzose oder Engländer bin - nur ein Deutscher? Wie einen Dienstboten haben Sie mich ins Gesicht geschlagen, dabei wollte ich Sie nur küssen. Die Mahlzeiten, die ich hier aß, gaben Sie einem Bettler als Almosen! Ich werde Ihnen zeigen, dass ein Deutscher mehr Mann ist als ein Österreicher. Ich werde es Ihnen beweisen.“ Er zog den Rock aus, warf ihn auf den Boden und kam auf mich zu.

Mir fiel ein, dass ich noch meine hochhackigen Schuhe anhatte. Ich stieß ihm den Fuß mit aller Kraft in den Unterleib.

Fritz krümmte sich zusammen und stürzte zu Boden. Das Tuch fiel ihm vom Gesicht.

„Fürstin Katharina!“ Er begann zu schluchzen, kroch auf den Knien näher, umfasste meine Beine. „Ich weiß nicht, was über mich gekommen ist. Sie müssen mir verzeihen!“

„Binden Sie mich sofort los.“, versuchte ich zu artikulieren, und er musste mich verstanden haben. Er tat es.

Ich nahm das Taschentuch aus dem Mund, hob mein Kleid auf und zog es an. Ich war kalt wie Stein. Erst jetzt, während ich das niederschreibe, zittere ich.

Fritz sank auf die Knie. „Bestrafen Sie mich, Fürstin“, jammerte er. „Schlagen Sie mich. Ich habe es nicht anders verdient. Ich bin Ihr Sklave - nicht wert, Ihre Schuhe zu berühren.“ Wieder klammerte er sich an meine Beine. Ich riss mich los. „Stehen Sie auf.“, befahl ich ihm. Er gehorchte. „Sie werden jetzt nach Hause gehen, Fritz.“ Seltsamerweise empfand ich keinen Ärger, sondern fast Mitleid mit ihm. „Ich glaube, Sie sind krank. Sie sollten einen Arzt aufsuchen.“

Er schlich aus dem Zimmer wie ein geprügelter Hund.

13. Kapitel

Dresden, 7. November 1804.

Heute morgen erhielt ich einen Brief aus Berlin.

„Meine liebste Kitty!

Ein Jahr und ein halbes sind vergangen, seit ich Dich zum letzten Mal in meinen Armen hielt. Hast Du mich vergessen? Sag mir, dass Du mich nicht vergessen, dass Du mir verziehen hast! Ich ertrage es nicht länger, Dich nicht zu sehen. Der Gedanke an den Duft Deines Parfüms und die Glätte Deines Körpers lassen mich keinen Schlaf finden.

Immer wieder sehe ich Dein süßes, kleines Gesicht und die bezaubernden roten Haare vor mir, und meine Arme kommen mir leer vor, weil sie Dich nicht halten. Ich kann nicht länger leben, ohne Deinen Körper mit Küssen zu bedecken. Erinnerst Du Dich noch an den Tag, da ich bei der Anprobe Deines Ballkleides half? Du hast protestiert, als die Schneiderin das tiefe Dekolleté feststeckte. Ich sagte damals, Du müsstest an diese Mode gewöhnt sein, wenn ich Dich eines Tages nach Paris mitnehme. Dieser Tag ist nun gekommen!

Kaiser Franz wünscht, dass ich der Krönung Napoleons am 2. Dezember beiwohne (welch lächerlicher Höhepunkt der großen Revolution!). Aber das ist gleichgültig. Für uns wird es die Gelegenheit sein, einander wiederzusehen.

Kitty, ich möchte, dass Du in Paris bei mir bist. Meine Frau ist nicht wohlauf, ich fahre also allein. Bitte, schreibe mir sofort, sag dass Du kommst, und ich bestelle Dir ein Quartier. Ich zähle die Stunden. In immerwährender Liebe - Klemens.

P.S. Vergiss nicht, Deine Briefe an die österreichische Gesandtschaft mit dem Vermerk ‚persönlich' zu versehen!"

14. Kapitel

Koblenz, 21. November 1804.

Ich bin in der Stadt, in der er geboren wurde. Heute Nachmittag stand ich eine ganze Stunde lang vor dem Haus mit dem Giebeldach, in dem Klemens Metternich zur Welt kam. Ich ging durch die Straßen der Stadt, in der er seine Kindheit verbrachte; ich setzte mich auf eine Bank ans Ufer des Rheins. Ich wäre gern länger in Koblenz geblieben, zöge es mich nicht schon mit aller Macht nach Paris.

Ich verließ Dresden zwei Tage, nachdem der Brief von Klemens angekommen war. Dieser Brief! Ich las ihn immer wieder und wieder, bis er schließlich zerfiel - die Stücke trage ich jetzt in meiner Handtasche. „Ich bin unterwegs nach Paris!“, lautete meine Antwort; ich schrieb ihm auch, dass ich in Koblenz im Gasthof „Zu den drei Löwen“ absteigen würde und dass ich hoffte, er würde mir dorthin Nachricht bezüglich meiner Unterkunft in Paris senden.

Den kurzen Brief, den ich dort vorfand, schrieb er offensichtlich in Eile. „Kitty! Du bist ein Engel (nicht umsonst hat man Dich in Dresden so genannt)! Ich kann es kaum glauben, dass wir uns in wenigen Tagen wiedersehen werden. Ich habe am Place de la Concorde Zimmer für Dich gemietet. Sie sind viel zu schlecht für Dich, aber ich musste froh sein, überhaupt ein Quartier zu bekommen. Jeder Winkel, jeder Dachboden ist besetzt - alles strömt ja nach Paris, um bei der Krönung dabei zu sein. Ich selbst logiere bei Graf Cobenzl in der Botschaft. Schick mir Nachricht, sobald Du ankommst. . .“ Darunter stand die Adresse.

Ich mache mir ein wenig Sorgen wegen der Zimmer. Ich habe Klemens verschwiegen, dass ich nicht allein reise. Außer meiner Kammerzofe begleiten mich noch die englische Nanny und natürlich Klementine. Ich finde es an der Zeit, dass ihr Vater sie kennenlernt. Gottlob ist Klementine ein braves Kind. Sie hat fast die ganze Zeit geschlafen.

Paris, Place de la Concorde, 28. November 1804,
5 Uhr Nachmittag.

Es fiel leichter Regen, als wir heute morgen in dieser herrlichen Stadt ankamen. Ich sah wie gebannt aus dem Fenster und bestaunte die breiten Boulevards, die prachtvollen Gebäude, die schimmernden Brunnen und die Gärten. Überall flatterte die Trikolore. Auf den Straßen sieht man viele Soldaten im roten Waffenrock. Ich fühlte mich ein wenig bedrückt.

Der Wagen hielt vor einem düsteren alten Haus. Der Portier grüßte mürrisch. „Man hat mir nicht gesagt, dass ein Kind mitkommt!" Er deutete auf Klementine, die am Arm der Kinderfrau schlief. „Wir nehmen hier keine Kinder."

Ich griff in meine Handtasche und überreichte ihm einen Geldschein. Er bedankte sich zwar nicht, aber er schickte uns auch nicht fort. Missmutig steckte er das Geld ein und führte uns über eine dunkle, schmutzige Marmortreppe nach oben.

In den hohen, geräumigen Zimmern war es stickig. Eine dicke Staubschicht lag auf allen Möbeln. Die Kinderfrau verzog das Gesicht und ging daran, Klementine auf ihrem Schoß umzuwickeln. Bediente gab es nicht. Ich bat den Portier, mir eine Putzfrau und eine Köchin zu verschaffen. Er zögerte, nickte aber schließlich. Er hatte in meiner Hand einen weiteren Geldschein entdeckt.

Unsere Wohnung besteht aus einem Wohnzimmer, einem Dienerzimmer - Klementine wird es mit meiner Kammerzofe und Nanny teilen müssen - und einem Schlafzimmer. Letzteres ist erstaunlich groß und freundlich, die Möbel sind weiß und solid, auf dem riesigen Bett liegt ein geblümter Überwurf. Vorhänge aus demselben Stoff verdecken die schmutzigen Fenster.

Ich hatte gerade Hut und Mantel abgelegt, als ich draußen eine Männerstimme hörte. Ich öffnete die Tür. „Kitty!" Da war er. Ich fand ihn noch attraktiver als damals in Dresden. Seine Schläfenhaare waren grau, aber das ließ ihn nur noch vornehmer erscheinen. Seine Kleidung war eleganter als früher. Seine Augen jedoch - blau und zärtlich - hatten sich nicht verändert.

Ich streckte meine Hände aus, zog ihn ins Schlafzimmer und schloss die Tür.

Wie weich waren seine Haare, wie vertraut der Duft seiner Pomade! Und wie ausgedörrt waren meine Lippen! Endlich lösten wir uns voneinander. „Kitty", sagte er leise. „Ich habe schon so sehnsüchtig auf dich gewartet!"

„Woher wusstest du denn, dass ich schon hier bin?" fragte ich und konnte meine Augen nicht von ihm wenden. „Ich habe deinen Portier bestochen, dass er mir sofort Nachricht gibt."

„Chéri." Ich nahm seine Hand und hielt sie gegen meine Wange. „Chéri! Es ist wie ein Traum. Ich kann es noch nicht fassen, dass wir wirklich beisammen sind."

Er nahm mich wieder in seine Arme.

„Warte.", ich machte mich sanft los. „Ich habe dir etwas mitgebracht. Eine Überraschung." Ich ging zur Tür und rief: „Nanny, bitte kommen Sie doch einen Augenblick herein."

Sie trat ein, auf dem Arm meine kleine Tochter.

Ich beobachtete sein Gesicht. Er schien verwundert, dann schlug er sich auf die Stirn. „Das hatte ich ganz vergessen. Du hast ja ein Kind, Kitty! Ich erinnere mich, dass Lorel davon sprach, kurz nachdem Viktor zur Welt kam." Er kitzelte das Kind unter dem Kinn. „Ein reizender kleiner Junge! Wie heißt er denn?"

„Sie heißt Klementine."

„Ich bitte tausendmal um Verzeihung.", sagte Klemens und machte eine scherzhafte Verbeugung vor meiner Tochter. „Wie konnte ich mich nur so irren!"

Klementine schob die Unterlippe vor und begann zu weinen. Die Kinderfrau zog sich hastig mit ihr zurück.

„Eigenartig.", sagte Klemens nachdenklich. „Das Kind erinnert mich an jemanden, aber ich komme nicht drauf, an wen."

Ungläubig sah ich ihn an. „Ja siehst du denn nicht, dass das deine Tochter ist.", hätte ich am liebsten gerufen. Aber ich konnte es nicht.

„Ich kann dir gar nicht sagen, Kitty, wie froh ich bin, dich wiederzusehen." Er streckte sich auf dem geblümten Überwurf aus. „Ich habe Sorgen. Meine Mission in Berlin ist nicht so erfolgreich wie erwartet. König Friedrich Wilhelm ist ein Schwächling, der dauernd seine Meinung ändert."

„Ich habe von deinen Problemen gehört.", sagte ich. „Fritz hat mir davon erzählt."

„Der hockgeschätzte Herr von Gentz schreibt mir lange, belehrende Briefe.“, spottete Klemens und setzte sich auf. „Es ist sehr leicht, gute Ratschläge zu geben, wenn man sie nicht selbst zu befolgen braucht. Ich wünschte, er würde mich in Ruhe lassen. Sag ihm das, wenn du wieder in Dresden bist.“

„Ich glaube nicht, dass ich Fritz noch einmal sehen werde.“, sagte ich kurz.

„So? Habt ihr gestritten?“

„Ich möchte nicht darüber sprechen. Er hat sich ungeheuerlich benommen.“

Klemens zog die Augenbrauen in die Höhe. „Hat er dich wieder belästigt?“ Er schien ärgerlich. „Ich werde versuchen, ihm einen Posten in Wien zu verschaffen, dann bist du ihn los!“

„Chéri“, sagte ich, „sprechen wir nicht über Fritz. Erkläre mir lieber, warum es so schwierig ist, den König von Preußen zu einem Bündnis gegen Napoleon zu überreden.“ Ich fragte, weil ich wusste, dass bei Klemens die Politik an erster Stelle stand - auch vor der Liebe.

„Pst!“ Er legte seinen Finger an den Mund. „Man kann hier nicht vorsichtig genug sein! Hier haben selbst die Wände Ohren. Der Polizeichef erfährt alles.“

„An mir hat Fouché doch sicher kein Interesse.“, sagte ich. „Unpolitischer als ich kann man nicht sein.“

„Die kleine Schwester des Zaren? Das glaubst du doch nicht im Ernst? Ich bin überzeugt, Napoleon besitzt einen dicken Akt über dich.“

„Meinst du, sie halten mich für eine Spionin?“ Ich setzte den Hut auf und zog mir den Schleier über das Gesicht.

„Nun, es wäre nicht das erstemal, dass eine verführerische Frau in der Politik eine Rolle spielt.“

„Hm -“, sagte ich und küsste sein Ohrläppchen, „vielleicht wäre das ganz heiter ...“

Klemens drückte mich fester an sich. „Du hast dich verändert, Kitty“, sagte er und sein Atem ging schneller. „Du bist viel gewandter geworden.“ Er versuchte, die Haken meines Kleides zu öffnen.

„Chéri ... ,“ ich schob ihn sanft von mir. „Ich habe eine lange Reise hinter mir. Ich bin hungrig, müde, völlig verstaubt. Ich möchte vor allem ein Bad nehmen.“

„Verzeih mir." Er setzte sich auf und küsste die Innenseite meiner Hand. „Wie gedankenlos von mir." Seine Stimme klang seltsam unterwürfig. „Würdest du mir die Ehre erweisen und mich heute Abend zum Diner in die österreichische Botschaft begleiten, Kitty?"

„Mit dem größten Vergnügen, Chéri."

Er versprach, mich um 5 Uhr abzuholen und ging. Wie langsam doch die Zeit vergeht. Ich zähle die Minuten. Es hat mich ein wenig enttäuscht, dass er Klementine nicht als sein Kind erkannt hat. Aber eigentlich ist das gar nicht so verwunderlich. Wie soll er es ahnen, da ich ihm doch nie die leiseste Andeutung gemacht habe? Oder - war er vielleicht nur taktvoll? Denn hätte er einfach sagen sollen: Ist dieses Kind von mir? - Nun, ich will nicht weiter darüber nachgrübeln. Die Zeit, es ihm zu erzählen, wird noch kommen. Jetzt muss ich mich ankleiden ...

15. Kapitel

Paris, Place de la Concorde, 22. November 1804.

Die untergehende Sonne tauchte die Straßen von Paris in sanftes, gelbes Licht, als wir zur österreichischen Botschaft fuhren. „Eine herrliche Stadt.“, sagte ich. „Ich fühle mich wie in einem Traum, ich kann gar nicht glauben, dass ich wirklich hier neben dir sitze, Chéri.“ Ich betrachtete sein Profil, die Adlernase, den grauen Zylinder.

Klemens griff nach meiner Hand und küsste sie zärtlich. „Paris ist erst schön, seit du hier bist, mein Engel.“ Seine Augen blickten vielsagend, und verlegen wandte ich mich ab. Ich sah aus dem Fenster. Auf den Boulevards wimmelte es von Soldaten; Frauen mit geschminkten Gesichtern und langen, engen Röcken promenierten auf und ab. Ich kam mir in meinem schwarzen Spitzenkleid mit der blauen Schleife unter der Brust wieder einmal wie ein Provinzgänschen vor. „Die Pariser Frauen sind wirklich sehr elegant.“, sagte ich bewundernd.

Klemens lachte. „Die meisten von denen hier“ - er deutete auf die promenierenden Damen - „sind Straßenmädchen. Unter Robespierre hätten sie sich nicht auf die Straße gewagt!“ Er blickte verächtlich. „Unter Napoleon ist Paris eine vulgäre Stadt geworden.“

„Was für ein Mensch ist Bonaparte?“, fragte ich.

Klemens antwortete nicht sofort. Er zog die Stirn in Falten und seufzte. „Ich wollte, ich könnte sagen, dass er einfach ein dummer, eingebildeter Emporkömmling ist. Aber er ist genial, und er wirkt auf die Menschen wie ein Magnet. Du wirst das bemerken, wenn du ihn bei der Krönung siehst. Ich habe Graf Nesselrode, den russischen Botschafter, gebeten, dir eine Eintrittskarte zu besorgen.“

„Ich bin auf Josephine sehr neugierig.“, sagte ich. „Ist sie wirklich so schön?“

„Wenn einem ältere Damen gefallen - ja. Sie ist etliche Jahre älter als ihr Mann. Mitte Vierzig, würde ich sagen.“

„Dir haben ältere Damen einmal ganz gut gefallen, Chéri. Erinnerst du dich noch an die Gräfin Czartoryski?“

Er lächelte. „Wie könnte ich Isabella vergessen? Ihr verdanke ich es doch, dass ich dich kennenlernte.“ Er lehnte sich zu mir herüber und berührte mein Ohr mit den Lippen.

Wie habe ich jemals an seiner Liebe zweifeln können? Ich kam mir ungerecht vor. Warum nur hatte ich ihn von mir gestoßen und mich damit selbst bestraft?

„Wie geht es Lorel?“, fragte ich.

„Sie ist verkühlt, wie immer.“

„Und wie geht es eurem Sohn?“ Meine Stimme klang bitter, aber er bemerkte es nicht.

Er strahlte. „Viktor ist der kräftigste kleine Kerl, den du dir vorstellen kannst. Die Leute sagen, dass er mir ähnlich sieht.“

„Du hast mir gefehlt.“ Meine Stimme war heiser. „Du hast mir schrecklich gefehlt.“

„Nicht mehr als du mir.“ Er zog mich näher an sich. „Wie habe ich diese roten Haare vermisst.“ Er strich darüber. „In Berlin habe ich den Zaren kennengelernt“, erzählte er. „Stehst du noch in Verbindung mit ihm?“

„Alexej kümmert sich um meine Besitzungen in Russland.“, sagte ich. „Er schreibt mir regelmäßig. Aber ich habe mich noch immer nicht daran gewöhnt, dass er jetzt Zar ist. Ich würde ihn sehr gerne einmal wiedersehen. Er hat geschrieben, dass er mich bald in Dresden besuchen will.“

„Tatsächlich?“ Klemens hob interessiert den Kopf. „Wann denn?“

„Im Frühling vermutlich.“

„Auch ich habe in Dresden noch verschiedenes zu erledigen.“, sagte er. „Es ist gut möglich, dass ich zur selben Zeit kommen werde.“

„Ich habe so sehnsüchtig darauf gewartet, dass du mich einmal besuchst, Chéri. Warum hast du mir nicht wenigstens geschrieben?“

„Ich wollte ja.“, versicherte er ernst. „Du ahnst nicht, wie viele Briefe ich an dich begonnen habe, nur um sie wieder zu zerreißen. Ich hatte Angst, du wärest immer noch böse.“

„Viel Zeit zum Briefeschreiben kannst du nicht gehabt haben in Berlin. Wie ich höre, waren alle Frauen dort hinter dir her.“

„Gerede.“, lächelte Klemens zufrieden. „Nichts als bösartiges Gerede. In Wirklichkeit habe ich in Berlin mehr gearbeitet als je zuvor - wenn es auch nicht viel Sinn gehabt hat.“

„Gehörte Wilhelmina auch zu deiner Arbeit?“

„Ich habe in Berlin nicht viel von der Herzogin von Sagan gesehen.“, sagte Klemens steif. „Frauen dieser Art ziehen mich nicht an. Liebe bedeutet ihr nicht mehr als ein gutes Essen.“

Der Wagen hielt vor der österreichischen Botschaft.

Die Atmosphäre im Salon mutete mich vertraut an. Sie erinnerte mich an die Zeit in Dresden, da ich in der österreichischen Gesandtschaft aus und ein gegangen war. Hier standen die gleichen Rokokomöbel, man sprach das gleiche, weiche Deutsch, es waren die gleichen melodischen Stimmen, die überschwängliche Höflichkeit, die Handküsse, die Schmeicheleien.

Graf Cobenzl, den ich schon von Dresden her kannte, ist ein zierlicher Mann von etwa siebzig Jahren mit einem Gesicht aus Pergament, sorgfältig frisierten weißen Haaren und fröhlichen Augen. Er blickte uns durch sein Lorgnon hindurch an.

„Unser hochgeschätzter Gesandter in Berlin befindet sich wie immer in Begleitung der schönsten und charmantesten Damen. Wo haben Sie diese bezaubernde Rose gepflückt, Graf Metternich?“

„Sie haben die Dame bereits in Dresden kennengelernt, Exzellenz“, erinnerte ihn Klemens. „Die Fürstin Bagration ist eine Freundin meiner Frau.“

„Ach ja.“, sagte Graf Cobenzl und betrachtete mich noch eingehender. „In meinem Alter wird man langsam vergesslich. Doch, jetzt erinnere ich mich.“ Er verneigte sich. „Ihren Gatten, Fürstin, bewundern wir alle sehr.“ Er lehnte sich näher zu mir und flüsterte: „Auch er ist ja ein Feind des korsischen Ungeheuers.“ Wir nahmen auf einem Brokatsofa Platz. Ich saß zwischen Graf Cobenzl und Klemens. „Es wäre mir weitaus lieber, wir müssten nicht immer Bewunderung heucheln.“, flüsterte auch er. „Langsam wird mir klar, dass Europa verloren ist, wenn man nicht bald etwas gegen ihn unternimmt.“

Anscheinend ist es Friedrich von Gentz doch endlich gelungen, dachte ich im stillen, Klemens von Bonapartes Gefährlichkeit zu überzeugen.

„Es gibt nur einen einzigen Weg, den Frieden zu sichern.“, fuhr Klemens heftig fort. „Wir müssen uns ihm endlich stellen.“

„Wie mir scheint, mein junger Freund“, sagte Graf Cobenzl ziemlich scharf, „können wir uns ihm deshalb nicht stellen, weil es nicht gelungen ist, die Preußen als unsere Verbündeten zu gewinnen.“

Klemens errötete. „Friedrich Wilhelm ändert alle halben Stunden seine Meinung“, verteidigte er sich betroffen und verlegen.

„Ein guter Diplomat müsste das zu verhindern wissen.“ Es folgten Minuten gespannten Schweigens. Dann begann die brüchige Stimme wieder. „Ich gebe zu, die Diplomatie ist kein leichtes Geschäft. Vor einigen Tagen erst war Napoleon hier bei mir, in diesem Zimmer. Ich wusste genau, dass er mit mir über ein Bündnis gegen England sprechen wollte. Daran ist natürlich nicht zu denken - aber konnte ich ihm das sagen? So habe ich denn zunächst versucht, seine Aufmerksamkeit auf diesen wunderschönen Teetisch zu lenken.“

Der Graf deutete auf einen runden Tisch mit geschnitztem Fuß, der im Alkoven stand. „Sehen Sie sich doch diese wunderbare Einlegearbeit an, Sire.“, sagte ich. Der Korse wirft nur einen Blick darauf und sagt: „Sehr schön, aber jetzt wollen wir über England sprechen.“ - ‚Katharina II. hat mir diesen Tisch vor vielen Jahren geschenkt’, erzähle ich weiter ...“

„Grand-mère hat Ihnen diesen Tisch geschenkt?“ unterbrach ich ihn und stand auf. Als ich das glatte Holz berührte, war mir, als berühre ich ihre Hand.

Graf Cobenzl nickte. „Auf Napoleon hat das gar keinen Eindruck gemacht“, kicherte er. „Er hat nur gemeint: ‚Tatsächlich? Nun, was England betrifft. . .’ - Sehen Sie doch, wie durchscheinend das Meißner Porzellan ist, Sire’, beginne ich wieder und zeige ihm die Teeschalen auf dem Tisch. Sehr hübsch“, murmelt Napoleon und klopft ungeduldig auf das Holz. Wegen England...’ - Und wie gefallen Ihnen diese goldenen Teelöffel, Sire?’ unterbreche ich ihn wiederum. Sie sind schon seit Generationen in unserer Familie, und ich hänge sehr an ihnen.’ Eine Schar von Gästen hatte sich um das Sofa versammelt und hörte zu.

„Stellen Sie sich vor“, sagte Graf Cobenzl, und seine Augen leuchteten unschuldsvoll, „plötzlich springt Bonaparte auf und wirft das Tischchen mit dem ganzen Porzellan einfach um! Glücklicherweise hatte ich nicht mein echtes Meißner Porzellan aufdecken lassen...“

„Das überrascht mich gar nicht.“, meinte ein österreichischer General mit einem weißen Schnauzbart. „Napoleon eignet sich wunderbar als Anführer einer Gesellschaft von Waschfrauen und Fischweibern.“

Graf Cobenzl lachte herzlich. „Sie hätten Napoleon sehen sollen. Wie ein Verrückter ist er davongestürzt und hat gebrüllt, dass er ja nicht gekommen ist, um Antiquitäten zu kaufen. Und stellen Sie sich vor, in seinem Ärger hat er England völlig vergessen."

Klemens teilte die allgemeine Belustigung nicht. „Ich sehe eine große Gefahr darin, ihn zu unterschätzen." Er stand nervös auf. „Der ‚Code Napoleon' ist ein Meisterwerk."

„Ist es wahr, dass das neue Gesetz den Frauen keinerlei Rechte einräumt?"

„Napoleon hat einmal zu Madame de Staël gesagt, die Frauen sollten schön beim Stricken bleiben. Ausgerechnet zu Madame de Staël! Mich wundert, dass sie ihm nicht sofort ein Bajonett ins Herz gestoßen hat."

„Sie hat ihre Feder dazu benützt", meinte jemand. „Darum hat Napoleon sie auch des Landes verwiesen."

„Napoleon ist der Ansicht, dass Frauen unmündige Geschöpfe sind", erklärte mir Graf Cobenzl. „Und irgendwie kann ich ihn verstehen. Warum sollte sich ein so hübscher Kopf wie der Ihre, Fürstin, mit Besitzrechten und Erbschaftsangelegenheiten befassen?" Ein Lakai flüsterte ihm etwas zu, und er stand auf. „Das Diner ist angerichtet." Er bot mir den Arm, wir gingen in den Speisesaal und nahmen an einem mit Blumen geschmückten Tisch Platz. Hinter jedem Stuhl stand ein Lakai.

Ich trank einige Gläser Champagner und plauderte und lachte viel. Ich spürte, wie Klemens sein Bein an meines drückte, und meine Finger waren heiß, als sie unter dem blütenweißen, gestickten Tischtuch die seinen berührten und liebkosten.

Sobald es anging, schützte ich Müdigkeit nach der langen Reise vor, und Klemens brachte mich heim. Schon im Wagen zog er mir die Nadeln aus dem Haar. „Kitty, ich sehne mich so sehr nach deinem Körper.", murmelte er. Er küsste mich.

Die Straßen waren nun dunkel, und außer dem Hufeklappern unseres Pferdes war kein Laut zu vernehmen. Selbst im November ist die Pariser Luft mild und betörend. Ohne zu fragen, kam Klemens mit mir in meine Wohnung. Um Klementine nicht zu wecken, schlichen wir auf Zehenspitzen ins Schlafzimmer.

Es war, als wären wir nie getrennt gewesen. Sein nackter Körper war mir so unendlich vertraut. Meine Finger suchten nach dem kleinen Muttermal an der Hüfte. „Es ist noch da, Chéri", flüsterte ich. „Es ist noch da."

Als ich beinahe schon eingeschlafen war, sah ich unter halbgeschlossenen Lidern, dass Klemens aufrecht im Bett saß. „Was ist denn, Chéri?" fragte ich schläfrig. „Kannst du nicht schlafen?"

„Hast du bemerkt, wie unfair Graf Cobenzl mich behandelt hat?", fragte er.

„Unfair? Nein - das habe ich nicht bemerkt."

„Alle sprechen von meinem schrecklichen Versagen in Berlin. Ist es denn meine Schuld, dass diese verdammten Preußen nicht erkennen wollen, in welcher Gefahr sie sich befinden?"

„Natürlich nicht, Chéri." Ich strich ihm beruhigend über den Rücken. „Ich bin sicher, du hast alles getan, was du nur konntest, um sie zu überzeugen."

„Die Idioten bei Hof sind nicht dieser Ansicht und Cobenzl offensichtlich auch nicht. Im Januar fährt er nach Wien, er wird beim Kaiser gegen mich intrigieren..." Anscheinend bin ich dann trotzdem eingeschlafen. Als ich erwachte, war draußen heller Morgen, das Bett neben mir war leer. Ich berührte das Kissen, an dem noch der Eindruck seines Kopfes zu sehen war, und legte die Wange drauf. Ich war traurig, dass ich nicht in seinen Armen hatte aufwachen dürfen. Er musste sehr diskret verschwunden sein, bevor noch mein Haushalt aufwachte, dachte ich. Ich erhob mich zögernd, schlüpfte in meinen Morgenrock und ging in das Wohnzimmer.

Dort fand ich Klemens. In Hemdsärmeln saß er auf dem Boden und lachte und spielte mit meiner kleinen Tochter.

Ich blickte ein wenig unsicher auf die englische Kinderfrau, die soeben mit einem Tablett das Zimmer betrat. Sie hatte so strenge Moralbegriffe.

„Ich habe Ihnen ein Frühstück gebracht, Exzellenz.", sagte Nanny und kicherte wie ein junges Mädchen. Ohne mich zu beachten, stellte sie liebevoll den frischen Kaffee und die goldenen Croissants auf den Tisch und rückte einen Stuhl für Klemens zurecht.

„Graf Metternich, welch freudige Überraschung, Sie so früh schon hier zu sehen", sagte ich mit Unschuldsmiene. Ich glaube ja nicht, dass die Kinderfrau sich täuschen ließ, aber ich wollte dennoch den Schein wahren.

Klemens stand auf und küsste mir die Hand. Klementine stieß einen wütenden Schrei aus, umschlang seine Beine und streckte ihm dann ihre runden Arme entgegen. Ich hob sie auf, aber sie wehrte sich. „Eben ist mir eingefallen, wem sie ähnlich sieht.", sagte er, während er sie mir abnahm. „Sie hat eine ganz außergewöhnliche Ähnlichkeit mit Marie."

„Ihr Kaffee wird kalt, Exzellenz.", drängte Nanny. Wäre sie nicht im Zimmer gewesen, hätte ich Klemens damals die Wahrheit über das Kind gesagt. Aber als sie mit Klementine das Zimmer verlassen hatte, war die günstige Gelegenheit schon wieder vorbei.

„Ich freue mich, dass du noch hier bist Chéri", sagte ich zu Klemens, als wir allein waren, „aber war das auch klug? Solltest du nicht vorsichtiger sein?"

„Wir sind in Paris, mein Schatz." Er küsste mich. „Ein Mann ohne Geliebte fällt hier mehr auf als einer mit zehn Freundinnen."

„Eine herrliche Stadt.", bemerkte ich. „Gilt diese Regel auch für Ehefrauen? Ich bin nämlich verheiratet, musst du wissen."

Meine Kammerzofe trat ein und brachte ein zweites Frühstückstablett für mich.

„Ich glaube, wegen deines Mannes brauchst du dir keine Gedanken zu machen.", sagte Klemens, nachdem sich die Tür hinter dem Mädchen wieder geschlossen hatte. „Ich habe einige Gerüchte über General Bagration gehört." Er gab vier Stück Zucker in seinen Kaffee.

„Gerüchte?" Mein Interesse war gering. Seit Klementines Geburt hatte ich von Peter nichts mehr gehört. Klemens brach das Gebäck in die Hälfte, bestrich es mit Butter und häufte Erdbeermarmelade darauf. „Aus verlässlicher Quelle hört man, dass er ein Verhältnis mit der ältesten Schwester des Zaren hat."

„Mit Pawlowna?", rief ich und war plötzlich wütend. „Unmöglich! Sie ist ja noch ein Kind . . ." Ich unterbrach mich. Schließlich hatte ich sie einige Jahre nicht gesehen. Ich erinnerte mich daran, dass sie Peters Orden bewundert hatte - damals, als er uns zum erstenmal besuchte. „Sie sei ihm vergönnt", rief ich. „Pawlowna war immer schon ein Alptraum."

„Du scheinst dich zu ärgern." Klemens bestrich die zweite Hälfte des Gebäcks mit Butter.

„Ich mich ärgern? Keineswegs." Und doch hatte ich plötzlich das Gefühl, versagt zu haben. „Was sollte es mich kümmern, mit wem

Peter zu schlafen geruht?“ Klemens lachte. „Andere Leute kümmert es. Eine sehr bedeutende Persönlichkeit hätte Pawlowna angeblich gern zur Frau genommen.“

„Wer?“

„Das möchte ich im Augenblick nicht sagen.“ Klemens wischte sich den Mund ab. „Hör zu, Kitty, würdest du mir einen Gefallen tun ...“

„Alles, was du willst! Was soll es sein?“

„Erinnerst du dich, was ich dir gestern Abend über Graf Cobenzl erzählt habe? Es steht ernst. Ich fürchte, er wird den Kaiser bitten, mich zu entlassen.“

„Soll ich nach Wien fahren und dem Kaiser sagen, wie wunderbar du bist?“ fragte ich scherzhaft.

Klemens lächelte schwach und streichelte meinen Arm. „Jemand anders würde vielleicht auf dich hören. Du hast es vor langer Zeit in Dresden selbst einmal vorgeschlagen.“ „Alexej?“

Er nickte. „Es handelt sich um folgendes: Stadion verträgt das russische Klima nicht und hat um seine Versetzung angesucht. Wenn der Zar nun vorschlägt, mich zu berufen, wird der Kaiser ihm das nicht gut abschlagen können.“

„Chéri! Du möchtest wirklich nach Sankt Petersburg kommen?“

„Ja. Allerdings nur, wenn auch du dort bist, Kitty.“

„Ich habe schon einmal einen Brief mit eben dieser Bitte an Alexej geschrieben“, sagte ich und zitterte vor Aufregung. „Aber dann habe ich ihn wieder zerrissen - wegen Peter. Aber jetzt, da ich von ihm und Pawlowna weiß, brauche ich auf ihn keine Rücksicht mehr zu nehmen.“

„Du tust es also?“

„Ich schreibe sofort! Ich werde so überzeugend sein, dass er mir diese Bitte nicht abschlagen kann. Nur - Chéri -, wie wird das mit Lorel sein? Der Wind bei uns ist eisig. Mit ihrer angegriffenen Lunge. . .“

„Sie kann mich natürlich nicht nach Russland begleiten. Sie und die Kinder müssten nach Wien zurückkehren.“

„Bedeutet das, dass wir beide allein in Sankt Petersburg wären, Chéri?“ Diese Aussicht raubte mir den Atem.

Er nahm mich in seine Arme.

16. Kapitel

Paris, 12. Frimaire des Jahres XII.

Die neuen Monatsnamen, die der Nationalkonvent zur Zeit der Revolution eingeführt hat, klingen faszinierend. Hier in Paris hält man sich auch strikte an den neuen Kalender. Wie es scheint, hat die Welt für die Franzosen erst mit Robespierre begonnen! Für mich ist heute Freitag, der 3. Dezember 1804. Gestern wurde Napoleon gekrönt. Es war ein trüber, regnerischer Tag. Graf Nesselrode, der russische Botschafter, holte mich sehr früh am Morgen ab.

Die Straßen waren schwarz von Menschen. Der Verkehr in Richtung Notre-Dame wurde von der Polizei gestoppt, und nur wenige Wagen genossen - so wie der unsere - das Privileg, weiterfahren zu dürfen. Ich war froh, dass ich bei diesem Wetter nicht zu Fuß gehen musste. Achtzigtausend Soldaten marschierten auf die Kirche zu. Es war feucht und windig.

Ganz langsam fuhren wir durch schmale, mittelalterliche Gässchen, an alten Häusern und kleinen Kirchen vorbei. Und dann stand plötzlich und unvermittelt die Kathedrale von Notre-Dame vor uns. Im ersten Augenblick schien sie mir kleiner, als ich sie mir vorgestellt hatte. Später wurde mir klar, dass die wundervollen Proportionen und Linien des Bauwerkes so viel Anmut und Harmonie ausstrahlen, dass man seine Größe gar nicht sofort erfasst. Die beiden Türme leuchteten rötlich, als die Morgensonne die Wolken für kurze Zeit durchbrach, aber gleich darauf hörte man leisen Donner.

„Das ist Robespierre, der sich im Grab umdreht.“, flüsterte mir Graf Nesselrode zu, während wir ausstiegen.

In der Kathedrale drängten sich die Menschen schweigend aneinander.

Überwältigt von der düsteren Atmosphäre, die durch das Licht, das aus den hohen, bunten Glasfenstern drang, entstand, folgte ich ihm auf Zehenspitzen zu der Bank, die für die Abordnung der Russen reserviert war. Auf dem Steinboden hörte man jeden Schritt. Wie sollte ich Klemens unter all diesen Menschen entdecken? Aber da sah ich ihn auch schon in einer Bank unweit von uns. Er lächelte, als er mich sah, kam zu uns herüber und küsste mir die Hand. In seinem purpurroten Seidenrock, einer Brokatweste und einem

Spitzenhemd sah er sehr attraktiv aus. Wir gehören zusammen, dachte ich, und berührte verstohlen seinen Ärmel. Noch vor wenigen Stunden lag er neben mir im Bett ... Klemens flüsterte Graf Nesselrode zu, dass es vermutlich noch ziemlich lange dauern würde, bis der Kaiser käme. „Wie alle unsicheren Menschen", meinte er, „glaubt Napoleon, dass es seine Wichtigkeit unterstreicht, wenn er die Leute warten lässt."

In der Bank neben uns saß Graf Cobenzl. Er betrachtete mich durch sein Lorgnon, lächelte und hob grüßend die Hand.

Die Menge geriet in Bewegung, und ich dachte schon, Klemens hätte sich geirrt und Bonaparte käme doch pünktlich. Aber ich hatte mich geirrt. Der Chor stimmte „Tu es Petrus" an, ein Bataillon Schweizergardisten marschierte schweigend in die Kirche und nahm vor zwei goldenen Thronsesseln vor dem Altar Aufstellung. Eine zierliche Gestalt in Weiß - Pius VII. - folgte ihnen. Der Papst setzte sich auf einen Stuhl neben die beiden Thronsessel. Kein Bonaparte. Wir warteten zwei Stunden.

Später habe ich dann gehört, dass Napoleons Mutter die Verspätung verschuldet hätte. Madame Mère hätte den Krönungszug anführen sollen. Sie war in Italien gewesen und von ihrem Sohn zurückbeordert worden. Aus irgendeinem Grund - vielleicht absichtlich, vielleicht zufällig - verzögerte sich jedoch die Reise. Madame Lätitia war bei der Krönung ihres Sohnes jedenfalls nicht anwesend.

Als wir beinahe schon die Hoffnung aufgegeben hatten, begann die Orgel triumphierend die „Marseillaise" zu spielen. Eine endlose Prozession von Würdenträgern und Damen zog ein. Klemens war plötzlich verschwunden. Ich blickte suchend nach ihm und hätte so beinahe den Einzug von Josephine und von Napoleons Schwestern versäumt, die ihr die Schleppe trugen. So jung, so schlank und so hübsch hatte ich mir Napoleons Gemahlin nicht vorgestellt! Sie hatte ein fast kindliches Gesicht, die Augen waren groß und rund vor Aufregung. Die Prinzessinnen hingegen - nun, wenn ich nicht gewusst hätte, dass sie früher Verkäuferinnen gewesen sind, hätte ich es jetzt vermutet. Sie hatten sich grell geschminkt. Und das für eine kirchliche Zeremonie! Die engen Musselinkleider lagen eng an ihren Körpern, und mir fiel ein, dass meine französische Schneiderin behauptet hatte, die Pariserinnen befeuchteten ihre Kleider, damit ihre Figur besser zur Geltung käme. In diesem Fall würden sich die Mädchen allerdings in dieser kalten Kathedrale den Tod holen. Mich fröstelte unter meinem Hermelincape!

„Jetzt wird gleich Napoleon kommen.“, flüsterte Graf Nesselrode. Marschall Kellermann trug auf einem Samtkissen eine mächtige goldene Krone vorbei.

„Das ist Eugene Beauharnais, Josephines Sohn aus erster Ehe.“, erklärte mir Nesselrode, als ein junger Mann den Ring des Kaisers hereintrug. Ein weiterer Marschall, Jean Baptiste Bernadotte, folgte mit der Kette der Ehrenlegion.

Die „Marseillaise“ schwoll zu voller, jubilierender Stärke an. Klemens kam zurück und deutete mit dem Kopf auf den Eingang. Zögernd löste ich den Blick von ihm, und ich sah Napoleon. Ich wusste natürlich, dass er nicht sehr groß war, doch so klein hatte ich ihn mir nicht vorgestellt. In dieser riesigen Kathedrale und in dieser Menschenmenge sah er geradezu grotesk klein aus. Diese lächerliche Figur in purpurrotem Samt, mit den weiten Kniehosen, die seine weißbestrumpften X-Beine freigaben - das konnte doch nicht Napoleon sein, der Kaiser der Franzosen, der Schrecken ganz Europas!

Die Orgel verstummte, Napoleon näherte sich langsam dem Altar. Seine Brüder Joseph und Louis trugen den purpurnen Krönungsmantel. Napoleon nahm neben Josephine Platz. Der Papst erhob sich und las die heilige Messe. Dann trat der Marschall vor und hielt dem Papst die Krone hin. Sie schien viel zu schwer für dessen schwache Arme. Als er sie über Napoleons Kopf hielt, war sein Gesicht von der Anstrengung ganz angespannt, und er murmelte schnell die Segensworte. Napoleon hielt den Kopf nicht geneigt.

Plötzlich ging ein erregtes Murmeln durch die Menge, ich traute meinen Augen nicht. Napoleon griff nach der Krone, nahm sie dem Papst aus der Hand und setzte sie sich selbst aufs Haupt.

4. *Dezember 1804, 2 Uhr Nachts.*

„Ganz Paris lacht über ihn.“, flüsterte mir Klemens heute Abend in einer Ecke des prachtvollen Ballsaals in den Tuilerien zu. Im Augenblick bin ich so wütend auf Klemens, dass ich am liebsten gar nicht an ihn denken möchte. Er hat mich gedemütigt wie nie zuvor. Aber ich habe ihm wenigstens beweisen können, dass ich nicht auf ihn angewiesen bin, nicht einmal hier in Paris! Ich hoffe, er sucht mich jetzt in den Tuilerien. Am liebsten würde ich Alexej schreiben und ihn bitten, meinen letzten Brief als nicht geschrieben zu betrachten.

Vor einigen Tagen überreichte mir Graf Nesselrode einen steifen, weißen Briefumschlag. „Der Kaiser selbst sendet Ihnen diese Einladung, Fürstin.“, sagte er. „Eine Gruppe auserwählter Gäste feiert Napoleons Krönung.“

„Ich verstehe nicht, wie ich zu dieser Einladung komme“, sagte ich und fühlte mich, obwohl ich nicht zu den Verehrerinnen des neuen französischen Kaisers zähle, doch geschmeichelt.

„Sie sind die Frau eines bedeutenden russischen Generals.“, erinnerte mich Nesselrode. „Sie stehen in verwandtschaftlicher Beziehung zu Zar Alexander. Das sind genügend Gründe, selbst wenn man außer acht lässt, dass Sie ...“ Er fügte ein paar nichtssagende Komplimente hinzu. Ich bin immer skeptisch, wenn die Leute meine Schönheit rühmen, denn sehe ich in den Spiegel, finde ich meine Haare zu rot, meine Augen zu schräggestellt und meine Sommersprossen abschreckend hässlich. Aber solange ich Klemens gefalle, ist mir das gleichgültig. Da fällt mir wieder sein unerhörtes Benehmen ein!

Der Ballsaal im Palast war hell erleuchtet, der Parkettboden glänzte, die Herren trugen farbenprächtige Uniformen, die Damen juwelenbesetzte Kleider. Klemens in seinem blauen Samtrock, seiner Brokatweste und dem Spitzenhemd sah wunderbar aus.

„Siehst du, dass die Damen hier ihre Kleider noch tiefer ausgeschnitten tragen als du?“ Er lächelte, als er mein malvenfarbenes Ballkleid betrachtete. „Hast du dem Zaren schon geschrieben?“

Ich nickte. „Vor einigen Tagen ist der Brief mit einem Sonderkurier abgegangen.“

Er zog meine Hand an die Lippen. „Was hast du ihm über mich erzählt?“

„Die Wahrheit. Dass ich ohne dich nicht leben kann und dass ich dich in Sankt Petersburg ganz für mich hätte.“

„Ist das alles?“ Er sah enttäuscht drein.

„Nein. Ich habe Alexej auch mitgeteilt, dass du der geschickteste Diplomat in ganz Europa bist und dass du ein ungeheurer Gewinn für die russische Politik und für die Sankt Petersburger Gesellschaft wärest.“

„Braves Kind.“, murmelte er und berührte mit den Fingerspitzen meine Wange.

„L'Empereur!“ riefen die Leute. „Vive l'Empereur!“ Wir standen so weit von der Tür entfernt, dass ich Napoleon nicht eintreten sah. Später - ich tanzte gerade mit Klemens - kam ein hochgewachsener Adjutant auf uns zu und teilte uns mit, dass der Kaiser mich kennenzulernen wünsche.

Klemens geleitete mich zu einem Podium, auf dem Napoleon Bonaparte, der Kaiser der Franzosen, neben seinem Thronsessel stand. Hinter ihm breitete ein mächtiger Adler seine Schwingen aus.

Napoleon trug eine einfache Generalsuniform. Ich machte einen tiefen Hofknicks. Erst als ich wieder aufblickte, sah ich seine Augen. Ich hatte diese schrecklichen Augen in Notre-Dame nicht bemerkt, sie ließen ihn größer erscheinen als all seine hochgewachsenen Adjutanten um ihn herum.

„Wir hoffen, Madame fühlt sich wohl in Paris.“ Er hatte eine raue, kurzangebundene Art zu sprechen. „Wie wir hören, schätzt Ihr Gatte uns nicht besonders.“

Ich befeuchtete meine Lippen mit der Zungenspitze. „Mein Mann ist Soldat.“, presste ich hervor. „Er muss dem Zaren gehorchen.“

Napoleon lächelte unerwartet charmant, beinahe schelmisch. „Das scheint allerdings davon abzuhängen, um welchen Zaren es sich handelt. Der General hat es vorgezogen, dem Zaren Paul nicht zu gehorchen, als dieser sich mit mir verbündete.“

Das Lächeln war verschwunden, seine Augen schienen mich zu durchbohren.

„Madame hat Kinder?“

„Eine Tochter.“ Ein hochgewachsener Mann in prächtiger, roter Uniform hatte für mich geantwortet. Ich wusste instinktiv, dass es Fouché war.

„Madame kennt die Schwestern des Zaren?“ fragte Napoleon.

Ich nickte. „Wir sind zusammen aufgewachsen.“

„Die älteste - Pawlowna - ist sie hübsch?“

„Ja“, antwortete ich verblüfft. „Sie sieht ihrem Bruder sehr ähnlich.“ Plötzlich fiel mir Klemens’ Bemerkung über die bedeutende Persönlichkeit ein, die Pawlowna zur Frau nehmen möchte. Doch nicht etwa Napoleon?

Josephine trat leise neben ihn. Sie beobachtete ihn unter silbernen Lidern, ihr Mund zitterte. Als sie sich mir zuwandte, lächelte sie strahlend.

„Sie haben ein ganz entzückendes Kleid an, Fürstin Bagration. Die zarte Malvenfarbe passt wunderbar zu Ihrem Teint.“

Die Augen der Kaiserin wanderten zu Klemens. „Wann kehren Sie nach Berlin zurück, Graf Metternich?“ Klemens verneigte sich tief, sein Lächeln wirkte gezwungen. „Ich muss vorerst noch dienstlich nach Wien, Majestät.“

Napoleon hob seine Augenbrauen. „Richten Sie Kaiser Franz meine Empfehlungen aus. Er und ich würden uns recht gut vertragen, wenn andere Leute sich nicht immer wieder einmischten!“

„Ich werde die Botschaft Eurer Majestät gerne übermitteln.“ Wieder eine Verneigung und ein gezwungenes Lächeln.

„Man hat mir berichtet, dass Ihre Überredungskunst Sie in Berlin im Stich gelassen hat, Graf Metternich. Wie es scheint, kann sich Friedrich Wilhelm zu keinem Entschluss durchringen.“ Napoleons Stimme klang schadenfroh.

„Ich freue mich, Sie kennengelernt zu haben.“, sagte Josephine. Ihr Gesicht wirkte wie eine Maske aus Emaille. „Ich habe gehört, dass Sie eine kleine Tochter haben. Ich liebe Kinder.“

Der Kaiser nickte uns zu. Wir waren entlassen.

„Chéri“, fragte ich, als wir am anderen Ende des Ballsaales angekommen waren, „der bedeutende Mann, der Pawlowna heiraten will, das ist doch nicht Napoleon selbst?“

„Kein anderer.“

„Und Josephine?“

„Sie kann ihm keinen Erben schenken. Er will sich scheiden lassen.“

„*Le beau Clement!*“ Caroline Murat, eine der Schwestern Napoleons, nahm Klemens beim Arm. „Ich suche Sie schon überall, Sie Schlimmer!“ Sie hatte gebleichtes Haar und füllige Hüften.

Klemens setzte sein hinreißendstes Lächeln auf und küsste ihre Hand.

„Ich muss Ihnen eine köstliche Geschichte erzählen.“, kicherte sie. Mich schien sie überhaupt nicht zu sehen. „Entschuldige mich bitte einen Augenblick, Kitty“, rief mir Klemens über die Schulter zu und ließ sich von ihr entführen.

Ich war allein. Ein Lakai mit Champagner ging gerade an mir vorbei. Ich nahm ein Glas. Entlang der Wand standen rote Samtstühle und Bänke - aber sie schienen schrecklich weit weg. Es tanzten so verwirrend viele Menschen an mir vorüber, dass ich keinen einzigen erkannte.

Wenn ich nervös bin, sehe ich außerdem noch schlechter als gewöhnlich. Plötzlich nahm mir jemand das Glas ab. „Auf diese Gelegenheit habe ich den ganzen Abend gewartet“, sagte eine wohltönende Stimme. „Darf ich um diesen Walzer bitten?“

Ohne eine Antwort abzuwarten, wirbelte er mit mir davon. Nie zuvor hatte ich so getanzt. Wir schwebten geradezu dahin, eins, zwei, drei, eins, zwei, drei.. . Schließlich setzte die Musik aus, und wir blieben atemlos stehen. Wir lachten beide. „Ich bin ganz schwindlig“, ich rang nach Atem und hielt mich an seinem Arm fest.

„Sie tanzen wie ein Engel!“ Seine Zähne blitzten.

Erst jetzt fand ich Zeit, ihn näher zu betrachten. Ein längliches Gesicht, auf der rechten Wange eine Narbe, ein kräftiges Kinn, glatte Haare von der Farbe frischen Strohs. Seine hellbraunen Augen waren von langen, dunklen Wimpern umgeben. Seinem Akzent nach hielt ich ihn für einen Deutschen.

„Ah, wie ich sehe, habt Ihr beide euch schon bekannt gemacht.“ Klemens stand plötzlich neben uns und sah ein wenig säuerlich drein. „Ich habe ja gewusst, dass man dir nicht trauen kann, du Schuft.“ Er boxte meinem blonden Tänzer in die Rippen. „Du hast doch nur darauf gewartet, dass ich ihr einen Augenblick den Rücken kehre.“

„Wie man der Fürstin auch nur für einen einzigen Augenblick den Rücken kehren kann, begreife ich nicht.“

„Ich warne dich“, sagte Klemens mit gezwungenem Lächeln. „Prinz Louis Ferdinand ist ein Casanova.“

„Prinz Louis Ferdinand?“

„Hat er sich denn nicht vorgestellt?“

„Das war gar nicht notwendig“, erklärte der Prinz.

Ein alter Herr mit einem Klumpfuß hinkte auf uns zu. Sein Gesicht war grünlich bleich und eingefallen.

„Fürstin Bagration“, sagte Klemens förmlich, „darf ich Ihnen Seine Exzellenz, Monsieur de Talleyrand, vorstellen.“ Die feuchten Lippen des französischen Außenministers berührten meine Hand.

„Graf Metternich!“ Talleyrands Stimme klang ungeduldig und mürrisch. „Wir beide wollten doch in Ruhe miteinander sprechen.“

„Ja, natürlich! Sofort!“ Das klang gequält. Die beiden verließen uns.

„Waren Sie nicht mit Wilhelmina von Sagan verlobt?“ Er sieht aus wie ein blonder Halbgott, hatte sie gesagt, und ich musste ihr recht geben.

„Ach ja, vor langer, langer Zeit.“ Er lächelte, dann sah er mich ernst an. „Die Frauen, die ich vor Ihnen kannte, Fürstin, sind nun völlig ohne Bedeutung.“

Ich wollte mit einem Scherz antworten, aber seine Stimme, der ernste Ausdruck seines Gesichtes machten mich verlegen. Wir tanzten noch ein wenig und versuchten dann, am Büfett eine Erfrischung zu bekommen, aber es war hoffnungslos.

„Wollen wir nicht gehen?“, schlug Prinz Louis Ferdinand vor. „Wir könnten bei Frascati gemütlich miteinander essen.“

„Sie sind sehr freundlich“, sagte ich, „aber ich kann diesen Ball wohl nicht gut in Ihrer Begleitung verlassen.“ Es gelang mir nicht, meinem Märchenprinzen ungeteilte Aufmerksamkeit zu schenken. Mindestens eine Stunde war vergangen, seit uns Klemens mit dem blassen Monsieur de Talleyrand verlassen hatte.

Dann entdeckte ich Klemens in einer entlegenen Ecke. Er trank mit Caroline Murat Champagner. Ihre Köpfe steckten beisammen, er küsste ihr erst die eine Hand, dann die andere.

„Ich glaube, ich möchte doch mit Ihnen bei Frascati essen.“

Die Gärten draußen waren von rotglühenden Fackeln hell erleuchtet. Die Brunnen glitzerten wie Feuer.

„Ich fürchte, wir werden eine Weile auf meinen Wagen warten müssen.“, sagte Louis Ferdinand.

Plötzlich fühlte ich mich schrecklich müde und abgespannt, mir war beinahe schlecht vor Müdigkeit. „Sind Sie mir sehr böse, wenn wir das Essen bei Frascati auf einen anderen Abend verschieben?“

„Fühlen Sie sich nicht wohl?“ fragte er besorgt. „Ich bin nur müde. Entsetzlich müde.“

„Wollen Sie sich bei uns in der deutschen Botschaft ein wenig ausruhen?“

Ich zögerte. Eigentlich würde es Klemens recht geschehen! Aber der Gedanke, mich einem fremden Mann hinzugeben - selbst diesem sympathischen Louis Ferdinand -, stieß mich ab.

„Bitte, bringen Sie mich heim. Es ist nicht weit - wir können sogar zu Fuß gehen. Die Luft wird mir gut tun. Ich habe anscheinend zuviel Champagner getrunken.“

„Vielleicht.“ Er nahm meinen Arm, und wir gingen zur Place de la Concorde.

Es hatte zu regnen aufgehört. Die Dezemberluft in Paris ist mild. Nachdem wir die Tuilerien verlassen hatten, wurden die Straßen dunkel und menschenleer. Fürsorglich geleitete Prinz Louis Ferdinand mich über das holprige Pflaster.

„Eigentlich wollte ich gar nicht nach Paris zur Krönung fahren.“, erzählte er leise. „Erst als König Friedrich Wilhelm es mir ausdrücklich befahl, gehorchte ich widerwillig.“

Er schwieg eine Weile. „Dann hätte ich Sie nicht kennengelernt. Ein schrecklicher Gedanke.“

Der mürrische Portier sperrte das Tor auf, Louis Ferdinand nahm ihm die Laterne ab und begleitete mich die düstere, schmutzige Stiege hinauf.

„Gute Nacht, Fürstin Katharina. Werden Sie nicht krank!“ Seine Stimme war zärtlich, und er küsste mich aufs Haar. Einen Augenblick lang lag ich an seiner Brust.

Wie friedlich und sonnig musste die Welt doch an der Seite eines solchen Mannes sein, dachte ich unwillkürlich. Dann ging ich hinein.

Nun sitze ich hier in meinem malvenfarbenen Ballkleid. Klemens tanzt wahrscheinlich mit Caroline Murat. Warum ließ er mich nur nach Paris kommen, wenn ich ihm so wenig bedeute? Ist es möglich, dass er auf Louis Ferdinand eifersüchtig war und sich rächen wollte? Eigentlich sollte ich jetzt gleich nach Dresden zurückfahren. Aber ich kann nicht. Ich werde mich ausziehen und zu schlafen versuchen ...

17. Kapitel

Paris, 4. Dezember 1804, Mittag.

Als ich gestern Abend gerade dabei war, das Kleid auszuziehen, klopfte es an der schweren Eichentür. Barfuss lief ich mit einer Kerze in die kalte, dunkle Vorhalle. „Wer ist da?"

Keine Antwort, nur heftigeres Klopfen. Ich schloss auf.

Klemens! Er trug keinen Mantel, nur seinen Samtrock. „Bist du wahnsinnig?" flüsterte ich. „Du wirst das Kind aufwecken."

Er rannte an mir vorbei ins Schlafzimmer. „Wie kannst du mich vor allen Leuten so lächerlich machen!" Seine Augen funkelten zornig.

„Ich habe dich lächerlich gemacht?", rief ich empört und vergaß das Kind und die Kinderfrau. „Und was hast du gemacht? Stehen lassen hast du mich wegen dieser Hure, dieser Caroline Murat!"

„Madame Murat ist schließlich die Schwester des Kaisers."

„Natürlich.", spottete ich. „In Gegenwart dieses Emporkömmlings Napoleon lächeln wir ununterbrochen. Lächeln und verneigen uns, lächeln und verneigen uns. Dich muss ja jeder in Paris auslachen!"

„Du scheinst zu übersehen", sagte Klemens mit schmalen Lippen, „dass ich in erster Linie Diplomat bin. In der Politik muss man sehr oft Dinge tun, die einem zuwider sind."

„Wie zum Beispiel dieser Caroline Murat den Hof machen."

„Ich bin gegangen, sobald ich nur konnte", verteidigte er sich. „Ich habe dich überall gesucht."

„Ich bin glücklicherweise kein Diplomat", sagte ich, „und muss daher nicht dort bleiben und zusehen, wie du vor Napoleon und seiner halbnackten Schwester herumscharwenzelst."

„Wie konntest du nur ohne mich fortgehen.", sagte er verärgert. „Ich habe mir Sorgen um dich gemacht."

„Wie rührend! Das war aber ganz unnötig, Prinz Louis Ferdinand hat sich um mich gekümmert."

„Du bist mit ihm weggegangen?" Nun war er erst recht wütend.

„Ist *le beau Clement* eifersüchtig?", fragte ich. „Ich finde den Prinzen besonders sympathisch."

„Wohin bist du mit ihm gegangen?" Er packte mich am Handgelenk.

Ich sah ihm voll ins Gesicht. „In seine Wohnung in der deutschen Botschaft. Louis Ferdinand ist ein wunderbarer Liebhaber. . .“

„Du lügst! Du willst mich nur quälen!“ Er warf mich auf das Bett und küsste mich heftig, mit seiner Hand fuhr er mir durch die Haare. „Ich bin fast verrückt geworden auf der Suche nach dir. Besonders, als ich bemerkte, dass auch er nicht mehr da war . . .“ Er stützte sein Gesicht auf die Hände, seine blauen Augen schienen mich zu durchbohren. „Sag mir die Wahrheit! Hast du mit ihm geschlafen?“

„Chéri ...“ Ich zog ihn zu mir herunter. „Ich hätte es gern getan - nur um mich zu rächen. Aber ich konnte nicht. Manchmal wünschte ich wirklich, ich liebte dich nicht so sehr!“

Er schnürte mein Korsett auf. „Du gehörst mir, Kitty. Ich habe nicht gewusst, wie viel du mir bedeutest, bis ich heute Abend ...“

Ich umschlang ihn. „Wenn ich dich nur immer so festhalten könnte!“

Aber er hörte mich nicht mehr.

Als wir heute morgen beim Frühstück saßen, war Klemens zärtlicher und rücksichtsvoller als je zuvor. Er drängte mir ein zweites *croissant* auf, bestrich es mir sogar mit Butter und hielt meine Hand, während ich aß.

„Du warst die schönste Frau auf dem Ball.“, sagte er. „Sogar Monsieur de Talleyrand sind deine wunderschönen Augen aufgefallen.“

„Ein grauenerregender Mensch.“, sagte ich. „Wenn man ihn sieht, muss man an den Tod denken.“

„Ich hatte ein interessantes Gespräch mit ihm. Er teilte mir im Vertrauen mit, dass er sich Napoleon nicht mehr verpflichtet fühlt.“

„Als sein Außenminister?“, fragte ich ungläubig.

„Mich wundert es nicht.“ Klemens wischte sich den Mund ab. „Napoleon behandelt ihn denkbar schlecht. Du hättest nur hören sollen, wie er ihn unlängst vor dem gesamten Hof abgekanzelt hat.“

„Was für ein Verbrechen hat er denn begangen? Hat er sich nicht tief genug verneigt, oder ärgert sich Napoleon einfach, weil Talleyrand größer ist als er selbst?“

„Es ging um Alexander. Napoleon hat Talleyrand nach Erfurt geschickt, damit er beim Zaren um die Hand seiner Schwester anhalte. Bisher ist noch keine Antwort erfolgt, und Napoleon meint nun, dass Talleyrand nicht überzeugend genug geworben hat. Er hat ihn einen Versager und einen Dummkopf genannt."

„Und was hat der Außenminister darauf geantwortet?"

„Kein Wort. Etwas später flüsterte er mir nur zu, was für ein Jammer es doch sei, dass ein so großer Mann eine so schlechte Erziehung genossen habe."

„Der arme alte Mann.", sagte ich, und meine Abneigung wandelte sich in Mitleid.

„Talleyrand wird sich schon rächen - da kannst du sicher sein.", sagte Klemens. „Er hat mir gegenüber angedeutet, dass er Napoleon als Gefahr für Frankreich betrachtet und es für seine patriotische Pflicht hält, mit Österreich zusammenzuarbeiten. Er ist bereit, mich über die geheimen Pläne des Kaisers auf dem laufenden zu halten."

„Ein interessantes Angebot", sagte ich. „Ich nehme an, du hast akzeptiert?"

„Noch nicht definitiv. Talleyrand hat erklärt, dass Napoleon dabei ist, ihn finanziell zu ruinieren, und dass er deshalb gezwungen ist, für derart wertvolle Informationen einen Preis von mehreren tausend Franc zu verlangen."

„Er lässt sich bestechen? Der ehemalige Bischof von Autin ist nichts als ein kleiner Verräter?" fragte ich entsetzt.

„Du bist ein Kind.", sagte Klemens und stand auf. „Solche Dinge kommen in der Politik jeden Tag vor." „Würdest du dich denn auch bestechen lassen, Chéri?" „Das kommt auf den Preis an", lachte er und küsste mir die Hand. „Für die Gunst einer schönen Frau zum Beispiel würde ich alles tun."

„Musst du wirklich schon gehen?", fragte ich und sah zu, wie er sich ankleidete.

„Ja. Ich habe eine Verabredung mit Monsieur de Talleyrand."

„Wirst du mit mir zu Abend essen?"

„Ich hoffe es. Falls nichts Wichtiges dazwischenkommt..."

„Wie Madame Murat?"

„Bitte, fang doch nicht wieder an! Habe ich dir heute Nacht nicht bewiesen, wie viel du mir bedeutest?"

„Ich könnte Prinz Louis Ferdinand bitten, mich ein wenig in Paris herumzuführen. Ich habe nämlich nicht die Absicht, den ganzen

Tag in diesem schrecklichen Zimmer zu sitzen und auf dich zu warten."

Er rannte hinaus.

5. Dezember 1804.

Ein anderer Besucher unterbrach mich gestern beim Schreiben. Es war Prinz Louis Ferdinand im Reitdress und mit einem Veilchenstrauß in der Hand.

In der Nacht, als ich mit weitgeöffneten Augen neben Klemens lag, beschloss ich, Louis Ferdinand nicht wiederzusehen. Er wirkte so ernst und ehrlich, dass ich es für unfair hielt, ihn zu ermutigen. Trotzdem freute ich mich mehr, als ich gedacht hätte.

Er entschuldigte sich, dass er mich so früh überfiel und warf dabei einen Seitenblick auf meinen Morgenrock.

„Ich konnte die ganze Nacht nicht schlafen aus Sorge um Sie, Fürstin Katharina." Er überreichte mir die Blumen. „Zuerst wollte ich Rosen bringen, aber die waren so steif und unpersönlich. Veilchen dagegen sind klein und zart, genau wie sie ..."

Ich roch an den Blumen. „Das waren Grand-mères Lieblingsblumen. Sie hatte immer Veilchen in ihrem Schlafzimmer stehen."

„Ich bin glücklich, dass sie Ihnen gefallen." Er küsste meine Hand. „Fühlen Sie sich heute besser?"

„Ja..." Ich wich dem Blick seiner prüfenden, hellen Augen aus. „Es geht mir gut, danke."

„Sie sehen ein wenig müde aus." Immer noch betrachtete er aufmerksam mein Gesicht.

„Ich habe nicht sehr gut geschlafen." Es war grotesk, dass ich ihm gegenüber ein schlechtes Gewissen hatte. „Sind Sie ausgeritten?" wechselte ich mit einem Blick auf seine Kleidung das Thema.

„Nein, ich bin auf dem Weg in den Bois de Boulogne. Reiten Sie, Fürstin?"

„Als Kind in Russland bin ich viel geritten, aber das ist lange her ..."

Er begann zu lachen, und das verstaubte Wohnzimmer wurde plötzlich hell. „Warum sind wir nur so steif und förmlich miteinander? Sie sind meine Veilchenprinzessin, Katharina, und ich bin seit gestern in Sie verliebt. Ziehen Sie sich an, und reiten Sie mit mir aus. Es ist ein herrlicher Tag." Er ging zum Fenster und zog die Vorhänge zur Seite. Sein Haar schimmerte in der Sonne.

„Die Einladung ist sehr verlockend", sagte ich und vergaß Klemens für einen Augenblick. „Aber leider habe ich kein Reitkostüm."

Er kam näher und legte seine Hände um meine Taille. „Mein Gastgeber, der deutsche Botschafter, hat eine zwölfjährige Tochter. Ihr Kleid wird Ihnen sicher passen. In einer halben Stunde bin ich wieder da."

Bevor ich noch widersprechen konnte, war er schon fort. Warum sollte ich denn nicht mit Louis Ferdinand reiten gehen? Ich hatte Klemens ja gesagt, ich würde meine Zeit in Paris nicht damit vergeuden, in diesem traurigen Zimmer auf ihn zu warten! Nanny war gleich nach Tisch mit Klementine fortgegangen, und ich war mit meiner Kammerzofe allein. Ich ging in die dunkle, schmutzige Küche und sagte ihr, dass ich baden wollte. Dicker Rauch drang aus dem altersschwachen Herd, sie hustete und jammerte, dass das Feuer ausgegangen sei und dass es ihr nicht gelingen wollte, ein neues zu entfachen. Sie holte den Portier zu Hilfe. Ungeduldig nahm ich einen Krug mit kaltem Wasser, trug ihn in mein Zimmer und wusch mich in Eile.

Als ich gerade meine Haare bürstete, trat die Zofe ein, über dem Arm ein Reitkostüm. Louis Ferdinand war schon zurück.

„Das passt, als ob es für Sie gemacht wäre.", sagte er und lächelte, als ich mich ihm präsentierte. Er nahm mich am Arm und wir gingen.

„*Mon cher ami,* Graf Metternich, wird mich vermutlich Ihretwegen zum Duell fordern.", sagte er lächelnd, als wir in seinem Wagen saßen.

Ich berührte leicht die Narbe auf seiner Wange. „Ging es bei diesem Kampf auch um eine Frau?"

„Ja, um meine Schwester. Einer meiner Kameraden hatte die Unverfrorenheit, von ihr zu sagen, sie sei ein ‚hübsches Frauenzimmer'."

„Graf Metternich, seine Frau und ich sind alte Freunde", bemerkte ich.

„Ja, ich weiß." Louis Ferdinand lächelte nicht mehr. „Er erzählte mir, dass Sie sich in Dresden kennenlernten."

„Lorel war damals sehr freundlich zu mir.“, sagte ich vorsichtig und fragte mich, wie viel er wohl wusste.

„Sie ist eine außergewöhnliche Frau“, stellte Louis Ferdinand fest. „Hätte ich je eine so verständnisvolle Frau gefunden“, sagte er mit schelmischen Lächeln, „hätte ich vermutlich auch geheiratet.“

„Sie hätten ja beinahe“, erinnerte ich ihn.

„Sie meinen Wilhelmina? Das war vor vier Jahren, ich war damals jung und dumm. Bis heute ist es mir unverständlich, wie es zu dieser Verlobung kam. *Entre nous,* mir wurde immer beklommener, je näher der Tag der Hochzeit heranrückte, und ich selbst war es dann, der den König bat, die Heirat zu verbieten.“

„Ich dachte, Sie wären in Wilhelmina verliebt gewesen?“

„In diese egoistische Hexe? Ich hatte das Pech, sie einmal zu küssen, als ich zuviel Champagner getrunken hatte. Die Herzogin von Kurland muss in der Nähe versteckt gewesen sein, jedenfalls erschien sie, gerade als ich ihre Tochter umarmte, und erklärte, dass wir verlobt wären.“

„Die Geschichte, die Wilhelmina mir erzählte, klang allerdings etwas anders.“, sagte ich langsam und wusste nicht recht, ob ich ihm glauben sollte.

Louis Ferdinand griff nach meiner Hand. „Bitte, glauben Sie mir, dass es nicht meine Art ist, so über eine Frau zu sprechen, mit der ich in dieser oder jener Weise liiert gewesen bin. Aber es ist mir wichtig, dass Sie wissen, dass ich in Wilhelmina von Sagan nie verliebt gewesen bin.“

Unser Wagen fuhr gerade in den Bois de Boulogne ein.

„Wo warst du?“, fragte Klemens ärgerlich, als ich um etwa fünf Uhr heimkam. Er saß in meinem düsteren Wohnzimmer, auf seinem Schoß schlief Klementine.

„Im Bois de Boulogne.“, sagte ich. „Es war ein so herrlicher Tag heute, ich wollte ihn nicht im Zimmer verbringen.“

„Woher hast du dieses Kostüm?“

Ich zögerte. „Louis Ferdinand hat es für mich ausgeborgt.“

„Schon wieder er? Wie kann er es wagen ...“

Die Kinderfrau trat ein, und Klemens übergab ihr mein schlafendes Kind. „Du bist wirklich unverantwortlich, Kitty“, sagte er wütend, als wir allein waren. „Wie kannst du einfach weggehen und dieses Kind in einer fremden Stadt allein lassen?“

„Klementine war bei ihrer Kinderfrau, die sehr gut für sie sorgen kann!“ Nun war auch ich wütend. „Mit welchem Recht kritisierst du mich? Man könnte meinen, sie sei deine Tochter.“

„Als ich kam, lag die kleine Prinzessin Bagration weinend in ihrem Bettchen. Die Kinderfrau und die Zofe plauderten unterdessen in der Küche mit einem Soldaten, den sie irgendwo aufgelesen hatten.“

„Chéri...“ Ich trat auf ihn zu. „Verzeih mir. Wenn ich gewusst hätte, dass du zurückkommst, wäre ich nicht mit Louis Ferdinand ausgegangen. Ich fühlte mich einsam und dachte, was schadet es schon, wenn ich die Einladung des Prinzen annehme.“

Klemens betrachtete mich. „Du siehst aus wie ein mauvais petit garçon.“, murmelte er.

Ich legte ihm die Arme um den Hals und küsste ihn. „Was machen wir heute Abend, Chéri? Möchtest du ausgehen oder lieber hier essen? Der Herd in der Küche raucht zwar schrecklich, aber dagegen kann man sicher etwas tun ...“

Er befreite sich aus meinen Armen. „Ich bin heute Abend eingeladen.“

„Eingeladen? Ohne mich?“

Er räusperte sich. „Ein politisches Essen. Alle ausländischen Diplomaten treffen einander heute Abend im Palais des Prinzen Murat ...“

„Carolines Mann?“

„Nun ... ja.“

„Dann verstehe ich allerdings, warum du mich nicht mitnehmen kannst.“

„Kitty, sie ist. . .“

„Napoleons Schwester, ich weiß. Und du musst dich bei ihr beliebt machen.“

„Genauso ist es!“ Seine Stimme klang erleichtert. „Du verstehst das doch, nicht wahr?“

„Ja.“

„Ich würde viel lieber hier bei dir bleiben.“

Ich schwieg.

Er sah auf die Uhr. „Ich bin eigentlich nur vorbeigekommen, um dir das zu sagen. Ich muss mich beeilen."

„*Au revoir.*"

„Was wirst du tun?" Das klang nicht sehr glücklich.

„Ich weiß noch nicht."

„Vielleicht solltest du dich nach dem Reiten ausruhen."

„Vielleicht."

„Wenn es irgendwie geht, werde ich nachher noch vorbeikommen."

„Mach dir nicht die Mühe. Vielleicht bin ich gar nicht da."

„Sei doch nicht kindisch, Kitty. Dieses Essen ist eine Verpflichtung. Ich kann nicht wegbleiben. Vielleicht kommt sogar Napoleon!"

„Dann geh nur."

Er küsste mich auf die Wange und ging.

Sobald er gegangen war, schrieb ich einen kurzen Brief und schickte den Portier damit zur deutschen Botschaft. Er brachte die Nachricht zurück, dass Prinz Louis Ferdinand mich um sieben Uhr abholen würde.

„Sind Sie nicht auch bei den Murats eingeladen?", fragte ich, als er in seiner silbergrauen Uniform erschien. „Doch.", sagte er und lächelte über das ganze Gesicht. „Aber sowie ich Ihre Nachricht erhielt, sagte ich ab." Er beugte sich über meine Hand. „Nichts kann so wichtig sein wie ein Abend mit meiner Veilchenprinzessin."

Wir gingen ins Theater zu Molieres „Tartuffe". Louis Ferdinand lachte viel und erklärte mir in der Pause, dass man, da Napoleon nicht religiös war, keine einzige Zeile des Stückes hatte streichen müssen. Nach dem Theater gingen wir zu Frascati in jenes Lokal, das wir am ersten Abend hatten besuchen wollen. Wir verzehrten ein köstliches Abendessen, und je mehr Champagner wir tranken, desto ausgelassener wurden wir.

Die Kapelle spielte eine Mazurka. Im Geist sah ich junge Russenmädchen mit roten und grünen Bändern im Haar und hohen glänzenden Stiefeln. So hatte ich sie bei Festlichkeiten oft tanzen sehen. Der Rhythmus riss mich mit, ich begann zu tanzen, zuerst zögernd, dann schneller und immer schneller, und die Leute rundherum klatschten dazu im Takt. Es muss der Champagner gewesen sein, der mich alle Hemmungen verlieren ließ. Jedenfalls schleuderte ich die Schuhe fort und tanzte mitten im Saal. Schließlich fiel ich erschöpft in die Arme Louis Ferdinands.

„Sie sind hinreißend, Katharina! Sie tanzen wie eine Elfe!“ Seine Arme umfingen mich und hielten mich, als wollten sie mich nie wieder loslassen.

Heute früh um neun Uhr stürmte Klemens in mein Schlafzimmer.

„Du hast ja gestern Abend eine Vorstellung gegeben, wie ich höre!“, schrie er.

Ich hatte schreckliche Kopfschmerzen, und meine Lider waren so schwer, dass ich sie kaum heben konnte. „Was meinst du damit?“

„Du weißt sehr gut, was ich meine.“, tobte Klemens. „Einige Leute waren zuerst bei Frascati und sind dann zu den Murats gekommen. Sie konnten sich gar nicht beruhigen über die rothaarige Russin, die sich dort produziert hat. Du hast dich erbärmlich benommen, wie ein Mädchen aus einem Vorstadttheater!“

„Louis Ferdinand hat gesagt, ich tanze wie eine Elfe.“, verteidigte ich mich und presste die Hände gegen meine hämmernden Schläfen.

„Dieser Idiot! Er hätte dich zurückhalten müssen! Wenn der Zar das hört! Er wird nicht ernst nehmen, was du ihm geschrieben hast, wenn er erfährt, wie du dich hier in Paris aufführst. . .“

„Alexej tanzt sehr gern Mazurka.“, sagte ich. „Er wird sich freuen, dass ich mich noch als Russin fühle.“

„Eigentlich könnte er schon geantwortet haben.“, murmelte Klemens und setzte sich an den Bettrand. „Wohin bist du mit Louis Ferdinand nachher gegangen?“

„Ich glaube, er hat mich heimgebracht.“

„Du glaubst?“

„Alles ist so verschwommen. Ich erinnere mich nicht genau.“ Das war eine Lüge. Louis Ferdinand hatte mich heimgebracht, er hatte mich im Wagen geküsst, und ich hatte seine Küsse erwidert.

„Unglaublich! Du hast dich in aller Öffentlichkeit betrunken! Ich verbiete dir, Louis Ferdinand noch einmal zu sehen!“ Er schlug die Tür krachend hinter sich zu.

6. Dezember 1804.

Ich glaube, Klemens hat recht. Obwohl ich ihm gegenüber darauf beharrte, dass mein Benehmen bei Frascati absolut nicht anstößig war, schäme ich mich heimlich doch. Ich habe mich wirklich nicht wie eine Dame benommen. Und noch mehr schäme ich mich, wenn ich an die Heimfahrt mit Louis Ferdinand denke. Ich habe ihm erlaubt, mich zu streicheln, ich habe seine Küsse erwidert - er muss ja glauben, dass ich in ihn verliebt bin! Als meine Zofe ihn gestern Nachmittag meldete, ließ ich ihm bestellen, dass ich mich nicht wohl fühlte. Das stimmte auch. Mein Kopf dröhnte, der Gedanke an Essen verursachte mir Brechreiz, und sobald ich aufstehen wollte, drehte sich alles vor meinen Augen. Klemens kam nicht wieder, und ich legte mich früh zu Bett. Heute fühle ich mich schon viel besser. Ich glaube, ich brauche frische Luft - ich werde einen Wagen mieten und mit Klementine und Nanny ein wenig spazieren fahren. Bis jetzt habe ich weder von Klemens noch von Louis Ferdinand gehört ...

7. Dezember 1804.

Es ist jetzt 3 Uhr morgens, und die Place de la Concorde unter meinem Fenster ist dunkel und still. Als ich von unserer Spazierfahrt in den weiten Boulevards und herrlichen Parks von Paris zurückkam, saß Louis Ferdinand in meinem Salon. Als ich eintrat, sprang er auf; seine sonst so fröhlichen Augen blickten ganz traurig, und bevor ich ihm noch sagen konnte, dass wir uns besser nie mehr sehen sollten, begann er zu sprechen.

„Erinnern Sie sich an den großen Marschall, der bei Napoleons Krönung die Kette der Ehrenlegion trug?"

„Monsieur Bernadotte?", fragte ich erstaunt.

Louis Ferdinand nickte. „Seine Truppen marschieren über preußisches Gebiet. Soeben erhielt ich die Nachricht, dass mein Onkel, Friedrich Wilhelm, meine sofortige Heimkehr wünscht."

„So?", sagte ich. „Ach so." Nun schien es unnötig, ihm noch zu sagen, was ich ihm hatte sagen wollen.

„Mein Herz wird keine Ruhe finden, bis ich Sie wiedersehe, meine liebe, liebe Katharina", sagte er. Ich wollte etwas erwidern, aber er ließ mich nicht zu Wort kommen.

„Bitte, sagen Sie nichts, bevor ich Ihnen etwas bekenne..."

Seine hellen Augen blickten mich so beschwörend an, dass ich schwieg.

Er hielt meine Hände, während er sprach: „Bevor ich Sie kennenlernte, hatte ich mir vorgenommen, Sie zu verführen - um Klemens zu ärgern..."

„So war alles nur ein Spiel?", unterbrach ich ihn. Nie zuvor habe ich mich so gedemütigt gefühlt.

„Nur zu Beginn.", erklärte er flehend. „Sie müssen mich verstehen! So oft ärgerte ich mich über Klemens, weil er ununterbrochen mit seinen Eroberungen prahlte. Er behauptete immer, sich der Frauen, die ihn liebten, nur mit Mühe erwehren zu können. Und so beschloss ich, ihm eine Lektion zu erteilen. Als er mir nun erzählte, dass Sie, eine bezaubernde Freundin aus Dresden, ihn in Paris treffen würden, wollte ich ihm einmal beweisen, dass seine Verführungskunst nicht gar so einmalig wäre..."

„Es war also ein Spiel!" Meine Stimme klang kalt und hart.

Er ließ den Kopf hängen. „Nur bis zu dem Augenblick, da ich Sie sah. Zum erstenmal bei der Krönung. Sie bemerkten mich gar nicht - Sie hatten ja nur Augen für einen einzigen, für Klemens. Ihre Liebe zu ihm stand Ihnen im Gesicht geschrieben. Ich beschloss, meinen Plan fallen zulassen."

„Und dann?" Mein Herz schlug heftig.

„Dann?" Er bedeckte sein Gesicht mit den Händen. „Dann sah ich Sie auf dem Ball, Sie standen so allein und verloren mitten im Saal. Ich dachte, Sie würden zu weinen beginnen - wie ein kleines, verlassenes Kind. Ich war wütend auf Klemens, dass er Sie so behandelte. Da ging ich zu Ihnen."

„Weiter." Seine Worte demütigten mich nicht länger. Ich fühlte Wärme in mir aufsteigen.

„Ich nahm Sie in die Arme", fuhr er mit leiser Stimme fort und sah mich dabei nicht an. „Sie schienen mir so zart. Sie erinnerten mich an einen kleinen Vogel, dessen Herz man klopfen fühlt, wenn man ihn in der Hand hält. Während ich mit Ihnen tanzte, dachte ich fortwährend daran, dass ich Sie beschützen wollte, immer. . ."

Ich streckte die Hand aus und berührte seine Haare. Er blickte auf. „Sie verzeihen mir?"

„Als Sie mich baten, in der Botschaft auszuruhen gehörte das zum Plan?"

„Nein!“ Er schüttelte heftig den Kopf. „Ich hatte Klemens mit Caroline Murat gesehen, und ich wusste, dass auch Sie ihn gesehen hatten. Ich wollte Ihnen Gelegenheit geben, sich ein wenig zu fassen.“

„Lieber Louis Ferdinand.“, sagte ich leise. „Ich mag Sie sehr gern. Schade, dass ich nicht einen Mann wie Sie heiraten konnte anstatt meines mürrischen Generals, der mein Vater sein könnte.“

„Katharina . . .“, sagte er, „Katharina...“ Dann ließ er plötzlich meine Hand los und stürzte aus dem Zimmer.

19. Dezember 1804.

Es ist ein langer Brief aus St. Petersburg gekommen. Ich benachrichtigte Klemens, und er kam sofort. Wir hatten uns am Tag nach Louis Ferdinands Abreise versöhnt. Er hatte versprochen, Caroline nicht öfter zu sehen als unbedingt notwendig.

„Wo ist der Brief?“, fragte er, noch ehe er den Mantel abgelegt hatte.

„Alexej hat ihn russisch geschrieben“, sagte ich. *„Ich* muss dir den Brief übersetzen.“

Er warf der Zofe Hut und Mantel hin. „So lies schon!“ Alexander begann mit der Mitteilung, dass mein Brief nicht der einzige war, der Metternich pries. Auch von anderen Seiten sei er gebeten worden, Metternich zu protegieren. Seltsamerweise, fügte er hinzu, waren die Absender all dieser Briefe Damen.

Nachdem ich diesen Absatz übersetzt hatte, sah ich Klemens fragend an.

„Keine Ahnung, auf wen der Zar da anspielt.“, murmelte er. Ich las weiter: „Diese Briefe haben meine Neugier geweckt. Ich bat Graf Nesselrode um einen ausführlichen Bericht über diesen vielgepriesenen Diplomaten und erhielt folgende Charakteristik: Metternich ist nicht ohne Geist, ja man kann sagen, er hat mehr Geist als drei Viertel der Wiener Diplomaten. Er ist sehr liebenswürdig, wenn er will, von angenehmem Äußeren, fast immer verliebt. . .’ “

Wieder machte ich eine Pause. Klemens schien geschmeichelt, aber noch nicht ganz zufriedengestellt. „Erwähnt er denn nicht, dass wir uns in Berlin persönlich kennenlernten?“

„Nein", log ich und ließ den Absatz aus, in welchem Klemens als „zu elegant, zu parfümiert und ein zu großer Schürzenjäger, als dass man ihn als Staatsmann ernst nehmen könnte" beschrieben wird. Ich verschwieg natürlich auch, dass Alexej schrieb: „Es ist mir völlig unverständlich, kleine Schwester, was Du an diesem Gecken findest."

„Was schreibt er sonst noch?" Klemens wurde ungeduldig.

„Er wird meine Bitte in Erwägung ziehen."

„Hm! Das muss nicht viel bedeuten."

„Doch. Ich habe dir den letzten Absatz noch nicht übersetzt. Alexej sagt, dass er einen Mann deiner Fähigkeiten gern in Russland sehen würde" - ich ließ meine Phantasie spielen -, „besonders, wenn dies auch mich nach Sankt Petersburg zurückbrächte."

„Hoffentlich ist das sein Ernst."

18. Kapitel

Dresden, 20. Januar 1805.

Ich bin wieder in Dresden, in der Museumstraße. Nach Paris wirkt Dresden wie eine Kleinstadt. Allerdings wurde ich sofort nach meiner Rückkehr vom Prinzen Friedrich August III. zu einem Ball eingeladen. Die Gesellschaft, die mich früher nicht beachtete, überhäuft mich jetzt mit Einladungen. Jeder fragt nach Napoleon und Josephine. Friedrich von Gentz ist nicht mehr hier. Klemens hat ihm tatsächlich irgendeine Stellung in Wien verschafft.

Einige Tage vor meiner Abreise von Paris hatten Klemens und ich wieder einen Streit. Er teilte mir mit, dass er für den Silvesterabend in die Tuilerien eingeladen sei.

„Chéri! Du hast mir doch versprochen, dass du mit mir auf den Ball der russischen Botschaft gehst!“, protestierte ich heftig.

„Sei doch vernünftig, Kitty!“, sagte er. „Ich kann unmöglich eine Einladung Napoleons ausschlagen.“

„Warum bist du nicht wenigstens ehrlich und gibst zu, dass du die Neujahrsnacht lieber mit Caroline Murat verbringen möchtest?“

„Deine Nörgelei geht mir langsam auf die Nerven. Ich habe dich nach Paris eingeladen, ich habe versucht, dir diesen Aufenthalt angenehm zu machen. Was willst du mehr?“

„Ich bedaure, dass ich hergekommen bin. Ich hätte mir viel Kummer ersparen können.“

„Von Kummer war nicht viel zu bemerken, solange Louis Ferdinand noch hier war.“

„Ohne ihn“, erwiderte ich bitter, „hätte ich die meiste Zeit damit verbracht, hier auf dich zu warten.“

„Du kennst meine Position“, sagte er steif. „Leider habe ich außer dir auch noch andere Verpflichtungen.“

„Verzeihen Sie, Exzellenz, dass ich zuviel von Ihrer kostbaren Zeit in Anspruch nahm.“, spottete ich. „Lassen Sie sich nur ja nicht länger aufhalten.“

„Ach, das ist ja alles Unsinn“, murmelte er und zuckte mit den Achseln. „Ich komme wieder, wenn du bei besserer Laune bist.“

Als er vom Stuhl aufstehen wollte, verzog sich sein Gesicht plötzlich schmerzhaft. Er ließ sich wieder auf den Stuhl fallen.

Ich vergaß meinen Ärger. „Was ist denn, Chéri?"

„Mein Lumbago", stöhnte er. „Ich habe schon einmal in Berlin einen solchen Anfall gehabt. Das tut höllisch weh. Bitte hilf mir auf! Ich muss mich sofort niederlegen." Auf meinen Arm gestützt, hinkte er zum Bett.

Ich sah zu ihm hinunter. „Und was wird aus dem Ball in den Tuilerien?"

„Ich kann nicht einmal gehen wie sollte ich da tanzen?"

Ich half ihm beim Auskleiden und sandte am nächsten Tag einen Brief an Nesselrode, in dem ich mein Bedauern darüber ausdrückte, dass unvorhergesehene Ereignisse mich hinderten, den Neujahrsball der russischen Botschaft zu besuchen. Ich verbrachte den letzten Tag des alten Jahres damit, Klemens Wärmeflaschen aufzulegen und ihm den Rücken mit scharf riechenden Salben einzureiben.

Nachdem der erste Ärger und die Enttäuschung vergangen waren, überließ sich Klemens meiner Fürsorge. Er schien es sogar zu genießen, als Klementine im Bett auf ihm herumkrabbelte.

„Papa.", sprach er ihr vor. „Sag Papa!"

Am Silvesterabend saßen wir allein vor dem Kaminfeuer. „Auf uns beide, Kitty!" Er hob sein Champagnerglas und ließ es an meinem klingen. Wir tranken schweigend und lauschten den Glocken von Notre-Dame. „Ein neues Jahr beginnt", sagte er zärtlich und streichelte mir über die Haare. „Nehmen wir uns vor, nie mehr zu streiten. Niemand soll in Zukunft mehr zwischen uns sein. In Petersburg gibt es nur dich und mich."

Unsere Liebesnacht verlief wegen seiner Schmerzen eher ungewöhnlich.

Auf der Heimreise musste ich immer wieder an diese Worte denken. Hatte er sie ernst gemeint? Wenn wir erst allein in Russland waren, entschloss er sich vielleicht doch zur Scheidung. „Papa.", sagte Klementine während der ganzen Reise. „Wo ist Papa?"

Nun bin ich damit beschäftigt, meine Abreise vorzubereiten. Das große Haus mit allem Mobiliar muss verkauft werden. Nur einige wenige Stücke, die mir ans Herz gewachsen sind, werde ich mitnehmen. Meinen Schreibtisch zum Beispiel. Und den kleinen Stuhl, auf dem Klemens so gerne saß. Es gibt Tage, da bin ich so ungeduldig, dass ich es kaum mehr erwarten kann, endlich von hier wegzukommen. An anderen Tagen wiederum zweifle ich ... Werde ich mich in Russland wieder eingewöhnen können? Ich war fünf Jahre fort, Westeuropa ist mir nun vertrauter als meine Heimat. Immer wieder fällt mir der Satz des griechischen Philosophen Heraklit ein, den Grand-mère so oft zitierte: „Man kann nicht zweimal in denselben Fluss steigen, denn das Wasser fließt und ändert sich fortwährend." Ich werde Peter wiedersehen müssen. Ja, ich werde ihn endlich um Annullierung unserer Ehe bitten. Wenn es wahr ist, dass er ein Verhältnis mit Pawlowna hat, wird er kaum etwas dagegen einzuwenden haben. Ich verstehe nicht, was sie an ihm findet - sie ist ja jünger als ich! Aber was kümmert das mich? Mir ist nur wichtig, dass ich in Petersburg Klemens ganz für mich haben werde. Welche Frauen mochten nur seinetwegen an Alexej geschrieben haben? Wilhelmina? Ich will nicht darüber nachdenken. Jeden Tag kann die Antwort des Zaren eintreffen. Er hat seit dem letzten Brief nicht wieder geschrieben, aber ich bestürme ihn mit Briefen und flehe ihn an, bald etwas wegen Metternichs Berufung nach Russland zu unternehmen.

30. Januar 1805.

Napoleon hat Österreich angegriffen. Ich erhielt soeben einen verzweifelten Brief von Klemens. Kaiser Franz hat ihm aufgetragen, Preußen um jeden Preis als Verbündeten zu gewinnen. „Ich kann diesen Auftrag nicht ausführen", schreibt Klemens. „Obwohl die französischen Truppen unter Bernadotte ganz Preußen überfluten, scheut König Friedrich Wilhelm davor zurück, dem österreichisch-russischen Bündnis beizutreten. Ich kann diesen Idioten nicht davon überzeugen, dass er das in seinem eigensten Interesse tun müsste. Wenn wir und die Russen diesen Krieg allein ausfechten müssen, ist Europa verloren und das alte Gleichgewicht der Staaten zerstört. Ich hoffe nur, der Zar beruft mich bald als Botschafter nach Russland - meine Situation hier in Berlin wird immer unerträglicher. Liebste, ich sehne mich Tag und Nacht nach Dir. Unser Traum, in Deinem Heimatland vereint zu sein, muss wahr werden! Sei lieb und schreibe Alexander. noch einmal!“ Als Postskriptum fragte Klemens nach meiner Tochter und betonte, wie sehr ihm „der kleine Fratz“ in Paris ans Herz gewachsen wäre.

3. November 1805.

Klementine ist zwei Jahre alt. Vor einem Jahr feierte ich ihren Geburtstag mit Friedrich von Gentz. Die Erinnerung daran ist für mich wie ein Alptraum.

Ich habe im vergangenen Jahr nur wenig in dieses kleine Tagebuch geschrieben. Ich verbrachte meine Zeit damit, Briefe an Klemens und Alexej zu verfassen. Der Zar hat noch immer nicht geantwortet.

15. November 1805.

Gestern sind die Franzosen in Wien einmarschiert.

2. Dezember 1805.

Die Österreicher wurden bei Austerlitz verheerend geschlagen. Kaiser Franz hat sich den Franzosen ergeben. Klemens schreibt jeden Tag aus Berlin. Er scheint voll Angst und Sorge.

7. Februar 1806.

Endlich! Ein langer Brief von Alexej! Mein schönstes Geburtstagsgeschenk! „Liebe kleine Schwester“, schreibt er mit seiner vertrauten, großzügigen Schrift. „Ich erhielt heute die Nachricht, dass Graf Stadion nach Wien zurückkehrt, um das Außenministerium zu übernehmen. Nach dieser letzten, schändlichen Niederlage - ich habe der Kapitulation nicht zugestimmt - scheinen die Österreicher von ihrem derzeitigen Außenminister genug zu haben. Ich richtete an den Kaiser das Ersuchen, dass Stadion von Deinem Freund, dem Grafen Metternich, abgelöst wird.“

Ich schickte sofort einen Sonderkurier nach Berlin. Nun beginne ich ernsthaft zu packen.

1. April 1806.

Heute erst kam eine Antwort von Klemens. Es muss sich um einen Aprilscherz handeln - dieser Brief kann doch wohl nicht sein Ernst sein. Es ist eigentlich falsch zu sagen, ich hätte eine „Antwort“ erhalten. Klemens erwähnt nämlich die Berufung des Zaren mit keinem einzigen Wort. Er schreibt:

„Meine liebste Kitty! Dies ist der schönste Tag meines Lebens. Du wirst nie erraten, welch großes Glück mir zuteil geworden ist. Mein Versagen in Preußen hat sich als Segen erwiesen - gerade deshalb nämlich hat kein Geringerer als Napoleon an mir Gefallen gefunden. Er will Cobenzl nicht länger als österreichischen Botschafter in Paris behalten (die köstliche Geschichte mit dem Teetischchen - Du erinnerst Dich doch? - mag etwas damit zu tun haben). jedenfalls wünscht Seine Majestät, der Kaiser von Frankreich, mich als neuen österreichischen Botschafter! Mich! Ich kann mein Glück noch gar nicht recht fassen. Kannst Du Dir vorstellen, wie wütend all die hohen Exzellenzen in Wien sein werden? Ich kann es kaum erwarten, ihre Gesichter zu sehen, besonders das von Cobenzl! Liebste Kitty, bist Du nicht stolz auf mich? Lorel weiß nicht, wo ihr der Kopf steht. Sie hat schrecklich viel zu tun. Wir alle warten ungeduldig auf unsere Abreise nach Paris.“

15. Mai 1806.

Heute hat Klemens Geburtstag. Vermutlich feiert er ihn in Paris mit Caroline Murat. Der Gedanke lässt mich kalt. Sein letzter Brief hatte eine ähnliche Wirkung wie die Brille, die ich mir vor einiger Zeit endlich anschaffte. Meine Sicht, die zuvor verschwommen war, wurde plötzlich klar. Wie war es nur möglich, dass ich Monsieur Metternich nicht schon früher durchschaute? Ach, warum soll ich mir etwas vormachen? Im Grunde habe ich es immer schon gewusst, dass er mich nur für seine Zwecke benutzte. Ich habe es von dem Augenblick an gewusst, als er sich im Salon der Gräfin Isabella noch einmal niedersetzte, nachdem ich erwähnt hatte, dass ich mit dem künftigen Zaren verwandt bin. Ich habe es gewusst, als er mich zu überzeugen versuchte, tiefe Dekolletes zu tragen - mit denen ich die Aufmerksamkeit von Männern erregen sollte, die ihm nützlich sein konnten. Ich habe es gewusst, als er mich in Dresden im Stich ließ und nach Berlin ging. Und als Fritz mir sagte, das Haus in der Maria-Theresien-Straße sei Metternichs Liebesnest gewesen, hatte es mich nicht wirklich überrascht. Ich habe meine Augen bewusst vor der Tatsache verschlossen, dass er mich niemals geliebt hat. Als er mich dann nach Paris bat, habe ich freilich an eine Wandlung geglaubt. Jetzt erröte ich, wenn ich daran denke, dass er nur zu winken brauchte, und ich kam gelaufen. Auch in Paris musste ich bald erkennen, dass er mich nur wiedersehen wollte, um mich für seinen Plan zu benützen. Und immer noch verschloss ich die Augen davor - selbst als er Caroline Murat den Hof machte. Das Leben ist so viel angenehmer, wenn man nicht ganz klar sieht. Selbst heute gibt es noch Momente, wo ich die Brille am liebsten wegwerfen möchte. Aber das geht nicht mehr. Ich muss mich mit den Tatsachen abfinden. Ich habe ihm zu seiner Berufung nach Paris kurz und förmlich gratuliert. Warum? Ich kann es nicht erklären. Ich musste es tun, so wie man an den Schluss eines Satzes einen Punkt setzen muss.

31. Mai 1806.

Gestern war ein trüber Tag. Ich verbrachte den Nachmittag in meinem Boudoir und ruhte. Ich bin in letzter Zeit blass und müde, und der Arzt hat mir Sherry als Tonikum verschrieben. Ich mag den Geschmack nicht, aber er wärmt die Eingeweide und vertreibt den Schmerz. Wieder einmal dachte ich, dass ich Dresden eigentlich verlassen sollte ... Meine Sachen waren ja bereits gepackt für den Transport nach Russland, als der letzte Brief von Klemens kam. Die großen Kisten stehen noch im ganzen Haus herum - ich habe mich noch nicht dazu aufgerafft, sie wieder auspacken zu lassen. Ich möchte nicht in Dresden bleiben und möchte doch auch nicht fort von hier. Wohin soll ich? Nach St. Petersburg? Allein? Es wäre mir sehr peinlich, Alexej jetzt gegenüberzutreten. Während ich diesen trüben Gedanken nachhing, klopfte es an der Tür. „Herein“, rief ich lustlos.

Der Diener trat ein. „Ein Herr möchte Euer Durchlaucht sprechen.“ Er reichte mir einen Silberteller mit einer kleinen, goldgeränderten Karte. Ich nahm sie und las.

„Ich komme sofort."

Obwohl der Nachmittag dunkel und regnerisch war, schien das Zimmer mit einemmal voll Sonne.

„Louis Ferdinand!", rief ich. „Welche Überraschung, Sie hier zu sehen!"

Er nahm meine beiden Hände und bedeckte sie mit Küssen.

„Ich kam, sobald ich nur konnte."

„Ich habe oft an Sie gedacht.", sagte ich. Das stimmte. Aber ich hatte gedacht, dass er eben auch nicht besser war als alle anderen Männer. Nach den vielen zärtlichen Worten in Paris hatte er nicht ein einziges Mal geschrieben.

„Ich habe ohne Unterlass an Sie gedacht.", sagte er und sah mich offen an. „Und ich wäre schon weitaus früher gekommen, hätte es in Preußen nicht so viele politische Schwierigkeiten gegeben."

„Wie ich höre, ist unser gemeinsamer Freund, Graf Metternich" - sogar sein Name verursachte mir einen bitteren Geschmack im Mund - „nicht mehr in Berlin."

„Wir sind nicht mehr befreundet.", sagte Louis Ferdinand brüsk. „Graf Metternich zieht politische Opportunität der Freundschaft vor."

„Der Vertreter Österreichs in Frankreich zu sein, bedeutet für ihn einen ungeheuren Aufstieg.", sagte ich. „Er konnte dem Kaiser diesen Wunsch wohl kaum abschlagen ..." Ich unterbrach mich. Warum verteidigte ich ihn immer noch?

„Oder der Schwester des Kaisers.", beendete Louis Ferdinand den Satz. „Jeder weiß von dieser Liaison zwischen Metternich und Caroline Murat. Bedeutet er Ihnen denn immer noch etwas, Fürstin Katharina?" Er sah betrübt drein.

„Nein.", sagte ich. „Nein, natürlich nicht!"

„Klemens macht sich in Paris einfach lächerlich. Er macht so viele Bücklinge vor dem Kaiser, dass man sagt, er würde vorn sein untertäniges Lächeln behalten, selbst wenn man ihm von hinten einen Fußtritt versetzte."

Auch ich musste unwillkürlich lächeln. Zum erstenmal erschien mir Klemens als eine etwas lächerliche Figur. *„Le beau Clement"*, sagte ich. „Wenn ich Ihnen zuhöre, tut er mir beinahe leid." Dann bot ich dem Prinzen ein Glas Sherry an, lehnte aber ab, als er auch mir ein Glas einschenken wollte.

„Wie lange bleiben Sie in Dresden?", fragte ich und betrachtete seine blonden Haare, die ihm unordentlich in die Stirn fielen. „Was hat Sie hergeführt?"

„Aber Sie wissen doch, was mich hergeführt hat!" Wiederum küsste er mir die Hände. „Ich möchte hier bleiben, solange Sie und mein Onkel, der König es gestatten. Napoleon ist in Friedensverhandlungen mit England und Russland eingetreten. Ich habe das Gefühl, dass Russland dabei schlecht abschneiden wird. Wenn dieses Gefühl richtig ist, werden wir vielleicht doch noch Krieg führen müssen."

Sein braungebranntes junges Gesicht war meinem ganz nahe. „Hoffentlich nicht!", rief ich. „Ich könnte es nicht ertragen, Sie in Gefahr zu wissen!"

„Ich werde nicht sterben, wenn es Sie unglücklich macht, Katharina!" Er küsste mich, und ich erwiderte seine Küsse. „Ich muss mich nach einer Unterkunft umsehen.", sagte er, als wir beim Nachtisch angelangt waren. „Natürlich könnte ich in der Gesandtschaft wohnen.. ." - er zögerte -, „aber ich hätte lieber etwas Einfacheres hier in der Nähe."

„Der Gasthof ‚Zum weißen Ross' ist nicht weit von hier", sagte ich langsam. „Sicher sind dort Zimmer frei. Ein Bekannter von mir hat lange dort gewohnt."

„Jemand, den Sie gern hatten?", fragte er eifersüchtig. „Nein! Es war Friedrich von Gentz."

„Ach so.", sagte er erleichtert.

„Es ist erst sieben Uhr.", sagte ich und stand auf. „Sie haben noch Zeit, sich zu überlegen, wo Sie wohnen wollen. Ich zeige Ihnen jetzt meinen Garten - es hat zu regnen aufgehört."

In der Dämmerung spazierten wir über die Kieswege; die Luft war schwer vom Duft der Lindenblüten.

„Meine Veilchenprinzessin.", flüsterte er, als wir uns auf einer steinernen Bank niederließen. „Du ahnst nicht, wie sehr ich diesen Augenblick herbeigesehnt habe."

Seine Stimme hatte auf mich genau die gleiche Wirkung wie Sherry. Sie wirkte beruhigend und besänftigte den Schmerz in meinem Inneren. „Ich bin froh, dass du da bist, Louis Ferdinand", sagte ich leise, nahm seinen Kopf zwischen die Hände und hob ihm meine Lippen entgegen. „Geh nicht in den Gasthof. Bleib bei mir."

Während ich schreibe, liegt sein blonder Kopf auf meinem Kissen. Es ist Morgen, und er schläft noch. Von meinein Schreibtisch aus sehe ich, wie die ersten Sonnenstrahlen die Blumen in meinem Garten aufwecken. Wenn es auch nicht die Verzückung war, in die Klemens und seine Umarmung mich immer versetzten, so wurde ich doch von Louis Ferdinands Begeisterung mitgerissen. Er kommt mir vor wie ein Jüngling, der sich zum erstenmal verliebt hat. Ich habe ihn sehr, sehr gern! Und ich bin nicht mehr allein.

31. Mai 1806, etwas später.

Louis Ferdinand ist fortgegangen, um Fürst Friedrich August III. seine Aufwartung zu machen. Er möchte auch der Form halber im Gasthof „Zum weißen Ross" einige Zimmer mieten. Klementine fragt ständig nach „Onkel Louis". Sie kam in das Frühstückszimmer, während wir Kaffee tranken. Louis Ferdinand kniete sich sofort neben sie hin und ließ sie dann auf seinem Rücken reiten. Den ganzen Vormittag galoppierten die beiden durch den Garten und waren vergnügt. Nanny geht mit langem Gesicht im Haus herum.

29. Juni 1806.

Liebe kann fröhlich sein - eine beglückende Entdeckung! Mein Mann hatte mich gelehrt, Liebe wäre nur ein Mittel zur Fortpflanzung. Mit Klemens war die Liebe dunkel und sinnlich, ein ständiges Auf und Ab von Begierde und Befriedigung. Bei Gentz empfand ich den Geschlechtstrieb als sadistisch und entwürdigend. Mit Louis Ferdinand jedoch ist alles ganz anders.

„Öffne die Augen, Liebling.", sagt er oft. „Sieh mich ruhig an, schäme dich nicht. Wir lieben uns."

Und ich entdecke die Welt unserer nackten Körper, eine neue Welt, die nicht dunkel, beängstigend und unverständlich ist, sondern vom Strahlen seiner Augen hell wird.

„Siehst du, Liebes.", sagt er, und seine Stimme ist ganz klar. „Du brauchst dich nicht im Dunkeln zu verstecken. Ich liebe dich. Zwischen uns soll keine Heimlichkeit sein. Du liebst mich, selbst wenn du es nicht wahrhaben willst. Dein Körper verrät es mir, und ich werde dich noch lieben, wenn du achtzig bist!" Da muss ich lächeln, und er bedeckt mein Gesicht mit Küssen.

1. Juli 1806.

Nanny hat gekündigt. Mit verschlossenem Gesicht teilte sie mir mit, dass sie nicht länger in einem so unmoralischen Haus bleiben könnte.

19. Juli 1806.

Gestern Abend hat mich Louis Ferdinand gebeten, seine Frau zu werden.

„Es gibt nichts auf der Welt, das ich lieber täte.“, sagte ich - nicht ganz ehrlich. Denn trotz seiner Liebe und meiner zärtlichen Zuneigung zu ihm ist es mir noch nicht gelungen, Klemens wirklich zu vergessen. „Aber da gibt es Hindernisse. Eines davon ist mein Gatte.“

Louis Ferdinand blickte auf. „Gatte? Ein Mann, der sich jahrelang weder um dich noch um das Kind gekümmert hat! Welch ein Vater muss das sein!“

Ich wagte nicht, ihm in die Augen zu sehen und einzugestehen, dass Peter nicht Klementines Vater ist. „Ich glaube“, sagte ich statt dessen langsam, „ich könnte den Zaren bitten, die Ehe zu annullieren. Ich wollte das schon lange tun, aber dann habe ich es immer wieder hinausgeschoben. Doch wie steht es mit dir? Der König wird seine Zustimmung nicht geben! Er hat dir ja auch verboten, Wilhelmina zu heiraten.“

„Der König hat diese Heirat nur auf meine ausdrückliche Bitte hin verboten!“ protestierte Louis Ferdinand. „Mein Onkel hätte sicher nichts gegen dich einzuwenden - eine Verwandte des Zaren! Bitte, Liebes, sag, dass du mich heiraten wirst!“

Wenn ich einwillige, ging es mir durch den Kopf, werde ich endlich ein Heim haben und zu jemandem gehören. Und Klementine bekommt einen „Papa“. Als Louis Ferdinands Frau würde meine Sehnsucht nach jenem Mann, der so ganz anders war als er, langsam sterben. „Ich werde dem Zaren schreiben“, sagte ich nach einer langen Weile. „Ich werde ihn bitten, meine Ehe mit Peter zu annullieren.“

„Du sollst es nie bereuen, mein Liebes.“, sagte er leise und blickte mich beschwörend an. „Ich verspreche dir, du wirst glücklich sein.

Ich werde dir zeigen, wie schön es sein kann, als Mann und Frau miteinander zu leben."

1. August 1806.

Napoleon hat den Engländern Hannover angeboten. „Mein Onkel wird diesen Schandpreis nie bezahlen", erklärte Louis Ferdinand düster. „Auch diesen Rheinbund wird er nicht dulden."

„Warum?" fragte ich besorgt.

„Er isoliert Preußen und macht uns Teile unseres Gebietes streitig", sagte Louis Ferdinand verärgert. „Ich hoffe nur, ich muss nicht zurück, ehe wir eine Antwort von Alexander haben!"

Ich wagte nicht, ihm zu gestehen, dass ich noch gar nicht an den Zaren geschrieben hatte, sondern diesen Brief von Tag zu Tag hinausschob.

15. August 1806.

Seine Befürchtungen haben sich bewahrheitet. Ein dringender Brief aus Berlin berief ihn sofort zurück. Dieses Haus ist ohne ihn wie tot. Ich bin es nicht mehr gewohnt, die Nächte allein zu verbringen, und gehe unruhig im Zimmer oder im Garten auf und ab, bis es dämmert. „Onkel Louis.", klagt Klementine immer wieder. „Wo ist Onkel Louis?"

7. Oktober 1806.

Preußen hat Napoleon den Krieg erklärt. Ich erhielt einen kurzen Brief von Louis Ferdinand. „Mein Liebes.", schreibt er, „ich muss an die Front. Meine Liebe zu Dir wird mich beschützen. Sobald ich zurückkomme, heiraten wir."

12. Oktober 1806.

„In jedem Krieg sterben Männer." Jeder weiß das. Ich aber habe nie zuvor gefühlt, zuinnerst gefühlt, was dieser Satz wirklich bedeutet. Heute ist Louis Ferdinand in Saalfelden gefallen.

19. Kapitel

Dresden, 3. November 1809.

Mehr als drei Jahre sind seit Louis Ferdinands Tod vergangen. Aber immer noch kreisen meine Gedanken um diesen Satz: „In jedem Krieg sterben Männer." Es gelingt mir nicht, ihn zu vergessen - nicht einmal mit dem Sherry, den ich in immer größeren Mengen trinke. Drei Jahre. Ich weiß kaum, was in diesen drei Jahren geschehen ist. Ich hatte keinen Grund, morgens aufzustehen, und so schlief ich meist bis in den Nachmittag hinein. Dann trank ich mein erstes Glas Wein. Das gab mir die Kraft, mich anzuziehen und vielleicht einen Besuch zu machen. In den Salons von Dresden spricht man fast ausschließlich über Napoleon und seine Siege. Jena und Auerstädt, Berlin und Friedland. Preußen hat er in den Staub gezwungen, über Russland triumphiert, mit Alexander schließlich in Tilsit Frieden geschlossen. „Österreich", sagen die Damen und knabbern dabei an ihrem Gebäck, „ist ohnmächtig und müde geworden, hat keine Armee, kein Geld, keinen Nationalstolz mehr." - „Das hindert den österreichischen Botschafter in Paris allerdings nicht daran, sich weiterhin zu amüsieren", bemerkt dann meist irgendeine. Und dies ist der wahre Grund, weshalb ich zu diesen Tees gehe. Ich bin immer noch voll Bitterkeit und will den neuesten Klatsch über Klemens nicht versäumen. Anscheinend war er auch Caroline Murat nicht treu geblieben. Man munkelte in diesem Zusammenhang über Madame Junot, die Frau des Marschalls; über Hortense Beauharnais, die Tochter Josephines; über Juliette Recamier, deren Mann - ein immens reicher Bankier - dreimal so alt war wie sie; und über Mademoiselle George, eine Schauspielerin, die - wie man sich zuflüsterte - die Geliebte Napoleons sein soll.

Wenn es nichts mehr zu beklatschen gibt, spielen die Damen meist Domino, während ich heimgehe und noch einige Gläser Sherry trinke, um einschlafen zu können.

Diesen Sommer ist Österreich wieder gegen Napoleon angetreten und hat bei Wagram eine schreckliche Niederlage erlitten. Klemens wurde nach Wien zurückberufen - beim letzten Tee erfuhr ich, dass er jetzt Außenminister ist. Ich versuche, mich davon zu überzeugen, dass ich ihn schon längst vergessen hätte, würde

Klementine mit ihren großen blauen Augen und den gewellten Haaren mich nicht immer wieder an ihn erinnern. Meine Tochter ist heute sechs Jahre alt. Seit Nanny uns verließ, hatten wir eine endlose Schar von Kinderfrauen. Aus Bayern, Preußen, Sachsen kamen sie - und waren streitsüchtig, zänkisch, gingen mir auf die Nerven. Ich neigte zu heftigen Zornausbrüchen und warf ihnen alles nach, was sich gerade in Reichweite befand. Aber es ist eine Verleumdung, zu behaupten, ich sei Alkoholikerin geworden. Ich trinke nur deshalb, weil mein Arzt es mir verordnet hat. Niemand scheint das zu verstehen. Nicht einmal Klementine mag mich mehr - sie schreit, sooft eine ihrer grässlichen Gouvernanten sie in mein Schlafzimmer zerrt.

Vielleicht bin ich krank. Meine Hände zittern so sehr, dass ich die Feder kaum halten kann. Deshalb habe ich in den letzten Jahren auch nichts in mein Tagebuch geschrieben. Aber heute geschah etwas, das mich aus meiner

Apathie riss. Ein Bote brachte Nachricht von Alexander - er ist auf dem Weg nach Dresden. Mit einigen unpersönlichen Worten kündigte er mir an, dass er heute Abend bei mir essen möchte. Alexej! Wovor habe ich nur solche Angst? Ich liebe ihn doch, als ob er mein Bruder wäre! Der Gedanke, ihn nach so vielen Jahren wiederzusehen, treibt mir die Tränen in die Augen. Warum also die Angst? Habe ich Angst davor, dass er sieht, was aus mir geworden ist?

4. November 1809.

Alexej kam um Mitternacht. Er trug eine einfache, dunkle Bluse, seine Haare waren lang, die klobigen Stiefel kotig. Er streckte die Arme weit aus, und genau wie früher lief ich auf ihn zu und warf mich an seine Brust.

„Kleine Schwester", sagte er zärtlich auf russisch und drückte mich an sich. „Meine liebe, kleine Schwester!" Er hob mein Gesicht und sah mich an. „Was haben sie aus dir gemacht?", rief er dann entsetzt. „Ich erkenne dich kaum wieder!"

Ich begann zu weinen.

Alexej setzte sich auf mein zierliches Sofa und bettete meinen Kopf an seine Schulter.

Sein Körper war warm und stark, die große Hand auf meinen Haaren unendlich wohltuend. „Alexej", flüsterte ich, „Alexej, du weißt ja nicht, was es für mich bedeutet, dass du hier bist." Es war beglückend, wieder einmal die Muttersprache sprechen zu dürfen. Beglückend, mit dem Freund meiner Kindheit beisammen zu sein, dem ich noch immer etwas bedeutete.

„Es ist gut, sehr gut, dich wiederzusehen, Katharina." Seine großen Hände streichelten mich immer noch. „Ich komme aus einem ganz besonderen Grund zu dir."

Ich hob den Kopf. Plötzlich hatte ich Angst, er wollte mich nach Russland mitnehmen. „Du bist sicher nicht nur gekommen, um mich zu sehen?"

Sein Gesicht wurde ernst. „Ich muss eine sehr wichtige Sache mit dir besprechen, Katharina."

„Was denn?", fragte ich neugierig und ängstlich zugleich. Mein Diener trat ein und meldete, dass das Essen angerichtet sei. „Wir sprechen später darüber", sagte Alexej. Er verschlang einen Berg Kaviar, trank Unmengen von Champagner und zermalmte mit seinen kräftigen Zähnen die Knochen eines gebratenen Fasans. Schließlich wischte er sich mit der Hand über den Mund, und wir gingen in mein Boudoir.

„Sagst du mir jetzt, warum du zu mir gekommen bist, Alexej?", fragte ich, als wir vor dem Kaminfeuer saßen. „Später. Zuerst möchte ich wissen, was du aus deinem Leben gemacht hast, kleine Schwester." Seine freundliche Stimme hatte einen ernsten Klang.

„Seit ich Russland verlassen musste, habe ich nur Unglück erlebt.", sagte ich und seufzte. „Das Schicksal hat es nicht gut mit mir gemeint."

Alexej sah mich nachdenklich an. Dann sagte er: „Du bekommst vom Schicksal nur zurück, was du gibst, kleine Schwester."

Ich stand auf und strich die Kissen auf dem Sofa glatt. „Nicht alles, was geschehen ist, habe ich selbst verschuldet.", sagte ich und sah ihn dabei nicht an. „Ein Kind noch, wurde ich gezwungen, einen Mann zu heiraten, der mein Vater hätte sein können und dem ich gleichgültig war." Alexej schwieg. „Es war auch nicht meine Schuld, dass ich mich dann in einen Mann verliebte, der nicht frei war", fügte ich trotzig hinzu.

Alexej räusperte sich. „Hättest du Vertrauen gehabt, kleine Schwester - Gott hätte dir geholfen.“

„Gott!“ Ich fuhr herum. „Wenn es einen Gott gäbe, wäre er sicher nicht so grausam gewesen, den einzigen Mann zu töten, der mir wahres Glück schenkte. Louis Ferdinand . . .“

„Kleine Schwester“, unterbrach mich Alexej, und seine Stimme war tief und traurig, „hast du noch nicht bemerkt, dass niemals ein anderer Mensch uns glücklich machen kann? Das einzige Glück, das es auf Erden gibt, muss man im eigenen Herzen finden. Kleine Schwester“, sagte er ernst und zog mich zu sich auf das Sofa, „du hast die letzten zehn Jahre damit verbracht, dich deinen Liebhabern zu widmen. Du hast dir Freude schenken lassen und selbst nichts gegeben. Du hast nur an dich gedacht, während in der Welt grausame Kriege tobten ... „

„Ich weiß von diesen Kriegen.“, unterbrach ich ihn bitter. „Louis Ferdinand ist in einem von ihnen gefallen!“

„Ja, aber du hast nur an dein eigenes Leid gedacht“, sagte er traurig. „Tausende sind gefallen. Ich habe Austerlitz gesehen.“ Er bedeckte sein Gesicht mit den Händen. „Auf drei Quadratmeilen zehn-, fünfzehntausend Leichen ... Die Luft roch nach Pulver und Blut, verwundete Pferde brüllten, sterbende Menschen stöhnten ...“

„Hör auf!“ schrie ich. „Ich will nichts mehr hören, ich ertrage es nicht!“

„Brave, treue Soldaten wurden da plötzlich zu reißenden Bestien.“, fuhr Alexander fort, ohne darauf zu achten. „Denk an die Soldaten, die für Russland starben, denk an ihre kleinen, vaterlosen Kinder, an ihre armen Witwen! Denk an deine Leibeigenen, deren Schweiß dir diesen Luxus ermöglicht . . .“ Er deutete auf mein Boudoir, auf die Bilder, das Silber, die Porzellanfiguren. „Du aber, du denkst nicht einmal an sie. Du denkst nur daran, dass deine Liebhaber dich enttäuschten. Du glaubst, die Welt schuldet dir Glück! Die Welt schuldet dir nichts, Katharina, gar nichts!“

Ich brachte kein Wort hervor.

„Es stimmt schon, dass Peter Bagration immer in erster Linie Soldat war“, sagte Alexej etwas milder. „Vermutlich war es falsch, dich mit ihm zu verheiraten. Aber wenn du dich ein wenig bemüht hättest, seine Hingabe an Bußland zu verstehen, hättest du seine Liebe vielleicht gewinnen können.“

Ich hatte das Gefühl, zu ertrinken und um mein Leben zu kämpfen. „Ich höre, dass Peter bei einer anderen Frau sein Glück gefunden hat.“, sagte ich mit betonter Härte. „Dass er sich mit deiner Schwester Pawlowna tröstet.“

„Bevor ich Russland verließ“, sagte Alexej, „zwang ich sie, den Prinzen von Oldenburg zu heiraten. Aber sie liebt deinen Mann immer noch. Sie ist zwar jünger als du, aber sie weiß seine Größe zu würdigen.“

„Ich begreife nicht.“, sagte ich betroffen, „warum sie einen anderen Mann heiraten musste.“

„Napoleon wollte sie zur Frau. Ich musste sie schützen.“

„Warum hast du ihr nicht erlaubt, Peter zu heiraten? Ich hätte gern in die Scheidung eingewilligt.“

Mit zusammengezogenen Brauen starrte Alexej mich an. „Ihr habt den Hochzeitseid gesprochen.“

„Und doch war es nie eine richtige Ehe.“, warf ich ein. „Ihr habt ein Kind. . .“

Ich schlug die Augen nieder.

„Warst du wenigstens eine gute Mutter?“ Was sollte ich darauf sagen?

„Also nicht, wie ich sehe.“ Alexanders Stimme klang eher traurig als verärgert. „Es überrascht mich nicht, dass du nicht glücklich bist, kleine Schwester.“

Die mächtige Gestalt im Schein des glosenden Feuers schien nicht mehr mein Cousin Alexej. Ich warf mich vor ihm auf die Knie. „Hilf mir, bitte, hilf mir, Väterchen.“, schluchzte ich. „Ich will ja, ich will mein Leben ändern! Was soll ich nur tun?“

Es war eine lange Stille, nur mein Schluchzen war zu hören. Dann sprach der Zar: „Du sollst nicht vor mir knien.“ Seine Stimme klang nicht mehr so mutlos. „Deine Tränen beweisen, dass du noch nicht ganz verloren bist.“

„Wenn mich nur irgend jemand brauchen würde!“

„Dein Land ist in Schwierigkeiten“, sagte Alexej. „Und das ist auch der Grund, weshalb ich hier bin. Russland braucht dich, Katharina.“

„Mich? Was könnte ich für das mächtige Russland tun?“

„Jeder kann tun, was in seinen Kräften steht. Große Dinge werden nie von einem einzelnen vollbracht, sondern von vielen.“

„Sag mir, was ich tun soll, Alexej", sagte ich in wachsender Erregung.

Alexander lächelte. „Ich habe mich nicht getäuscht in dir!" Das Lächeln verschwand. „Hör zu! Obwohl Pawlowna nun seinem Zugriff entzogen ist, ist Bonaparte entschlossen, ein zweites Mal zu heiraten."

Ich dachte an Josephine mit den silbernen Lidern, an ihre freundliche Stimme, an den bewundernden Blick auf ihren Gatten während der Krönung. Am 15. Dezember vorigen Jahres hatte sich Napoleon nach dreizehnjähriger Ehe im Beisein der gesamten Familie, der Regierung, des Hofstaates und seiner Marschälle von Josephine getrennt. Wochenlang hatte man in Dresden von nichts anderem gesprochen.

„Monsieur Talleyrand hat mir die Information verkauft", sagte Alexej, „dass man Napoleon bald eine andere Frau als Gattin vorschlagen wird, nämlich die Tochter des Kaisers von Österreich. Marie Louise ist achtzehn, und die Habsburgerinnen gelten als fruchtbar. Sicher wird Napoleon dieses Angebot geschmeichelt annehmen - es darf also gar nicht erst gemacht werden. Wenn Kaiser Franz der Schwiegervater Napoleons wird, bedeutet das eine Gefahr für Russland. Ich hoffe, kleine Schwester, dass es dir gelingen wird, diese Heirat zu verhindern."

„Ich? Wie könnte ich das?", stammelte ich.

Alexejs Züge hatten sich entspannt, er blickte wieder freundlich und gutmütig. „Doch, du wirst das können! Der Mann, der sich diese Heirat ausgedacht hat, ist nämlich niemand anderer als der neue österreichische Außenminister, dein alter Freund Metternich!" Er hielt inne und sah mich durchdringend an. „Liebst du ihn immer noch?"

„Nein! Ich hasse ihn!"

Alexej zuckte mit den Achseln. „Das kommt auf dasselbe heraus. Ich möchte, dass du sofort nach Wien fährst und dir dort eine Wohnung suchst. Offiziell wirst du als Gesellschaftsdame der russischen Diplomaten auftreten. In Wirklichkeit aber wirst du deine Beziehungen zu Metternich wiederaufnehmen und ihn überreden, den Plan einer Heirat zwischen Marie Louise und Napoleon fallen zulassen. Bonaparte hat mich einmal in die Knie gezwungen - in Tilsit." Seine Knöchel standen weiß hervor, als er die Fäuste ballte.

„Aber sei versichert, kleine Schwester, der Tag wird kommen, an dem ich ihn zerdrücke wie ein Insekt.“

Die Russen haben Napoleon immer verachtet, dachte ich. Doch der Hass, der in Alexejs Blicken stand, war persönlich, besessen.

„Ich werde nie die Beleidigung vergessen, die er mir vor fünf Jahren zugefügt hat, als ich verhindern wollte, dass er den Herzog von Enghien ermordet“, stieß Alexej zwischen den Zähnen hervor. „Bonaparte gab mir zur Antwort, dass er sich ja auch nicht eingemischt hätte, als ich meinen - meinen Vater - ermordete.“

„Wie niederträchtig!“ Ich reichte ihm meine Hand, er nahm sie und legte sie sich über die Augen.

„Du musst Metternich davon überzeugen, dass diese Heirat falsch ist, Katharina. Du musst!“

„Aber warum sollte Klemens in einer so wichtigen Staatsangelegenheit auf mich hören?“, fragte ich ängstlich.

Alexej lächelte. „Attraktive Frauen finden immer einen Weg.

„Und wenn er mich nicht mehr attraktiv findet?“

Alexanders graue Augen glitten prüfend über mein Gesicht, meinen Körper. „Du wirst etwas zunehmen müssen. Ich gebe dir zwei Wochen Zeit, dich auszuruhen. Er *wird* dich attraktiv finden.“ Er schwieg und blickte zu dem Tischchen, auf dem eine leere Sherryflasche stand. „Du hast getrunken. Das muss aufhören.“

Er stand auf, legte seine großen Hände auf meine Schultern und küsste mich auf beide Wangen. Dann war er gegangen.

20. Kapitel

Dresden, 15. November 1809

Morgen verlasse ich Dresden. Stundenlang habe ich wach im Bett gelegen, schließlich bin ich aufgestanden und habe die Kerzen angezündet. Im Haus war es kalt. Ich nahm Alexejs Zobelmantel, den ich schon für die Reise zurechtgelegt hatte, und schlüpfte mit meinem Tagebuch wieder ins Bett. Seit Alexejs Besuch bin ich voll neuer Tatkraft.

Vor einer Woche - ich half Klementine gerade, ihre Puppen zu verpacken - meldete der Diener, dass eine junge Französin mich zu sprechen wünsche.

„Was will sie denn?“, fragte ich, über die Störung verärgert.

„Sie hat vom Fleischer gehört, dass Durchlaucht eine neue Gouvernante suchen“, berichtete er. „Sie möchte sich um die Stelle bewerben.“

„Ich sorge jetzt selbst für meine Tochter“, sagte ich kurz. „Schick sie weg.“

„Durchlaucht werden auf der langen Reise aber nur schwer allein zurechtkommen“, meinte der Diener zögernd. „Das Mädchen wirkt recht nett. Es hat kein Geld und scheint in großer Verzweiflung.“

Ich musste an Alexejs Mahnung denken.

„Lass sie hereinkommen!“

Ein schmächtiges junges Mädchen von etwa achtzehn Jahren mit schwarzen Locken und einem herzförmigen Gesicht trat ein und machte einen tiefen Knicks.

„Wie heißt du?“, erkundigte ich mich.

„Aurora, Euer Durchlaucht.“ Ihre Unterlippe zitterte. „Woher kommst du?“

„Aus Paris, Euer Durchlaucht.“

„Leben deine Eltern dort?“

„Ich habe keine Eltern. Sie sind während der Revolution umgekommen.“

„Du bist also Waise?“ Ich betrachtete sie genauer.

„Ja“. Sie ließ den Kopf hängen.

„Wie kam es, dass deine Eltern während der Revolution ihr Leben verloren?“ fragte ich. „Waren sie Aristokraten?“

„Ich weiß es nicht, Durchlaucht. Ich war erst vier, als man mich zusammen mit meiner Mutter in Saint-Lazare einsperrte. Einige Monate darauf kam sie auf die Guillotine."

„Wie schrecklich!" Ich bat sie, den Mantel abzulegen und sich zu setzen. „Was geschah mit dir?"

Ihre Augen füllten sich mit Tränen. „Eine Zeitlang sorgte eine andere Gefangene für mich, bis auch sie hingerichtet wurde. Dann übernahm mich eine andere und so weiter, bis es keine Gefangenen mehr gab."

„Eine grässliche Geschichte", sagte ich und musste wiederum daran denken, dass andere Menschen weit mehr Leid zu tragen hatten als ich. „Was geschah danach?"

„Die Waschfrau des Gefängnisses, Bürgerin Bertot, hatte Mitleid mit mir und nahm mich auf."

„Wie schön", sagte ich warm.

„Sie hatte zehn Kinder", meinte Aurora ausdruckslos. „Eines mehr spielte keine Rolle. Ich half beim Waschen."

Ihre Hände lagen gefaltet im Schoß - sie waren so weich und weiß wie meine eigenen.

Sie folgte meinem Blick und errötete.

„Ich wasche schon seit einem Jahr nicht mehr."

„Wie bist du denn nach Dresden gekommen?"

„Ich ... „ Sie stockte und ließ wiederum den Kopf hängen. „Ich war nicht gern bei den Bertots. Sie waren grobe Leute. Es war nicht genug Platz für uns alle. Ich schlief in der Küche in einer Ecke auf einem Strohsack."

„Schrecklich", sagte ich. „Wie bist du von dort weggekommen?"

„In einem Gasthof in der Nähe wohnte ein Herr aus Neapel", berichtete das Mädchen zögernd und mit gesenktem Blick. „Ich brachte ihm immer die frisch gewaschenen Hemden." Sie konnte nicht weitersprechen.

„Er hat dich verführt?", fragte ich leise.

„Er - er hat versprochen, mich zu heiraten. Er sagte, ich sei hübsch, viel zu hübsch für eine Wäscherin. Er sagte, er würde mich zu seiner Familie nach Neapel bringen, und wir würden heiraten. Eines Nachts lief ich den Bertots davon."

„Und dann?"

„Wir reisten eine Weile umher. Er sagte, er hätte noch Geschäfte zu erledigen. Zuerst war er gut zu mir, später wurde er dann oft ungeduldig, trank viel, und wenn er zornig war, dann - dann schlug er mich. Vor drei Wochen kamen wir nach Dresden, und als ich am nächsten Morgen aufwachte, war er verschwunden; ich habe lange gewartet, aber er kam nicht zurück." Sie sprach so leise, dass ich sie kaum verstand.

„Wovon hast du seither gelebt?"

„Ich - ich bin wieder waschen gegangen."

Mein Blick richtete sich wieder auf ihre weißen Hände, aber ich sagte nichts.

„Ich wollte, ich könnte dir helfen, Aurora", sagte ich bedauernd, „aber ich verlasse Dresden in wenigen Tagen."

„Durchlaucht", flehte sie mit Tränen in den Augen, „nehmen Sie mich mit! Bitte! Ich arbeite auch ohne Bezahlung, Sie sollen es nie bereuen! Bitte, bitte, nehmen Sie mich mit! Mir ist ganz gleich wohin - nur weg von dieser Stadt, in der ich jeden Stein hasse ..."

„Maman!" Klementine zog mich am Rock. „Bitte, nehmen wir sie mit!"

Sie hatte sich mit ihren Puppen beschäftigt, und mir war gar nicht aufgefallen, dass sie uns zuhörte.

„Bitte, Maman!", sagte sie noch einmal. „Bitte!"

„Du hast eine Fürsprecherin gefunden, Aurora.", lachte ich. „Also schön, du kannst mitkommen."

Ich habe meine Entscheidung noch nicht bereut Aurora ist immer freundlich und hilfsbereit. Ich weiß nicht, wie ich ohne sie ausgekommen wäre. Sie schien sich nie anzustrengen, und doch war jede Arbeit schnell getan. Klementine läuft ihr nach wie ein Hündchen und singt die französischen Lieder, die Aurora sie lehrt.

16. November 1809, 8 Uhr früh, im Reisewagen.

Als wir Dresden um drei Uhr früh verließen, war Klementine hellwach. „Darf ich die Pferde streicheln, Maman?" Ihr Atem sah in der Kälte aus wie Rauch.

„Nein, das darfst du nicht.", rief ich schärfer, als ich eigentlich wollte. „Beeil dich und steig ein, bevor du dich erkältest."

„Ist es weit bis nach Wien?“ Sie plauderte ununterbrochen, während wir drei uns zwischen Paketen und Esskörben einrichteten. „Wann kommen wir in Wien an?“

„Etwa in einer Woche. Bist du müde, ma *petite?* Ist dir kalt?“ Ich berührte ihre Wange.

Klementine zuckte zurück. Ihr kleines Gesicht schien mit einemmal ernst und ängstlich.

Aurora nahm das Kind auf den Schoß. „Frere Jacques, Frere Jacques . . .“, sang sie leise. „Dormez-vous, dormez-vous...“ Bald fielen Klementines Augen zu, und sie schlief.

Auch ich lehnte mich zurück, zog die Felldecke bis ans Kinn und schloss die Augen. Was wäre bloß aus uns geworden, hätte ich Alexej nicht wiedergesehen? Seine Worte - Was hast du aus deinem Leben gemacht? - werde ich nie vergessen.

Ich muss vorhin eingeschlafen sein. Ich wachte auf, als die Kutsche stehen blieb. Das Tagebuch lag auf dem Boden, Aurora und Klementine schliefen fest. Eben sah der Kutscher herein und teilte mir mit, dass wir soeben Sachsen verlassen haben. Ich gehe ohne Bedauern.

Jede Umdrehung der Räder bringt mich Wien näher. Nehmen Sie zur Kenntnis, Graf Metternich, dass ich Ihnen diesmal nicht nachgelaufen bin. Hätte der Zar mir nicht diesen Auftrag gegeben, wäre ich jetzt nicht auf dem Weg zu Ihnen. Alexanders Vertrauen hat mir mein Selbstbewusstsein zurückgegeben. Ich kann wieder in den Spiegel sehen - mein Gesicht ist nicht mehr gedunsen, meine Augen sind ebenso klar wie mein Kopf. Der Gedanke an Ihre blauen Augen, Graf Metternich, verursacht mir kein Herzklopfen mehr. Ich zittere nicht mehr bei der Erinnerung an die Berührung Ihrer Hände. Wie aber soll ich Sie je davon überzeugen, dass diese Heirat zwischen der österreichischen Kaisertochter und Napoleon ein Fehler wäre? Wie soll ich Sie von diesem Plan abbringen? Werden Sie mich überhaupt anhören? Fast fünf Jahre sind vergangen, seit wir in Paris auseinander gingen. Vor mehr als drei Jahren kam Ihr letzter Brief - Sie waren so sehr mit anderen Frauen beschäftigt, ich weiß ...

„Nütze einen Mann aus, ohne dich ihm zu unterwerfen“, hat Grand-mère oft gesagt. „Und um das zu können, muss man seine Schwäche kennen.“

Metternichs Schwäche ist seine Eitelkeit! Ich werde ihn in Wien zuerst völlig ignorieren. Sobald ich ein geeignetes

Haus gefunden habe, werde ich Karten mit der Ankündigung versenden, dass ich jeden Mittwoch *Jour* habe. Eine dieser Karten wird auch Seine Exzellenz, der österreichische Außenminister, erhalten. Klemens wird meinen Salon betreten, sich verbeugen, mir die Hand küssen. „Wie nett“, werde ich vielleicht sagen, „dass ich Sie wieder einmal sehe.“ Dann werde ich mich umdrehen und mit einem anderen Herrn davongehen. Klemens wird außer sich sein vor Wut! Selbst wenn er in eine andere verliebt ist - selbst wenn er mich gar nicht mehr anziehend findet - er wird nicht ruhen, bis ich erneut seinem unwiderstehlichem Charme verfallen bin.

Prag, 20. November 1809.

Wir übernachten in einem Gasthof. Zum Abendessen gab es gebratene Gans, Kraut und Semmelknödel. Mich drückt das schwere Essen im Magen, und ich kann trotz der herrlich warmen Federdecke nicht einschlafen. Die Glocke einer nahegelegenen Kirche schlägt jede Viertelstunde. Ihr Klang ist seltsam traurig. Die stämmigen Böhminnen mit ihren schwarzen Kopftüchern erinnern mich an russische Bäuerinnen, und ich muss an die schwermütigen Lieder denken, die die Leibeigenen singen, wenn sie auf den Feldern arbeiten.

Meinen dummen Plan bezüglich Klemens habe ich inzwischen verworfen. Vielleicht sollte ich ihm eher sagen, dass die ganze Welt hinter seinem Rücken über seine Kriecherei vor Napoleon spottet. Die Ehe mit Marie Louise würde Napoleon zwar schmeicheln, sie könnte aber kaum verhindern, dass Napoleon sich Österreich einverleibt. Und als erster würde Metternichs Kopf rollen.

Ich ersticke in diesem Bett! Wenn die Nacht nur schon vorüber wäre! Im Zimmer nebenan flüstern Klementine und Aurora miteinander ...

Linz, 23. November 1809.

Gestern Abend gerieten wir im Böhmerwald in einen schrecklichen Schneesturm. Unser Wagen blieb im tiefen Schnee stecken, wir mussten aussteigen und anschieben helfen. Trotz des scharfen Windes fanden Aurora und Klementine die Sache sehr unterhaltend.

Hier ist es viel sonniger, Gänse watscheln über die Landstraße, die Dörfer sind klein und freundlich. Die Frauen tragen warme Kleider und kleine, schwarze Strohhüte, die Kinder haben dicke rote Wangen, die Männer winken uns mit ihren grünen Hüten zu.

Der Wirt, bei dem wir Mittagsrast hielten, war äußerst ehrerbietig und verbeugte sich viele Male. Wir bekamen dicke Kartoffelsuppe und wärmten uns die Hände an einem grünen Kachelofen. Klementine gefällt es hier vorläufig gar nicht. Sie versteckt sich hinter Auroras Rock und flüstert ihr zu, dass sie es nicht mag, wenn man sie fortwährend küssen will. Wir ruhen uns hier nur ein paar Stunden aus, dann soll der letzte Teil der Reise beginnen.

21. Kapitel

Wien, Hotel „Am Graben“, 28. November 1809

Heute Mittag kamen wir nach Wien. Die Straßen lagen in hellem Sonnenlicht, auf den Dächern war Schnee. Ich entdeckte die Karlskirche, die ich von einem Bild her kannte, und den anmutigen Turm des Stephansdomes. Der Gedanke, dass er hier lebt, ging mir immer wieder durch den Kopf, und obwohl ich nichts mehr für ihn fühle, schlug mir das Herz bis zum Hals. Die meisten Geschäfte sind hier über Mittag geschlossen, die Leute gehen geruhsam spazieren, die Damen in prächtigen pelzbesetzten Capes, die Offiziere in farbenprächtigen Uniformen.

Graf Rasumofsky, unser Botschafter in Wien, hat vorläufig eine Suite in diesem Hotel hier für uns gemietet. Als unser Wagen hielt, stürzte sofort ein Wirt mit schwarzem, krausem Schnurrbart und einer weißen Schürze heraus, um uns zu begrüßen. „Küss' die Hand, Euer Durchlaucht. Willkommen in Wien!“ sagte er mit ehrerbietigem Lächeln und entblößte seine Zähne. Dabei verneigte er sich so tief, dass er mit der Nase beinahe den Gehsteig streifte. Er half uns beim Aussteigen, pfiff einen Burschen herbei, der unsere Koffer und Taschen schleppte, und führte uns die Treppe hinauf in unsere drei Räume.

„Konvenieren diese bescheidenen Räume Euer Gnaden?“

„Ja, ja, wunderbar.“ Aus irgendeinem Grund war ich seit unserer Ankunft unruhig und gereizt. Der Wirt verneigte sich immer wieder, bis ich schließlich begriff, was er wollte. Ich drückte ihm einige Münzen in die Hand.

„Es ist uns eine Ehre, Euer Gnaden zu beherbergen.“ Wiederum Verneigung, Nase fast am Boden. „Es wohnen gegenwärtig auch andere hochgestellte Persönlichkeiten bei uns. Vielleicht hat Euer Gnaden schon von Madame de Staël gehört?“

„Madame de Staël wohnt hier?“

„Jawohl, Euer Gnaden, schon seit einigen Wochen. Heut früh erst hat sie gesagt, dass es ihr so gut bei uns gefällt. Kein Wunder ...“ Seine Stimme sank mit einem misstrauischen Blick auf Mademoiselle Aurora zu einem Flüstern herab. „Kein Wunder, dass sie es zu Hause bei dem ‚Ungeheuer' nicht ausgehalten hat!“ Er wischte sich mit einem Tuch, das in seiner Schürze steckte, das feiste Kinn ab und fügte hinzu: „Wenn Euer Gnaden bei uns speisen wollen - unsere Küche ist bekannt, wenn ich so sagen darf. Sogar Graf Metternich, unser Herr Außenminister, diniert öfters bei uns."

„Tatsächlich?" rief ich.

„Leider haben wir Seine Exzellenz in den letzten zwei Wochen nicht bei uns begrüßen dürfen. Wir haben uns schon Sorgen gemacht, dass er vielleicht einmal nicht zufrieden war, aber dann habe ich erfahren, dass der Herr Graf sich auf einer Reise befindet, geheime Mission, wie man so sagt!"

„Ach so. Das ist aber schade . . ." Ich unterbrach mich. „Wissen Sie auch, wann er wiederkommt?"

Der Wirt zuckte mit den Achseln. „Nein."

Er ging, Aurora brachte Klementine zu Bett, und ich begann auszupacken.

Kaum hatte ich die erste Hutschachtel aufgemacht, als Aurora wieder ins Schlafzimmer kam.

„Eine Dame wünscht Sie zu sprechen, Madame."

„Eine Dame? Seltsam! Ich kenne doch niemanden hier. . ." Neugierig folgte ich Aurora in den Salon.

Eine hagere Gestalt in einem dunklen Umhang erhob sich vom Stuhl. „Ich wollte die erste sein, die dich hier begrüßt, Katharina!" Lorel Metternich streckte mir die Hand entgegen.

Ich brauchte einige Sekunden, um mich zu fassen und ihre Hand zu ergreifen. Sie war nicht wiederzuerkennen! Ihr Gesicht bestand nur aus rotumrandeten Augen, deren Lider verschwollen waren. „Wie lieb von dir, Lorel", brachte ich endlich hervor und zeigte auf einen der Stühle. „Darf ich dir Tee bestellen?"

„Eine Schale Tee wäre herrlich", sagte Lorel, „In letzter Zeit ist mir immer kalt."

Ich ging hinaus und bat Aurora, hinunterzulaufen und Tee und Gebäck zu bestellen. Als ich in den Salon zurückkam, saß Lorel am Teetisch im sonnigen Alkoven. Sie hatte das Cape abgelegt und sah in ihrem dunkelgrünen Wollkleid noch hagerer aus als vorhin. „Du siehst gut aus", sagte ich und setzte mich ihr gegenüber. „Ich freue mich sehr, dich wiederzusehen!" Mir war inzwischen klar geworden, dass Lorels überraschender Besuch ganz gut in meinen Plan passte. Wenn Klemens nach Wien zurückkehrte, war die alte Freundschaft mit seiner Frau bereits wiederaufgenommen, und es würde ein leichtes sein, beide einmal zu einem gemütlichen Essen einzuladen.

„Deinem Mann geht es gut, ja?"

Sie antwortete nicht sofort, sondern suchte nach einem Taschentuch und betupfte ihre Augen. „Ich werde diese lästige Erkältung nicht los. Immer tränen mir die Augen. Klemens arbeitet zuviel." Sie seufzte. „Du kannst dir nicht vorstellen, wie viel Verantwortung ein Außenminister zu tragen hat. Er hat es ja vorher gewusst und wollte die Position gar nicht annehmen ..."

„Und warum tat er es dann doch?" unterbrach ich sie. Ich wusste ja, dass es ihr nur darum zu tun war, seine Wichtigkeit zu unterstreichen.

„Der Kaiser hat ihn beschworen, sich des Außenamtes anzunehmen." Lorel hielt immer noch das Taschentuch umklammert. „Er verlässt sich ganz auf Klemens." Wieder ein Seufzer. „Mein Mann opfert sich für das Wohl des Landes auf."

„Das ist sehr edel von ihm", bemerkte ich trocken. „Hoffentlich wird Österreich ihm das auch zu danken wissen."

„Ach, die Leute wissen ja gar nicht, was er für sie tut", sagte Lorel bedrückt. „Er ist fast nie mehr zu Hause. Augenblicklich ist er in Paris ..."

„In Paris?" Ich horchte auf. Der Wirt hatte mir nicht gesagt, wo Klemens sich aufhielt. War ich zu spät nach Wien gekommen? War die Heirat zwischen der Erzherzogin und Napoleon bereits abgemachte Sache? Sollte ich Lorel einfach fragen oder war es diplomatischer, noch zu warten? Im übrigen hatte ich das unbestimmte Gefühl, dass ihr Wunsch, mich als erste in Wien zu begrüßen, nicht der wahre Grund ihres Besuches war. Sie wurde immer unruhiger und schien etwas auf dem Herzen zu haben.

Aurora erschien mit einem Tablett, schenkte Tee ein und stellte eine Platte mit Erdbeertörtchen vor uns hin. „Wie hast du von meiner Ankunft erfahren?" fragte ich und nahm einen Schluck Tee.

Lorel lächelte. „In Wien weiß jeder alles von jedem. Es ist die klatschsüchtigste Stadt, die man sich vorstellen kann . . ." Sie verstummte, sah zur Tür. Ich folgte ihrem Blick. In einem langen, geblumten Flanellnachthemd, die Haare lose auf die Schultern fallend, den Daumen im Mund so stand meine Tochter in der Tür.

„Ein süßes, kleines Mäderl!“ rief Lorel herzlich. „Ich habe mich schon so drauf gefreut, sie endlich kennenzulernen.“ Sie öffnete ihre Tasche und nahm ein Papiersäckchen heraus. „Magst du Süßigkeiten auch so gern wie mein kleiner Viktor?“ fragte sie.

„Komm her und mach einen Knicks, Klementine“, sagte ich.

„Wie heißt sie?“ rief Lorel. „Klementine?“

„Nach deinem Mann“, sagte ich kühn und fühlte, wie mein Herz klopfte. „Peter war schrecklich enttäuscht, dass es kein Junge war. Er hat es mir überlassen, einen Namen zu wählen, und da ihr beide so nett zu mir wart, damals in Dresden ...“ Ich konnte nicht weitersprechen.

Klementine war zögernd einige Schritte auf uns zugekommen. Sie machte einen wackeligen Knicks und streckte die Hände schüchtern nach den Bonbons aus.

Lorel nahm ihr kleines Gesicht zwischen die Hände und sah es lange schweigend an. Dann ließ sie das Kind los und wandte sich zu mir. „Sie hat seine Augen“, sagte sie leise.

Meine Hände zitterten, ich schwieg.

„Arme Katharina!“ In Lorels Stimme schwang Mitleid. „Ich wusste ja nicht! Wie musst du gelitten haben!“ Meine Kehle war ganz trocken. Ich konnte nicht sprechen.

Lorel nahm das Kind auf den Schoß. „Wie alt bis du denn, mein Kleines?“

„Ich bin sechs.“ Klementine steckte ein Bonbon in den Mund. „Mein Geburtstag war im November. Welcher Tag war das, Maman?“

„Fast genauso alt wie mein Viktor“, bemerkte Lorel, dann wurde sie rot bis an die Haarwurzeln. „Mein Gott, du musst mich ja gehasst haben.“

„Du hattest viel mehr Grund, mich zu hassen!“ Ich hatte meine Stimme wiedergefunden.

Klementine verfolgte unser Gespräch mit großen, verwunderten Augen. Dann kletterte sie von Lorels Schoss. „Weiß Klemens?“ fragte Lorel.

Ich schüttelte den Kopf. Klementine lief aus dem Zimmer, um die restlichen Bonbons mit Aurora zu teilen.

„Du brauchst dir keine Vorwürfe zu machen, Katharina“, sagte Lorel sanft. „Du warst so jung, so einsam. Ich wusste sofort, dass du Klemens gefielst.“

„Und das hat dich nicht gestört?"

„Natürlich hat es mich gestört. jedes Mal, nachdem ich dich gesehen hatte, weinte ich, sooft ich mich in den Spiegel sah. Aber ich wusste, dass mein Mann mir sowieso nicht treu war. Dich hatte ich zumindest gern. Gräfin Isabella habe ich gehasst."

„Auch von ihr hast du gewusst?"

„Klemens verrät sich immer", sagte sie gelassen. „Sobald er mir erzählt, dass er eine bestimmte Frau nicht intelligent oder nicht besonders elegant findet, oder wenn er sonst etwas an ihr auszusetzen hat, weiß ich, er ist in sie verliebt."

„Wie kannst du das auf die Dauer ertragen?"

„Ich liebe ihn", antwortete sie schlicht. „Als Klemens und ich uns verlobten, warnten mich viele Leute und prophezeiten mir, er würde nicht treu sein. Meine Tante hat gesagt: ‚Für einen Ehemann sieht er viel zu gut aus!' Aber sie war selbst sehr schön und wusste nicht, was es bedeutet, hässlich zu sein." Ihre braunen Augen baten um Verständnis. „Klemens gibt mir die körperliche Schönheit, die ich nicht besitze. Wenn wir einen Ballsaal betreten und alle sich nach ihm umdrehen, dann entschädigt mich das dafür, dass sich nach mir nie jemand umgedreht hat. Und seine Untreue?" Sie zuckte mit den Achseln. „Sie ist der Preis, den ich für meine Eitelkeit bezahlen muss."

„Trotzdem liebt Klemens dich", sagte ich nachdenklich. „Du bist seine Frau. Er würde es nie zulassen, dass eine andere Frau eure Ehe gefährdet. Er würde die Mutter seiner Kinder niemals verlassen."

„Das habe ich auch immer geglaubt." Lorel fing plötzlich an, in ihr Taschentuch zu weinen. „Bis vor kurzem noch habe ich das geglaubt, Katharina." Sie rang nach Fassung. „Ich brauche deine Hilfe. Als ich von deiner Übersiedlung nach Wien hörte, da dachte ich, der liebe Gott selbst schickt dich mir."

Was kann sie nur wollen, dachte ich verblüfft.

„Ich wäre glücklich, könnte ich dir einen Gefallen erweisen, liebe Lorel", sagte ich vorsichtig. „Was kann ich für dich tun?"

„In Berlin", sagte sie und steckte das nasse Taschentuch ein, „hatte Klemens eine Affäre mit Wilhelmina von Sagan."

Ihre Worte brannten mir in der Seele. So energisch hatte er in Paris geleugnet, irgend etwas mit ihr zu tun zu haben!

„Ich habe sie zwar nie gemocht", fuhr Lorel fort, „aber ich machte mir damals keine Sorgen. Klemens kann Frauen nicht leiden, die nur an sich selbst denken."

Genau das hat Friedrich von Gentz auch einmal behauptet, fiel mir ein.

„Ich dachte, es würde bald vorübergehen, und ich hatte recht. In Paris machte er Caroline Murat den Hof."

„War dir Napoleons Schwester denn sympathischer?" fragte ich, doch meine Ironie war verschwendet.

„Sie ist eine Schlampe!"

„Wie schade, dass dein Mann nicht so denkt."

„Caroline Murat hat meinen Mann gefördert. Ihre Schwäche für Klemens war von Vorteil für Österreich." „Dein Patriotismus ist bewundernswert", sagte ich, „wenngleich schwer zu verstehen - zumindest für mich." Lorel bemerkte endlich meinen Sarkasmus. „Verachte mich nicht, Katharina", bat sie mit einem Lächeln, das ihre vorstehenden Zähne entblößte. „Ich habe zwei Leidenschaften, die eine ist mein Mann, die andere meine Heimat. Ich würde für beide mein Leben geben."

Ihre Worte erinnerten mich an Alexej. Sie würde ihm gefallen. „Verzeih, Lorel! Ich will dich nicht kritisieren. Wenn ich dir in irgendeiner Weise helfen kann . . ."

„Ich glaube schon. Hör zu. Seit wir in Wien sind, hat Klemens sein Verhältnis mit der Herzogin von Sagan wiederaufgenommen."

„Wilhelmina ist hier?" rief ich.

„Sie ist hier hergezogen, nachdem wir Berlin verlassen hatten. Von drei Männern ist sie bereits geschieden, und sie möchte Klemens als vierten." Sie machte eine Pause, dann fragte sie: „Hast du ihn immer noch gern?"

Trotz unseres offenen Gesprächs machte mich diese Frage verlegen. „Ich habe Graf Metternich lange Zeit nicht gesehen", erwiderte ich ausweichend und fragte mich, ob sie auch von Paris wusste.

„Er sieht besser aus denn je", meinte Lorel voll Stolz. „Ich möchte, dass du ihn Wilhelmina wegnimmst!"

Ich begann zu lachen, schrill, hysterisch. Nun wünschten zwei Menschen, dass ich meine Liebschaft mit Klemens wiederaufnahm. Meine Gefühle dabei schienen sowohl Alexej als auch Lorel gleichgültig. Ich hörte auf zu lachen. „Woraus schließt du, dass ich das kann?“

„Klemens hat seine *affaire de cœr* mit dir immer als etwas Besonderes betrachtet. Er bewundert deine Herkunft er hat ja etwas von einem Snob an sich. Und du bist so schön mit deinem roten Haar und den dunkelgrünen Augen. Überdies hält er dich für eine Frau mit politischer Begabung.“

„Ich fühle mich geschmeichelt.“ Es war kein sonderlich angenehmer Gedanke, dass Klemens mit seiner Frau über mich sprach - womöglich während sie gemütlich miteinander im Bett lagen.

„Sicher verliebt er sich sofort wieder in dich, wenn er dich sieht. Du bist noch schöner geworden, Katharina“, sagte Lorel ernst. „Es umgibt dich jetzt ein Nimbus des Geheimnisvollen, der ihn sicher reizen wird.“

„Es wäre dir also lieber, er wäre in mich verliebt als in die Herzogin von Sagan?“

„Ich habe es dir ja gesagt. Wilhelmina hat sich in den Kopf gesetzt, ihn mir ganz wegzunehmen, ihn zu heiraten!`

„Glaubst du, dass ihr das gelingen könnte?“ Plötzlich war ich wütend.

„Vielleicht.“ Lorel griff wieder nach ihrem Taschentuch. „Klemens hat sich verändert. Er ist fast nie zu Hause, er zeigt kein Interesse mehr für die Kinder, er ärgert sich, wenn ich wieder einmal verkühlt bin. Ich habe einen Brief in seiner Lade gefunden. Sie schreibt, wenn er sie wirklich so liebt, wie er behauptet, dann sollte er ihr das beweisen, indem er sich von seinen ‚Fesseln' befreit.“ Sie schnäuzte sich. „Am Schluss schreibt sie noch, dass sie nicht die Absicht hat, wieder seine Geliebte ‚zur linken Hand' zu sein wie in Berlin.“

„Bedeutet das, dass sie sich ihm versagt?“

„Genau das!“ Lorel nickte. „Ist das nicht billig?“

Statt ihr zu antworten, fragte ich: „Und was macht dich so sicher, dass er dich nie meinetwegen verlassen würde?“

Lorel sah mich erstaunt an. „Aber du bist verheiratet, liebste Katharina!“

„Ich werde über die ganze Sache nachdenken, Lorel“, sagte ich und hoffte, sie würde gehen. „Nach der langen Reise fühle ich mich plötzlich recht erschöpft.“

„Verzeih, dass ich dich so überfallen habe", sagte Lorel demütig und stand auf. „Hast du in Wien schon eine Wohnung gefunden?"

Ich schüttelte den Kopf. Ich hatte das Gefühl, dass sie eigentlich vorgehabt hatte, mir noch etwas zu erzählen, es sich dann aber anders überlegt hatte. „Graf Rasumofsky hat sich erbötig gemacht, eine Wohnung für mich zu mieten", sagte ich, „aber ich wollte mir selbst etwas suchen."

„Sehr vernünftig", Lorel nahm das dunkle Cape um. „Ein Mann weiß nicht, was eine Frau braucht. Wenn du Interesse hast - ich weiß zufällig eine hübsche Wohnung, die sich gut für unseren Zweck eignen würde."

„Unseren Zweck?" Ich erstarrte, während sie mich umarmte.

„Lass dich nur überraschen", sagte sie mit einem tapferen kleinen Lächeln und küsste mich auf die Wange. „Wäre es dir recht, wenn ich dich morgen gegen elf Uhr abhole und hinführe?"

„Du bist so lieb zu mir, Lorel", rief ich und vergaß meine bösen Ahnungen. „Das erinnert mich an Dresden! Weißt du noch, wie ich zu dir gelaufen kam, weil ich eine Unterkunft brauchte?"

„Du solltest so bald wie möglich eine eigene Wohnung haben", sagte sie entschieden. „Ein längerer Aufenthalt im Hotel wäre sehr schlecht für unsere kleine Klementine."

22. Kapitel

Wien, 1. Dezember 1809

„Madame ...“, hörte ich Aurora flüstern und fühlte, wie sie mich leicht an der Schulter berührte. „Madame ...“ „Lass mich“, murmelte ich verschlafen und versuchte die Decke über den Kopf zu ziehen.

„Madame! Die Dame von gestern ist wieder hier!“ Ich setzte mich auf. „Wie spät ist es denn?“

„Elf Uhr.“ Auroras schwarze Locken waren unordentlich, sie war barfuss und trug einen zerknitterten Morgenrock über ihrem Nachthemd. „Ich habe auch noch geschlafen“, klagte sie.

„Wo ist Klementine?“

„Die Dame zieht sie gerade an.“ Ich stand rasch auf.

Als ich in das andere Zimmer kam, flocht Lorel Klementines Haar gerade zu zwei dicken Zöpfen.

„So“, sagte sie befriedigt, „das sieht viel ordentlicher aus, nicht wahr?“

„Maman, schau!“ sagte das Kind aufgeregt und drehte den Kopf von allen Seiten. „Gefällt es dir?“

„Du siehst viel erwachsener aus, ma *petite*“, sagte ich und küsste sie. „Ich hätte dich beinahe nicht erkannt.“ Neben Lorel stand ein kleiner Junge mit vorstehenden Zähnen und hervorquellenden Augen. „Das ist mein Viktor“, sagte sie und hieß ihn eine Verbeugung machen. „Ich dachte mir, unsere kleine Klementine fühlt sich vielleicht einsam am ersten Tag in einer fremden Stadt, und es wäre nett, wenn sie einen Spielgefährten hätte.“

„Klementine ist Kinder nicht gewöhnt“, sagte ich und sah mir den Kleinen genauer an. Er hatte nicht die geringste Ähnlichkeit mit Klemens. Ich musste mich überwinden, ihm die Hand zugeben. „Entschuldige, dass ich dich warten ließ, Lorel“, sagte ich.

„Ich bin es, die sich entschuldigen muss“, sagte sie in ihrer herzlichen Art. „Ich hätte mir denken können, dass du nach der langen Reise müde sein wirst.“ Ihr Blick fiel auf Auroras bloße Füße. „Auch Mademoiselle hat noch geschlafen, als wir kamen. Das arme Kind“ - sie streichelte Klementines Zöpfe - „war total verhungert.“

„Klementine nimmt nie ein Frühstück“, sagte ich kurz. „Ich habe mir erlaubt, Kaffee für uns und heiße Schokolade für die Kinder zu bestellen“, sagte Lorel schüchtern. Sie trug wieder den unvorteilhaften Hut und das dunkelgrüne Kleid vom Vortag.

Der Wirt mit dem großen Schnauzbart brachte ein Tablett.

„Guten Morgen, Euer Gnaden!“ Er stellte das Tablett auf den Tisch und verbeugte sich zuerst vor Lorel, dann vor mir. „Ein herrlicher Tag heute. Ich wollte den hohen Herrschaften das Frühstück persönlich servieren.“ Verbeugung um Verbeugung. „Darf ich fragen, wann Seine Exzellenz, der Herr Minister, wieder nach Wien zurückkommen? Ich habe frisches Wild hereinbekommen, Reh, Kaninchen . . .“

„Seine Exzellenz wird begeistert sein“, sagte Lorel hoheitsvoll. „Reh schätzt er ganz besonders. Machen Sie nur die Beize so, wie er sie gerne hat ... Zu Neujahr wird er wieder hier sein.“

„Er kommt nicht zu Weihnachten?“ fuhr es mir heraus. „Leider nicht“, sagte Lorel und seufzte. „Erst heute habe ich einen Brief von ihm bekommen. Diplomatische Verpflichtungen halten ihn in Paris länger auf, als er dachte.“

Der Kaffee weckte meine Lebensgeister, und die goldgelben Halbmonde - Lorel erklärte mir, dass sie in Wien „Kipferln“ hießen - waren köstlich.

„Vielleicht sollten wir Klementine und Viktor mitnehmen, wenn wir die Wohnung besichtigen“, sagte Lorel und blickte wiederum misstrauisch auf Auroras nackte Füße.

„Mademoiselle kann sehr gut auf die beiden aufpassen“, sagte ich. „Geh, Aurora, zieh dich schnell an.“

„Ein hübsches Mädchen“, bemerkte Lorel, nachdem Aurora verschwunden war. „Nur ein bisschen unordentlich, findest du nicht?“

„Aurora ist eine Perle“, verteidigte ich sie. „Ich könnte sie nicht entbehren, und Klementine liebt sie über alles.“

„Ich habe ein paar Bilderbücher mitgebracht“, sagte Lorel. „Ich glaube, wir können unbesorgt gehen. Viktor ist ein ganz vernünftiger, kleiner Kerl.“ Sie zog ihn an sich und küsste ihn.

Es schneite leicht, als wir aus dem Hotel auf die Straße traten. Eine graue Kutsche wartete am Straßenrand, der Kutscher nahm den Zylinder ab und öffnete uns die Tür.

„Schenkenstraße 54“, befahl Lorel.

Ich ließ mich in die Polsterung fallen. Meine Haare waren nicht ordentlich aufgesteckt, und der Wollmantel war noch zerknittert von der Reise.

„Ich hoffe, dass dir die Wohnung gefällt", sagte Lorel. „Es ist ein besonders glücklicher Zufall, dass gerade diese Wohnung jetzt frei geworden ist."

„Meine liebe Lorel", sagte ich, „ich bin dir zutiefst dankbar für deine Bemühungen, aber ich hoffe, du wirst verstehen, dass ich mich nicht gleich nach der ersten Wohnung, die ich sehe, entscheiden kann."

„Du wirst von dieser Wohnung nicht enttäuscht sein, liebste Katharina."

Wir fuhren durch enge, winkelige Gassen, in denen schmale Häuser sich dicht aneinander reihten. „Ich freue mich schon darauf, dir unsere Stadt zeigen zu können."

Der Wagen hielt in einer stillen Seitenstraße. In ziemlicher Entfernung vom Gehsteig standen einige Villen, beinahe kleine Paläste. Schwere, schmiedeeiserne Gitter trennten die Gärten von der Straße.

„Wir sind da", sagte Lorel. Auf ihren Wangen standen rote Flecken.

Wir stiegen aus, der Kutscher sprach einige Worte mit dem Mann im Pförtnerhaus, das Eingangstor wurde geöffnet.

„Dieser Garten ist im Sommer ganz bezaubernd", sagte Lorel, während wir auf einem Kiesweg dem kleinen Palais zustrebten.

„Sind die Statuen nicht wunderhübsch?" Lorel zeigte auf einen pausbackigen Eros mit Pfeil und Bogen. Mit seiner Kappe aus Schnee, die schief ins freche Gesicht gedrückt war, sah er wenig griechisch aus.

„Immer, wenn ich ihn sehe, muss ich an unsere arme neue Kaiserin denken", sagte Lorel. „Maria Ludovika hat mir anvertraut, dass sie den Gott der Liebe in ihrer Ehe vermisst."

„Der Kaiser ist viel älter als sie, nicht wahr?" fragte ich, aber im Grunde genommen war mir dieser Wiener Klatsch völlig gleichgültig.

„Er ist dreiundvierzig, sie zwanzig."

Genauso alt wie Peter bei unserer Hochzeit, dachte ich, und mir fiel ein, was Alexej über meine Ehe gesagt hatte. „Vielleicht wäre sie glücklicher, wenn sie sich mehr für seine Staatsangelegenheiten interessierte", bemerkte ich. „Maria Ludovika mischt sich schon viel zuviel in die

Politik", gab Lorel spitz zurück. „Das Dumme ist" - sie flüsterte - „dass Kaiser Franz ohne Frau nicht sein kann. hat schon zwei Monate nach dem Tod seiner ersten Frau wieder geheiratet."

„Zwei Monate", rief ich. „Woran ist sie denn gestorben?"

„An der Geburt ihres zwölften Kindes", berichtete Lorel trocken. „Der Kaiser soll einmal gesagt haben, er hätte gern 800 Kinder." Sie kicherte. „Eines allerdings muss man Maria Ludovika lassen: Trotz ihrer Jugend ist sie der ältesten Tochter des Kaisers, Marie Louise, eine gute Mutter."

„Ich habe gerüchteweise gehört" - ich versuchte, uninteressiert zu scheinen - „dass Marie Louise Napoleon heiraten soll. Das ist doch sicher nicht wahr. . ."

„Ganz im Vertrauen", flüsterte Lorel, und ihre Augen glänzten, „das war meine Idee! Klemens war sofort Feuer und Flamme und versucht nun, den Plan zu verwirklichen. Deswegen ist er auch in Paris."

„Wie kannst du diese Heirat nur befürworten, Lorel? Nach dem Schicksal, das Marie Antoinette erlitten hat?"

„In Staatsgeschäften darf man sich nicht von Rachegefühlen und Hass leiten lassen. Außerdem ist Napoleon nicht identisch mit der Revolution."

„Er ist ein Ungeheuer!" Ich dachte an seine erschreckenden Augen.

„Ach, er ist nicht so arg! Eigentlich habe ich ihn schätzen gelernt, während wir in Paris waren. ‚Madame', hat er einmal bei einem Empfang zu mir gesagt, ‚Sie sehen reizend aus'."

Wieder einmal fiel mir ein Ausspruch von Grand-mère ein: Auch die weitreichendsten Entscheidungen haben persönliche Motive.

„Die Verbindung wäre von ungeheurem Vorteil für Österreich", fügte Lorel hinzu.

„Und der österreichische Kaiser ist bereit, Bonaparte seine Tochter zu geben?" fragte ich ungläubig.

„Aber selbstverständlich. Der Kaiser verlässt sich voll und ganz auf Klemens' Urteil."

„Glaubst du, dass dein Mann die Sache sofort abschließen kann?" fragte ich.

Lorel schüttelte den Kopf. „Ich fürchte nein. Napoleon scheint sich nicht recht entschließen zu können. Er hätte lieber die Schwester des Zaren, Pawlowna, geheiratet."

„Tatsächlich?" fragte ich mit Unschuldsmiene und beobachtete einen Sperling, der sich auf der Hand des kleinen Eros niedergelassen hatte.

„Da Pawlowna inzwischen geheiratet hat, zieht er die zweite Schwester des Zaren in Betracht ... `

„Aber Anna ist erst vierzehn! Das würde Alexej niemals..." Ich beendete den Satz nicht.

„Ganz richtig", stimmte mir Lorel zu. „Klemens versucht Napoleon nun klarzumachen, dass eine Vierzehnjährige noch nicht heiratsfähig ist." Sie nahm ein Taschentuch und wischte sich die tränenden Augen ab.

„Wollen wir nicht hineingehen?" Sie nahm mich am Arm und führte mich zum Eingang des Palais. „Es heißt ‚Palmenschlößl'", sagte sie.

In der großen, hohen Eingangshalle hingen zahlreiche Spiegel, und die Treppe war mit einem roten Läufer belegt. „Der Eigentümer, Prince de Ligne, hat kürzlich sein Vermögen verloren. Er hat sich auf seinen Sommersitz am Kahlenberg zurückgezogen und das Haus hier in zwei große Appartements geteilt, die er vermietet. Das im ersten Stock ist gerade frei", bemerkte Lorel.

„Wieso kommt das - wenn es so schön ist, wie du sagst?"

„Der letzte Bewohner war General Bernadotte während der französischen Besetzung", erklärte Lorel. „Er hat hier eine riesige Trikolore aufgehängt und damit einen kleineren Volksaufstand entfesselt. Die Polizei veranlasste ihn schließlich auszuziehen. Dass die Wohnung nun leer steht, trifft den Fürsten de Ligne ziemlich hart..." Sie öffnete die Tür mit einem Schlüssel.

Lorel drängt mich offensichtlich, weil sie ihrem Freund helfen will, dachte ich und folgte ihr.

Japanische Seidentapeten in matten Grün- und Blautönen bedeckten die Wände. Die Wände waren mit Stuckatur reich verziert, im Salon war ein herrlicher, eingelegter Parkettboden, im festlichen Speisezimmer standen prachtvolle Ebenholzmöbel. Es gab außerdem noch mehrere Schlafzimmer im Stil Louis XIV., eine riesige Küche mit glänzenden Kupferpfannen an den weißgekalkten Wänden und anschließend an die Küche einige Räume für die Dienerschaft.

„Wie gefällt es dir?“ fragte Lorel, und ihr Drängen war ruhiger Gewissheit gewichen.

Ich antwortete nicht sofort. Auf wundersame Weise gaben mir diese Räume das Empfinden, dass sie nur auf mich gewartet hatten. Eine Atmosphäre des Friedens und der Geborgenheit umgab mich. „Ich würde am liebsten sofort einziehen“, sagte ich fast gegen meinen Willen.

Lorel lächelte und entblößte dabei ihre vorstehenden Zähne. „Warum nicht? Der Vertrag liegt in der Bibliothek. Du brauchst nur zu unterschreiben.“

Wir gingen in den dunklen Raum, an dessen Wänden unzählige Bücher standen. Ich überflog den Vertrag. Die Miete schien hoch, aber das spielte keine Rolle. Ich hätte jeden Preis gezahlt. Lorel reichte mir einen Gänsekiel und ein Tintenglas aus Kristall. Ich begann zu unterschreiben: „Katharina Bagr ...“ Ich hielt inne. „Ich habe gar nicht gefragt“, sagte ich, „und es ist ja letztlich gleichgültig, aber - wer wohnt im oberen Stockwerk?“

Lorels Lächeln erstarb. Nach einer Weile antwortete sie: „Die Herzogin von Sagan.“

„Wilhelmina?“ Ich legte den Kiel beiseite. „Das ist doch nicht möglich!“

„Warum?“ Lorels dunkle Augen blickten mich vorsichtig an.

„Du hast mich getäuscht!“ Ich war außer mir vor Erregung. „Du weißt genau, dass ich die Wohnung unter diesen Umständen nie in Erwägung gezogen hätte!“

„Fürchtest du dich vor ihr?“ fragte Lorel ruhig.

„Natürlich nicht!“

„Dann“, sagte Lorel leise und eindringlich, „musst du doch zugeben, dass das Arrangement ideal ist. Jeder, der Wilhelmina von Sagan besucht, muss an dieser Tür vorüber.“

Ich war mit einemmal wieder ruhig. Für meinen Auftrag war dieses Arrangement schließlich günstig. Persönlicher Stolz zählt im Leben einer Agentin nicht.

„Du hättest es mir vorher ehrlich sagen sollen“, sagte ich leise.

Lorels große, braune Augen sahen mich hilflos an. „Ich hatte Angst, du würdest dir das Haus nicht einmal ansehen, wenn du wüsstest, wer hier wohnt."

„Nun, warum eigentlich nicht? Wilhelmina und ich in ein und demselben Haus - plötzlich reizt mich dieser Gedanke!"

Ich vollendete die Unterschrift und zahlte die halbe Jahresmiete im voraus.

23. Kapitel

Wien, Schenkenstraße, 13. Dezember 1809.

Heute sind wir im „Palmenschlößl" eingezogen. „Wir sind zu Hause, wir sind zu Hause", sagt Klementine immer wieder, während sie auf Zehenspitzen durch alle Zimmer geht, eine zarte Porzellanfigur oder ein dickes, handgesticktes Kissen betrachtet.

Ich kann mich nicht erinnern, mich jemals so wohl gefühlt zu haben wie hier. Lorel hat mir auch eine Köchin verschafft, eine rundliche, rotbäckige Person, die Nichte ihrer Anna. Daneben habe ich zwei Stubenmädchen, einen Kammerdiener und einen Hausknecht. Lorel wollte mir unbedingt noch eine deutsche Gouvernante für Klementine aufdrängen, aber ich habe abgelehnt. Aurora und das Kind sind unzertrennlich, im Moment tollen sie draußen im Schnee herum.

Sobald meine Koffer ausgepackt waren, schickte ich Aurora mit einem Brief in den zweiten Stock.

„Meine liebe Wilhelmina", hatte ich geschrieben. „Du wirst erstaunt sein, nach so langer Zeit von mir zu hören. Welch seltsamer Zufall, dass wir nun in demselben Haus logieren! Die Welt ist wirklich klein! Ich würde Dich sehr gerne wiedersehen. Bitte teile mir mit, wann es Dir passt. In alter Freundschaft - Katharina Bagration."

Eine ganze Stunde verging, ehe Aurora mit der Antwort wiederkam. In umständlichem Französisch und winzigen, schwarzen Buchstaben versicherte mir die Gefährtin meiner Kindheit, wie überrascht und begeistert sie von dieser unerwarteten Nachbarschaft wäre. Ob ich Lust hätte, am nächsten Donnerstag zum Tee zu kommen? Eine kleine Gruppe von Damen der höchsten Gesellschaft traf sich regelmäßig im Haus der einen oder anderen, und diesmal war sie an der Reihe. Es wäre nett, fügte sie als Postskriptum hinzu, wenn ich eine Stunde früher kommen könnte als die anderen Gäste, damit wir etwas Zeit hätten, über die alten Zeiten und andere Gemeinsamkeiten zu sprechen. War es denkbar, dass sie mit dieser letzten Bemerkung auf Klemens anspielte?

„Was hat denn so lange gedauert?" fragte ich Aurora, während ich den Brief faltete und wieder in das duftende Kuvert steckte.

„Oben arbeitet ein junger, blonder Diener.“, gestand sie. „Er hat mich um ein Rendezvous gebeten.“

„Fein!“ sagte ich. „Du kannst Sonntag Nachmittag frei haben.“

„Hans ist von zu niedrigem Stand.“ Arrogant warf Aurora die schwarzen Locken aus der Stirn.

„Ach so.“ Ich ging zum Kasten und sah meine Kleider durch. „Hör zu, Aurora“, sagte ich, während ich ihr den Rücken zuwandte. „Wärest du bereit, deinen Stolz zu überwinden, um mir einen Gefallen zu erweisen?“

„Ihnen, Madame? Für Sie ginge ich durchs Feuer!“

„Das wird hoffentlich nicht nötig sein“, sagte ich und nahm ein graues Seidenkleid aus dem Kasten. „Es wäre mir recht, wenn du dich mit dem jungen Mann von zweiten Stock anfreunden würdest.“ Ich reichte ihr das Kleid. „Hier - ich glaube, das wird dir gut stehen.“

„Madame!“ Sie küsste mir die Hand, Tränen standen ihr in den Augen. „Ich verdiene Ihre Güte gar nicht.“

„Meine liebe Aurora“, sagte ich und strich ihr über die Wange, „du weißt ja gar nicht, wie froh ich bin, dass ich dich habe. Du bist meine erste richtige Freundin. Wisch dir die Tränen ab.“ Ich reichte ihr mein Taschentuch. „Wirst du mit dem blonden Hans wenigstens ein bisschen flirten?“

„Natürlich, Madame, wenn Sie es wünschen! Aber ich verstehe nicht recht ...“

Das Mitleid der Franzosen, hatte Grand-mère oft gesagt, erweckt man am ehesten, wenn man Liebeskummer hat.

„Die Herzogin im zweiten Stock und ich lieben denselben Mann“, erklärte ich Aurora leise. „Ich habe ihn jahrelang nicht gesehen, aber ich kann ihn nicht vergessen. Ich muss ihn zurückgewinnen, verstehst du?“

„Das kann doch nicht schwer sein“, rief Aurora. „Madame ist nicht nur viel hübscher als die Dame im zweiten Stock, sondern auch viel freundlicher. Die hat mich wie einen Hund behandelt und nur mürrisch befohlen, die Antwort mitzunehmen. Was kann ich für Sie tun, Madame, wie kann ich Ihnen helfen?“ Sie drückte das Kleid fest an sich.

„Du könntest vielleicht herausbekommen, zu welcher Zeit er meist kommt. Ich könnte es dann so arrangieren, dass ich gerade im Stiegenhaus bin, verstehst du. Es müsste nach Zufall aussehen, als ob ich gerade ausginge . . ."

„Ich werde Hans sagen, dass ich am Sonntag mit ihm ausgehe. Und ich werde schon dafür sorgen, dass er mir alles berichtet, was im zweiten Stock geschieht."

„Spricht er französisch?" fragte ich.

„Nein", sagte Aurora und bückte sich, um mir die Schuhe zuzuknöpfen. „Aber das macht nichts - ich kann mich zur Not auf deutsch verständigen."

„Du bist ein intelligentes Mädchen, Aurora", ich strich ihr über die Haare. „Wenn man bedenkt, dass du zuerst in einem Gefängnis und dann im Haus einer Wäscherin aufgewachsen bist ..."

„Madame ist zu gütig", murmelte sie, und ihre Stimme schien unsicher. Aber ich konnte ihr Gesicht nicht sehen, sondern nur ihre schwarzen Haare.

16. Dezember 1809.

Fünfzehn Minuten nach vier Uhr ging ich gestern zu Wilhelmina hinauf. „Die Herzogin ist im Schlafzimmer", erklärte mir eine ältliche Kammerzofe und führte mich in einen abgedunkelten Raum.

Wilhelmina lag, nur mit einem durchsichtigen Nachthemd bekleidet, auf einem Sofa. Ein kleiner Negerjunge, etwa zehn Jahre alt, hockte vor ihr auf dem Boden und feilte an ihren Fußnägeln. Am anderen Ende des Sofas stand eine junge Zofe und massierte die Schläfen der Herzogin.

„Liebste Katharina!" Wilhelmina hob die Hand nur ganz wenig. „Ich freue mich so, dich zu sehen. Setz dich doch, mein Schatz." Sie sprach entsetzlich affektiert. „Ich hätte es dir gleich sagen sollen: In Wien kommt man nie pünktlich."

„Klemens hat mir oft erzählt, dass die Wiener unzuverlässig und faul sind", antwortete ich mit sanfter Stimme. „Aber du, meine liebe Wilhelmina, bist doch Russin - nicht Wienerin." Ich nahm einen Stoß Unterwäsche von einem der Stühle und setzte mich.

„Du hast immer noch deinen Humor", sagte Wilhelmina. „Ich erinnere mich gut an unsere Kinderzeit - da hast du deiner Grandmère die tollsten Lügengeschichten über mich und meine Familie erzählt."

„Es war doch keine Lügengeschichte, dass deine Schwester mit dem Klavierlehrer durchbrannte und von ihm ein Kind bekam.“

„Wie ich höre, hast du eine kleine Tochter“, erwiderte sie und sah mich unter halbgeschlossenen Lidern an. „Ich finde es ziemlich geschmacklos, dass du sie Klementine genannt hast.“ Sie stand auf und ließ das Nachthemd von den Schultern gleiten.

Ich muss gestehen, ich war einigermaßen verblüfft, als sie plötzlich nackt vor mir stand. Wilhelminas Brüste sind etwa so groß wie die einer Zwölfjährigen. Sie bemerkte, dass ich entsetzt auf den kleinen Neger schaute.

„Ist er nicht ein süßes, kleines Äffchen?“ fragte sie und schlüpfte in die goldenen Pantoffel, die er ihr reichte. „Klemens brachte ihn mir, als er letztes Mal in Portugal war.“

„Portugal?“ Grand-mère hatte mir oft von den grässlichen Sklaventransporten berichtet, die dort ankamen. „Nett von ihm, nicht?“ Wilhelmina gab dem Jungen einen leichten Stoß mit dem Fuß, und er fiel um. Sie lachte. „Er steht nicht sehr fest auf den Füßen. Als man ihn fing, schnitt man ihm die Fersen auf und füllte die Wunden mit Rosshaar. So kann er nicht fliehen, weißt du.“ Ihre Stimme klang böse. „Mit diesen Fersen käme der Kleine nicht weit.“ Sie schnalzte mit den Fingern, der Junge sprang auf und holte einen roten Morgenrock.

Ich betrachtete das arrogante Gesicht, die unterentwickelten Brüste, den glatten Bauch, das Dreieck dunkler Haare, und die Oberschenkel, die ich zu mager fand. Flüsterte ihr Klemens dieselben Zärtlichkeiten ins Ohr wie einst mir? Ich hatte plötzlich heftige Kopfschmerzen.

Wilhelmine schlüpfte in den Morgenrock und band den Gürtel zu. Sie muss dreißig sein, dachte ich, als ich sah, dass zwei scharfe Falten von der Nase bis zu den Mundwinkeln liefen. Ihre schwarzen Augen jedoch waren noch genauso lebhaft und unverfroren wie damals in Dresden.

„Was führt dich eigentlich nach Wien, liebste Katharina?“ fragte sie und setzte sich an ihren Toilettetisch.

„Hast du in Dresden keine Liebhaber mehr gefunden?“ scherzte sie. Im Spiegel sah ich sie lächeln, und genau wie Gräfin Isabella lächelte sie ausschließlich mit den Zähnen.

Sollte sie nicht wissen, dass der Zar mich hierher geschickt hat? Ich erwiderte ihren starren Blick. „Ich hielt es in Dresden nach dem Tod Louis Ferdinands nicht mehr aus. Wir hatten vor zu heiraten."

Mit einer Handbewegung schickte Wilhelmina die Bediensteten aus dem Zimmer. Dann brach sie ganz unvermittelt in Tränen aus.

„Als ich hörte, er wäre dein Liebhaber, hätte ich dich am liebsten ermordet!" Ihre Stimme klang so heftig, ihre Augen blickten so leidenschaftlich, dass ich ihr glaubte. „Louis Ferdinand war der einzige Mann, den ich wirklich geliebt habe", fügte sie hinzu.

Ich hätte ihr sagen können, dass wir nun quitt wären, aber sie tat mir leid. „Nun hat ihn keine von uns beiden", sagte ich traurig.

„Hat er je von mir gesprochen?" Mit den langen, unordentlichen schwarzen Haaren sah sie tatsächlich wie eine Zigeunerin aus - so hatte Klemens sie ja einmal genannt. Wie eine ältliche Zigeunerin mit einem faltigen, tränenüberströmten Gesicht.

„Nur, dass er enttäuscht war, als König Friedrich Wilhelm seine Heirat mit dir untersagte." Es kam mir sehr edel vor, dass ich ihr die Wahrheit vorenthielt. Aber ihre nächsten Worte bewiesen, dass sie keine Rücksicht verdiente.

„Nur sein Tod hat dich vor einem ähnlichen Schicksal bewahrt", sagte Wilhelmina boshaft und strich sich eine bräunliche Paste aufs Gesicht. „Ich hoffe, du hast nun gelernt, dass man keinem Mann trauen kann, meine liebe Katharina?"

„Ich bin nicht so oft enttäuscht worden wie du. Wie ich höre, hast du mehrere Scheidungen hinter dir?"

„Meine Ehemänner richten mich zugrunde", sagte sie und malte zwei rote Tupfen auf ihre Wangen.

„Was geschah mit dem Prinzen Rohan?" Ich nahm ein Pfefferminzdragee aus einem Porzellanschüsselchen.

„Lass mich nachdenken." Wilhelmina betrachtete ihr Gesicht eingehend im Handspiegel. „Ich kann mich kaum mehr an ihn erinnern. Prinz Rohan? Ach ja, ich habe mich in Berlin von ihm scheiden lassen. Er war impotent und wurde immer unleidlicher. Ich musste ihm ein Vermögen zahlen, damit er in die Scheidung einwilligte."

„Er hat Geld von dir angenommen?" Ich war entsetzt. Warum eigentlich? Hat nicht Peter, mein eigener Mann, es schon lange aufgegeben, für meinen Lebensunterhalt aufzukommen?

„Mit Fürst Trubezkoi war es nicht anders", meinte Wilhelmina und zuckte mit den Achseln. „Er war mein zweiter Mann."

„Warum hast du dich von ihm getrennt?"

„Er wollte unbedingt nach Russland zurück. Ich kann aber nur im Westen leben."

„Und wen hast du dann geheiratet?"

„Graf Schulenburg, einen Deutschen. Er hatte ausgesprochen perverse Wünsche. Und nun habe ich mich entschlossen, mich nicht mehr zu binden", sagte Wilhelmina mit hartem Lachen. „Eine vierte Ehe kann ich mir finanziell nicht leisten. Das wäre mein Ruin."

„Du willst also unverheiratet bleiben?" Es beruhigte mich ungemein, das zu hören.

„Ich könnte es mir natürlich noch überlegen, wenn es jemand ganz Besonderer wäre", sagte sie und puderte sich das Gesicht. Dann stieß sie hervor. „Dein früherer Verehrer, Graf Metternich, ist sehr verliebt in mich."

„Ach, das war ja doch nur eine jugendliche Schwärmerei von mir", sagte ich leichthin. „Ich habe ihn seit drei Jahren nicht gesehen. Im übrigen gebe ich dir den guten Rat, liebe Wilhelmina, nicht alles zu glauben, was er dir erzählt. Wenn *le beau Clement* auch ein Filou ist - seine Frau wird er nie verlassen!"

„Ich bin da anderer Meinung." Die dunklen Augen verengten sich. „Hat deine Übersiedlung nach Wien irgend etwas mit ihm zu tun?"

Anscheinend wusste sie wirklich nichts von meiner Mission. „Ich sagte dir doch, ich habe ihn seit Jahren nicht gesehen", antwortete ich ausweichend und wechselte das Thema. „Wie geht es deiner Mutter?"

„Sie ist so verrückt wie immer." Sie zeichnete ihre Brauen mit Kohle nach. „Sie lebt in Paris und schwärmt für Napoleon."

„Sind deine Schwestern auch dort?" Ich wollte nur die Zeit irgendwie verplaudern.

„Nur Dorothea. Sie ist mit dem Neffen von Talleyrand verheiratet." Mit ihrem kleinen Finger malte sie sich die Lippen rot. „Johanna lebt hier in Wien, sie hat einen Fürsten Pignatelli geheiratet. Sie und ihr Mann verkehren übrigens auch mit Friedrich von Gentz. Erst kürzlich hat er von dir gesprochen." Sie nahm eine Perlenkette aus der Schatulle. „Würdest du so gut sein und mir die Kette zumachen?"

Ich bemühte mich, das zu tun, ohne ihren Hals zu berühren.

Wilhelmine warf einen Blick auf die zierliche Standuhr. „Meine Gäste werden bald hier sein“, sagte sie und schwang ungeduldig eine kleine Silberglocke. Die Zofe erschien, über dem Arm trug sie ein grünes Spitzenkleid.

Ich stand auf und betrachtete mich im Spiegel. „Wer kommt denn?“ fragte ich.

„Habe ich dir das noch nicht gesagt?“ Wilhelmina besprühte sich mit einem süßlichen Parfüm. „Kaiserin Maria Ludovika und ihre Stieftochter Marie Louise.“

Ich blickte überrascht auf. „Das ist ja wunderbar. Ich habe schon so viel von den beiden gehört. Ich kann es kaum erwarten, sie kennen zulernen.“

Als wir den Salon betraten - einen geschmacklos und übertrieben prächtig eingerichteten Raum mit chinesischen Teppichen, roten Samtdraperien, Brokattapeten und zahllosen Silberleuchtern -, öffnete sich gleichzeitig eine Tür. Der Mann, der eintrat, war etwa sechzig Jahre alt, hatte eine lange schmale Nase und künstlich gewelltes, gefärbtes Haar.

„Graf Rasumofsky!“ rief Wilhelmina. „Welch seltene Freude, Sie in meinem Heim begrüßen zu können.“

Er küsste ihr steif die Hand, dann verneigte er sich vor mir.

„Ich war verreist und konnte Sie daher noch nicht in Wien willkommen heißen, verehrte Fürstin Bagration. Als ich heute Nachmittag in Ihr Hotel eilte, erfuhr ich zu meiner großen Enttäuschung, dass Sie bereits ausgezogen waren, und als ich dann im ersten Stock nach Ihnen fragte, wurde mir gesagt, ich würde Sie hier oben finden.“

„Ich muss mich entschuldigen, dass ich Ihnen so viel Mühe verursachte, Graf. Die Hotelsuite war wirklich sehr angenehm, aber...“

„Ich wusste gar nicht, dass die Fürstin eine so bedeutende Persönlichkeit ist“, unterbrach mich Wilhelmina und sah zuerst ihn, dann mich fragend an.

Wiederum verbeugte sich Graf Rasumofsky vor mir. „Nun, da ich Sie persönlich kenne, Fürstin, würde ich Sie herzlich willkommen heißen, auch wenn es *nicht* der ausdrückliche Wunsch des . . .“

„Aber wir kennen uns doch schon“, erklärte ich dem Grafen. „Sie besuchten Grand-mère und brachten mir einen Schokoladeapfel in Silberpapier mit. Ich war damals fünf Jahre alt.“

„Das beweist wieder einmal, wie alt ich bin“, sagte der Graf und lächelte mit seinem falschen Gebiss. „Das muss vor meiner Verbannung aus Sankt Petersburg gewesen sein. Später hat man mich nämlich zu Unrecht angeklagt, eine Affäre mit der Schwiegertochter der Zarin gehabt zu haben.“

„Mit Onkel Pauls Frau?“ rief ich entgeistert.

„Seiner ersten Gemahlin“, erklärte Graf Rasumofsky. „Sie starb, bevor Sie noch geboren waren, mein Kind.“ Ich erinnerte mich dunkel. Man munkelte in St. Petersburg, dass Grand-mère Pauls erste Frau hatte ermorden lassen, weil sie untreu war. Erst danach sei Paul verrückt geworden.

„Was wollten Sie vorhin gerade sagen?“ fragte Wilhelmina den Grafen.

Er sah sie leer an, dann schlug er sich an die Stirn. „Ich wollte nur sagen, dass ich mich glücklich schätzen würde, der Fürstin Bagration jeden Gefallen zu erweisen, auch wenn dies nicht der ausdrückliche Wunsch des Zaren wäre.“

„Des Zaren?“ Wilhelminas dunkle Augen blitzten. „Alexej hat mich zu seiner gesellschaftlichen Repräsentantin in Wien ernannt“, teilte ich ihr nun mit. „Ich bin erstaunt, dass du das nicht weißt, liebste Wilhelmina. Ich hatte den Eindruck, in Wien wüsste jeder alles von jedem.“

Die Tür öffnete sich, und ein Diener meldete die Ankunft der Kaiserin und der Erzherzogin.

24. Kapitel

Wien, Palmenschlößl, 17. Dezember 1809, 6 Uhr früh.

Ich muss gestern Abend beim Schreiben eingeschlafen sein. Als ich eben erwachte, lag das Tagebuch auf dem Boden. Wo war ich stehen geblieben? Ich habe das Gefühl, dass ich unversehens in ein Netz von Intrigen verstrickt wurde. Wer wird diesen Kampf gewinnen? Wir - oder *le beau Clement?*

Kaiserin Maria Ludovika trug ein glänzendes grünes Seidenkleid, das über und über mit großen, roten Ornamenten bestickt war. Sie ist zierlich, hat ein schmales, blasses Gesicht und farblose Haare. Dennoch wirkt sie jünger als die Erzherzogin. Marie Louise ist dicklich und ungraziös, sie hat kleine rötliche Locken, rote Wangen und hervorquellende, hellblaue Augen. Ihre kräftigen Arme sind von Sommersprossen übersät.

Als die beiden eintraten, versank Wilhelmina in einen tiefen Hofknicks und stellte mich dann vor.

„Grüß Gott!“ Ich war erstaunt zu hören, dass die Kaiserin Wiener Dialekt sprach. Ich machte eine Verbeugung. Maria Louise reichte mir ihre schlaffe, feuchte Hand, und ich musste an Napoleon denken und an seine furchterregenden Augen. Er würde ihr gerade bis zur Schulter reichen.

Die Kaiserin nahm den Ehrenplatz auf dem Sofa hinter dem Teetisch ein. „Wann sind Sie denn nach Wien gekommen, Fürstin?“ fragte sie mit einer unangenehm heiseren Stimme.

„Erst vor etwa einer Woche, Majestät. Ich bin entzückt von dieser wunderbaren, gastfreundlichen Stadt. Ich fühle mich hier schon wie zu Hause.“

„Das freut mich“, sagte sie. „Wir bewundern Ihren Mann sehr, Fürstin. Ein General, der so leidenschaftlich für die gute Sache kämpft, verdient unsere Dankbarkeit.“

„Er wäre über dieses Kompliment sicher sehr glücklich“, sagte ich und fragte mich erstaunt, ob sie denn auch Napoleon hasste. Marie Louise schnupfte und rückte näher an ihre Stiefmutter heran. „Hoffentlich hast du dich nicht verkühlt, meine Liebe“, sagte die Kaiserin und zog die Stirn in Falten. Sie reichte ihr ein großes Taschentuch mit rotem Rand.

„So ist's gut", sagte die Kaiserin, nachdem Marie Louise sich laut geschnäuzt hatte, und nahm das Taschentuch wieder an sich.

Wilhelmina läutete mit einer Porzellanglocke um den Tee. Läuten schien eine ihrer Lieblingsbeschäftigungen. „Ich fühle mich ganz deplaciert in diesem Kreis reizender Damen." Ein eitles Lächeln vertiefte die Falten um den Mund des ältlichen Grafen Rasumofsky.

„Sie - deplaciert unter Damen, lieber Graf?" Wilhelmina lächelte ihn kokett an. „Im übrigen kann ich Sie beruhigen, ich erwarte heute noch zwei andere Herren." Die Tür öffnete sich.

„Madame de Staël!" rief Wilhelmina und eilte auf die dunkelhaarige Frau zu, die mit männlich anmutender Selbstsicherheit das Zimmer betrat. „Es ist mir eine Ehre, Sie hier begrüßen zu dürfen."

Die französische Schriftstellerin, von der ich schon so viel gehört hatte, ist von unproportionierter Gestalt, hat schmale Schultern und breite Hüften. Ihre Zähne sind unregelmäßig und grau. Aber es war etwas Prüfendes, Verständnisvolles in ihrem Blick, das sie mir sofort sympathisch machte. Zwei Herren begleiteten sie. Einer von ihnen war Friedrich von Gentz.

Madame de Staël verneigte sich vor der Kaiserin und der Erzherzogin und ließ sich von Graf Rasumofsky die Hand küssen. Dann sah sie mich mit erhobenen Augenbrauen fragend an.

„Eine liebe Jugendfreundin, die unerwartet nach Wien gekommen ist", erklärte Wilhelmina. „Fürstin Bagration." Ich stand auf - und nicht nur, weil die berühmte Schriftstellerin um so vieles älter war als ich. „Ich habe viele Ihrer Essays gelesen, Madame", stammelte ich. „Sie haben mir sehr, sehr gut gefallen. Auch Ihren neuesten Roman Corinne' finde ich wunderbar."

Gewöhnliche Leute sehen einen an, Madame de Staël jedoch sieht einem bis auf den Grund der Seele. Sie streckte mir ihre wunderschöne Hand entgegen, und wir tauschten einen festen Händedruck. „Das ist August Schlegel", sagte sie dann und stellte mir den jungen Mann vor, der wie ein Hündchen bewundernd zu ihr aufblickte. „Er reist mit mir." Sie wandte sich an ihren zweiten Begleiter. „Und das ist. . ."

Fritz trat einen Schritt vor. „Die Fürstin und ich sind alte Freunde!" Er hatte die Kühnheit, mich auf die Wange zu küssen. „Wie wunderbar, Sie wiederzusehen, Fürstin Katharina! Wann sind Sie nach Wien gekommen, und wo wohnen Sie?"

„Bis vor kurzem wohnte die Fürstin in demselben Hotel wie ich", warf Madame de Staël ein und wandte sich an mich. „Ich wollte Ihnen gestern meine Aufwartung machen, aber der Wirt sagte mir, Sie wären bereits ausgezogen."

„Ich fand glücklicherweise sehr bald eine Wohnung. Ich wohne hier im Haus, im ersten Stock. Meine kleine Tochter ist ganz begeistert von dem schönen Garten und den vielen Statuen."

„Ein reizendes kleines Mädchen", sagte Madame de Staël. „Ich sah sie einmal im Foyer des Hotels, wie sie mit Viktor Metternich spielte."

Wilhelmina, die sich mit dem jungen August Schlegel unterhalten hatte, fuhr herum. „Deine Tochter spielt mit dem Sohn von Klemens?" Ihre Augen waren ganz schmal.

„Ja. Kaum war ich in Wien, kam Lorel, um mich zu begrüßen. Lieb von ihr, nicht wahr?" erklärte ich unschuldig.

Niemand antwortete. Die Atmosphäre war plötzlich geladen mit Feindseligkeit.

„Die Metternichs und ich sind schließlich alte Freunde", sagte ich in die Stille hinein.

„War es vielleicht die Gräfin Metternich, die Ihnen die Wohnung hier im Haus vermittelte?" fragte Graf Rasumofsky und zog die dunkel gefärbten Augenbrauen hoch. „Ja! Ich bin ihr wirklich sehr zu Dank verpflichtet."

„Hat sie Ihnen auch erzählt, was ihr Mann in Paris macht?" Die Stimme der Erzherzogin war schrill, sie starrte mich mit ihren hervorquellenden Augen zornig an.

„Marie Louise. Bitte, lass das!" Die Kaiserin tätschelte den sommersprossigen Arm ihrer Stieftochter.

„Ich glaube, ich kann Sie alle beruhigen", sagte Graf Rasumofsky. „Es besteht wirklich kein Grund zur Aufregung. Fürstin Bagration wurde von Zar Alexander gebeten, ihn in Wien in gesellschaftlichen Belangen zu vertreten."

„Mir scheint, ich habe Sie unterschätzt, meine Liebe", sagte Madame de Staël mit ihrer ruhigen, tiefen Stimme. „Sie sind so attraktiv, dass ich gar nicht auf den Gedanken gekommen bin, Sie könnten auch gescheit sein. Ich glaube" - sie sah sich im Kreis um - „wir können die Fürstin beruhigt in unseren Kreis aufnehmen." Sie streckte mir beide Hände entgegen. „Nennen Sie mich Germaine. Und seien Sie herzlich willkommen im Kreis der ‚Napoleon-Hasser'!"

„Ich will ihn nicht heiraten!" jammerte Marie Louise. Maria Ludovika legte ihr den Arm um die runden Schultern und deutete mir, ich sollte mich neben sie auf das Sofa setzen.

„Das arme Kind liebt meinen Bruder", flüsterte sie mir vertrauensvoll ins Ohr. „Ich habe so gehofft, dass die beiden ein Paar werden."

Tränen liefen nun aus den wasserblauen Augen der Erzherzogin, und ihre Nase war ganz rot.

„Trink einen Schluck Tee", drängte Ludovika und hielt dem Mädchen eine geblümte Porzellantasse an die Lippen. Marie Louise schüttelte den Kopf. „Schau, es gibt deine Lieblingsmehlspeisen", sagte Ludovika und nahm dem Diener das Tablett aus der Hand. „Du darfst dir zwei Stück nehmen."

Das Weinen wurde schwächer, die runden Augen betrachteten gierig das Tablett. „Ich möchte das!" Sie zeigte auf einen mit Schlagsahne gefüllten Schokoladekrapfen. „Und das da!" Das war eine Torte mit gelber Creme. „Und das auch." Marie Louises dicker Finger tupfte auf ein Stück Kaffeecremetorte.

„Sie ist noch ein richtiges Kind", flüsterte mir die Kaiserin zu. „Können Sie sich dieses Kind als Frau des ‚Ungeheuers' vorstellen?"

Ich dachte an Josephine mit ihren silbernen Lidern, dem geschmeidigen Körper und schüttelte heftig den Kopf. „Ich verstehe überhaupt nicht, wie ihr Vater einer so grässlichen Heirat zustimmen kann", flüsterte ich zurück.

„Es ist unglaublich, nicht wahr!" nickte Maria Ludovika. „Wenn nur der Kaiser nicht so sklavisch alles täte, was sein Außenminister für richtig hält!" Ihre Augen wurden dunkel vor Empörung.

„Haben Sie selbst denn keinen Einfluss auf Seine Majestät?" fragte ich leise.

Die traurige kleine Kaiserin seufzte. Ludovika war erst vierundzwanzig und sah aus wie achtundvierzig.

„Franz hört ja nicht auf mich", murmelte sie, während Marie Louise das letzte Stück Torte verschlang. „Graf Metternich kann mit ihm tun, was er will. Seine Worte gelten wie die Worte des Allmächtigen."

Mir fiel plötzlich ein, wie Klemens nackt aus dem Bett gesprungen war, als Peter unerwartet nach Dresden kam. Damals hatte er so gar nichts vom Allmächtigen an sich. „Sie dürfen nicht nachgeben, Majestät", sagte ich mit Nachdruck. „Auch Metternich ist nur ein Mensch. Es muss doch möglich sein, Seiner Majestät zu beweisen, dass sein Außenminister nicht unfehlbar ist, dass auch er irren kann!"

Die zierliche Kaiserin richtete sich auf und streichelte die weiche Kinderhand ihrer Stieftochter. „Sie haben recht, Fürstin. Ich werde heute Abend noch einmal versuchen, mit meinem Mann darüber zu sprechen." Sie fröstelte. „Ich bin verkühlt und habe Kopfschmerzen - wie gewöhnlich. Am liebsten würde ich mich ja zeitig mit einer Tasse heißer Schokolade zurückziehen, aber andererseits ist es wichtig, noch einen Versuch zu machen, bevor Metternich aus Paris zurückkommt. Der einzige Moment, wo Franz vielleicht auf mich hört, ist -" Sie unterbrach sich.

... im Bett, beendete ich den Satz im Geist und dachte daran, dass Kaiser Franz nach Lorels Worten ohne Frau nicht sein konnte.

„Wann kommt Metternich eigentlich zurück?" fragte ich.

„Er kann jeden Tag kommen", antwortete die Kaiserin bedrückt.

Wie aus einem Nebel tauchte sein Bild plötzlich vor mir auf, die gewellten Haare, die beunruhigend blauen Augen, sein Lächeln.

„Eben habe ich eine Geschichte gehört, die so ganz typisch ist für das ‚Ungeheuer'." Vor Madame de Staëls Stimme verschwand die Vision von Klemens. Sie saß da wie ein Mann, die Hände auf die Knie gelegt. Um sie im Halbkreis Wilhelmina, Graf Rasumofsky, August Schlegel und Fritz. „Sie müssen sich das auch anhören, Majestät", rief sie zum Sofa hin. „Es wird Sie amüsieren, aber ich muss gleich zur Warnung sagen: Die Geschichte ist ein wenig *risque!*"

Maria Ludovika sah unsicher auf ihre Stieftochter. Das Mädchen hielt nun, da es die Süßigkeiten verschlungen hatte, die Augen geschlossen und schien zu dösen. „Bitte", stimmte die Kaiserin zu und faltete ihre Hände im Schoß.

„Sie haben sicher alle schon von der französischen Schauspielerin Mademoiselle Mexeray gehört", sagte Madame de Staël mit anzüglichem Lächeln. „Ganz Paris liegt ihr zu Füßen."

Graf Rasumofsky und Herr von Gentz nickten.

„Das korsische Ungeheuer warf im Theater einen einzigen Blick auf sie und ließ sie sich nach der Vorstellung auf sein Zimmer kommen."

Wiederum blickte die Kaiserin vorsichtig zu Marie Louise, aber die Lider mit den geröteten Rändern waren fest geschlossen.

„Stellen Sie sich vor, ..." - Madame de Staëls Stimme war voll Schadenfreude, aber ich meinte auch eine Spur Eifersucht darin zu entdecken - „... als sie in sein Arbeitszimmer kam, blickte Napoleon nicht einmal von seinen Papieren auf. Während er weiter an irgendwelchen Akten schrieb, befahl er ihr, sich auszuziehen und auf das Bett zu legen."

Ein Schrei untermalte das Ende der Geschichte: Marie Louise war zum Fenster gelaufen. „Ich bringe mich um! Ich springe hinunter!" kreischte sie und fiel Graf Rasumofsky in die Arme, der sie zurückgerissen hatte und dann schnell aus dem Zimmer führte. Die Kaiserin und Wilhelmina eilten hinterher.

„Ich hätte diese Geschichte nicht vor ihr erzählen sollen.", murmelte Madame de Staël und tat sehr zerknirscht.

„Nein, das hätten Sie lieber bleiben lassen sollen.", hielt ihr Friedrich von Gentz mit preußischer Strenge vor.

„Wahrscheinlich", entgegnete sie und zwinkerte mir zu.

„Ich bin wirklich keine Verehrerin Napoleons", sagte ich nachdenklich. „Trotzdem kann ich mir nicht vorstellen, dass er so brutal ist."

„Ich auch nicht", stimmte mir Madame de Staël sofort und unerwartet zu. „Aber solche Geschichten, selbst wenn sie nicht wahr sind, schaden Napoleon mehr als eine unüberlegte militärische Aktion."

Fritz verbeugte sich vor ihr. „Nicht zu unrecht rühmt man Madames Weisheit."

August Schlegel ließ sich ihr zu Füssen nieder.

„Und die arme, kleine Marie Louise?", fragte ich.

„Das kleine Luder spielt doch nur Theater", sagte Madame de Staël und zuckte mit den Achseln. „Ich sage Ihnen, sie kann es kaum erwarten, sich in kostbaren Gewändern und juwelengeschmückt als die neue Kaiserin von Frankreich zu präsentieren und zu dem korsischen Ungeheuer ins Bett zu steigen."

Als ich in meine Wohnung zurückkehrte, sah ich plötzlich alles seltsam klar. Ich sah hinter die Masken der Menschen, die mir heute begegnet waren, und wusste, was jeder einzelne von ihnen dachte und empfand.

Kaiserin Maria Ludovika mit dem hageren Gesicht und dem mädchenhaft zarten Körper hasst die Männer. Sie sucht für sich selbst nach einer Entschuldigung dafür, dass sie sich ihrem Gemahl immer wieder entzieht; deshalb bekommt sie Kopfschmerzen oder ist verkühlt. Mehr noch - als den Kaiser hasst sie Klemens - seine männliche Anziehungskraft und sein Einfluss auf den Kaiser sind ihr unerträglich. Der Mann jedoch, den sie am meisten hasst, ist Napoleon. Durch die Schuld dieses Emporkömmlings hat ihre Familie Ansehen und Vermögen in Italien verloren. Das korsische Ungeheuer verschuldete nicht nur ihre eigene Ehe mit einem alternden Mann, den sie verabscheut, sondern gefährdete auch das Glück ihres Bruders, der Marie Louise gern zur Frau genommen hätte. Das einzige warme Gefühl, dessen sie fähig ist, gilt ihrer rundlichen Stieftochter, dachte ich und stellte mir vor, wie sie dem rosigen Mädchen jeden Morgen den Rücken einseifte.

Die Erzherzogin selbst ist mit Nahrungsaufnahme und Verdauen vollauf beschäftigt. Wenn überhaupt ein Gedanke, ein Gefühl hinter der niedrigen Stirn, den hervorquellenden Augen und den rötlichen Löckchen wohnten, dann vielleicht das Gefühl der Befriedigung, dass sie sich als Opfertier, das dem Vaterland dargebracht wurde, betrachten konnte.

Wilhelmina von Sagan ist es völlig gleichgültig, ob diese dynastische Ehe zustande kommt oder nicht. Sie spielt die einflussreiche Dame aus bester Gesellschaft und weiß doch, dass sie die Mentalität einer Prostituierten hat. Sie hat es sich in den Kopf gesetzt, Klemens zu heiraten, weil ihr das wieder Ansehen und Respekt verschaffen würde.

Graf Rasumofsky? Er langweilt sich und ist all dieser Wiener Intrigen überdrüssig. Sein einziges Vergnügen sind gelegentliche kleine Eskapaden mit irgendeinem jungen Wiener Mädel, das imstande ist, seine schwindende Manneskraft noch einmal zu stimulieren.

Die großen, klugen Augen der Madame de Staël lassen ihren wachen Verstand ahnen. Schade, dass sie ihn daran verschwendet, sich an Napoleon zu rächen! Schade auch, dass einer solchen Frau die Zurückweisung durch einen Napoleon überhaupt weh tun kann!

Hinter der herzlichen Liebenswürdigkeit des Herrn von Gentz stecken abgrundtiefer Neid und Hass gegen uns alle. Fritz wird sich unter Menschen, die rangmäßig über ihm stehen, nie wohl fühlen, obwohl er deren Gesellschaft sucht. Armer Fritz - ohne seinen Hass hätte sein Leben keinen Inhalt.

Und meine eigenen Gedanken? Da saß ich nun in einem hübschen Taftkleid und nippte an meinem Tee - eine charmante junge Frau mit glatter Haut und verführerischen Augen, die gerade nach Wien gekommen ist und von Freunden begrüßt wurde. Habe ich als Agentin im Dienst Alexanders auch wirklich auf jedes Wort geachtet, das gesprochen wurde? Habe ich meinen Egoismus erfolgreich besiegt? Habe ich noch an die Sklaven gedacht, an die Armen und Unglücklichen in aller Welt, an die russischen Soldaten, die vielleicht ihr Leben lassen mussten, falls diese Heirat zustande kam und Frankreich und Österreich sich gegen uns verbündeten? Ich fürchte, meine Gedanken waren ganz anderer Art. Seit Louis Ferdinands Tod habe ich allein gelebt. Nun aber hat die frivole, sinnliche Atmosphäre Wiens meine schlummernden Begierden geweckt, und etwas, das ich schon tot glaubte, begann sich wieder zu regen. Ich schäme mich, es einzugestehen, aber es ist die Wahrheit - ich sehne mich danach, dass Klemens mich in seine Arme nimmt!

25. Kapitel

Wien, Palmenschlößl, 24. Dezember 1809, Abend.

Ich bin allein zu Hause. Der einzige Laut, den ich höre, ist das Knistern der Kerzen an meinem kleinen Christbaum. Die Dienerschaft ist in die Mitternachtsmette nach St. Stephan gegangen, und meine Tochter wurde mir von Lorel entführt.

Lorel erschien schon in aller Früh und brachte eine riesige Puppe für Klementine mit. Ihre Tochter Marie begleitete sie. Das hellblonde Kind, das ich in Dresden gekannt hatte, war nun fast einen Kopf größer als seine Mutter. Marie ist dreizehn und ein wenig rundlich. Sie machte einen verlegenen Knicks.

„Ich habe dich gekannt, da warst du ungefähr so groß“, sagte ich und hielt die Hand etwa einen halben Meter über den Boden. „Du bist sehr gewachsen!“

„Alle Leute sagen das.“ Die junge Stimme klang belustigt. „Erwartet man denn, dass ich ein Zwerg bleibe?“ Sie lachte auf dieselbe Weise wie ihr Vater.

„Komm mit in mein Zimmer“, sagte Klementine zu ihr. „Wir legen mein neues Baby ins Bett.“

Die beiden Kinder liefen hinaus, Marie legte den Arm beschützend um Klementines schmale Schultern.

Lorel sah ihnen nach. „Sie haben eine starke Ähnlichkeit, die beiden. Ich habe gewusst, sie werden einander mögen. Marie hat eine gute Hand für Kinder. Sie hätte Oktavie am liebsten ganz allein betreut.“

Ich glaube, ich habe in diesem Tagebuch nie erwähnt, dass die Metternichs in Paris noch ein Kind bekommen haben. Es ist ein Trost, wenn auch ein geringer, dass selbst die Affäre mit Caroline Murat Klemens nicht davon abgehalten hat, seine Familie zu vergrößern. „Wie alt ist deine jüngste jetzt, Lorel?“ fragte ich höflich.

„Sie war zwei.“ Lorel lächelte. „Sie ist ein süßer Spatz. Ihr Vater liebt sie abgöttisch. Du musst uns bald besuchen und sie dir anschauen.“

Ich unterdrückte ein Gähnen. Es war 11 Uhr vormittags, und ich war noch im Morgenrock. „Die Wiener Luft macht mich sehr müde“, entschuldigte ich mich und fragte mich im stillen, ob diese überraschenden Besuche Lorels zur Gewohnheit werden sollten. „Möchtest du eine Tasse Kaffee?“

„Sehr gern“, sagte Lorel sofort. „Ich frühstücke mit den Kindern immer um acht Uhr, aber wir Wiener essen vormittags meist noch ein zweites, ein sogenanntes Gabelfrühstück.“

Im grünen Kachelofen prasselte das Feuer, die Sonne schien hell durch die hohen Fenster und brachte die bunten Überzüge der Stühle zum Leuchten. Aurora kam mit dampfend heißem, duftendem Kaffee, einer Platte mit rosigem Schinken, goldgelben Brötchen, die hier „Semmeln“ heißen, und Erdbeermarmelade.

„Ich bin mit den Leuten, die du mir empfohlen hast, sehr zufrieden“, sagte ich und hielt Lorel die Zuckerdose hin. „Besonders mit der Köchin. Ihre Marmelade ist ganz hervorragend!“

„Ich kenne Hilda schon seit meiner Kindheit“, erzählte Lorel. „Sie ist zwar eine Nichte meiner Anna, aber älter als sie. Hilda hat früher für meinen Großvater gekocht.

Die ausländischen Würdenträger und Diplomaten, die ihn besuchten, waren immer ganz begeistert von Hildas Suppen, Saucen und Kuchen. Mein Großvater war der Meinung, dass er viele politische Erfolge nicht so sehr seiner Diplomatie als vielmehr Hildas Kochkünsten verdankte.“

„Seltsam, nicht wahr“, sagte ich. „Dein Großvater war Außenminister, und nun hat dein Mann dieselbe Position.“ „Mich freut das sehr!“ Lorels Rehaugen glänzten voll Stolz. „Wenn er nur nicht so viel reisen müsste! Die Kinder sind schrecklich enttäuscht, dass er erst zum Jahreswechsel zurückkommt.“

„Und bist du sicher, dass er nicht wieder aufgehalten wird und noch später kommt?“ Meine Stimme klang viel zu interessiert.

„O nein, diesmal sicher nicht!“ sagte Lorel. „Der Außenminister veranstaltet am Silvesterabend nämlich immer einen großen Ball. Das ist übrigens auch der Hauptgrund für meinen heutigen Besuch. Ich wollte dir keine steife, gedruckte Einladung schicken, sondern dich persönlich einladen. Du wirst doch unseren Ball durch deine Anwesenheit verschönen, nicht wahr, Katharina?“

Wie konnte sich eine Frau nur so sehr demütigen, dachte ich, während sie fortfuhr: „Du hast unser kleines Geheimnis nicht vergessen, gelt?“

Ich schüttelte den Kopf. Ich selbst würde es nie über mich bringen, eine andere Frau in dieser Weise um Hilfe zu bitten. „Ich komme sehr gern auf euren Ball“, sagte ich, und sie tat mir plötzlich schrecklich leid. „Glaubst du wirklich, dass es etwas nützen könnte?“

Sie berührte meine Haare. „Ich bin fest überzeugt davon.“

„Vor einigen Tagen habe ich die Herzogin von Sagan besucht.“ Ich stellte die Kaffeetasse auf den Tisch. „Wilhelmina ist gealtert.“

Lorels Züge erhellten sich. „Ich habe sie schon sehr lange nicht gesehen. Jeder vermeidet es nach Möglichkeit, uns gemeinsam einzuladen. Man glaubt, dass eine Ehefrau immer die letzte sein muss, die etwas von den Affären ihres Mannes erfährt.“

Ich wechselte das Thema. „Ich habe bei Wilhelmina die Kaiserin kennen gelernt.“

„Wie findest du sie?“

„Nun, Geschmack hat sie offensichtlich nicht viel.“

„Das stimmt. Sicher trägt sie auf dem Ball wieder das grüne Seidenkleid mit den roten Ornamenten.“

„Hat sie das denn immer an?“

„Meist. Aber das ist nicht allein ihre Schuld. Kaiser Franz ist äußerst knauserig.“

„Sie scheint ihre Stieftochter sehr gern zu haben.“

„Maria Ludovika hat keine eigenen Kinder“, gab Lorel zu bedenken und zuckte mit den Achseln. „Marie Louise ist reizend, findest du nicht?“

„Nun ja.“ Ich konnte nicht viel Begeisterung für sie aufbringen.

„Wäre es nicht herrlich für sie, Napoleons Frau zu werden?“

„Sie selbst schien nicht sehr begeistert von dieser Vorstellung!“

Lorels Wangen röteten sich vor Unmut. „Was weiß schon ein neunzehnjähriges Mädchen! Sie sollte Klemens für seine Bemühungen dankbar sein.“

„Wie ich höre, ist die Erzherzogin in den Bruder der Kaiserin verliebt.“

„Unsinn!“ Lorel wurde noch röter. „Marie Louise glaubt alles, was ihr die Kaiserin einredet. Da steckt nur Ludovika dahinter! Sie sähe es gern, wenn ihr Bruder die Tochter des Kaisers heiratet. Übrigens würde ich persönlich keine Sekunde zögern, Napoleon zu heiraten. Du vielleicht? Stell dir das doch vor! Kaiserin von Frankreich!“

Ich dachte an die kleine Gestalt mit den furchterregenden Augen. Und mir fiel Madame de Staëls Anekdote ein. „Wenn Marie Louise ihn heiratet“, sagte ich nachdenklich, „wird sie in den Augen der Welt zwar Kaiserin von Frankreich sein, sie selbst aber wird mit Bonaparte leben müssen!“

„Mit keinem Mann ist es leicht zu leben.“ Lorels Gesicht wurde plötzlich wieder blass. „Besonders wenn man ihn liebt.“

„Niemand sonst schien diese Heirat erstrebenswert zu finden“, fuhr ich hartnäckig fort und übersah Lorels kummervollen Blick. „Weder Madame de Staël noch Graf Rasumofsky, nicht einmal Herr von Gentz.“

Lorel lachte sarkastisch. „Ich sehe, du hast den ganzen Kreis der ‚Napoleon-Hasser' schon kennen gelernt. Hör nicht auf diese Leute! Sie sind ja nur eifersüchtig und ärgern sich, weil Klemens beim Kaiser so großen Einfluss besitzt.“

„Vielleicht ist diese Heirat wirklich nicht von Vorteil?“ wandte ich vorsichtig ein.

„Wie könnte das sein, wenn Klemens sie befürwortet?“ fuhr Lorel auf. „Nein, nein, mein Mann hat immer recht. Ich verstehe gar nicht, warum er mit diesen sogenannten Freunden überhaupt verkehrt. Vielleicht umgibt er sich absichtlich mit Menschen, die er für intelligent hält und die ihm widersprechen“, fügte sie nachdenklich hinzu. „An ihrem Widerspruch schärft er seine eigenen Argumente und verschafft sich die Gewissheit, dass seine Ideen richtig sind.“

Die Kinder kamen ins Zimmer gelaufen.

„Darf Klementine mit uns nach Baden fahren?“ fragte Marie ihre Mutter. „Ich habe ihr erzählt, dass wir dort rodeln gehen.“

„Darf ich, Maman?“ fragte Klementine. „Bitte, bitte!“ Ich sah ihr strahlendes Gesicht. Zum erstenmal im Leben hatte mein kleines Mädchen Freundschaft geschlossen. „Das ist eine großartige Idee!“ rief Lorel und wandte sich an mich. „Ich habe meinen Kindern versprochen, dass wir die Weihnachtstage in Baden verbringen. Meine Schwiegereltern haben dort ein wunderschönes Haus. Baden ist ein kleiner Ort, etwa zwanzig Meilen von hier“, erklärte sie weiter. „Ich würde mich freuen, wenn Klementine mitkäme. Und wenn auch du mitkämst, Katharina!“ fügte sie herzlich hinzu.

„Ach, das macht dir zu viele Umstände . . .“, protestierte ich.

„Mein Schwiegervater würde sich besonders freuen“, sagte Lorel. „Er hat eine Schwäche für schöne Frauen. Außerdem ist das Haus sehr groß und zu Weihnachten immer voller Gäste.“

Ich zögerte. Es wäre verlockend, die Frau kennen zulernen, die Klemens das Leben geschenkt hat. Meine Mutter ist die treibende Kraft in der Familie! hatte er einmal gesagt. Sie und ich sind einander sehr ähnlich. Ohne sie wäre mein Vater ein Niemand. Er ist schwach, übervorsichtig, unentschlossen.

„Kommst du mit?“ unterbrach Lorel meine Gedanken. Irgend etwas hielt mich zurück.

„Es ist sehr lieb von dir“, sagte ich, „aber ich habe mich gerade erst eingewöhnt, ich möchte nicht schon wieder fort von hier.“

„Maman!“ Tränen der Enttäuschung standen in Klemen-tines Augen.

„Dann lass doch wenigstens die Kleine mitfahren“, sagte Lorel. „Die Luft da draußen ist so gesund. Sie wird mit roten Wangen wiederkommen! Außerdem - meinst du nicht, dass die Eltern von Klemens dieses Kind einmal sehen sollten ... ?“

Ihr Enkelkind. Sie sprach das Wort nicht aus, aber es hing in der Luft.

„Ein sechsjähriges Kind braucht noch viel Betreuung“, sagte ich.

„Maman! Bitte!“

„Ich werde sie betreuen“, sagte Marie, und sie sprach so entschieden wie ihre Mutter.

„Maman! Bitte, erlaub es!“

„Könnte Aurora vielleicht mitfahren?“ fragte ich. „Aber selbstverständlich“, sagte Lorel, „wenn dich das beruhigt. Ich nehme beide gleich mit.“

Ich sah vom Fenster aus zu, wie Lorel ihre kleine Schar im Metternichschen Wagen verfrachtete.

Wie gerade sie sich hält, dachte ich und trat vom Fenster zurück. Lorel Metternich hatte es sich also in den Kopf gesetzt, dass Marie Louise Napoleons Frau wird. Wie konnte nun ich Klemens davon überzeugen, dass diese Idee schlecht war? Dein Land braucht dich, Katharina Bagration! Ich sah im Geiste Alexejs traurige Augen. Wie wird der Zar reagieren, wenn meine Mission misslingt?

Ich beschloss, einen Spaziergang zu machen. Ich schlenderte durch verschneite Straßen und ging über die Basteien, die Wien bei der Belagerung durch die Türken beschützt hatten. Die Luft war hell und trocken, der Himmel klar, in der Ferne konnte man die sanften Hänge des Wienerwaldes sehen. Pferdeschlitten fuhren mit Glockengeläut durch enge Gassen, kleine alte Weiblein mit riesigen Gebetbüchern verschwanden im Tor des Stephansdomes, Damen mit Federhüten und Pelzjacken kamen aus eleganten Geschäften. jedermann trug bunte Päckchen, und die Straßenverkäufer boten die übriggebliebenen Christbäume ganz billig an. jedenfalls nahm ich an, dass sie das taten - denn ich verstehe den netten Wiener Dialekt noch nicht gut.

Nach einiger Zeit bemerkte ich, dass mir ein junger Leutnant folgte. Sein kleiner, schwarzer Schnurrbart war aufgezwirbelt, und er trug ein Monokel. Ich suchte Zuflucht in einer Konditorei - es gibt hier in jeder Gasse mindestens drei -, setzte mich an eines der Marmortischchen und bestellte heiße Schokolade.

Bald darauf betrat auch der Leutnant das Lokal und trat an meinen Tisch. „Hans von Richter", stellte er sich vor, und sein Degen rasselte, als er sich verbeugte. „Darf ich mich zu dem gnädigen Fräulein setzen?"

Ich betrachtete ihn. Seine Wangen waren rosig und glatt und ohne eine Spur von Bart. Er sah aus wie achtzehn und hatte arge Mühe, sein Monokel eingeklemmt zu halten.

Ich unterdrückte ein Lachen. „Bitte . . ." Ich deutete auf den leeren Stuhl neben mir.

Sein Gesicht lief dunkelrot an, als er sich setzte. „Eine so zauberhafte junge Dame sollte nicht allein auf die Straße gehen", sagte er und schnitt eine Grimasse, um das Monokel nicht zu verlieren.

„Es ist mein Schicksal, auf die Straße zu gehen", flüsterte ich. Das Monokel fiel auf den Tisch, er setzte es hastig wieder ein.

„Wie bitte? Das gnädige Fräulein scherzen, nicht wahr?" Sein Blick blieb an meinem Zobelmantel hängen. „Ganz und gar nicht", flüsterte ich kummervoll. „Dennoch haben Sie recht. Ich bin nicht das, was Sie denken." *„Ich* ... ich", stotterte er mit glühenden Wangen. „Ich verstehe das gnädige Fräulein nicht recht?"

„Ganz im Vertrauen ..." Ich lehnte mich an sein Ohr. „Ich bin eine russische Prinzessin."

„Eine russische Prinzessin?“ Sein Mund blieb offen, das Monokel zitterte, blieb aber an seinem Platz.

„Ja.“ Ich rückte näher an ihn heran. „Sie müssen mir aber versprechen, dass Sie es niemandem verraten . . .“

„Ich schwöre es!“ Er legte die Hand aufs Herz.

„Ich habe als Spionin für die Franzosen gearbeitet, der Zar ist dahintergekommen, mein Leben war in Gefahr, ich musste fliehen.“

„Entsetzlich!“ Er rückte das Monokel zurecht. „Ohne einen Groschen!“ sagte ich bedeutungsvoll.

„Und ... und“, stammelte er, „Sie sind wirklich ... Sie gehen wirklich ...“

„Was bleibt mir denn anderes übrig?“ Ich zuckte mit den Achseln. „Ich bekomme 5000 Gulden für eine Nacht. Gehen wir?“

Diesmal fiel das Monokel zu Boden und zerbrach. Herr von Richter sprang auf, nahm hastig seine Mütze von der Stuhllehne. Er sah aus, als würde er jeden Augenblick in Tränen ausbrechen. „Ich ... ich“, stammelte er, „ich habe im Moment nicht ... vielleicht ein andermal!“ Er lief hinaus.

Auf dem Heimweg summte ich vergnügt eine Melodie vor mich hin. Als ich die Tür meiner Wohnung aufsperrte, empfing mich der Duft einer gebratenen Gans. Hilda kam geschäftig aus der Küche, ihre gestärkte weiße Schürze raschelte. „Das Essen ist fertig, Durchlaucht.“

Plötzlich kam mir zu Bewusstsein, dass ich ganz allein war.

„Ich habe gerade heiße Schokolade getrunken“, sagte ich. „Ich werde erst später essen.“

Sie teilte mir etwas verlegen mit, dass es in Wien Brauch war, dass die gesamte Dienerschaft am Heiligen Abend in die Mitternachtsmette ging. Ob ich das erlaubte? fragte sie mit scheuem Lächeln.

„Aber natürlich. Machen Sie sich meinetwegen nur keine Sorgen. Ich bin wirklich nicht hungrig.“

Warum nur konnte ich nicht nein sagen? Hätte ich Hilda oder Lorel nein gesagt, müsste ich nun nicht mutterseelenallein vor meinem Christbaum sitzen. Jeder außer mir ist heute Abend wahrscheinlich glücklich, meine Tochter im Schoße der Familie Metternich, mein Mann bei Pawlowna; *le beau Clement* unterhält sich sicher auf seine Art in Paris, und meine Dienstboten genießen den feierlichen

Gottesdienst. Grand-mère, Louis Ferdinand - die einzigen Menschen, die mich liebten - sind tot.

Ich glaube, ich habe mich erkältet. Obwohl ich meinen Hermelinmantel trage und in allen Kaminen kräftiges Feuer lodert, läuft es mir kalt über den Rücken. Mein Hals ist wie zugeschnürt und schmerzt. Ich muss ein Glas Wein trinken! Nur als Medizin. Ich werde ihn in der Küche wärmen und ein Stückchen Zimt hineintun und mit diesem Schlaftrunk zu Bett gehen. Nicht einmal Alexej könnte dagegen etwas einwenden!

26. Kapitel

Wien, Palmenschlößl, 25. Dezember 1809, morgens.

Ich versuche ganz leise zu sein, während ich an meinem Schreibtisch im Schlafzimmer in mein Tagebuch schreibe. Der gestrige Abend war voller Überraschung. Nachdem ich beschlossen hatte, mir Glühwein zu brauen, suchte ich in der ganzen Wohnung nach Wein. Während ich durch das Speisezimmer ging, rüttelte der Wind an den Fensterläden genau wie einst in Russland, und ich machte mir Sorgen um Klementine. Sie hatte die Gewohnheit, beim Schlafen die Decke abzustrampeln. Würde das jemand bemerken und sie wieder zudecken? „Ich hätte sie niemals wegfahren lassen dürfen", murmelte ich und öffnete einen Schrank nach dem anderen. Mein Kopf schmerzte und pochte, ich zog die Nadeln und Kämme aus den Haaren und fühlte mich vorübergehend erleichtert, als mir die Haare offen über den Rücken fielen. Dann setzte ich meine vergebliche Suche fort. Ich war nun sicher, Fieber zu haben, mein Gesicht fühlte sich glühend an.

Vielleicht konnte Wilhelmina mir aushelfen? *Ich* hatte mir zwar vorgenommen, den Umgang mit ihr auf ein Minimum zu beschränken, dies aber war ein Notfall. Ich lief in den Vorraum und blieb betroffen vor meinem Spiegelbild stehen. Meine Haare fielen bis zu den Hüften, mein Gesicht war bleich, unter den Augen lagen tiefe dunkle Ringe. Ich trug nur meinen Morgenrock, nichts darunter. Konnte ich so hinaufgehen? Warum eigentlich nicht? Wilhelmina kannte mich seit meiner Kindheit, und außerdem hatte sie mich vor wenigen Tagen völlig nackt empfangen! Ich musste fort, fort aus dieser Wohnung, wo die Möbel unheimlich knarrten und das Feuer geheimnisvolle Schatten auf die eingelegten Böden zeichnete. Ich rannte zur Eingangstür und riss sie auf.

Oben kreischte jemand. Das konnte doch nicht die Herzogin von Sagan sein! Das klang eher nach einem Marktweib. Einen Augenblick lang verstummte das Kreischen; man hörte die tiefe, beruhigende Stimme eines Mannes; dann wurde wieder gekreischt und geschimpft - die Worte konnte ich nicht verstehen. Ich stand an meiner Eingangstür und lauschte. Plötzlich zuckte ich zusammen - oben hatte es laut gekracht. Es war so, als hätte jemand eine schwere Vase gegen die Wand geworfen. Einem Augenblick der Stille folgte wiederum Wilhelminas hysterisches Gekreische. Offenbar war dies nicht der richtige Moment, um hinaufzugehen und sie um etwas Wein zu bitten. Ich ging zurück in meine Wohnung.

Ich setzte meine Suche in der Küche fort. Die schwache Öllampe warf einen sanften Schein auf die blankgescheuerten kupfernen Töpfe und Pfannen, die an den Wänden hingen. Der Holzboden war sauber gerieben und mit Sägespänen bestreut. Im großen Herd gloste noch schwach das Feuer, ich nahm ein paar Holzscheite, machte vorsichtig die Eisentür auf und warf die Scheite hinein. Zischend begann das Holz zu brennen. Meine Augen gewöhnten sich langsam an das dämmrige Licht, und ich begann, die Regale abzusuchen. Ich fand die gebratene Gans, braun und knusprig auf einer weißen Platte, und einen prächtigen Striezel, ein Rosinenbrot, das hier stand, um auszukühlen. Wein jedoch fand ich nicht.

Die Tür, die zu den Dienerzimmern führte, war fest verschlossen, aber daneben befand sich eine andere schmale Tür, die halb offen stand. Ich sah hinein. Ein kühler Duft von Äpfeln, erdigen Kartoffeln und aromatischen Gewürzen verriet mir, dass dies die Speisekammer war.

Ich ging zurück, nahm die Öllampe vom Tisch und ging nochmals in die Kammer, um mich umzusehen. Glas an Glas standen hier Hildas köstliche Erdbeer- und Marillenmarmeladen, lagen da Käselaibe, standen Schüsseln mit Eiern, dicke Sahne in Tonkrügen und ein riesiger Laib Schwarzbrot, der noch warm war. Auf dem Boden standen Säcke mit Mehl, Zucker und Linsen. In einer Kartoffelkiste raschelte es. Ich sah auch hier die Regale durch. Aber kein Wein!

Als ich mich schon zum Gehen anschickte, entdeckte ich an der gegenüberliegenden Wand noch weitere Regale. Durch ein kleines, vergittertes Fenster drang bleiches Mondlicht in den Raum und beleuchtete die Flaschen, so dass sie aussahen, als enthielten sie flüssiges Gold. Ich nahm eine herunter, entkorkte sie und roch dazu. Es war Wein. Er roch herb, fast wie Essig. Mit der Flasche in der einen Hand, der Öllampe in der anderen, ging ich in die Küche zurück. Das Feuer im Herd brannte nun hell, ich setzte mich an den derben Küchentisch, goss ein wenig von der goldenen Flüssigkeit in ein Glas und kostete. Der Wein schmeckte seltsam beschwingt, er passte zum fröhlichen Barock dieser Stadt und zu den anmutig sanften Hügeln ihrer Umgebung. Mir war nicht mehr kalt. Der Herd strömte angenehme Wärme aus, ich löste den Gürtel meines Morgenrocks. Dann nahm ich die Füße aus den Pelzpantoffeln, bewegte die Zehen vor dem Feuer und schenkte mir ein drittes Glas ein.

„Fröhliche Weihnachten", sagte ich und prostete mir selbst zu. „Fröhliche Weihnachten, Kitty!"

„Kitty?"

Ich bildete mir ein, ich hätte meinen Namen draußen rufen gehört, und kicherte über meinen Schwips. Doch da - im Vorraum hörte ich Schritte! Sofort war ich nüchtern. Das sind männliche Schritte, dachte ich und zitterte vor Angst, als mir einfiel, dass ich vorhin die Eingangstür nicht versperrt hatte. Ich versuchte, mich selbst zu beruhigen, und sagte mir, dass es vermutlich einer der Bedienten war, der aus der Kirche kam. Aber nein, das war unmöglich. Gerade in diesem Moment hörte ich ganz deutlich die klaren, lauten Schläge der Pummerin, der berühmten Glocke von St. Stephan. Sie schlug Mitternacht, die Geburtsstunde des Herrn.

Ich hörte, dass Türen geöffnet und wieder geschlossen wurden, Schritte entfernten sich und kamen wieder näher. „Kitty?"

Ich muss Halluzinationen haben, dachte ich. Obwohl ich mich fürchtete, sprang ich auf und rannte bloßfüßig zur Küchentür. Ich stieß beinahe mit Klemens zusammen!

„Klemens! Das ist doch nicht möglich! Lorel hat gesagt, du bist in Paris!"

„Glaubst du etwa, ich bin ein Gespenst?" Seine Stimme klang etwas irritiert, ärgerlich. „Was ist denn los mit dir? Warum sitzt du in der Küche? Die Wohnung scheint völlig ausgestorben."

Ich musste an meine bloßen Füße, an meine wirren Haare denken. Ein Wiedersehen mit Klemens hatte ich mir wahrlich anders vorgestellt.

„Ich ... ich war schon zu Bett", stotterte ich. „Ich bin erkältet und habe nur etwas zu trinken gesucht." Erst da fiel mir auf, dass auch Klemens seltsam aussah. Er war in Hemdsärmeln, seinen Rock trug er über dem Arm; in der anderen Hand hielt er eine kleine Reisetasche. Die Haare - die weichen, gewellten Haare, die immer so sorgfältig gekämmt waren - standen wirr vom Kopf ab; über die eine Wange zog sich eine lange, rote Schramme, und das linke Auge schien geschwollen. Ich trat näher. Tatsächlich, Klemens hatte ein blaues Auge!

„Hast du dich mit jemandem geschlagen?“ fragte ich. „Hattest du einen Unfall?“ Mir kam es immer noch wie ein Traum vor, dass er leibhaftig vor mir stand.

„Ja ja, ich hatte einen Unfall.“ Er betastete das geschwollene Lid. „Könntest du mir ein nasses Handtuch geben, Kitty?“ Er warf den Rock über einen Stuhl und stellte die Reisetasche auf den Boden.

Ich tauchte ein Tuch in Wasser. Er presste es auf das Auge und setzte sich.

„So sehen wir uns also wieder“, murmelte er und musterte mich mit dem einen Auge. „Ich konnte Paris unerwartet früh verlassen, und gerade als die Kutsche hier vorbeifuhr, krachte es, und ich fiel nach vorne.“ Er versuchte mit dem einen Auge groß und ehrlich dreinzuschauen. „Wie ist es dir denn immer ergangen, Kitty?“

Ich starrte ihn an und war mir nicht sicher, ob er wirklich hier vor mir saß oder ob es nur der Wein war, der mir das vorgaukelte.

„Ich habe auf meiner Reise kaum Rast gemacht und bin sehr hungrig“, sagte er. „Hast du irgend etwas zu essen?“

Diese Worte waren so prosaisch, so nüchtern, dass sie mich überzeugten, nicht zu träumen. „Es gibt gebratene Gans“, sagte ich, „Brot und Käse und frischen Weihnachtsstriezel. Was soll es sein?“

„Alles!“ Ein Grübchen erschien unter dem geschwollenen Auge.

Ich fand nur die derben Teller der Bedienten und Messer und Gabeln mit Holzgriffen. „Möchtest du nicht im Speisezimmer essen?“

„Nein“, sagte er, „essen wir gleich hier.“

Er zerlegte die Gans. „Und du?“ fragte er. „Hast du schon gegessen?“

Ich schüttelte den Kopf. Plötzlich war auch ich hungrig. Er legte mir ein Stück von der Gans auf den Teller. Wir nagten das zarte Fleisch von den Knochen, wir bissen herzhaft in das schwarze Brot und tranken den Wein in langen, durstigen Zügen.

„Gar kein übles Weihnachtsessen“, meinte Klemens und schnitt sich noch eine Scheibe von der Gänsebrust ab.

„Ich kann es noch gar nicht glauben, dass du wirklich hier bist“, sagte ich. „Deine Frau hat mir erzählt, dass sie dich erst zum Jahreswechsel zurückerwartet. Sie ist auf ein paar Tage zu deinen Eltern nach Baden gefahren und wollte Klementine unbedingt mitnehmen. Deshalb bin ich ganz allein hier. Die Dienstboten sind in der Mitternachtsmette."

„Ich war sehr erstaunt, dass du hier wohnst, Kitty", sagte er. Er aß nur mit einer Hand, die andere umklammerte das feuchte Tuch und presste es gegen das Auge.

„Wer hat dir eigentlich gesagt, dass ich hier wohne?"

„Wilhelmina . . ." Er hielt inne. „Seltsam, dass du dir von allen Häusern Wiens ausgerechnet das Palmenschlößl ausgesucht hast!"

„Nicht gar so seltsam", meinte ich. „Deine Frau hat mir diese Wohnung vermittelt."

„Ich habe es mir doch gleich gedacht, dass Lorel dahintersteckt", sagte er und reichte mir das Handtuch. Ich tauchte es wieder ins Wasser. „Ich habe es mir doch gleich gedacht! Und Wilhelmina wollte mir nicht glauben!"

In meinem Kopf wurde es wieder klarer. „Mit dir hat die Herzogin von Sagan also geschrieen! Und meinetwegen!" Ich betrachtete die rote Schramme, das geschwollene Auge. „Hat sie dich so zugerichtet, du Armer. Ich habe den Lärm gehört, aber ich hatte keine Ahnung, dass du ihre Zielscheibe warst." Ich versuchte, ehrlich bekümmert zu wirken. Lorels Plan schien zu wirken.

„Es ist nicht so schlimm", sagte Klemens schroff. „Ich habe Lorel zwar geschrieben, dass du nach Wien kommst, aber ich habe nicht gemeint, dass sie gleich ..."

„Du hast ihr geschrieben? Woher wusstest du denn?"

„Fouché erzählte es mir."

Er schob den Teller weg.

„Der Chef der französischen Geheimpolizei wusste von mir?"

„Er weiß alles. Erinnerst du dich nicht an ihn? Du hast ihn in Paris kennen gelernt. Ich bin überzeugt, er hat dich seither ununterbrochen beobachten lassen."

„Das glaube ich nicht", protestierte ich und fühlte mich plötzlich gar nicht wohl in meiner Haut. „Wer hätte in Dresden hinter mir herspionieren sollen? Wer könnte es hier?"

Klemens zuckte mit den Achseln. „Er findet immer jemanden."

„Aber warum denn?" fragte ich weiter. „Ich bin doch politisch ganz uninteressant."

Er starrte mich mit dem einen Auge an. „In Paris denkt man anders. Und der Zar offenbar auch, warum sonst hätte er dich nach Wien geschickt?“

„Alexej meinte, ein Tapetenwechsel würde mir gut tun“, sagte ich leichthin. „Ich fühle mich sehr geschmeichelt, dass er mir diese Aufgabe zugedacht hat.“

„In Paris wird behauptet, dass er von dir Spionagedienste erwartet.“

„Lächerlich!“ Mein Lachen klang etwas zu laut.

Ich war erleichtert, als Klemens mir zustimmte. „Das habe ich auch gesagt“, lächelte er. „Ich versicherte Fouché, dass die Fürstin Bagration eine bezaubernde junge Frau sei, sich aber nicht im geringsten für russische Politik interessiere. Er wollte mir aber nicht glauben. Da fing ich an, mir Sorgen um dich zu machen, und bat Lorel, sich deiner ein wenig anzunehmen. Ich hatte ja keine Ahnung, dass sie dich ausgerechnet im Palmenschlößl unterbringen würde.“

„Warum nicht? Weil deine Geliebte im zweiten Stock wohnt?“

„Wilhelmina und ich mochten einander einmal sehr“, gab er zu. „Aber das ist jetzt zu Ende!“ Er griff nach seinem geschwollenen Auge. „Wie ich höre, warst du mir nicht allzu treu?“

Ich betrachtete sein Gesicht im schwachen Schein der Öllampe. Trotz der Verletzungen, die ihn verunstalteten, schien es mir, als hätte ich ihn erst gestern und nicht vor drei Jahren zum letzten Mal gesehen. „Nicht treu?“ wiederholte ich langsam. „Ja, es gab da einen anderen Mann. Dein blonder Freund aus Berlin half mir das Leben zu ertragen, als du nach Paris gingst und nicht mit mir wie versprochen nach Russland.“

„Ich musste dem Wunsch des Kaisers und dem Wunsch Napoleons entsprechen.“

„... und dem Wunsch seiner Schwester, nicht zu vergessen! Ich nehme an, du hast dich auch jetzt in Paris mit Madame Murat amüsiert?“

„Caroline war gar nicht dort.“ Klemens wirkte beleidigt. „Ihr Bruder hat sie zur Königin von Neapel gemacht. Sprechen wir nicht von ihr.“

Dann streckte Klemens die Hand aus und zog mich auf seine Knie. Er vergrub sein Gesicht in meinen Haaren. „Du verwendest noch immer dieses Parfüm, an das ich mich so gut erinnere." Er küsste mich. „Du hast ja nichts an unter deinem Morgenrock." Seine Stimme war zärtlich, unendlich zärtlich. „Du verwirrst mir immer noch die Sinne, mein schöner nackter Engel!"

Mit geschlossenen Augen hielt ich ihn fest. „Ich war so einsam heute Abend", hörte ich mich flüstern. „So schrecklich einsam. Chéri, Chéri ... lass mich nie mehr allein!"

Er trug mich ins Schlafzimmer.

Verwirrender Klemens! Verwirrend seine Lippen, seine Hände, seine sanften, trügerischen Worte! Anstatt mich an meine Aufgabe zu machen und ihm zu entlocken, was er in Paris erreicht hatte, war ich sofort mit ihm ins Bett gegangen.

Jetzt schläft er, fest und unschuldig wie ein Kind. Immer wieder gehe ich auf Zehenspitzen zu ihm hin, sehe zu, wie er atmet, und decke ihn zu.

27. Kapitel

Wien, Palmenschlößl, 25. Dezember 1809, Nachmittag.

Klemens erwachte, und ich machte ihm einen frischen Umschlag. Das Auge ist jetzt blau und rot.

Er griff nach meiner Hand und küsste ihre Innenseite. „Heute ist Weihnachten, und ich habe nicht einmal ein Geschenk für dich, Kitty."

„Du bist bei mir." Ich strich ihm die Haare aus der Stirn und küsste ihn. „Ich brauche kein anderes Geschenk." Er betastete seine Wange. „Ich muss ja grässlich aussehen. Ich möchte mich waschen und rasieren. Wo ist denn meine Reisetasche?"

„Hier. Ich habe dem Personal gesagt, dass du einen Unfall hattest und dass ich dir mein Schlafzimmer überlasse. Der Form halber habe ich für mich das Bett im Gästezimmer gerichtet."

„Und du bildest dir ein, sie haben das geglaubt?" Er lachte. „Wir können von Glück sagen, wenn die ganze Geschichte nicht schon heute Abend in der Zeitung steht."

„Das ist doch nicht möglich!"

Er zuckte mit den Achseln. „Man würde nicht allzu viel darauf geben. Es werden ja so viele Lügen gedruckt. Allerdings ..." Sein Blick wurde düster. „Kaiser Franz ist sehr kleinlich, sobald es um Moral geht."

„Vielleicht solltest du doch lieber heimfahren", schlug ich vor, und schon während ich die Worte aussprach, wurde mir eiskalt ums Herz vor Einsamkeit. Dennoch wollte ich einen Skandal um jeden Preis vermeiden. Ich hatte auf den Zaren Rücksicht zu nehmen und auf Klementine, auf Klemens' Kind, nach dem er bisher noch gar nicht gefragt hatte.

„Mit deinen Dienstboten werde ich selbst sprechen", sagte Klemens und legte den Arm unter seinen Kopf. „Ich werde nicht vor Silvester zurückerwartet. Und mit diesem blauen Auge könnte ich mich keinesfalls zu Hause zeigen."

Später brachte Hilda persönlich das Mittagessen: klare Suppe mit etwas Petersilie und Gänseleber in Aspik. „Maria und Josef!" rief sie, und ihre dicken Wangen glühten, während ihre plumpen Beine zu einem Knicks ansetzten. „Maria und Josef, so eine Ehre!" Sie war ganz außer sich vor Erregung.

Seine Exzellenz, der Herr Außenminister, gestattete ihr gnädig, ihm die Hand zu küssen. „Ich verlasse mich auf Sie, meine Gute, dass niemand von meiner Anwesenheit hier erfährt." Er sah sie mit dem einen Auge scharf an. „Wenn ich mich recht erinnere, sind Sie mit diesem tapferen Tiroler Patrioten, dem Andreas Hofer, verwandt..."

„Ja, ja", stammelte sie tränenerstickt und küsste ihm immer wieder die Hand. „Welche Ehre, dass Exzellenz sich erinnern ..."

„Ich muss mich wegen seines Aufstandes gegen die Franzosen für ein paar Tage verstecken", log Klemens schamlos. „Wenn irgend jemand davon erfährt, hat das furchtbare Folgen, verstehen Sie?"

„Ja, o ja!" Was mir ziemlich unverständlich schien, kam meiner Köchin offensichtlich völlig klar und logisch vor. „Exzellenz können sich ganz auf mich verlassen! Keiner wird das Geheimnis ausplaudern - ich sorg' schon dafür!"

Mit zufriedenem Nicken entließ Klemens sie.

„Worum geht es eigentlich?" fragte ich, nachdem *sich* die Tür hinter ihr geschlossen hatte.

„Ach, lauter Unsinn! Aber er wird seine Wirkung tun." Klemens begann zu essen. „Hier ist es so herrlich friedlich und still. Und du siehst in diesem blauen Kleid so hübsch aus, Kitty. Ich bin zu beneiden, dass ich dich gestern Abend wiedergefunden habe."

„Chéri . . ." Ich musste ihn einfach fragen, ich konnte nicht anders. „Du wolltest bis Neujahr bei Wilhelmina bleiben, nicht wahr?"

„Es war dumm von mir, ja. Weißt du, so etwas Nettes wie dieses Zusammentreffen mit dir ist mir seit Monaten nicht mehr passiert. In letzter Zeit ging einfach alles schief. Auch in Paris hatte ich nichts als Ärger."

„Mit wem hattest du denn Ärger? Mit Napoleon?"

„Dieser Bauer! Anstatt die Prinzessin, die ich ihm auf einem Silberteller präsentiere, dankbar anzunehmen - eine Habsburgerin! -, hat dieser Emporkömmling die Stirn, mir zu sagen, er muss es sich noch überlegen!"

Meine Spannung ließ nach. „Lorel hat mir von diesem Plan erzählt", sagte ich leichthin. „Die Heirat ist also noch nicht endgültig beschlossen?"

„Nein." Klemens schob seinen Teller beiseite. „Napoleon scheint sich etwas Besseres zu erhoffen."

„Immer noch? Obwohl Alexej ihm Pawlowna verweigert hat?" fragte ich vorsichtig.

„Woher weißt du denn das?" Sein Blick schien plötzlich voll Misstrauen.

„Hast du denn vergessen", fragte ich schnell, „dass Pawlowna mit mir verwandt ist? Alexej hat mir von Napoleons Wunsch erzählt."

„Im Vertrauen gesagt", meinte Klemens, „verstehe ich eigentlich nicht, warum der Zar abgelehnt hat. Schließlich war er in Tilsit bereit, Napoleon halb Europa zu überlassen."

„Ich weigere mich, das zu glauben! Alexej verachtet Bonaparte!"

„In der Politik stimmt das, was man sagt, mit dem, was man tut, nur in den seltensten Fällen überein!"

„Jedenfalls hat Alexej durch seine Weigerung, ihm Pawlowna zur Frau zu geben, aller Welt demonstriert, was er von Napoleon hält."

„Napoleon hat das durchaus nicht als Affront aufgefasst. Er hofft jetzt auf Anna, die jüngere Schwester Pawlownas."

„Niemals! Ist Napoleon denn wirklich so von sich eingenommen, dass er glaubt, niemand könne ihm etwas abschlagen?"

„Napoleon", sagte Klemens gedankenverloren, „ist heute zweifellos der mächtigste Mann der Welt. Nur Narren bestreiten das."

„Alexej ist kein Narr", rief ich, „aber viele Leute halten dich für einen, weil du vor diesem Ungeheuer herumscharwenzelst."

Das gesunde Auge verdüsterte sich. „Es ist sehr leicht, Kritik zu üben, wenn man das Problem nicht kennt. Österreich musste in Austerlitz und dann in Wagram riesige Gebietsverluste hinnehmen. Wenn dem nicht Einhalt geboten werden kann, wird man unsere Länder bald nicht mehr auf der Landkarte von Europa finden."

„Und was versprichst du dir von einer Heirat zwischen eurer Erzherzogin und Napoleon?"

„Sehr viel. Vor allem würden wir Zeit gewinnen, um unsere Kräfte zu sammeln. Napoleon wird wohl kaum seinen eigenen Schwiegervater angreifen."

„Auf Marie Louise nimmst du dabei keinerlei Rücksicht?"

„Auf diese Kuh? Sie soll froh sein, dass ich sie zur Kaiserin von Frankreich mache!"

„Sie liebt einen anderen Mann! Hast du gar kein Mitleid?"

„Mitleid ist eine Schwäche. Ich habe das sehr früh lernen müssen. Als ich vier Jahre alt war, schenkte mir meine Mutter einen jungen Hund. Er war weiß und hatte auf der Nase einen schwarzen Fleck. Ich nannte ihn Pünktchen." Klemens schenkte sich ein Glas Wein ein, dann sprach er weiter. „Nach sechs Wochen zwang sie mich, das Tier zu ertränken. Zuerst weigerte ich mich. Ich glaube, ich weinte sogar. . ."

„Das ist ja eine grauenhafte Geschichte! Warum hat sie das nur verlangt?"

„Mama meinte, ein Mann, der es im Leben zu etwas bringen will, muss hart und rücksichtslos sein. Ich sehe noch die Ringe, die das Wasser machte, nachdem Pünktchen untergegangen war. Sie hatte recht. Heute bin ich ihr dankbar dafür. Ich bin kein Schwächling geworden wie mein Vater."

Klemens sah auf einmal rührend aus mit seinem traurigen Gesicht, dem geschwollenen Auge und der zerkratzten Wange.

„Chéri", sagte ich zärtlich, „das ist so lange her. Du hättest es längst vergessen sollen."

„Hast du deine Kindheit vergessen, Kitty?"

„Nein", musste ich zugeben. „Wahrscheinlich kann man das nicht. Dennoch - was deine Mutter dir in deiner Kindheit angetan hat, gibt dir noch nicht das Recht, Marie Louise zu verschachern."

„Was würdest du statt dessen vorschlagen? Menschen, die von Problemen nicht direkt betroffen sind, haben immer Lösungen bereit. Auch als österreichischer Botschafter in Paris habe ich das zur Genüge zu spüren bekommen."

„Mein armer Freund!" lachte ich. „Ich habe schon gehört, wie schlecht es dir in Paris gegangen ist. Scharen von Verehrerinnen hast du dir gewaltsam vom Leib halten müssen!"

„Frauen", meinte er geringschätzig. „Frauen beunruhigen mich nie."

„Nicht einmal Caroline Murat?"

„Die Schwester des Kaisers war mir in politischer Hinsicht eine große Hilfe. Ich vertrat schließlich ein besiegtes Land, das keine Armee, kein Geld, keine Würde mehr besaß. Napoleon dagegen eilte von Sieg zu Sieg. Glaubst du, es ist mir immer leichtgefallen,

Napoleons Launen zu ertragen? So zu tun, als wären mir sein Hohn und seine Grobheit gleichgültig? Ich habe meinen Stolz unterdrückt, um ihn zu beobachten, um seine Stärken und Schwächen kennen zulernen. Niemand hat das je geahnt - außer vielleicht Talleyrand. Er empfand ähnlich wie ich."

„Chéri", sagte ich, „bist du damals wirklich nur aus politischen Gründen nach Paris gegangen, anstatt mit mir nach Sankt Petersburg?"

Er lächelte. „Du bist immer noch ein Kind. Und eine richtige Frau. Dir ist nur wichtig ..." Er unterbrach sich und küsste mich. „Natürlich war die Politik der einzige Grund." Er seufzte. „Glaub mir, in Russland wäre das Leben für mich viel einfacher gewesen. Während ich Napoleon zu besänftigen suchte, schrieen in Wien alle ‚Krieg!' Nur mir ist es zu verdanken, dass wir Napoleon angreifen konnten, während er mit dem Aufstand in Spanien beschäftigt war."

„Aber letztlich hat er euch doch besiegt."

„Ja, unglücklicherweise. Und da haben die Österreicher dann von meinem Krieg' gesprochen und völlig darauf vergessen, dass sie selbst diesen Krieg immer gewollt haben."

„Immerhin hat dich der Kaiser zum Außenminister ernannt."

„Am liebsten würde ich zurücktreten", sagte Klemens bitter. „Wir haben riesige Gebiete und 3,500.000 Mann verloren. Wir haben keine Armee mehr, keinen Zugang zum Meer und Schulden in der Höhe von 80 Millionen Franc. Und trotzdem gibt es noch Osterreicher, die zum ‚Krieg gegen das Ungeheuer' aufrufen! Sie wissen ja nicht, wovon sie reden. Nein, nein, meine Lösung ist die einzig mögliche. Marie Louise muss Napoleon heiraten."

„Fürchtest du dich vor Bonaparte?"

„Das ist keine Frage der Furcht, ich bin Realist. Ob es uns passt oder nicht, wir sind Untertanen eines allmächtigen Frankreich geworden. Auch deinem Alexej ist es nicht gelungen, Napoleon zu besiegen."

„Eines Tages wird es ihm gelingen", sagte ich mit Oberzeugung und dachte an die weißen Knöchel des Zaren, als er die Fäuste im Zorn ballte. „Wenn Napoleon Marie Louise heiratet, kann er möglicherweise Ansprüche auf Österreich erheben. Hast du das schon bedacht?"

Klemens setzte sich auf. Mir war diese Idee gerade erst gekommen - offensichtlich machte sie Eindruck auf ihn. „Absurd!“ rief er.

„Es wäre nicht das erstemal, dass Napoleon derartig eigenmächtig handelt! Du könntest es dir noch anders überlegen und dich mit Alexej gegen die Franzosen verbünden.“

„Ich liebe die russischen Frauen“, sagte Klemens, schob mein Negligé zur Seite und küsste mich auf die Schulter, „aber ich wünsche mir eine russische Übermacht in Europa genauso wenig wie eine französische. Dein Zar wartet ja nur darauf, ganz Polen zu annektieren. Um des Friedens willen muss es in Europa ein Gleichgewicht der Staaten geben. Jedenfalls wird das übermächtige französische Reich zerfallen, sobald Napoleon tot ist.“

„Es sei denn, deine Erzherzogin schenkt ihm einen Erben!“

Sein Blick verfinsterte sich. „Mein Auge schmerzt mich wieder“, jammerte er. „Ich werde versuchen, ein wenig zu schlafen.“

Alexej kann mit mir zufrieden sein, dachte ich und machte ihm einen frischen Umschlag auf die bläulich verfärbte Schwellung.

28. Kapitel

Wien, Palmenschlößl, 31. Dezember 1809.

Heute früh verließ Klemens mich. Während der sechs Tage und sieben Nächte, die er bei mir verbrachte, schneite es fast ununterbrochen, und wir fühlten uns von aller Welt abgeschnitten. Das war wunderbar. Hilda war glücklich, Seiner Exzellenz alle Lieblingsspeisen zu kochen: Fischsuppe, goldgelbes „Backhendl", leichte Schokoladetorten mit Wolken von Schlagobers. Oft blieben wir im Bett, bis der Abend dämmerte.

„Ich muss dich erst küssen", protestierte Klemens meist, wenn ich aufstehen wollte und zog mich wieder in seine Arme. Wenn ich ihm dann mein Gesicht zuwandte, sah er mich unter halbgeschlossenen Lidern an. „Ich habe nicht den Mund gemeint, Kitty."

Klemens hat in Paris viel gelernt. Er versetzt meinen Körper immer wieder in ungeahntes Verzücken. Chéri, Chéri, fast bin ich froh, dass du mich heute verlassen musstest. Wärest du länger geblieben, ich hätte bald keinen eigenen Willen mehr gehabt.

In nüchternen Augenblicken habe ich Gewissensbisse. Vor drei Jahren, nachdem Louis Ferdinand im Krieg gefallen war, hatte auch ich mein Leben für beendet gehalten. Und nun... nun denke ich kaum mehr an ihn. Ich lebe - lebe mit jeder Faser meines Körpers von den Fingerspitzen bis zu den Zehen. Um mein Gewissen zu beruhigen, sagte ich mir immer wieder, dass ich meine Affäre mit Klemens ja nicht aus eigenem Antrieb wiederaufgenommen habe. Sie gehört zu einem größeren Plan. Über dem Aufruhr meiner Sinne habe ich meine Mission nicht vergessen. Die Aufgabe, mit der Alexej mich betraute, war mir immer gegenwärtig. Ich kam auf Marie Louise zu sprechen, sooft ich nur konnte.

„Hast du die Sache mit der Erzherzogin noch einmal überdacht, Chéri?" fragte ich, während wir Karten spielten.

Klemens teilte schweigend die Karten aus, dann sagte er: „Ist dir schon einmal aufgefallen, Kitty, welch große Ähnlichkeit das Kartenspiel mit dem Leben hat?"

„Wieso?" Ich hatte schon mehrmals bemerkt, dass Klemens sich eine dozierende Sprechweise angewöhnt hatte, die mich etwas irritierte.

„Man kann sich das Blatt nicht aussuchen", erklärte er. „Aber von der eigenen Geschicklichkeit hängt es ab, wie man die Karten ausspielt. Und so ist man doch Herr seines Schicksals, nicht wahr?"

„Ja, ja", sagte ich. „Sicher. Aber wie ist das mit Marie Louise? Hast du noch immer das Gefühl, auch Herr *ihres* Schicksals zu sein?"

„Ich möchte im Moment nicht darüber sprechen." Seine Stimme klang verärgert. „Ich muss über die ganze Sache noch nachdenken . . ." Er spielte eine Karte aus.

Ich überlegte. „Warum lässt du diesen Heiratsplan nicht einfach fallen?"

„Wie ich dir bereits sagte, möchte ich darüber im Moment nicht sprechen", gab er zurück. „Warum interessiert dich das überhaupt?" Seine blauen Augen blickten misstrauisch.

„Du weißt doch, wie sehr ich Napoleon verabscheue", sagte ich unschuldig. „Der Gedanke, dass er noch mächtiger wird, ist mir schrecklich. Er bedeutet eine Gefahr nicht nur für Österreich, sondern für die ganze Welt. Seine Ehe mit einer österreichischen Erzherzogin würde diese' Gefahr noch vergrößern."

„Das stimmt nicht", sagte Klemens wiederum belehrend. „Wenn Napoleon sich dynastisch mit unserem machtlosen Land verbindet, wird ihn das eher schwächen als stärken. Niemand scheint das zu begreifen!"

„Auch ich begreife das nicht, Chéri!"

„Wenn Marie Louise seine Frau ist", erklärte Klemens geduldig, „wird er mehr Rücksicht auf uns nehmen. Vielleicht gelingt es uns dann sogar zu erwirken, dass er unsere Kriegsschulden herabsetzt oder dass er uns das Geld stundet."

„Geld?" Ich sah Klemens entgeistert an. „Du willst, dass die Tochter des Kaisers sich verkauft wie eine Prostituierte?"

„Wenn es um Politik oder um Geld geht, kann man auf die Moral keine Rücksicht nehmen."

„Ich kann mir nicht vorstellen, dass Napoleon bereit ist, etwas zu opfern, nur um die Gunst dieser sommersprossigen Kuh zu gewinnen."

Er lachte. „Mit ihren üppigen Brüsten wirkt sie auf manche Männer recht anziehend. Außerdem will er ja nichts anderes von ihr als einen Erben."

Dann warf er die Karten auf den Tisch. „Ich habe genug von diesem blöden Spiel.“ Er nahm einen Stift zur Hand und kritzelte etwas auf den Block.

„Ich habe eine erstaunliche Entdeckung gemacht“, sagte er, und sein Gesicht entspannte sich. „Ich habe herausgefunden, dass das Resultat einer beliebigen Multiplikation mit neun als Ziffernsumme immer neun oder ein Vielfaches von neun ergibt.

Seltsam, nicht?“ sagte er strahlend. „Schau!“ Er ging

daran, mir die Richtigkeit seiner Entdeckung zu beweisen. „Neun mal sechs ist vierundfünfzig und fünf und vier ist neun. Richtig?“

„Ja.“ Ich gähnte. „Was ist daran so aufregend?“ „Aufregend?“ Er war erstaunt. „Verstehst du denn nicht, wie wunderbar es ist, dass es auf dieser Welt auch noch Dinge gibt, die immer gleich bleiben, die niemand ändern kann?“

Den restlichen Abend musste ich mir schwierige Zahlen ausdenken, die er dann mit neun multiplizierte.

Neun, dachte ich, neun! Vor neun Jahren habe ich Klemens in Dresden kennen gelernt. Neun. Neun Monate braucht ein Kind, ehe es zur Welt kommt ...

„Chéri“, sagte ich. „Du hast noch gar nicht nach meiner Tochter gefragt.“

Er blickte von seinen Rechnungen auf. „Ja, das habe ich ganz vergessen. Wie alt ist sie denn jetzt?“

„Sechs“, sagte ich. „Genauso alt wie dein Viktor.“

Sein Gesicht erhellte sich. „Ein hübscher Junge, findest du nicht auch?“

„Er sieht Lorel sehr ähnlich“, sagte ich boshaft. „Unsinn“, sagte Klemens und runzelte die Brauen. „Alle finden, dass der Kleine mir ähnlich sieht.“

Ich setzte dazu an, ihm endlich die Wahrheit über unsere Tochter zu sagen.

„Wie geht es deinem Mann?“ Seine Frage kam mir zuvor. „Kümmert er sich um sein Kind?“

„Nein“, antwortete ich. „In keiner Weise.“

Als Klemens sich heute zum Ausgehen bereit machte, sagte er, während er sein Halstuch zurechtband: „Ich würde ja gerne hier bleiben und deine Tochter begrüßen, aber ich fürchte, Lorel kommt mit ihr, und ich möchte sie hier nicht treffen.“

„Nein", sagte ich. „Natürlich nicht."

„Bist du sicher, dass man meinem Auge nichts mehr anmerkt?" fragte er besorgt und trat ganz nahe an den Spiegel heran.

„Bestimmt nicht", sagte ich. „Nur ein ganz leichter Schatten auf dem Lid. Und die Schramme ist auch verheilt. Aber sei vorsichtig, wenn du durch das Stiegenhaus gehst - du könntest einer zornigen, wilden Katze begegnen."

Er lächelte. „Keine Sorge, ich gebe schon acht. Ich muss heute Abend gut aussehen. Wir geben einen großen Ball." „Ich weiß. Lorel hat mich eingeladen."

„Tatsächlich?" Er drehte sich um. „Hast du vor zu kommen?"

„Ja. Ist es dir nicht recht?"

„Ich bin entzückt. Ich hoffe, die Fürstin Bagration erweist mir die Ehre und tanzt den ersten Walzer mit mir. Nur..." Er nahm meine Hand und hielt sie an seine Wange. „Wir müssen vorsichtig sein. Meine Frau hat nicht den leisesten Verdacht - ich möchte ihr nicht wehtun." Er hielt inne. „Außerdem kann ich mir in meiner Stellung als Außenminister keinen Skandal leisten."

Sofort nachdem Klemens mich verlassen hatte, setzte ich mich an meinen Schreibtisch und verfasste einen Bericht an Alexej. Ich teilte ihm mit, dass Metternich die vergangene Woche bei mir verbracht hatte, und deutete an, dass ich den Eindruck hätte, er könnte sich unter gewissen Umständen eine gewisse Sache noch überlegen, wenn man ihm eine großzügige Summe dafür böte.

Wien, Palmenschlößl, 2. Jänner 1810.

„Manchmal muss man entsetzlich lange warten, bis man endlich vorfahren kann", erklärte mir Graf Rasumofsky am Silvesterabend, während wir in seiner Kutsche saßen und uns ganz langsam, eingekeilt zwischen anderen Wagen, dem Metternichschen Palais näherten.

Ich schob den Vorhang zurück und sah hinaus. Der schneebedeckte Rennweg war von zahllosen Fackeln hell beleuchtet. Eine Menge von Neugierigen stand am Straßenrand und sah sich die endlose Wagenauffahrt an.

„Ich hoffe, Sie frieren nicht, Fürstin“, sagte Graf Rasumofsky besorgt. „Als ich Ihnen heute meine Begleitung zum Ball anbieten wollte, sagte mir Ihre Zofe, Sie fühlten sich nicht wohl.“

„Ja, ich hatte mich ein wenig zu Bett gelegt.“

„Auch die Herzogin von Sagan war krank“, sagte Graf Rasumofsky und verkroch sich in seinen Pelz. „Eine Nervensache, wie ich höre.“

„Ach?“

„Wilhelmina fühlt sich vor den Kopf gestoßen, weil sie heute nicht bei den Metternichs eingeladen ist.“ Er rieb sich die Hände, um sie zu erwärmen. „Die ganze Prominenz von Wien wird heute da sein!“

Unser Wagen fuhr einige Schritte, dann hielt er wieder an.

Graf Rasumofsky seufzte. „Das Warten auf die Wagen nach dem Ball ist gewöhnlich noch schlimmer“, klagte er. „In meinem Alter sind solche Gesellschaften nur mehr eine Belastung. Man isst zuviel, man trinkt zuviel - der ganze Aufwand zahlt sich nicht aus.“

Ich betrachtete ihn von der Seite. Das rechte Auge und der rechte Mundwinkel schienen leicht herabzuhängen wie nach einem Schlaganfall. Ich hoffte, ich würde nie zu alt sein, um an einem Ball Spaß zu haben. Obwohl ich in den vergangenen sieben Nächten kaum geschlafen hatte, fühlte ich mich ganz frisch.

Aurora hatte mir nach ihrer Heimkehr versichert, wie froh sie gewesen sei, von den anderen Bediensteten zu hören, dass ich Besuch gehabt hatte und nicht allein sein musste. Ich wusste, dass sie fast starb vor Neugierde. Sie wollte natürlich wissen, ob mein Gast jener Herr gewesen war, den ich vor einigen Tagen erwähnt hatte. Ich sagte jedoch nichts, und sie wagte nicht zu fragen. Sie erzählte fröhlich von den Tagen in Baden und beklagte sich nur, dass „der alte Herr Graf sich Freiheiten herausgenommen“ hätte.

Ich musste lächeln, als mir das nun einfiel. Graf Rasumofsky sah mich an. „Sie erinnern mich an ein Gemälde von Botticelli, mein Kind. Sie sollten sich von Isabey malen lassen. Meiner Meinung nach ist er der begabteste Maler der Gegenwart.“

„Ich habe einige seiner Werke in Paris gesehen“, sagte ich. „Napoleon und Josephine wirkten auf seinen Porträts sehr verändert.“

„Isabey malt die Seele seiner Modelle“, erklärte Graf Rasumofsky.

Meine Seele, dachte ich im stillen - wie sah sie wohl aus? Vielleicht würde Isabey sie gar nicht finden, oder er würde sie so sehen wie Alexej, egoistisch und böse.

„Die Wienerinnen sind bekannt für ihre Schönheit“, sagte Graf Rasumofsky und betrachtete mein neues, silberglänzendes Kleid und das Diadem meiner Mutter. „Ich bin stolz, dass eine Russin sie alle in den Schatten stellen wird.“

Endlich setzte sich der Wagen wieder in Bewegung. „Schau dir den Schmuck an!“ rief jemand, als ich den Fuß auf den roten Teppich setzte, den man vor dem Palais Metternich aufgerollt hatte. „Und diese Haare! Die reichen ja bis zu den Hüften!“

Eine Armee von Lakaien stand in der riesigen Eingangshalle. Ein Diener nahm mir mein Cape ab. Ich sah in einen der Spiegel. Ausnahmsweise gefiel ich mir. Meine Augen glänzten, die Wangen waren leicht gerötet.

Die großen Türen zum Ballsaal standen offen. Die Stimme des Haushofmeisters erhob sich über das Gemurmel. „Ihre Durchlaucht, Fürstin Katharina Bagration!“

Ich schritt die Marmortreppe hinunter. An ihrem Ende standen Graf und Gräfin Metternich und begrüßten ihre Gäste.

„Sie sehen hinreißend aus, Fürstin!“ Klemens trug einen schwarzen Samtrock mit rosarotem Seidenfutter, eine gestickte Weste aus Goldlame, weiße Seidenstrümpfe und Schuhe mit brillantenbesetzten Schnallen. Zum erstenmal sah ich ihn mit einer gepuderten Perücke. Den leichten blauen Schatten über dem linken Auge konnte man kaum wahrnehmen. Er küsste mir zärtlich die Hand.

„Du siehst wirklich entzückend aus“, stimmte Lorel ihm zu und legte ihre Wange flüchtig an die meine. „Ich muss dich nachher einen Moment allein sprechen“, flüsterte sie mir zu.

„Ist etwas geschehen?“ fragte ich beunruhigt.

„Nicht jetzt.“ Sie wandte sich ab, um den nächsten Gast zu begrüßen. Warum nur trug sie immer dieses unvorteilhafte Grün?

Graf Rasumofsky bot mir den Arm und führte mich in den Saal. „Das ist der Botschafter von Preußen, Graf Hardenberg“, erklärte er mir und deutete auf einen Mann mit hochmütigem Gesicht und strengem Mund. „Ein eingebildeter Esel“, fügte er leise hinzu. „Die Dame in Rosa ist die Gräfin Zichy.“ Seine Stimme sank wiederum zu einem Flüstern herab. „Sie setzt ihrem Mann Hörner auf.“

Wir gingen weiter. „Sehen Sie die Dame mit dem Fächer aus Pfauenfedern? Die Fürstin Pignatelli versteckt ihr Gesicht dahinter, damit sie nicht zusehen muss, wie ihr Mann der Gräfin Esterházy dort drüben den Hof macht. Das ist Prinz Fürstenberg. Seine Hauptbeschäftigung besteht darin, seine Gläubiger an der Nase herumzuführen ..."

Eine gedrungene, kleine Gestalt stellte sich uns in den Weg.

„Fürstin Bagration! Welche Freude, Sie wiederzusehen!" Ein juwelengeschmücktes Lorgnon blitzte, ein weißhaariger Kopf beugte sich über meine Hand.

„Graf Cobenzl! Wie nett, ein bekanntes Gesicht zu sehen!" rief ich. „Es ist lange her, seit wir uns in Paris verabschiedeten. Ich freue mich, dass Sie sich meiner noch erinnern." Ich lächelte dem drolligen, kleinen Mann zu. Er muss über achtzig sein!

„Wie könnte ich eine so schöne Frau vergessen, Fürstin!" Er versuchte, tatsächlich, ein wenig mit mir zu flirten.

Klemens trat an meine Seite.

„Ich habe die Ehre, Durchlaucht zu Tisch zu führen." Er bot mir seinen Arm.

„Lorel hat dich rechts von mir placiert", flüsterte er, während wir mit vielen anderen Paaren in den Speisesaal gingen. „Ich bin froh, dass sie nichts weiß. Offensichtlich haben deine Köchin und die anderen Dienstboten dichtgehalten."

Bei Tisch bemühte ich mich, ungezwungen Konversation zu machen.

„Sie sehen ein wenig müde aus, Graf Metternich", sagte ich mit Unschuldsmiene und entfaltete meine Serviette. „Wie ich höre, sind Sie heute erst aus Paris zurückgekehrt. Hoffentlich war die Reise nicht zu anstrengend."

„Die letzten Tage waren für mich eher verwirrend als anstrengend." Klemens lächelte. „Es ist einer gewissen Persönlichkeit gelungen, meinen sonst so klaren Verstand durcheinander zubringen."

Ich sah mich um. Die Gesellschaft, die um diese Tafel versammelt war, bot ein prächtiges Bild.

„Ich hatte gehofft, Seine Majestät heute Abend zu sehen", sagte ich. „Ich war schon so neugierig, den Kaiser persönlich kennen zulernen."

„Die Kaiserin fühlt sich nicht wohl", sagte Klemens und fügte dann im Flüsterton hinzu: „Ich bin sehr erleichtert, dass mir heute Abend ihre griesgrämigen Gesichter erspart bleiben."

Mehreremale während des Diners spürte ich, wie ein Fuß scheinbar zufällig meinen Satinschuh streifte. Schließlich, als er allzu lange da verweilte, wandte ich mich meinem Nachbarn zur Rechten zu. Die glänzenden, kleinen Augen des alten Grafen Cobenzl ruhten auf meinem Dekollete. „Bei jeder anderen Frau", bemerkte er unbefangen, „würde ich sagen, dass dieses Kleid zuviel zeigt. Bei Ihnen jedoch, Fürstin, zeigt es noch nicht genug!" Er hob sein Glas. „Auf die bezaubernden russischen Frauen!"

Er ist beschwipst, dachte ich und beschloss, seine senile Unverschämtheit nicht zu beachten.

Nach dem Nachtisch zogen sich die Herren in die Bibliothek zurück, wo ihnen Zigarren und Schnaps aufgewartet wurden; die Damen geleitete Lorel in einen Rokokosalon, in dem ein knisterndes Kaminfeuer brannte.

Sobald alle Damen Platz genommen hatten, zog Lorel mich in ihr Schlafzimmer am Ende des langen Korridors. Ich trat nur zögernd ein und versuchte, das ziemlich schmale Doppelbett zu übersehen.

„Ich bin sehr in Sorge", sagte Lorel, nachdem sie behutsam die Türe hinter uns geschlossen hatte.

Mein Herz begann zu klopfen. Sollte Lorel wissen, dass ihr Mann die letzte Woche bei mir verbracht hatte? Und wenn schon! dachte ich dann trotzig. Sie selbst hat mich ja gebeten, ihn von Wilhelmina wegzulocken. Ich habe ihr den Gefallen getan - sie sollte mir dankbar sein. Dennoch konnte ich ihr nicht in die Augen sehen, als ich sie fragte: „Was ist geschehen?"

„Ich habe den Verdacht, dass Klemens schon länger in Wien ist, als er zugibt. Ich glaube, er war bei Wilhelmina." Was sollte ich darauf sagen? Sie beruhigen und ihr mitteilen, dass er bei mir war? Ihr versichern, dass er mit Wilhelmina Schluss gemacht hatte, dass er mich liebt und dass wir eine wundervolle Woche miteinander verlebten? „Woraus schließt du, dass er heute nicht direkt aus Paris gekommen ist?" fragte ich statt dessen zaghaft.

„Ich habe ihn gefragt, was er bei Napoleon erreicht hat", erzählte Lorel und schüttelte besorgt den Kopf. „Er sagte, Napoleon hätte sich in bezug auf diese Heirat immer noch nicht entschieden." Lorel war ganz außer sich, rote Flecken brannten auf ihren schmalen Wangen.

„Ich habe nicht nachgegeben und immer wieder gefragt", fuhr sie fort, „und da hat er schließlich zugegeben, dass er nicht mehr so sicher ist, ob er diese Heirat überhaupt anstreben soll. Er hat sogar mit dem Gedanken gespielt, den ganzen Plan fallen zulassen."

„Was du nicht sagst!"

Lorel stützte die Hände in die Hüften. „Da steckt sicher Wilhelmina dahinter! Sie ist doch so befreundet mit all diesen ‚Napoleon-Hassern'. Wer sonst könnte ihn so beeinflusst haben?"

„Keine Ahnung", sagte ich.

„Ich bin ja so enttäuscht", fuhr sie fort, „dass der Kaiser heute Abend nicht hier ist. Das verdirbt mir das ganze Fest. Ludovika tut das absichtlich, ich weiß es. Sie spielt die Kranke und zwingt den Kaiser auf diese Art, auch daheim zubleiben."

„Sie hat aber neulich wirklich nicht gut ausgesehen", wandte ich ein.

„Unsinn! Ihr fehlt gar nichts. Sie will nur aller Welt zeigen, dass sie und der Kaiser gegen uns und gegen die geplante Heirat sind."

Ich streifte die silbernen Bürsten und Kämme auf der schweren Kommode mit einem Blick. Sie gehörten offensichtlich Klemens. „Wenn dein Mann seine Meinung über diese Heirat wirklich geändert hat", sagte ich langsam und bedächtig, „wirst du nicht viel dagegen tun können, meine liebe Lorel."

Ihr zarter Körper straffte sich. „Da kennst du mich aber schlecht! Ich bin überzeugt davon, dass das der genialste Plan ist, den Klemens je hatte. Wenn er gelingt, wird Österreich ihm zu überaus großem Dank verpflichtet sein."

Sie schien wirklich vergessen zu haben, dass diese Heirat ursprünglich ihre Idee war, stellte ich staunend fest. „Und was hast du vor?" fragte ich eingeschüchtert.

„Er darf sich nicht irre machen lassen", rief sie. „Der Plan muss gelingen!"

Es wurde leise an der Tür geklopft.

„Euer Gnaden", sagte ein Diener respektvoll und verbeugte sich. „Es ist zehn Minuten vor Mitternacht."

„Um Himmels willen", rief Lorel. „Der Champagner!" Wir gingen gemeinsam in den Ballsaal zurück. „Ich hoffe, du hast unser kleines Geheimnis nicht vergessen", flüsterte sie vertraulich. „Du musst Klemens dieser grässlichen Wilhelmina abspenstig machen. Leider habt ihr bisher nicht viel Gelegenheit gehabt, euch wieder anzufreunden. Aber ich habe schon beim Essen bemerkt, dass er den Blick gar nicht von dir losreißen konnte. Du lässt mich doch nicht im Stich, Katharina?"

„Nein", sagte ich in einer Mischung aus Verlegenheit, leisem Ärger über Lorel und heimlichem Vergnügen. „Ich tue bestimmt, was ich kann", versicherte ich ihr.

„Du bist wirklich ein Engel", sagte sie und drückte meinen Arm. „Genau wie unsere kleine Klementine. Sie war ein reizender Gast."

„Ich hatte noch gar keine Gelegenheit, dir zu danken", sagte ich. „Sie hat den Aufenthalt in Baden sehr genossen. Hoffentlich war es deinen Schwiegereltern nicht unangenehm, dass sie mit euch war?"

„Im Gegenteil! Sie haben Klementine ganz reizend gefunden." Sie schob mich in den Saal. „Der Champagner wird schon eingeschenkt."

Klemens entdeckte uns, eilte auf uns zu und bat mich um den Tanz.

„Glückliches neues Jahr!"

Ich lag in seinen Armen, als alle Kerzen verloschen.

Im dunklen Ballsaal ging es hoch her. Gläser wurden gegen die Wand geworfen, Damen kreischten, Korken knallten wie Schüsse, Konfetti regnete auf elegante Frisuren, bunte Papierschlangen ringelten sich um schlanke Hälse. Obwohl Klemens mich umschlungen hielt, blieb ich seltsam nüchtern. Was feierten die Wiener eigentlich? Die Niederlagen, die Napoleon ihnen zugefügt hatte? Ihre Zukunft als Untertanen Frankreichs? Ihre Erzherzogin, die als Unterpfand ausgeliefert werden sollte? Plötzlich sehnte ich mich nach Alexej, nach seinen ernsten Augen, nach seinen großen, ehrlichen Händen.

„Du scheinst in Gedanken weit weg, Kitty", flüsterte Klemens. „Ein glückliches Neujahr uns beiden!" Und da es noch finster war, küsste er mich lange und innig.

„Chéri", flüsterte ich ihm ins Ohr. „Was wird mit uns in diesem Jahr geschehen?"

„Geschehen? Gar nichts", kicherte er leise. „Ich werde dich anbeten, so wie in allen vorhergegangenen Jahren." Er trat etwas zurück, als die Kerzen von den Lakaien mit langen Stöcken nacheinander wieder angezündet wurden.

Es war schon etwas später, und ich tanzte gerade mit einem österreichischen Grafen, dessen Namen ich nicht aussprechen konnte, als jemand dessen Schulter berührte.

Ohne den Mann, der mich abengagiert hatte, näher zu betrachten, wandte ich mich zu ihm und tanzte mit ihm. „Ich bedaure es außerordentlich, dass ich zuerst noch einen anderen Ball besuchen musste", sagte er. Ich blickte auf. Friedrich von Gentz! Seine glatten, schwarzen Haare, sein ironisches Lächeln.

„Liebste Fürstin, erlauben Sie, dass ich Sie endlich wegen meines unentschuldbaren Benehmens in Dresden um Verzeihung bitte." Ich hörte auf zu tanzen, trat einen Schritt zurück und sah ihn fest an. „Ich habe nicht die leiseste Idee, wovon Sie sprechen, Herr von Gentz."

„Es gibt einen schrecklichen Schneesturm draußen", rief irgend jemand. Die Leute drängten zu den Fenstern und brachen hastig auf.

Lorel legte ihre Hand auf meinen Arm. „Graf Rasumofsky hat mich gebeten, ihn bei dir zu entschuldigen. Er ist schon vor einer Stunde gegangen. Ein kleiner Gallenanfall."

„Ach, der Arme", sagte ich und beunruhigte mich bei dem Gedanken an die Heimfahrt. Klemens wird mich begleiten müssen, fiel mir dann ein, und ich freute mich darauf.

„Ich möchte dir vorschlagen, hier zu übernachten", sagte Lorel. „Es geht ein so grässlicher Wind, und ich könnte es mir nicht verzeihen, wenn du dich wieder verkühlst."

„Ich möchte euch wirklich nicht zur Last fallen", sagte ich. Mein eigener Plan schien mir viel schöner.

„Ich verbürge mich für ein sicheres Geleit." Fritz hatte, entgegen seiner üblichen Sprechweise, sehr undeutlich artikuliert. Seine Hand packte meinen Arm und hielt ihn fest. Beunruhigt starrte ich auf sein gerötetes Gesicht, die glänzenden, unsteten Augen.

„Du darfst meine Einladung nicht abschlagen, meine Liebe", meinte Lorel hartnäckig und winkte Klemens heran. „Du bist doch auch der Meinung, nicht wahr, dass Katharina über Nacht hier bleiben soll. Sie kann doch das Gästezimmer neben deiner Garderobe haben."

„Ich habe Sie schon vor Jahren gewarnt, Fürstin", lachte Klemens. „Wer von meiner Frau ins Herz geschlossen wird, ist ihr mit Haut und Haaren ausgeliefert. Sie müssen ihr folgen - Lorel hat immer recht." Er sah Fritz scharf an, der sofort meinen Arm losließ.

„Nun gut", sagte ich erleichtert. „Du bist sehr lieb, Lorel - wie immer."

„Aber, ich bitte dich! Der kleinen Klementine würde doch das Herz brechen, wenn ihrer Mama etwas zustieße. Du musst die Kleine kennen lernen", sagte sie zu Klemens. „Sie ist bezaubernd! Übrigens", fügte sie mit unschuldigem Lächeln hinzu, „du bleibst doch hoffentlich zu Hause, *mon cher?*" Zu mir gewandt erklärte sie: „Klemens wollte heute nach dem Ball noch einen dienstlichen Besuch machen. Politiker kommen und gehen zu den verrücktesten Zeiten, findest du nicht auch?"

Sie eilte fort, um sich von anderen Gästen zu verabschieden, Fritz zog sich mit einer steifen Verbeugung zurück, und Klemens murmelte, dass wir uns später noch sehen würden.

Eine Stunde später öffnete er leise die Tür des Gästezimmers, wo ich in dem züchtigen Nachthemd, das Lorel mir geborgt hatte, im Bett lag.

„Wohin wolltest du denn heute nach dem Ball, Chéri?" flüsterte ich. „Hast du dich mit Wilhelmina versöhnt?" „Um Himmels willen, nein!" Er schnitt eine Grimasse und rieb sich die Wangen.

„Wohin denn wolltest du gehen?" fragte ich beharrlich. „Du hattest doch nicht im Ernst vor, um zwei Uhr morgens einen dienstlichen Besuch zu machen?"

„Ich gehe nach solchen Festivitäten gern noch ein bisschen spazieren."

„Allein", fragte ich, „oder mit Fritz?"

„Diese Zeiten sind vorbei! Ich kann Fritz nicht ausstehen. Immer will er mich belehren!"

„Wohin gehst du also ganz allein mitten in der Nacht?"

„Lass doch, Kitty." Er hob die Decke und wollte zu mir ins Bett schlüpfen.

„Doch nicht hier!" protestierte ich. „Unter den Augen deiner Frau, sozusagen!"

„Lorel schläft", sagte er unbekümmert und blies die Kerze aus. „Und eine Sünde bleibt eine Sünde, egal, wo man sie begeht. Für mich wäre es übrigens die größere Sünde, dich in meinem Haus allein schlafen zu lassen."

Lorel und ich frühstückten gemeinsam am späten Vormittag. Sie sah aus wie ein weidwundes Reh. „Ich hoffe, du hast gut geschlafen", sagte sie tapfer und schenkte mir Kaffee ein.

Offensichtlich wusste sie, dass Klemens mich besucht hatte.

„Ja, danke", sagte ich.

Die Tür ging auf, und Klemens trat ein.

„Ich bin wirklich zu beneiden", sagte Klemens und neigte sich flüchtig zu Lorels Wange. „Ich habe eine reizende Frau und ...," er wandte sich zu mir und küsste mir die Hand, „einen reizenden Gast."

Lorels grüner Morgenmantel wurde mir plötzlich zu eng. „Ich bin froh, dass der Schneesturm vorüber ist", sagte ich. „Ich muss nach Hause. Klementine wird schon auf mich warten."

„Schau doch aus dem Fenster", sagte Lorel. „Sie spielt draußen im Schnee mit Viktor und Marie."

„Meine Tochter ist hier?"

„Wahrscheinlich hätte ich dich vorher fragen sollen, ob es dir recht ist", sagte Lorel entschuldigend. „Aber ich wollte dich nicht stören und habe einfach einen Wagen geschickt, um sie und Mademoiselle Aurora zu holen."

„Wer ist Mademoiselle Aurora?" fragte Klemens und bestrich sich ein knuspriges Kipferl mit Butter„

„Eine kleine Französin - ich habe sie in Dresden gefunden", erklärte ich. „Ein Schatz. Sie geht durchs Feuer für mich und das Kind."

Die Tür wurde aufgerissen, und herein stürmten die Kinder, hinter ihnen Aurora.

„Besser könnte das neue Jahr gar nicht beginnen", sagte Klemens und umarmte Marie und Viktor. „Nun lass dich einmal ansehen, kleines Fräulein", sagte er dann und wandte sich an meine Tochter. „Bekomme ich einen Kuss?"

Klementine wandte sich ab und steckte den Finger in den Mund.

„Die Kleine ist schüchtern", sagte Klemens.

„Das muss sie von ihrem Vater haben", bemerkte Lorel und lächelte sogar ein wenig.

Klemens betrachtete Aurora. „Aus welchem Teil Frankreichs stammen Sie, Mademoiselle?"

„Aus Paris, Exzellenz." Sie machte einen Knicks und sah in ihrem roten Wollmantel sehr hübsch aus.

„So?" Er sah sie lange an.

„Aurora ist Vollwaise", erklärte ich. „Sie hat ihre Eltern gar nicht mehr gekannt. Möglicherweise waren sie französische Aristokraten."

„Hm. Sehr interessant."

„Lauft ins Kinderzimmer", sagte Lorel zu den Kindern. „Dort ist heiße Schokolade für euch angerichtet."

„Wie haben Sie dieses Mädchen eigentlich gefunden?" fragte mich Klemens, nachdem die Schar davon gestürmt war.

„Genaugenommen hat *sie* mich gefunden", lachte ich und erzählte die Geschichte. „Das arme Ding stand ohne einen Pfennig da."

„Ist sie nicht zu hübsch für eine Gouvernante?" meinte Lorel.

„Eine Frau ist niemals zu hübsch", entgegnete Klemens und häufte Erdbeermarmelade auf ein weiteres Kipferl. „Ich frage mich nur", sagte Lorel nachdenklich, „ob sie für die Erziehung unserer kleinen Klementine das richtige ist. Ich habe bemerkt, dass das Kind weder lesen noch schreiben kann."

„Aber sie ist doch noch so klein", warf ich ein.

„Sie ist sechs", gab Lorel zu bedenken. „Je jünger die Kinder sind, desto leichter fällt ihnen das Lernen. Findest du nicht auch, mon *cher,* dass Klementine Unterricht erhalten sollte?"

Klemens hob die Schultern. „Ich finde, darüber hat ihre Mutter zu entscheiden."

Auf Lorels Wangen erschienen die üblichen roten Flecken. „Ich meine es nur gut mit ihr. Sie könnte gemeinsam mit unserem Viktor unterrichtet werden", erklärte sie mir. „Wir haben einen ausgezeichneten Lehrer für ihn engagiert."

„Vielleicht wäre es auch ein Anreiz für ihn, wenn er eine Mitschülerin hätte. Vorläufig weiß er noch nicht einmal, dass zwei und zwei vier ist."

Damit war die Sache für Klemens erledigt. Er stand auf. „Wenn mich die beiden reizenden Damen entschuldigen wollen - ich muss ins Amt."

29. Kapitel

Wien, Palmenschlößl, 30. Januar 1810.

Jeden Morgen um zehn Uhr wird Klementine abgeholt und bleibt bis drei Uhr bei den Metternichs. Lorel hat sich auf eine Reise nach Paris begeben.

Klemens erzählte mir das ganz nebenbei, als er mich einige Tage nach ihrer Abreise besuchte.

„Was macht sie denn in Paris?“ fragte ich und ahnte nichts Gutes.

„Sie lässt sich ein paar Kleider machen.“ Seine Augen waren wachsam.

„Die Frau des Außenministers muss gut gekleidet sein. Ich habe darauf bestanden. Schließlich ist Fasching! Du wirst diese Wiener Spielart des Karnevals sehr genießen, Kitty. Jeden Abend gibt es einen Ball oder ein Maskenfest. Auch die Opernsaison hat begonnen . . .“

„Hat sich bezüglich Marie Louise und Napoleon etwas Neues ergeben?“

„Ich habe noch keine Nachricht von Napoleon. Aber das macht nichts. Mein Vater hat heute früh einen Bescheid des Königs von Württemberg erhalten. Er weigert sich strikte, uns unsere Besitzungen zurückzugeben.“

„Das hat doch nichts damit zu tun, dass du die Erzherzogin mit Napoleon verheiraten willst - oder doch?“

„Ja und nein. Das ist sehr, kompliziert.“ Er hob mein Gesicht hoch und küsste mich. „Jetzt, wo Lorel nicht da ist, werden wir mehr Zeit für einander haben.“

„Wie lange bleibt sie denn in Paris?“

„Das kommt darauf an.“

„Worauf? Auf die Emsigkeit des Schneiders?“

„Mehr oder weniger, ja.“ Er wechselte das Thema. „Du, ich habe heute die Kinder beim Unterricht beobachtet. Deine kleine Tochter ist ein mathematisches Genie, Kitty. Nach wenigen Lektionen kann sie schon das ganze Einmaleins auswendig. Von wem sie dieses Talent nur geerbt hat?“

„Sicher nicht von mir“, sagte ich.

Diese letzte Frage rief mir eine sehr unangenehme Tatsache in Erinnerung. Meine gegenwärtige Finanzlage ist katastrophal. Seit ich in Wien lebe, rinnen mir die Einkünfte meiner russischen Güter durch die Finger. Dauernd kommen Händler und zeigen mir prächtige Seiden und Brokate, herrliche Juwelen, zartes Porzellan, wunderbare Gemälde und Handarbeiten. Wenn ich den Preis wissen will, meinen sie, dass ich mich um solche Kleinigkeiten gar nicht kümmern sollte. Nachher aber schicken sie riesige Rechnungen. Unsere Ausgaben werden immer höher.

„Das Leben hier ist teuer", schrieb ich Alexej, als ich ihm meinen letzten Bericht schickte. „Als deine Repräsentantin muss ich natürlich viele Einladungen geben, und die Wiener essen Unmengen von Köstlichkeiten, deren Preise erschreckend hoch sind." Ich hoffe, der Zar versteht den Hinweis und erhöht mein Einkommen. Schließlich arbeite ich ja für ihn und für Russland. Ich wiederholte auch meine Vermutung, dass der österreichische Außenminister seine Ansicht über eine Ehe der Erzherzogin mit Napoleon ändern könnte, wenn er entsprechend honoriert würde. Ich fügte hinzu, dass sich meines Wissens nach auch der österreichische Staat in finanziellen Schwierigkeiten be fände. Vermutlich ließe sich ein neues Bündnis erzielen, wenn Russland bereit wäre, einen großzügigen Kredit zu gewähren. Nun warte ich ungeduldig auf Alexejs Antwort.

19. Februar 1810.

Alexej ist in Wien! Sein Besuch ist inoffiziell, und er wohnt im Palais Rasumofsky. Heute früh erhielt ich eine geheime Botschaft von ihm, in der er mich bat, für morgen Abend in meiner Wohnung ein privates Gespräch zwischen ihm und Metternich zu arrangieren.

Ich zog mich sofort an und fuhr zum Außenamt. Ich musste zahlreiche Posten passieren, es ging durch endlose Gänge.

„Fürstin Bagration!" Klemens erhob sich stirnrunzelnd von seinem Schreibtisch, als mich ein ältlicher Sekretär in sein Arbeitszimmer führte.

„Kitty", sagte er ärgerlich, sobald wir wieder allein waren, „ich muss dich schon bitten, nicht jeder Laune nachzugeben. Dieser Besuch ist mir höchst peinlich."

„Peinlich? Warum? Bin ich eine Prostituierte?“

„Bitte! Nicht so laut!“

Ich wusste, er dachte an den Abend, an dem ich in sein Haus in Dresden eingedrungen war.

„Ich bin nicht gekommen, um dir eine Szene zu machen“, lächelte ich und küsste ihn auf die Wange. Ich muss zugeben, dass ich mir in seinem dunklen, würdevollen Büro recht deplaciert vorkam.

„Alexej ist in Wien“, flüsterte ich. „Niemand soll es wissen. Er möchte dich morgen Abend sprechen.“

„Was kann der Zar von mir wollen?“ Er schien misstrauisch und geschmeichelt zugleich.

„Das hat er mir nicht mitgeteilt.“ Das war die Wahrheit.

„Die europäischen Monarchen erweisen den Metternichs unverhältnismäßig viel Ehre. Heute früh kam ein Brief von Lorel. Die Pariser Gesellschaft überschwemmt sie mit Einladungen.“

„Auch der Kaiser?“ fragte ich vorsichtig.

„Ja, sogar Napoleon.“ Klemens strahlte. „Wenn ich daran denke, wie man uns in Paris mied, als der Krieg ausbrach! Keiner unserer sogenannten Freunde wollte etwas von uns wissen. Abend für Abend saßen Lorel und ich zu Hause.“ Sein Blick wurde bitter. „Und schließlich schickte Napoleon mich unter Bewachung nach Wien zurück.“

„Du kommst doch morgen Abend, nicht wahr?“ Ich glühte vor Aufregung.

Klemens zuckte mit den Achseln. „Ich sehe eigentlich nicht ein, warum ich sollte. Damit der große Zar Alexander wieder einmal auf mich herabschauen kann wie damals in Berlin?“

„Chéri!“ Ich sah ihn flehend an. „Willst du, dass ich dir letzten Endes doch noch eine Szene mache?“

Er lachte. „Gut, ich komme. Und wenn es nur wäre, um dich einmal zusammen mit deinem großartigen Ziehbruder zu erleben ... Jetzt geh aber bitte!“

20. Februar 1810, 6 Uhr abends.

Alles ist bereit, ich warte auf Alexej und Klemens. Heute musste ich selbst das Abendessen bereiten. Das kam so:

Heute morgen weckte mich Aurora um acht Uhr. „Andreas Hofer ist in Mantua erschossen worden!“ Ihre Stimme klang schrill.

„Schrei doch nicht so“, murmelte ich schlaftrunken. „Wer ist erschossen worden?“

„Andreas Hofer!“

„Ach ja, das ist dieser Tiroler. Der Arme! Aber bitte lass mich weiterschlafen.“

„Madame!“ Aurora rüttelte mich sanft. „Hilda weigert sich, an seinem Sterbetag zu arbeiten.“

„Weigert sich zu arbeiten?“ Ich setzte mich auf. „Heute?“ Ich sprang aus dem Bett und lief in die Küche. Meine Köchin hatte die Schürze abgenommen. Sie saß auf einem Küchenstuhl, die dicken Knie gespreizt, das Gesicht in die Hände geborgen.

„Er war so tapfer“, murmelte sie, und dicke Tränen liefen ihr über die runden Backen. „Ein Held! Ganz allein hat er sein Vaterland gegen die Franzosen, diese Mörderbande, verteidigt.“

„Ich weiß, ich weiß“, sagte ich beruhigend und strich ihr über die dünnen grauen Haare. „Alle hier in Wien loben seinen Mut!“

Hilda brach in Schluchzen aus, ich stand hilflos daneben. „Ich weiß, wie schrecklich sein Tod für Sie ist, Hilda, und es tut mir aufrichtig leid“, sagte ich und blickte verstohlen auf die glänzenden Töpfe und Pfannen, die in der Küche umherstanden. „Ich gebe Ihnen so viele freie Tage, wie Sie nur wollen. Nur heute nicht, bitte! Heute kommen der Zar und Graf Metternich ...“

Sie starrte mich stumpf an, ihre Lider waren rot und verschwollen.

„Ich koche heute nicht. Und schon gar nicht für *ihn!*“ Sie stand schwerfällig auf. „Der Herr Graf hat mich angelogen. Er hat mir versprochen, er wird ihn schützen, wenn ich mein Wort halte.“ Sie ging aus der Küche und schloss die Türe hinter sich zu.

„Die Wiener meinen, den Außenminister träfe eine Mitschuld an der Hinrichtung Andreas Hofers“, flüsterte mir Aurora zu. „Sie sind der Ansicht, er hätte intervenieren müssen. Dann hätte Napoleon nicht gewagt, den Mann hinrichten zu lassen.“

„Was sollen wir jetzt tun?“ fragte ich. „In derartig kurzer Zeit wird sich kaum eine Köchin finden lassen!“ Aurora schüttelte die schwarzen Locken. „Sicher nicht! Hier ist man nicht so schnell von Entschluss. Ich selbst kann nur eine einzige Speise herstellen: Schokoladeauflauf. Wenn Sie wünschen, Durchlaucht, mache ich ihn gern ..."

„Damit hätten wir die Nachspeise", sagte ich nachdenklich. „Kaviar und Champagner ist auch genug da, erst gestern kam eine Sendung an. Aber der Hauptgang. . ." Ich hielt inne. „Alexej hat früher gefüllte Weinblätter sehr gern gegessen", sagte ich mehr zu mir selbst als zu ihr. „Das war auch Grand-mères Lieblingsspeise." Im Geist sah ich die russischen Küchenmädchen in ihren roten Kopftüchern und glänzenden Stiefeln vor mir, wie sie das Hackfleisch für die Fülle herstellten. Ich machte eine Liste der notwendigen Zutaten und schickte Aurora auf den Markt.

21. Februar 1810, 1 Uhr Nachts.

Grand-mère wäre stolz auf mich gewesen. Ich selbst war ja viel zu aufgeregt, um etwas zu essen, aber Klemens und Alexej nahmen beide zweimal von meinen gefüllten Weinblättern.

Punkt sieben Uhr betrat der Zar meine Wohnung. Wie immer trug er seine dunkle Bluse und hohe Stiefel. „Alexej!" Ich zog seinen Kopf mit dem lieben, freundlichen Gesicht, den langen, blonden Haaren zu mir herunter. „Ich selbst habe deine Lieblingsspeise gekocht! Hoffentlich schmeckt sie dir!"

Er lächelte erfreut, so dass man seine kräftigen Zähne sah. „Kleine Schwester", sagte er zärtlich, „das ist eine andere Begrüßung als vor fünf Monaten in Dresden!" Er hob mich hoch und küsste mich fest auf beide Wangen.

Klementine kam ins Zimmer gelaufen und warf sich ihm an den Hals. Was war es nur, das Kinder und Tiere sofort magisch zu Alexej hinzog?

„Ihr seht sehr glücklich aus!" Alexej legte seine mächtigen Arme um unsere Schultern. „Du verstehst dich jetzt gut mit deiner Mama, meine Kleine, wie?" Er zog sie an den Haaren, die sie auf eigenen Wunsch zu zwei Zöpfen geflochten trug - genau wie Marie Metternich. „Ich muss deinem Vater erzählen, wie groß du schon bist."

„Ich glaube nicht, dass General Bagration sich sehr für seine Tochter interessiert", bemerkte ich. „Ich habe ihm schon mehrmals geschrieben und ihn gebeten, mir Geld für ihren Unterhalt zu schicken. Peter hat es nicht einmal für notwendig befunden, mir zu antworten.“

„Geld?“ Alexej runzelte die Stirn. „Ich schicke dir doch 20.000 Rubel im Monat!“

„Das reicht leider nicht! Ich habe es dir ja in meinem letzten Brief geschildert.“ Ich dachte an meine rapid anwachsenden Schulden. „Ich muss für die vielen Bälle und Empfänge hier gut angezogen sein, ich muss Schmuck tragen, ich brauche genügend Bedienstete, um ein entsprechendes Haus führen zu können . . .“

„Wir wollen später darüber sprechen.“ Alexej tat meine Klagen mit einer Handbewegung ab. „Wann kommt dein parfümierter Freund?“

„Er wird gleich da sein.“

„Gut.“

Wir gingen in den Salon.

„Woraus schließt du, dass Metternich sich bestechen lassen wird?“ Alexejs graue Augen blickten mich forschend an.

„Grand-mère hat doch oft gesagt, dass die meisten politischen Entscheidungen aus persönlichen Motiven getroffen werden.“

„Sie hatte auch nicht immer recht!“ Das klang irgend wie verbittert. „Übrigens dachte ich immer, die Metternichs seien begütert?“

„Nicht mehr, seit ihr Familienbesitz - das Gut Ochsenhausen - konfisziert wurde.“

„Ja, ich erinnere mich, davon gehört zu haben. Der König von Württemberg hat den Besitz beschlagnahmt, nicht wahr?“

„Ja. Und er weigert sich, ihn zurückzustellen.“

„Daher also ist Metternich in dieser Zwangslage. Nicht schlecht. Der einzige Nachteil dabei ist, dass Metternich seinen Plan vielleicht weiter verfolgt, wenn wir ihn mit Bestechungsgeld unabhängig machen.“

„Nicht, wenn du es ihm nur unter der Bedingung gibst, dass er Marie Louise nicht mit Napoleon verheiratet.“

„Er könnte mir sein Wort geben und es dann nicht halten.“

„Das würde Klemens niemals tun!“

„Schön! Ich lasse es darauf ankommen. Du hast gute Arbeit geleistet, kleine Schwester. Ich werde dich belohnen. Bevor ich gehe, erinnere mich daran, dass ich dein Einkommen verdreifache.“

„Alexej!“ Ich umarmte ihn.

„Eines allerdings macht mir noch Sorgen“, sagte ich dann. „Metternichs Frau ist plötzlich nach Paris gefahren. Ich weiß nicht warum, vielleicht will sie Napoleon beeinflussen.“

Alexej lachte verächtlich. „Gräfin Metternichs Besuch in Paris hat nichts mit Bonaparte zu tun. Die gute Eleonore muss ihrem Mann wieder einmal aus einer Verlegenheit helfen.“

„Aus welcher?“ fragte ich und fand das gar nicht komisch.

„Madame Junot.“

„Die Frau des Marschalls?“

Alexej nickte. „Der Marschall hat eine ganze Schachtel mit Liebesbriefen entdeckt, und alle waren mit K. M. unterzeichnet.“

„Das muss doch nicht Klemens gewesen sein!“

„Diesen Einwand hat Eleonore auch vorgebracht. Als der Marschall jedoch ankündigte, er werde seine Frau und deren Liebhaber töten, fuhr sie nach Paris, um sich die Briefe anzusehen und zu beschwören, dass sie nicht in der Handschrift ihres Mannes abgefasst wären.“

„Ich glaube es auch nicht“, sagte ich. „Klemens hatte in Paris eine Affäre mit Caroline Murat. Und das nur aus politischen Gründen. . .“

„Dieser Mann bringt es fertig, gleichzeitig mit einem Dutzend Frauen ein Verhältnis zu haben“, spottete Alexej. „Ich hoffe, du bist nicht noch immer verliebt in ihn, kleine Schwester?“

Mein Diener trat ein und meldete Seine Exzellenz, den Herrn Außenminister.

Klemens verneigte sich tief, aber seine Augen blickten vorsichtig, und sein Lächeln wirkte konventionell. Er brachte seine Freude über das blendende Aussehen Seiner Majestät zum Ausdruck.

Alexej neigte nur leicht den Kopf. Wir setzten uns.

Der Zar lehnte sich auf meinem zierlichen Sofa zurück, stützte die Ellbogen auf die Rückenlehne und legte die riesigen Stiefel auf meinen Rokokotisch. Seine grauen Augen waren auf Klemens geheftet.

Mein Geliebter schlug die Beine übereinander, spielte mit den Rüschen an seinen Manschetten und klopfte mit nervösen Fingern auf die hölzerne Armlehne seines Stuhles.

Alexej blickte ihn unverwandt an. Er räusperte sich. „Wie viel wollen Sie, Metternich?"

Ich hielt den Atem an.

Klemens zog die rechte Augenbraue in die Höhe. „Ich fürchte, ich verstehe Eure Majestät nicht recht."

„Ich höre, Sie haben finanzielle Sorgen."

Klemens warf mir einen schnellen, scharfen Seitenblick zu. „Das stimmt", sagte er. „Der letzte Krieg hat Österreich ausgeblutet. Kaiser Franz ist zutiefst besorgt über die wirtschaftliche Lage des Landes."

„Ich brauche Österreichs Hilfe im Kampf gegen Napoleon", sagte Alexander. „Ich bin bereit, dafür zu bezahlen."

„Majestät!" protestierte Klemens. „Wir betrachten die Russen als unsere Brüder. Wir lassen uns unsere Unterstützung nicht bezahlen."

„Man hat mir erzählt, Sie hätten Napoleon ein Kontingent von 30.000 Mann versprochen für den Fall, dass es zu einem Krieg zwischen Frankreich und Russland kommt."

„Ein leeres Versprechen." Klemens zuckte mit den Achseln. „Napoleon hat sich verpflichtet, diese Truppen ausschließlich für Verteidigungszwecke einzusetzen. Österreich wünscht nichts anderes, als das alte Gleichgewicht der Kräfte in Europa wiederherzustellen."

„Mir gefällt es nicht, Metternich, dass Sie eine österreichische Erzherzogin mit Napoleon verheiraten wollen." Alexejs Stimme klang nun ruhig, zuversichtlich.

„Ich hege selbst Zweifel an der Klugheit dieses Planes, Majestät"

„Aber Sie sind noch zu keinem endgültigen Schluss gekommen?"

Klemens schüttelte den Kopf. „Ich habe vor, alle Vor- und Nachteile dieser Verbindung sorgfältig zu überdenken."

„Als ich von finanziellen Sorgen sprach, meinte ich nicht nur Ihr Land, Metternich." Alexejs Blick schien sich an Klemens festzusaugen.

„Majestät sind zu gütig, sich mit der Finanzlage Ihres untertänigen Dieners zu befassen."

Alexej entnahm seiner Brusttasche ein Blatt Papier. „Ich habe hier eine Anweisung auf 50.000 Rubel. Mit dieser Summe können

Sie jährlich rechnen. Habe ich Ihr Ehrenwort, dass Sie den Heiratsvorschlag rückgängig machen?“ Er reichte Klemens das Papier.

Mein Herz klopfte heftig, laut. Wenn Klemens ablehnte, würde Alexanders Zorn sich gegen mich richten. Ich beobachtete Klemens' Hände. Ungezwungen, anmutig lagen sie in seinem Schoß.

„Nun?“ Alexejs großes Gesicht verfärbte sich langsam rot.

„Majestät versetzen mich in eine schwierige Lage“, sagte Klemens schließlich und blickte den Zaren groß und aufrichtig an. „Wie ich schon zuvor sagte, kann und soll Österreichs Bündnis mit Russland nicht erkauft werden. Österreichs Außenminister allerdings erhält nur ein sehr geringes Gehalt.“ Er lachte kurz auf. „Und leider habe ich kein anderes Einkommen.“

„Ja oder nein?“ fragte Alexej ungeduldig und schien nahe daran, das Papier zu zerreißen.

„Ich will nicht undankbar sein“, sagte Klemens schnell und griff nach dem Papier. Dann las er es genau durch, faltete es sorgfältig zusammen und steckte es ein.

„Jetzt wollen wir aber essen gehen“, sagte ich und stand auf. „Ich bin schon so neugierig, wie euch meine gefüllten Weinblätter schmecken.“

1. März 1810.

Das Palais Rasumofsky steht auf einem Hügel, umgeben von sanften Wiesen, auf denen gerade der Schnee zu schmelzen beginnt. Die riesigen Räume bergen Gemälde und Skulpturen von unschätzbarem Wert, die Bibliothek ist in ganz Europa berühmt. Gestern Abend gab Graf Rasumofsky ein Essen für den Zaren. Der Abend begann so wunderbar, dass sein schreckliches Ende mir immer noch wie ein Alptraum erscheint.

Klemens sollte mich abholen, und ich hatte schon böse Vorahnungen, als man mir die Nachricht überbrachte, dass er leider nicht in der Lage sei, mich zu begleiten - dringende Staatsgeschäfte. Siebenhundert prominente Gäste waren geladen, und es sah Klemens gar nicht ähnlich, sich ein derartiges Fest entgehen zu lassen.

Nun, ich zuckte mit den Achseln und fuhr allein.

Alexej behandelte mich wie einen Ehrengast, jeder bewarb sich daher respektvoll um meine Aufmerksamkeit. Ich sonnte mich im

Glanze des Wohlwollens des Zaren und war glücklich in dem Bewusstsein, eine Aufgabe im Leben zu erfüllen. Erst durch meine Arbeit für _Alexej war mir klar geworden, dass ich für Russland alles opfern würde, auch mein Leben. Und dieses Bewusstsein hatte meinem Leben Sinn gegeben.

Auch Wilhelmina von Sagan war geladen. Sie tat, als sähe sie mich nicht. Immer wieder hörte ich ihr schrilles, unnatürliches Lachen.

Nach einem Diner, das aus elf Gängen bestand und mich an Festessen im Palast in St. Petersburg erinnerte, gingen wir alle in den Musiksalon.

Graf Rasumofsky stellte uns einen Freund vor, einen Komponisten namens Beethoven. Er ist vierzig Jahre alt, sieht aber bedeutend älter und ziemlich ungepflegt aus. Er ist von gedrungener Gestalt, sein Gesicht ist pockennarbig, seine Hände sind behaart, die Fingernägel schmutzig. Er lacht viel und laut.

All das vergaß ich jedoch, als das Orchester einsetzte und Monsieur Beethoven „Eroica" zu spielen begann. Ich lauschte mit geschlossenen Augen und griff nach Alexejs großer, warmer Hand. Er drückte die meine zärtlich.

Wir hatten der Musik etwa zwanzig Minuten gelauscht, als der Zar plötzlich meine Hand losließ. Ich blickte auf.

Ein Bote war eingetreten und hatte dem Zaren eine Nachricht überreicht.

Zar Alexander zerriss den Umschlag, sprang auf, sein Stuhl fiel um.

„Ruhe!" Alexejs Stimme klang wie das Brüllen eines Löwen.

Das Orchester hörte sofort auf zu spielen. Die Gesellschaft verharrte in ängstlicher Stille.

„Der Heiratskontrakt zwischen Napoleon Bonaparte und der Kronprinzessin ist unterzeichnet." Alexej zerriss das Papier, warf die Stücke zu Boden und stürzte aus dem Salon.

„Alexej!" flehte ich, nachdem die Gäste gegangen waren und nur Graf Rasumofsky und ich mit ihm zurückgeblieben waren. „Es ist nicht meine Schuld! Ich habe getan, was in meiner Macht stand!"

Er sah mich an. Seine Augen waren die eines Fremden, und sie schienen irr vor Wut.

„Ich Idiot!" brüllte er. „Ich hätte wissen müssen, dass man sich auf eine Hure eben nicht verlassen kann!" Sein starker Arm holte aus, und er schlug mich ins Gesicht. Ich taumelte.

„Aber du hast ihm doch auch geglaubt, Alexej!“ wimmerte ich. „Du hast ihm sogar Geld gegeben!“

„50.000 Rubel!“ donnerte Alexej. „Du bekommst keinen Pfennig, bevor dieses Geld nicht wieder hereingebracht ist.“

„Aber das kannst du mir nicht antun, Alexej!“ Ich dachte an meine Schulden. Seit Alexej versprochen hatte, mein Einkommen zu verdreifachen, waren sie noch weiter angestiegen. „Das Geld kommt schließlich aus meinen eigenen Gütern!“

„Ich konfisziere deine Güter.“

„Alexej!“ flehte ich. „Ich habe ein Kind. Wovon sollen wir leben?“

„Was geht mich das an?“

„Bitte, bitte, gib mir noch einmal eine Chance...“ Ich weinte.

„Nein.“

„Noch ist nicht alles verloren! Selbst wenn Napoleon Marie Louise heiratet, gelingt es mir vielleicht, Klemens zu einem Bündnis mit Russland zu überreden...“

Er sah mich so voll Verachtung an, dass ich für eine Weile schwieg.

„Bitte, Alexej, lass mich wieder für Russland arbeiten“, sagte ich dann und sah im Geiste die Zwiebeltürme von St. Petersburg vor mir. „Ich liebe Russland! Bitte, glaub mir doch!“ Und ich sah ein anderes Bild vor mir, Scharen französischer Soldaten, die in dieses Land eindrangen.

„Mit einer Dummheit hast du genug Schaden angerichtet“, sagte Alexej grob. „Von nun an verlasse ich mich nur auf mich selbst. Ich brauche keine Hilfe. Mit diesen Händen werde ich Napoleon zermalmen!“ Er hielt sie mit einer dramatischen Geste hoch und wandte sich zum Gehen.

Ich schwor mir, insgeheim auf eigene Faust etwas zu unternehmen.

Wieder einmal hatte Klemens mich betrogen. Aber ich würde nicht ruhen, bis er mir dafür bezahlte!

An der Tür wandte sich Alexander noch einmal um. Seine grauen Augen funkelten mich an. „. . . und deine gefüllten Weinblätter waren auch grauenhaft. Die schlechtesten, die ich je gegessen habe. Ich hatte noch tagelang Magendrücken!“

Dann warf er die Türe so heftig zu, dass die Wände zitterten.

30. Kapitel

Wien, Palmenschlößl, 2. März 1810

Glück und Unglück wohnen in der Seele jedes Menschen eng beieinander! Das hatte Grand-mère gesagt, als sie mir dieses Tagebuch schenkte. Wenn du unglücklich bist, sollst du aus eigener Kraft bestehen und nicht auf die Hilfe anderer warten. Das Schreiben wird dir über so manche Einsamkeit hinweghelfen! Wie tröstlich sind mir ihre Worte, auch jetzt noch, vierzehn Jahre nach ihrem Tod.

Nach Monsieur Beethovens Konzert, das so grausam gestört worden war, begleitete mich Graf Rasumofsky nach Hause.

„Geht es besser, Fürstin?" fragte er in einer Mischung aus Mitleid und mangelndem Taktgefühl. „Hat er Sie verletzt?"

„Nein, nein, es geht schon." Das war auch richtig, was meinen körperlichen Zustand betraf. Alexejs Schlag - er hatte mich kaum geschmerzt. Seine Worte aber: „... auf eine Hure kann man sich eben nicht verlassen!", werde ich niemals vergessen können!

„Der Zar wird Sie schon nicht verhungern lassen, mein Kind." Graf Rasumofsky tätschelte meine Hand. „Es war sicher nicht sein Ernst, als er sagte, er würde Ihre Güter konfiszieren ..."

„Nein", sagte ich, „vermutlich nicht."

„Vielleicht sollten Sie nach Russland zurückkehren?" schlug er vor.

„Nein", sagte ich, „das kann ich nicht. Jetzt nicht!"

„Nun, gehen Sie gleich zu Bett und schlafen Sie sich richtig aus", sagte er freundlich und geleitete mich bis zur Eingangstür.

„Ja", sagte ich. „Das werde ich tun. Danke, Graf!"

Um zwei Uhr früh ging ich immer noch ruhelos in meinem Schlafzimmer auf und ab. Plötzlich öffnete sich leise die Tür, und Klemens trat ein.

„Kitty! Ich dachte, du würdest schon schlafen."

„Schlafen? Nach dem, was du getan hast?"

„Was habe ich denn getan?" Seine Augen waren groß und unschuldig. „Bist du deshalb verärgert, weil ich nicht zu Rasumofsky kommen konnte? Es war leider völlig unmöglich."

„Das glaube ich dir gern, dass es unmöglich war, dich dort blicken zu lassen!“ schrie ich.

„Wovon um Himmels willen sprichst du eigentlich?“

„Von dem Ehekontrakt zwischen Marie Louise und Napoleon.“

„Du hast schon davon gehört?“ Seine Stimme klang triumphierend. „Das ist der größte Erfolg meines Lebens. Ich bin hergekommen, um ihn mit dir zu feiern. Denn ich verdanke das Gelingen dieses Planes vor allem dir, Kitty!“

„Mir?“ Ich trat einen Schritt zurück. Er schien durchaus bei Sinnen, seine Augen leuchteten vor Stolz.

„Du bist nämlich nicht nur schön, sondern auch gescheit. Du hast mir zwei Dinge klargemacht: erstens, dass ich Napoleon zu sehr drängte und umwarb, und zweitens, dass ich Dank verdiene, weil ich den Frieden in Europa aufrechterhalte.“

„Ich habe vor allem zu bedenken gegeben, dass Napoleon als Gatte Marie Louises Ansprüche auf Österreich erheben könnte!“

„Ja ja“, sagte Klemens, „aber das hat mir kaum Sorgen bereitet. Dieser Gedankengang hat mir jedoch etwas anderes zu Bewusstsein gebracht. Ist es dir denn noch nie passiert, dass dich jemand berät und dass er dich, obwohl du seinen Rat nicht befolgst, zu einem ganz neuen Schluss führt.“

„Und zu welchem Schluss hat mein Rat dich geführt?“

„Ich bat Napoleon, dem König von Württemberg nahe- zulegen, mir meinen Familienbesitz zurückzugeben. Und er hat zugestimmt!“

„Der Preis, den Napoleon für deine Kronprinzessin zahlen musste, war demnach Ochsenhausen. Vermutlich hat deine gute Frau diesen Preis ausgehandelt?“

„Lorel war phantastisch“, sagte Klemens stolz. „Ich selbst hätte die Verhandlungen nicht besser führen können. Zuerst ließ sie Bonaparte wissen, dass sich Marie Louise demnächst mit Maria Ludovikas Bruder verloben würde. Dann erst, als sie sah, dass Napoleon nervös wurde, erwähnte sie die Sache mit Ochsenhausen. Eine wunderbare Strategie!“

„Und dein Versprechen an den Zaren?“

„Das war natürlich nicht ernst gemeint.“

„Alexej hat es aber ernst gemeint. Er hat dir 50.000 Rubel dafür gezahlt. Selbstverständlich wirst du ihm das Geld unter diesen Umständen zurückgeben!“

„So, wie ich es verstanden habe, ließ mir der Zar liebenswürdigerweise finanzielle Unterstützung zuteil werden, weil ich ihm versicherte, dass wir uns nicht mit Frankreich zu einem Krieg gegen Russland verbünden würden. Ich habe die Absicht, Wort zu halten. Außerdem - was sind schon lächerliche 50.000 für den Zaren?"

„Alexej verlangt, dass ich diese ‚lächerliche Summe' zurückzahle!"

„Du? Das kann doch nicht sein Ernst sein?"

„Es hat ganz ernst geklungen. Alexej macht mich für deinen Verrat verantwortlich. Er hat mich fast umgebracht und beinahe das Palais Rasumofsky demoliert, als er heute nacht die Nachricht von dem Ehevertrag erhielt."

„Ich hatte keine Ahnung, dass das so schnell bekannt würde", meinte Klemens verärgert. „Überall gibt es Spione. Es gibt wirklich nichts, was die Wiener um Geld nicht tun würden."

„Du musst Alexej die 50.000 zurückzahlen!"

„Ich wünschte aufrichtig, ich könnte es", sagte Klemens. „Aber ich hatte Schulden. . ."

„Auch ich habe Schulden!"

„Ich habe das Geld nicht mehr!"

„Alexej hat geschworen, dass ich keinen einzigen Rubel erhalte, bis alles zurückgezahlt ist."

„Ich verspreche dir, Kitty, sobald ich die Einkünfte aus Ochsenhausen habe ..."

„Und was mache ich bis dahin?"

„Der Zar wird seine kleine Schwester schon nicht verhungern lassen."

„Ich habe ein Kind."

„Eben. Er wollte dich sicher nur schrecken!"

„Alexej hält Wort! Es gibt Männer, die das tun!"

„Du bist immerhin mit einem wohlhabenden Mann verheiratet, Kitty."

Am liebsten hätte ich ihm jetzt eine Szene gemacht, ihm etwas an den Kopf geworfen und ihm das Gesicht zerkratzt, genau wie Wilhelmina. Aber ich wusste, dass ihm nichts gelegener gekommen wäre! Dann hätte er einen Vorwand gehabt, unser Verhältnis zu beenden. Gerade das aber wollte ich verhindern. Ich hatte mir geschworen, auf eigene Faust weiter für Russland zu arbeiten. Dann musste ich aber wissen, was in der österreichischen Politik vorging...

„Zerbrich dir einstweilen nicht den Kopf", sagte er leichthin und küsste mich auf die Stirn. „Wir haben in Wien ein Sprichwort. Nichts wird so heiß gegessen wie gekocht!` Ich muss jetzt gehen."

„Du bleibst nicht über Nacht?" Ich versuchte, mir nicht anmerken zu lassen, wie erleichtert ich war. Ich glaube nicht, dass ich hätte meinen Hass verbergen können.

„Ich wollte, ich könnte bleiben." Er knöpfte seinen Rock zu. „Aber ich muss ein paar Stunden schlafen, und das würden diese roten Haare nicht zulassen."

„Schade."

„Ich habe morgen früh eine wichtige Unterredung mit dem Erzbischof." Er strich sich die Handschuhe glatt. „Der alte Narr weigert sich, Napoleon zu trauen, weil dieser geschieden und exkommuniziert ist. Er wird es aber doch tun müssen. Ich lasse Nachforschungen anstellen, wie die Hochzeit Marie Antoinettes gefeiert wurde. Die muss mindestens ebenso feierlich werden." Er küsste mich flüchtig und ging.

11. März 1810.

Heute Nachmittag um sechs Uhr fand die Hochzeit statt. Ich hatte gerade in der Stadt zu tun und kam an der Augustinerkirche vorbei. Wieder einmal war eine große Menschenmenge auf der Straße. „Vivat Kaiser Franz!" riefen die Leute. „Vivat Prinzessin Marie Louise! Vivat Metternich!"

„Seine kaiserliche Hoheit hat es nicht für nötig befunden, sich anlässlich seiner Hochzeit nach Wien zu begeben", bemerkte Madame de Staël mit maliziösem Lächeln.

„Zuviel Mühe!" meinte Friedrich von Gentz sarkastisch. „Nun, Erzherzog Karl, der ihn vertritt, ist wenigstens ein echter Aristokrat und kein Parvenü."

„Um den Minotaurus zu besänftigen", sagte Graf Rasumofsky düster und schüttelte den Kopf, „opfert man ihm eine Jungfrau."

„Ich wusste ja immer schon, dass man sich auf Metternich nicht verlassen kann", erklärte Wilhelmina von Sagan weise und nahm ein Stück Schokolade. „Wir hätten uns nie mit ihm einlassen dürfen, Katharina."

„Arme Maria Ludovika“, sagte ich. „Heute Abend wird sie gar nicht aufhören können zu weinen.“

Als ich um 10 Uhr heimkam, fand ich Klemens in angeregtem Flüstern mit Mademoiselle Aurora.

Sie sprang auf, als ich eintrat, knickste und floh. „Gehen dir die adeligen Geliebten schon aus, Chéri?“ „Ich habe sie gebeten, gut auf dich aufzupassen, während ich fort bin. Vermutlich hast du gehört, dass ich auf Wunsch Napoleons die neue Kaiserin nach Paris begleiten soll. Morgen früh reisen wir ab.“

„Du wirst mir fehlen.“

„Schade, dass du nicht zur Hochzeit kommen wolltest. Das Kleid, das Lorel für Marie Louise aus Paris geschickt hat, war wirklich zauberhaft.“

„Schade, dass sie bei der Auswahl ihrer eigenen Kleider nicht ebensoviel Geschmack beweist.“

Klemens sah mich von der Seite an. „Warum so ironisch? Bist du immer noch böse auf mich?“

„Nein, keineswegs.“

Er umarmte mich und vergrub sein Gesicht in meinen Haaren.

„Das wird mir abgehen. Ich muss vielleicht einige Monate in Paris bleiben. Der Kaiser hat eine lange Liste von Problemen zusammengestellt, auf die ich möglichst bald die Aufmerksamkeit seines neuen Schwiegersohnes lenken soll.“

„Lass den Minotaurus von mir grüßen.“

„Den was? Oh! Wahnsinnig geistreich!“ Er schien den Ausdruck wenig witzig zu finden. „Ich möchte mich gern von deinem kleinen Mathematikgenie verabschieden.“

„Klementine schläft schon.“

„Ach so.“ Das klang richtig enttäuscht. „Ich werde ihr aus Paris etwas Nettes mitbringen.“

„Gute Reise, Chéri.“

Er küsste mich, und ich erwiderte seine Küsse. Alexej hatte nicht ganz unrecht, als er mich eine Hure nannte.

1. April 1810.

Heute ist keine Geldüberweisung aus Russland eingetroffen. Alexej will mich anscheinend schrecken. Ich habe die Rechnungen durchgesehen. Ich sollte meine Ausgaben einschränken. Aber womit soll ich beginnen? Sicher käme ich ohne „Florentiner Seidentaft“ und ohne „getupfte, graue Seidenunterwäsche“ aus. Aber einen Wagen und zwei Kutscher brauche ich unbedingt und Blumen in den Vasen auch!

15. April 1810.

Meine Angestellten haben seit zwei Wochen keinen Lohn mehr erhalten. Sie werden langsam unverschämt. Heute Nachmittag besuchte ich Graf Rasumofsky und bat ihn, ein gutes Wort für mich bei Alexej einzulegen. Er jedoch behauptete, er würde durch seine Einmischung den Zorn des Zaren nur noch mehr herausfordern. Er bot mir ein kleines Darlehen an. Ich lehnte ab und ging.

25. April 1810.

Alle Bedienten mit Ausnahme von Hilda und Aurora sind gegangen. Ich war heute noch einmal bei Graf Rasumofsky und wollte ihm sagen, dass ich es mir anders überlegt hätte wegen des Darlehens. Ein Kammerdiener ließ mich im Vorraum stehen und verschwand. Nach kurzer Zeit kam er wieder und teilte mir mit, der Graf sei nicht in Wien.

1. Mai 1810.

Wieder keine Überweisung aus Russland.

10. Mai 1810.

Meine Köchin Hilda teilte mir heute mit, dass sie heim möchte nach Tirol. Ich erklärte auch Mademoiselle Aurora, dass ich nicht in der Lage wäre, ihr den Lohn auszuzahlen, und riet ihr, sich nach einem anderen Posten umzusehen. Sie wollte jedoch bei mir bleiben, versicherte mir, dass sie Ersparnisse hätte, und borgte mir etwas Geld.

15. Mai 1810.

Meine Gläubiger belagern mich. Schon am frühen Morgen stehen sie in der Vorhalle des Palmenschlößls. Sobald ich mich zeige, umdrängen sie mich, schwenken ihre Rechnungen und rufen mir Dinge zu, die so ordinär sind, dass ich sie nicht wiederholen kann.

20. Mai 1810.

Baron Hager, der Polizeipräfekt von Wien, machte mir heute die Mitteilung, dass ich zu Hause bleiben müsse, bis alle meine Schulden beglichen sind. Wenn ich binnen zwei Monaten nicht bezahle, werde ich, wenn nötig mit Gewalt, ausgewiesen.

30. Mai 1810.

Wir haben kaum mehr Nahrungsmittel im Haus. Klementine bekommt glücklicherweise nach dem Unterricht bei Metternichs ein Mittagessen. Aurora und ich kochen uns Kartoffel aus dem Sack in der Speisekammer. Ein Glück, dass man nicht mehr heizen muss! Wenn man die Fenster öffnet, strömt die linde Frühlingsluft herein.

1. Juni 1810.

Keine Überweisung aus Russland.

15. Juni 1810.

Ein steinalter Herr machte mir heute seine Aufwartung, der Prince de Ligne. Er versicherte mir, wie peinlich ihm diese Aufgabe sei, aber er müsse mich bitten, die Wohnung zu räumen, falls ich die Miete nicht mehr bezahlen könnte. Dann ging er daran, das Silberbesteck in den Laden nachzuzählen.

20. Juni 1810.

Heute kam Friedrich von Gentz. Er drückte mir sein Bedauern über meine missliche Lage aus und bot mir seine Hilfe an. In dem

Cafe, in dem er fast den ganzen Tag zubrachte, verkehrten zahlreiche hochgestellte und einflussreiche Persönlichkeiten. Fritz war der Meinung, dass sich viele von ihnen für die Gesellschaft einer hübschen russischen Fürstin erkenntlich zeigen würden. Ich bat Herrn von Gentz, auf der Stelle zu gehen.

1. Juli *1810.*

Keine Überweisung aus Russland.

2. Juli 1810.

Wiederum ein Brief von Baron Hager. Er stellt mir darin ein Ultimatum von zwei Wochen. Ich könnte ja meinen Schmuck verkaufen, aber das bringe ich nicht über mich. Er ist mein einziger Besitz.

3. Juli 1810.

Graf Cobenzl! Warum ist er mir nicht schon früher eingefallen! Vielleicht kann er mir helfen. Ich schicke Aurora sogleich mit einem Brief zu ihm.

31. Kapitel

Baden bei Wien, Helenental, 15. Juli 1810.

Ich wohne jetzt in einer kleinen Villa im Grünen. Die Räume sind nicht groß, aber hell und freundlich, ein Bach fließt am Haus vorbei, und Klementine hat eine weiße Ziege zur Spielgefährtin.

An jenem Tag, an dem ich Aurora mit einem Brief zum Grafen Cobenzl schickte, war dieser sogleich selbst mit ihr zurückgekommen. In der Hand hielt er ein Päckchen.

„Lieber Graf!' Ich konnte vor Rührung kaum sprechen. „Das ist so freundlich von Ihnen, dass Sie gleich selbst gekommen sind." Er küsste mir die Hand. Seine Lippen unter dem weißen Schnurrbart waren feucht.

„Man kann der Einladung einer so charmanten jungen Dame gar nicht schnell genug Folge leisten." Er warf den Hut auf einen Stuhl.

„Bitte, kommen Sie doch in den Salon", sagte ich.

Er folgte mir mit kleinen Schritten, das Päckchen immer noch in der Hand.

„Ein herrlicher Tag, nicht wahr", sagte ich und deutete auf den sonnendurchfluteten Garten vor dem Fenster.

„Ja, wunderbar!" Er setzte sich nieder und legte das Päckchen auf den Schoß.

„Darf ich Ihnen das Päckchen abnehmen?" fragte ich.

„Nein, nein, es geht sehr gut so." Schützend legte er seine kleinen Hände über das braune Papier. Sein zwergenhafter Körper versank beinahe in der Polsterung; seine Füße reichten kaum bis zum Boden.

Ich setzte mich zu ihm. „Ich bin verzweifelt. Ich brauche dringend einen Rat."

„Es ist mir eine Ehre, dass die Fürstin an mich gedacht hat." Seine Augen waren nicht ganz so lustig, wie ich sie in Erinnerung hatte.

„Ich habe nicht recht gewusst, ob ich mich an Sie wenden kann", murmelte ich. „Wir kennen einander ja kaum." „Liebste Fürstin, ich bin überglücklich, dass Sie mich als einen Ihrer Freunde betrachten."

Etwas würgte mich im Hals.

„Mir scheint, Sie sind der einzige Freund, den ich noch habe, lieber Graf."

Seine Augen begannen wieder zu blitzen. „Wenn die Gläubiger auftauchen, verschwinden die Freunde - das ist eine alte Geschichte."

„Auf die Freunde kann ich verzichten", sagte ich, „aber was soll ich mit den Gläubigern tun? Meist wollte ich ihre Waren ja gar nicht", beklagte ich mich. „Aber da haben sie gedrängt und nicht nachgegeben, und jetzt wollen sie ihr Geld. Wenn sie sich nur noch kurze Zeit gedulden würden! Ich muss ja meine Überweisung aus Russland bald erhalten . . ."

Graf Cobenzl schwieg und klopfte mit den Fingern auf das Päckchen.

„Vielleicht könnten Sie beim Polizeipräfekten erwirken, dass ich hie und da spazieren gehen darf", bat ich. „Ich komme mir vor wie in einem Gefängnis."

„Baron Hager schätzt mich nicht sehr", sagte Graf Cobenzl und verzog das Gesicht. „Ich fürchte, Ihre Gläubiger müssen ihr Geld bekommen, mein liebes Kind."

„Aber wie? Ich habe kein Geld!"

„Es wird mir eine Freude sein, das für Sie zu übernehmen, Fürstin."

„Aber ... aber so habe ich das nicht gemeint ... „

Sein belustigter Blick ließ mich innehalten. Natürlich hatte ich es so gemeint. „Ich weiß auch nicht, woher ich die Miete für die Wohnung nehmen soll." Mein Gesicht war ganz heiß vor Verlegenheit. „Prince de Ligne hat mit der Kündigung gedroht, falls ich nicht. . ."

„So reich bin ich allerdings nicht, Fürstin, dass ich Sie in diesem Stil erhalten kann", unterbrach mich der Graf. „Ich möchte aber so kühn sein" - er verneigte sich leicht in seinem Stuhl -„und Ihnen ein Angebot machen."

„Ein Angebot?" Graf Cobenzl ist sicher achtzig, sagte ich mir, um mich zu beruhigen.

„Schauen Sie nicht so entsetzt, mein Kind!" sagte er belustigt. „Mein Vorschlag ist ganz harmlos. Ich biete Ihnen an, so lange Sie wollen, meine kleine Villa in Baden zu bewohnen - Baden ist ein kleiner Kurort unweit von Wien."

„Ich weiß“, sagte ich. „Meine Tochter hat Weihnachten dort verbracht, bei Metternichs.“

„Mit ihrem Schloss kann sich mein bescheidenes Haus wohl nicht vergleichen, aber es ist komfortabel und liegt ganz still und abgelegen im Helenental.“

„Das klingt wunderbar“, sagte ich gedankenverloren. Eigentlich hätte ich ja in Wien bleiben wollen, bis Klemens aus Paris zurückkam. Ich wollte Augen und Ohren offen halten, um soviel wie möglich in Erfahrung zu bringen. Aber schließlich ist Baden nicht weit von Wien entfernt, sagte ich mir, und da auch die Metternichs dort einen Besitz hatten, kam Klemens sicher oft hinaus. Im übrigen hatte ich ja gar keine Wahl. „Ich nehme Ihr freundliches Angebot dankbar an, lieber Graf.“ Ich schenkte ihm mein strahlendstes Lächeln. „Ich wollte, ich könnte mich irgendwie erkenntlich zeigen.“

Der kleine Herr neigte sich vor, ergriff meine Hände und küsste sie innig. „Es gibt etwas - eine kleine Gefälligkeit, die Sie mir dafür erweisen könnten.“ Seine kleinen Hände zerrten an der Schnur seines Päckchens.

„Ich soll Ihnen vorlesen?“ fragte ich, als ich den Stoß Bücher auf seinem Schoß sah.

„Leider sieht man schon sehr schlecht, wenn man so alt ist wie ich ...“

„Aber mit dem größten Vergnügen!“ rief ich.

„Nur zwei Stunden in der Woche“, sagte Graf Cobenzl bescheiden. „Jeden Dienstag und Donnerstag fahre ich nach Baden, um dort Schwefelbäder zu nehmen. Das tut meiner Gicht gut.“

„Ich werde Ihnen gern vorlesen, wann immer Sie es wünschen, Graf“, versicherte ich ihm.

„Nein“, sagte er, „nein, ich will Ihre Geduld nicht ungebührlich auf die Probe stellen, Fürstin. Dienstag und Donnerstag von sechs bis sieben, wenn es Ihnen passt. Da beginnt es gerade zu dämmern. Natürlich werde ich Ihnen diesen kleinen Dienst besonders bezahlen.“

„Ich könnte dafür keinesfalls Geld annehmen!“

Er hob die Hand, um meinen Protest zu beschwichtigen. „In der Villa gibt es zwei Hausangestellte, und Sie werden mit allem versorgt werden, was Sie zum Leben benötigen. Aber eine schöne Frau braucht außerdem Taschengeld. Vergessen wir diese unangenehmen Details. Ich hoffe, dass unser Geschmack in literarischer Hinsicht nicht allzu sehr divergiert." Er reichte mir das erste Buch. Mein Lächeln erstarb.

„Boccaccio war ein berühmter Autor des 14. Jahrhunderts", erklärte Graf Cobenzl unbefangen und starrte mich an. „Als in Florenz die Pest ausbrach, floh Giovanni Boccaccio mit sieben Damen und drei Herren seiner Bekanntschaft in sein Landhaus in Ischia, einem alten Kurort in der Nähe von Neapel. . ."

„Genau wie ich nach Baden fliehe", sagte ich trocken und hielt das Buch ungeöffnet in der Hand. „Ich fliehe vor meinen Gläubigern wie vor der Pest."

„Wirklich!" Graf Cobenzl lachte, dass ihm Tränen in die Augen traten. „Sie haben Sinn für Humor, Fürstin. Wir werden äußerst vergnügliche Stunden miteinander verleben." Er betupfte sich die Augen mit einem Spitzentaschentuch. „Diese zehn Menschen", fuhr er dann in seiner Erklärung fort, „verkürzten sich die Zeit, indem sie Geschichten erzählten. Boccaccio nannte diese Geschichtensammlung ‚Decamerone'. Wenn Sie das Buch durchblättern, Fürstin, werden Sie einige ausgezeichnete Illustrationen finden." Speichel stand in seinen Mundwinkeln.

Ich schlug das Buch aufs Geratewohl auf. Mein Blick fiel auf eine Radierung, die ein nacktes Paar beim Geschlechtsakt darstellte. Ich sprang auf, das Buch fiel zu Boden. „Was fällt Ihnen ein? Sie beleidigen mich!"

Graf Cobenzl hob das Buch gelassen auf. „Sie tun mir unrecht, Fürstin", sagte er ernst. „Nichts liegt mir ferner, als Sie zu beleidigen. Im Gegenteil, ich hielt Sie für eine aufgeklärte, gebildete Frau, und das ist doch ein Kompliment, oder?" Er legte den Boccaccio auf das kleine Tischchen, auf das er die Bücher gestapelt hatte. Dann sprang er leichtfüßig auf und schlenderte zum Fenster. „Ach", sagte er, nachdem er einen Blick hinausgeworfen hatte. „Ihre Freunde sind schon wieder hier."

Ich setzte mich.

„Graf Cobenzl", sagte ich unsicher, „ich ..."

Er trat vom Fenster zurück. „Vielleicht gefällt Ihnen dieses Buch besser, mein Kind", sagte er freundlich und reichte mir das nächste.

Es war ein dünnes, unauffälliges Buch, schwarz gebunden. Ich nahm es behutsam entgegen und las den Titel: „Justine."

„Ein alter Freund von mir hat es geschrieben", sagte der Graf, als er sich wieder hinsetzte und die Beine übereinander schlug. „Ein bemerkenswerter Mann. Auch er musste Ungerechtigkeit ertragen - die Franzosen haben ihn für verrückt erklärt. Augenblicklich befindet er sich im Gefängnis von Charenton. Sie haben vielleicht schon von ihm gehört: Marquis de Sade."

„Ja", sagte ich eisig. „Ich habe von ihm gehört. Wann wünschen Sie, dass ich meinen Dienst antrete?"

„Heute ist Donnerstag, nicht wahr?" Seine kleinen Augen blickten nun ganz und gar nicht lustig drein.

Ich nickte.

Er nahm eine runde, kleine Uhr aus der Westentasche: „Punkt sechs Uhr! Wenn es Ihnen passt, Fürstin, können wir sogleich beginnen." Er löste die Uhr von ihrer goldenen Kette und legte sie vor sich auf den Tisch. „Eine Stunde", sagte er und lehnte sich wohlig zurück. „Und keine Sekunde länger." Sein Blick ließ mein Gesicht nicht los, seine Mundwinkel wurden wieder feucht, und die kurzen Beine baumelten über dem Boden.

„ ‚Justine' ", fing ich an, „oder ‚Das Unglück der Tugend'." Die Heldinnen des Buches waren zwei einander ganz und gar unähnliche Schwestern. Die ältere, Juliette, war noch nicht sechzehn, aber schon sehr weltgewandt und schlau. Die jüngere Schwester, Justine, hingegen war anständig und schüchtern. Sie stammten aus einer guten, alten Familie, die reich und einflussreich war. Bald aber machte ihr Vater Bankrott und beging Selbstmord; kurz darauf starb auch seine Frau. Juliette beschloss vergnügt, Kurtisane zu werden. Justine war darüber sehr entsetzt und sagte, sie zöge den Tod einer solchen Schande vor. So trennten sich die Schwestern also, und jede ging ihres Weges...

Ich hatte gerade einen Satz begonnen, als Graf Cobenzl seine Uhr zuschnappen ließ. „Das ist alles für heute, mein Kind." Er betupfte sich mit dem Spitzentaschentuch die Stirn, nahm mir das Buch aus der Hand und packte es mit den übrigen wieder in das braune Papier. Dann stand er auf und verbeugte sich. „Ich sorge dafür, dass Ihre Sachen morgen früh nach Baden gebracht werden, Fürstin."

„Und meine Gläubiger?", fragte ich.

„Die übernehme ich schon." Er küsste mir mit feuchten Lippen und kratzigem Schnurrbart die Hand. „Also dann bis nächsten Dienstag!" Als er ging, leuchteten seine Augen wieder lustig.

Ich habe diesen kleinen Ort gleich liebgewonnen. Die Häuser in Baden sind klein und sauber, es gibt einen Kurpark mit gepflegtem Rasen, kleinen Baumgruppen und Spazierwegen. Die Kurgäste, die fast ausschließlich aus alten Leuten bestehen, gehen langsam mit Hilfe eines Stockes oder werden von Pflegerinnen im Rollstuhl geschoben. Alle trinken Wasser aus den Heilquellen, die kochend heiß aus dem Boden schießen und einen ekelhaften Schwefelgeruch verbreiten.

Wie vereinbart, erscheint mein kleiner Graf jeden Dienstag und Donnerstag pünktlich um sechs Uhr. Er vergisst nie, Bonbons für Klementine mitzubringen. Leiser Schwefelduft umgibt ihn, und sein Gesicht ist gewöhnlich vom Bad noch rosig angehaucht. Ich warte immer schon ungeduldig auf seinen Besuch. Ich bringe die Geschichte von Juliette und Justine nicht mehr aus dem Kopf. Die Stellen, bei denen Graf Cobenzls Lippen feucht werden, bringen mich freilich nur zum Lachen. In endlosen Wiederholungen und unappetitlichen Details wird da beschrieben, wie Justine von geilen, grausamen, Männern missbraucht wird. Ob der Verführer Priester ist oder Richter, Bankier oder einer, dem sie kurz zuvor das Leben gerettet hat - die Perversitäten sind immer dieselben. Sie wird geschlagen, gequält, zu Orgien im Keller eines Klosters gezwungen und um ein Haar enthauptet. Offensichtlich entspringen diese Geschichten dem kranken Gehirn eines Mannes, der sich völlig zu Recht in Charenton befindet. Was mich an den Geschichten fasziniert, ist die Lebensphilosophie des Marquis de Sade: Das Böse wird belohnt, die Tugend bestraft!

Habe ich nicht dieselbe Erfahrung gemacht? Solange ich nur an mich selbst gedacht hatte, an mein eigenes Vergnügen und Wohlergehen, war das Schicksal mir wohlgesinnt gewesen. Damals hatte ich genügend Geld und keine Sorgen. Klemens liebte und verwöhnte mich, Louis Ferdinand wollte mich heiraten. Sicher, ich war oft traurig und weinte manchmal, aber ich musste nicht vor meinen Gläubigern fliehen und von Kartoffeln leben. Dann aber kam Alexej und die verhängnisvolle Frage: „Was hast du aus deinem Leben gemacht, kleine Schwester?“ Da nahm ich mir vor, mich zu ändern. Das Ergebnis? Alexej verstieß mich, Klemens verriet mich, meine Freunde wollten nichts mehr von mir wissen. Ich muss von den Almosen eines geilen, alten Mannes leben. Wäre es nicht weiser gewesen, wie Juliette, die ältere Schwester, zu handeln? Für ihr abscheuliches Leben als Kurtisane wurde sie mit Glück belohnt.

„Eine interessante Philosophie, die der Marquis de Sade entwickelt, finden Sie nicht auch?“ fragte Graf Cobenzl, und sein Lorgnon blitzte im Sonnenschein.

„Ja“, sagte ich. „Sehr interessant. Ich bin versucht, mich seiner Meinung anzuschließen.“

32. Kapitel

Baden bei Wien, Helenental, 1. Oktober 1810

Klemens ist wieder da! Sobald Aurora die Neuigkeit vom Markt heimbrachte, schrieb ich ihm einen kurzen Brief und teilte ihm meine neue Adresse mit. „Chéri“, schrieb ich, „Du hast mir so gefehlt. Bitte, besuche mich, sobald Du kannst. Ich erwarte Dich mit Sehnsucht - jeden Tag außer Dienstag und Donnerstag.“

3. Oktober 1810 (Mittwoch)

Heute Nachmittag kam er. „Kitty! Wie schön, dass du hier in Baden bist. Das Haus meiner Eltern liegt ganz in der Nähe.“

„Ich weiß.“, sagte ich und konnte mich nicht satt sehen an seinen blauen Augen. „Aurora und ich haben einmal einen langen Spaziergang gemacht und es uns angesehen.“

„Ich zeige es dir einmal von innen.“, versprach er. „Du wohnst in einem sehr hübschen, kleinen Haus.“

„Graf Cobenzl hat es mir zur Verfügung gestellt.“

„Ich bin froh, dass du übersiedelt bist. Hier heraußen ist es viel sicherer für dich. In Wien nimmt die Feindseligkeit gegen Russland und die Russen täglich zu.“

„Warum denn?“

„Seit Marie Louises Hochzeit verhält sich der Zar gegen uns und gegen Napoleon äußerst kühl. Die Österreicher fürchten, er könnte Frankreich den Krieg erklären. Er hat dir gegenüber nichts von seinen Plänen verlauten lassen?“ Die blauen Augen sahen mich forschend an.

„Ich habe von Alexej nichts gehört, seitdem er Wien verlassen hat. Du hast anscheinend vergessen, wie wütend er deinetwegen auf mich war, Chéri!“

„Ich hätte nicht gedacht, dass er so lange böse sein wird! Kindisch, findest du nicht?“

Ich bemerkte, dass er die Frage, wovon ich ohne Alexejs Unterstützung lebte, peinlich vermied. „Hast du Ochsenhausen schon zurückbekommen?“ fragte ich.

„Ja ja", antwortete er. „Das ist erledigt. Aber ansonsten bin ich nicht sehr zufrieden."

„Womit erregte Napoleon denn dein Missfallen? War er nicht begeistert von der Kuh?"

„Er hat sie sofort mit Haut und Haaren gefressen", sagte Klemens verächtlich. „Er war nicht einmal so taktvoll, mit der Konsumation der Ehe zu warten, bis Marie Louise in Paris war. Er kam uns nach Compiegne entgegen, und kaum war das Diner beendet, drängte er sie schon in das Brautgemach."

„Arme Marie Louise", sagte ich und dachte an den ausdruckslosen Blick, die sommersprossige Haut. „Hoffentlich durfte sie wenigstens noch ein Stück Torte essen."

„Ein ungehobelter Lümmel", sagte Klemens. „Und ein Geizkragen dazu! Der einzige Lohn für meine Bemühungen bestand in einer Büste, einem ganz hübschen, aber ziemlich kleinen Gobelin und einem Porzellanservice."

„*Service pour le service*", spottete ich. „Immerhin hat er dir Ochsenhausen gegeben, nicht wahr?"

„Was heißt hier gegeben? Er hat nur dafür gesorgt, dass ich mein Eigentum zurückbekomme."

„Ich hoffe, der Minotaurus hat dein Land großzügiger belohnt als dich?"

„Einige wenige Konzessionen." Klemens zuckte mit den Achseln. „Eine Verlängerung der Frist für die Bezahlung unserer Kriegsschulden, ein kleines Darlehen und die Erledigung einiger unbedeutender Handelsprobleme in Oberitalien - das ist alles."

„Vielleicht ist die Jungfrau dem Minotaurus nicht mehr wert."

„Bitte, hör endlich auf, Napoleon einen Minotaurus zu nennen!" sagte Klemens ungehalten. „Ich habe es mit meiner Politik der Besänftigung schwer genug. Während meiner Abwesenheit hat sich Kaiserin Maria Ludovika allzu viel in die Regierungsangelegenheiten ihres Mannes eingemischt."

29. März 1811.

Marie Louise hat Napoleon einen Sohn geschenkt. Er trägt den Titel „König von Rom". Bonaparte soll außer sich sein vor Begeisterung. Klemens fuhr sofort nach Paris, um dem Herrscherpaar zu gratulieren. Mein Leben hier in Baden ist sehr still und eintönig. Im Winter ist der Kurort wie ausgestorben. Graf Cobenzls Besuche an jedem Dienstag und Donnerstag sind meine einzige Unterhaltung. „Justine“ haben wir zu Ende gelesen. Gott selbst hat sie für ihre Tugend bestraft. Am Ende, nachdem die arme, mißbrauchte Justine von ihrer reichen Schwester gerettet wurde, läuft sie zum Fenster, um Gott für ihre Rettung zu danken. Da trifft sie ein Blitzschlag, und sie stirbt. Juliette hingegen schwelgt im Luxus, obwohl sie drei Diplomaten, zwei Bischöfe, sieben Kardinäle, einen General und vier Minister ins Unglück gestürzt hat. Wie mir scheint, hebt sich Marquis de Sade seine ärgsten Bosheiten für den Klerus auf. Jetzt lesen wir „La Philosophie dans le boudoir“. Charaktere und Ideen sind die gleichen, nur die Namen sind andere. Eugenie de Mistival ist ein unschuldiges junges Mädchen, ihre Mutter ist bigott, ihr Vater hat ein Verhältnis mit Madame St-Ange, der Inhaberin eines Bordells. Eugenie wird von ihrem Vater dazu verführt, ihre Tugendhaftigkeit aufzugeben und sich für sexuelle Perversitäten herzugeben. Ein langweiliges Buch. Eine einzige Bemerkung darin hat mich interessiert: Eugenie behauptet, ihre Mutter zu hassen! Ich denke oft darüber nach, was Klementine für mich empfindet.

15. Mai 1811

Klemens ist aus Paris zurückgekehrt. Heute haben wir gemeinsam seinen 38. Geburtstag gefeiert.

„Du kannst dir gar nicht vorstellen, was für ein Spießbürger aus Napoleon geworden ist“, erzählte er, noch bevor er den Mantel ablegte. „In der Audienz, die mir gewährt wurde, sprach er ausschließlich davon, wie viel Milch sein Sohn zum Frühstück zu sich genommen hatte.“

„Was stört dich denn daran, Chéri? Dein Plan ist doch gelungen. Da Marie Louise die Mutter des französischen Thronerben wurde, ist dein Land in Sicherheit. Einem Österreich, das mit dem mächtigsten aller Herrscher so nah verwandt ist, kann doch nichts geschehen.“

„Ich mache mir trotzdem Sorgen.“ Klemens nagte an seiner Unterlippe. „Napoleon hat immer noch vor, England zu demütigen.

Er hat Holland und Westfalen annektiert, und der Zar soll Einspruch erhoben haben. Du hast noch immer nichts von ihm gehört?"

„Nein." Nun wird er doch endlich fragen, wie ich ohne Geld auskomme, dachte ich. Aber er fragte nicht. Statt dessen nahm er einen Apfel aus der Schüssel und schälte ihn sorgfältig ab. „Der Zar legt Maßstäbe an, die du wohl kaum verstehen wirst", sagte ich schließlich scharf.

„Meiner Meinung nach", stellte er ohne eine Spur von Verlegenheit fest, „ist es mit der Moral eines Mannes nicht sehr weit her, der seinen Vater umgebracht hat ..."

„Alexej hatte mit dem Mord an Onkel Paul nicht das geringste zu tun!" Ich war wütend.

„Das ist *deine* Meinung", sagte Klemens. „Die meisten Menschen denken anders darüber."

„Ich dulde nicht, dass du den Zaren verleumdest!"

Er zog mich in seine Arme. „Ich finde dich einfach unwiderstehlich, wenn du zornig bist. Vergessen wir deinen abscheulichen Ziehbruder. Mir ist es nämlich völlig gleichgültig, ob er seinen Vater und dazu noch seine Mutter und seinen Bruder umgebracht hat."

Klemens und ich sind wie ein altes Ehepaar. Wir streiten, wir versöhnen uns im Bett, wir streiten wieder.

3. Juli 1811.

Werde ich diesen Ort nie mehr verlassen können? Jeden Tag spielt im Kurpark eine Kapelle zwischen den Beeten gelber und roter Tulpen, die Kurgäste promenieren auf und ab - immer wieder auf und ab, unterhalten sich miteinander und trinken dieses Wasser, das nach faulen Eiern riecht. Klemens kommt jeden Montag, Mittwoch und Freitag, Graf Cobenzl erscheint nach wie vor jeden Dienstag und Donnerstag. Wir lesen nun das letzte Buch des Marquis de Sade, „Les Crimes d'Amour". Wiederum Auspeitschung, Folter, Vergewaltigung. Graf Cobenzl kann von diesen Geschichten nicht genug bekommen. Er erscheint pünktlich um sechs Uhr, setzt sich behaglich zurecht und hört aufmerksam genau eine Stunde lang zu; dann betupft er sich mit dem Spitzentaschentuch die Stirn, küsst mir die Hand und geht. Ich ertrage dieses Leben nicht mehr lange. Wenn ich Klemens wenigstens irgendwelche Geheimnisse entlocken könnte! Dann hätte ich einen Anlass, an Alexej zu schreiben und ihn daran zu erinnern, dass ich seit mehr als einem Jahr ohne jegliches Einkommen leben muss. Aber Klemens ist derzeit leider nicht besonders gesprächig. Meist verbringt er die Abende damit, gemeinsam mit Klementine mathematische Probleme zu lösen. Es ist schon ein seltsames Gefühl, diese beiden Gesichter, die einander so ähnlich sind, derart nahe beieinander zu sehen. Immer noch habe ich es nicht über mich bringen können, Klemens die Wahrheit über seine Tochter zu sagen. Denn ich habe weder Lust noch Anlass, ihm eine Freude zu machen.

1. August 1811.

Lorel ist mit ihren Kindern nach Baden gekommen und will den Rest des Sommers hier verbringen. Gestern besuchte sie mich und fragte, ob Klementine auf einige Tage zu Marie und Viktor kommen dürfe. Meine Tochter war so begeistert von diesem Plan, dass ich sie gehen ließ.

1. Mai 1812.

Wieder ist ein langer Winter vorübergegangen. Es gab nichts, das ich in mein Tagebuch hätte schreiben können - ein Tag reihte sich an den anderen. Mir war so langweilig, dass ich sogar versuchte, mit Klementine Lesen und Schreiben zu üben. Leider habe ich wenig Geduld, und so endeten diese Versuche meist damit, dass sie weinte und ich schrie. Soll ich Alexej schreiben und ihn um Verzeihung bitten? Er kann mich doch nicht in alle Ewigkeit so dahinvegetieren lassen!

30. Juni 1812.

„Napoleon ist in Russland einmarschiert!", rief Klemens, als er heute Nachmittag zu mir kam. „600.000 Mann - Franzosen, Deutsche und Italiener."

Mir lief es kalt über den Rücken. Meine Schuld, dachte ich entsetzt.

„Du solltest dich freuen, Chéri!“, sagte ich bitter. „Hättest du deine Erzherzogin nicht an den Minotaurus verkauft, hätte er diesen Einmarsch nie gewagt! Ich gratuliere, Exzellenz!“ Ich brach in Tränen aus.

„Du bist wirklich überspannt, Kitty“, murmelte er. „Ich habe durchaus keinen Grund, mich zu freuen.“ Er sah besorgt drein. „Wenn Napoleon Russland erobert, ist das Schicksal Europas besiegelt.“

„Napoleon wird diesen Krieg gegen Russland nicht gewinnen.“

„Er gewinnt jeden Krieg.“

„Diesen nicht, es sei denn - Österreich unterstützt ihn!“

„Das werden wir nicht tun“, sagte Klemens mit großen, aufrichtigen Augen. „Ich habe dem Zaren doch versprochen, nicht einen einzigen österreichischen Soldaten gegen ihn einzusetzen.“

„Allerdings“, sagte ich trocken, „das hast du. Wie reagiert der Kaiser auf diese jüngsten Ereignisse?“

„Franz?“ Klemens lachte abfällig. „Was kümmert das ihn? Er hat ja einen Außenminister, der sich über die Weltpolitik den Kopf zerbrechen muss. Seine einzige Sorge besteht darin, dass Maria Ludovika nicht mehr kräftig genug ist, ihren ehelichen Pflichten nachzukommen.“

1. August 1812.

Während auf russischem Boden ein schrecklicher Krieg tobt, geht hier in Baden das Leben weiter, als wäre nichts geschehen. Im Park spielt das Orchester, die Kurgäste nehmen ihre Bäder und trinken das heilkräftige Wasser.

Auch Lorel verbringt den Sommer hier. Im Frühjahr ist bei Metternichs wieder ein Baby angekommen, ein kleines Mädchen. Lorel ist glücklich. Ihr Mann ist seit dem genialen Einfall, die Tochter des Kaisers mit Napoleon zu vermählen, der mächtigste Mann im Staate. Bescheiden übergeht sie ihren eigenen, nicht unbedeutenden Anteil an seinem Erfolg. Gestern bat sie mich zum Tee ins Metternichsche Schloss; ich lernte endlich Klemens’ Eltern kennen. Der alte Graf ist äußerst charmant, galant und ganz Kavalier der alten Schule. Seine Frau ... Nun, sie entspricht dem Bild, das ich mir von ihr gemacht hatte. Groß und streng, mit dunkel gefärbtem Haar und scharfen, stolzen Augen. Sie hat die gleiche Adlernase wie Klemens und meine kleine Klementine. Sie behandelte mich besonders höflich, doch ich spürte, dass sie eine gewisse Feindseligkeit gegen mich unterdrücken musste. Offensichtlich weiß sie von der Beziehung ihres Sohnes zu mir und missbilligt dieses Verhältnis. Ich wiederum konnte keinen Augenblick lang vergessen, dass sie die Frau war, die Klemens als Kind gezwungen hatte, seinen kleinen Hund zu ertränken.

31. August 1812.

Die Franzosen dringen immer weiter in Russland vor. Obwohl die Osterreicher Napoleon nicht aktiv unterstützen, scheint sich die Bevölkerung auf die Seite des Erfolgreichen geschlagen zu haben.

„Lass Klementine doch mit uns nach Wien fahren", bat mich Lorel gestern; sie bereitet bereits die Heimreise vor. „Es ist so langweilig hier für das Kind, und der Unterricht mit Viktor hat ihr so viel Freude gemacht. Es wäre doch schade, wenn sie nicht weiterlernen könnte."

„Darf ich mit, Maman?" bat Klementine. „Bitte, lass mich mitfahren! Bitte, Maman!"

Ich sagte, ich würde es mir noch überlegen.

1. Oktober 1812.

Klementine ist mit den Metternichs nach Wien gefahren. Ich glaube, ich habe nicht das Recht, sie hierzubehalten. In dem einsamen Helenental hatte das arme Kind keinen einzigen Spielgefährten. Auch die Geschichten des Marquis de Sade sind sicher nicht das richtige für ein neunjähriges Mädchen. Außerdem machte ich mir Sorgen um ihre Sicherheit. Die Russen werden in Österreich immer unbeliebter. Angeblich musste Wilhelmina von Sagan aus Wien fliehen.

Nun ist Klementine in Sicherheit, aber hier ist es ohne sie noch stiller und einsamer geworden. Klemens behauptet, er hätte so viel zu tun, dass er mich nicht öfter als einmal die Woche besuchen kann. Meist kommt er Mittwoch. Graf Cobenzl und ich haben mit dem „Decamerone“ begonnen. Boccaccio gefällt mir weitaus besser als der Marquis de Sade. Nicht alle seine Geschichten sind obszön, manche sind voll Pathos, Poesie, ja Humor. Und das Schicksal dieser zehn Geschichtenerzähler, die vor der Pest hatten fliehen müssen, macht mir mein eigenes Leben im Exil erträglicher.

1. November 1812.

Der Winter hat heuer früh begonnen. Wir haben bereits heftige Schneestürme, und Graf Cobenzl ließ mir vorigen Montag Bescheid sagen, dass er krank sei und nicht wie verabredet am Dienstag kommen würde. Aurora und ich spielen stundenlang *Piquet.* Wenn Klemens morgen auch absagt, verliere ich den Verstand.

3. November 1812.

Er erschien spätabends, trotz des Schneesturmes. „Chéri!“ Ich umarmte ihn leidenschaftlich und küsste ihn. „Ich habe schon gefürchtet, du würdest nicht kommen können!“

Er schüttelte den Schnee von den Schuhen und rieb sich die Hände, während er mir in den kleinen Salon folgte. „Ich bin mit dem Schlitten gekommen“, sagte er und machte ein geheimnisvolles Gesicht. „Ich musste einfach kommen und dir mein Beileid ausdrücken.“

„Was ist geschehen?“ Ich war starr vor Angst.

„Ich habe die traurige Pflicht, der Fürstin Bagration mitzuteilen, dass ihr Gemahl in der Schlacht bei Borodino gefallen ist.“

Peter war tot. Ich musste mich setzen. „Wann ist es geschehen?“

„Am 7. Oktober.“ Seine Stimme klang leicht amüsiert. „Ich hoffe, die Fürstin nimmt sich das nicht allzu sehr zu Herzen.

„Peter“, murmelte ich. „Ich kann es kaum glauben. Er war so stark, so selbstbewusst.“ Ich schwieg. „Alexej wird mich auch dafür verantwortlich machen ...“

„Ja, meine Liebe“, sagte Klemens munter, „nun bist du also Witwe.“

Ich wollte lächeln, aber es gelang mir nicht. „Pawlowna wird sehr unglücklich sein", sagte ich.

„Ach, das habe ich dir ja noch gar nicht erzählt", rief Klemens. „Auch sie ist Witwe geworden. Als sie vom Tod General Bagrations erfuhr, machte sie eine solche Szene, dass ihr Mann, der Herzog von Oldenburg, einen Schlaganfall erlitt und starb."

„Die Romanows haben kein Glück in der Ehe", sagte ich. Mich schauderte.

Klemens trat an den weißen Kachelofen und wärmte sich die Hände. „Der Krieg steht schlecht."

„Verlieren wir?" fragte ich heiser. „Wird auch Russland unter die Herrschaft Frankreichs geraten?"

„Die Russen", sagte Klemens düster, „gewinnen!"

„Ist das dein Ernst?"

Er schien meine Erregung nicht zu bemerken. „Der Winter ist heuer außergewöhnlich hart", fuhr er in demselben düsteren Tonfall fort. „Die Franzosen sind für diese mörderische Kälte nicht gerüstet. Wenn Napoleon auf mich hörte, würde er jetzt umkehren. Aber er hat es sich in den Kopf gesetzt, Moskau zu erobern!"

„Seine Armee wird erfrieren", sagte ich und dachte an die eisigen Stürme in den russischen Ebenen. „Warum stellst du dich plötzlich auf Napoleons Seite?"

„Wenn der Zar diesen Krieg gewinnt", meinte Klemens besorgt, „wird er sich dafür rächen, dass ich mich nicht mit ihm gegen die Franzosen verbündet habe."

„Chéri", sagte ich mit vor Aufregung heiserer Stimme. „Es ist ja noch nicht zu spät! Du kannst dich immer noch auf Alexejs Seite schlagen! Er wird diesen Krieg gewinnen. Ich weiß es!"

Er gab keine Antwort und sah sehr bedrückt drein. Während des ganzen Abends musste ich ihm komplizierte Zahlen ansagen, die er dann mit neun multiplizierte. Als er mich am Morgen verließ, schien er immer noch sehr in Sorge.

5. November 1812.

Als Klemens heute zu mir kam, war er viel vergnügter. „Die Franzosen haben Moskau erreicht!" verkündete er triumphierend. „Du hast dich geirrt, Kitty. Napoleon wird gewinnen - wie immer!"

25. Dezember 1812.

Klemens kam heute Nachmittag und brachte Klementine zu einem Weihnachtsbesuch mit. Beide waren übellaunig. Meine Tochter bedankte sich pflichtschuldigst bei mir für

das Weihnachtsgeschenk. Sie sprach fast ununterbrochen von einem Maskenfest am Eislaufplatz, das Marie und Viktor heute besuchen durften - es war unverkennbar, dass sie viel lieber mit ihnen gegangen wäre. Klemens schenkte mir ein Fläschchen Parfüm. Er schien niedergeschlagen.

„Ist es wahr, dass die Franzosen sich in Schwierigkeiten befinden?" fragte ich. „Aurora hat es auf dem Markt gehört."

„Deine Landsleute haben Moskau in Brand gesetzt", sagte Klemens finster. „Die französischen Soldaten fanden keine Unterkünfte und keine Lebensmittel vor. Es schneit ununterbrochen. Napoleon hat Kaiser Franz um 80.000 Mann ersucht."

„Und seine eigenen 600.000?"

„Nur 95.000 sind bis Moskau gekommen, und die sind völlig erschöpft!"

Ich sah ihm fest in die Augen. „Meinst du nicht, es wäre an der Zeit, sich auf die Seite des Siegers zu schlagen, anstatt den Verlierer zu unterstützen?"

„Napoleon kann nicht verlieren!"

„Er kann! Alexej wird ihn vernichten. Und er wird auch dich vernichten, wenn du jetzt nicht zu ihm stehst."

„Was kann mir der Zar schon antun? Alles, was ich verlieren kann, ist meine Stellung als österreichischer Außenminister. Und die habe ich ohnedies satt. Ja, ich habe es satt, einem undankbaren Volk zu dienen."

„Was würdest du dann tun?"

„Mich mit meiner Familie nach Ochsenhausen zurückziehen."

„Nach Ochsenhausen?" Ich betrachtete lange sein Gesicht. Man begann ihm seine vierzig Jahre anzusehen. Seine Haare wurden grau, er hatte Falten bekommen, und das Kinn war nicht mehr ganz so markant wie früher. „Wie ich höre, haben sich die Preußen mit dem Zaren verbündet", sagte ich leichthin, „ebenso die Sachsen. Wenn Alexej gewinnt, wirst du Ochsenhausen nicht behalten können, fürchte ich. Es ist ziemlich unangenehm, ohne Einkommen leben zu müssen - ich spreche aus Erfahrung."

Klemens sprang auf. „Ich weiß wirklich nicht, warum ich mir die Mühe mache, dich jede Woche zu besuchen. Früher einmal warst du amüsant. Ein Blick auf deine roten Haare, und ich hatte meine Sorgen vergessen. Ich dachte nur mehr daran ..." Er unterbrach sich, als er bemerkte, wie aufmerksam Klementine zuhörte, und befahl ihr barsch, den Mantel anzuziehen.

31. Januar 1813.

Selten gab es einen so strengen Winter wie dieses Jahr. Um mein kleines Haus hier im Helenental liegt hoher Schnee, und ich stecke nur ganz selten die Nasenspitze zur Tür hinaus. Aurora jedoch stapft täglich fest vermummt zum Markt und bringt mir alle Neuigkeiten nach Hause. Anscheinend musste die französische Armee - das heißt, ihr erbärmlicher Überrest - einen schmählichen Rückzug antreten. „Glauben Sie mir, Durchlaucht", sagte sie glücklich, während sie den Saum meines neuen, schwarzen Kleides nähte, „die Tage des Ungeheuers sind gezählt."

7. Februar 1813.

„Das Witwengewand passt gut zu deinen roten Haaren, Kitty", meinte Klemens, als er heute Nachmittag zu Besuch kam. Es fiel ihm nicht ein zu fragen, woher ich das Geld dafür genommen hatte. Hätte ich nicht Aurora, die mir - ich weiß nicht woher - immer wieder kleinere Geldbeträge beschaffen kann, stünde ich völlig mittellos da. Seit dem Beginn des Winters leidet Graf Cobenzl an Bronchitis. Für meine täglichen Bedürfnisse, wie Lebensmittel, Heizmaterial und die beiden Hausangestellten, wird gesorgt. Für Dienste, die nicht geleistet werden, zahlt er jedoch nicht. Also kein Boccaccio, kein Taschengeld.

Klemens überreichte mir eine Schachtel mit Süßigkeiten. „Herzlichen Glückwunsch zum Geburtstag!"

Heute wurde ich dreißig Jahre alt. Im Geiste sehe ich Alexejs vorwurfsvolle, graue Augen vor mir. Noch immer habe ich aus meinem Leben nichts gemacht. Nun bin ich alt, und es ist zu spät.

15. April 1813.

Der Schnee schmilzt, mein kleiner Bach ist mächtig angeschwollen. Die Luft ist lind, endlich singen die Vögel wieder, und ich habe heute Vormittag mit Klemens einen Spaziergang durch den Wald gemacht. Vereinzelt blühen schon die Veilchen, und die Bäume haben sich mit einem zarten, grünen Schleier umgeben.

Klemens schien die Wiedergeburt der Natur nicht zu bemerken. „Ich habe das Gefühl, dass Russland bereit ist, in Friedensgespräche mit Frankreich einzutreten", meinte er unsicher.

„Mon pauvre chéri", sagte ich und legte meine Hand auf seinen Arm, während ich über einen Baumstamm stieg. „Es war ein großer Fehler, neutral zu bleiben! Wenn der Minotaurus und Alexej sich verbünden, werden sie sich gemeinsam auf Österreich stürzen und es vernichten."

„Wie scharfsinnig du geworden bist", sagte er missmutig. „Aber mir scheint, du hattest in diesem Fall recht."

„Ist es zu spät, sich noch mit Alexej zu verbünden?"

Er gab keine Antwort.

„Vielleicht nicht!" bohrte ich weiter. „Napoleon ist sehr geschwächt. Aurora hat von ihrer Pflegemutter einen Brief bekommen. Sie schreibt, dass ihr jüngster Sohn mit vierzehn Jahren zur Armee eingezogen wurde!"

„Ich weiß auch, dass es mit Frankreich nicht gut steht", sagte Klemens verärgert.

„Nun wäre der Moment gekommen, Napoleon ein Ultimatum zu stellen", schlug ich aufgeregt vor. „Verlange von ihm, sich nach Frankreich zurückzuziehen und die alten Grenzen wiederherzustellen. Spanien, Holland, die Schweiz und Italien aufzugeben. Drohe ihm, an der Seite Russlands gegen ihn ins Feld zu ziehen."

Klemens nagte an seiner Unterlippe. „Der Plan ist kühn!" Wir blieben am Ufer eines Baches stehen. Plötzlich hob Klemens einen Stein auf und schleuderte ihn ins Wasser. „Aber bei Gott, ich will es wagen!"

33. Kapitel

Baden, Helenental, 15. Juli 1813.

Napoleon hat abgelehnt!

„Er hat mich einen diplomatischen Hanswurst genannt", tobte Klemens, nachdem er gestern aus Paris zurückgekehrt war. „Dieser Parvenü hatte die Frechheit zu sagen: ‚Monsieur Metternich, aus Ihnen wäre beinahe ein Staatsmann geworden. Sie lügen schon sehr gut. Aber ich weigere mich, Ihnen zu glauben, dass mein Schwiegervater gegen mich Krieg führen würde.' Oh, ich werde ihm zeigen, wer hier der Hanswurst ist!" schwor Klemens, und seine Stimme überschlug sich vor Zorn.

1. August 1813.

Heute hat sich Österreich mit Russland verbündet und Frankreich den Krieg erklärt. Graf Cobenzl ist genesen, und ich lese ihm wieder jeden Dienstag und Donnerstag vor.

1. April 1814.

Napoleon Bonaparte, Kaiser der Franzosen von eigenen Gnaden, ist geschlagen. Er hat sich nach Fontainebleau zurückgezogen. Louis XVIII. ist nach Frankreich zurückgekehrt, Klemens nimmt an den Friedensverhandlungen in Paris teil.

20. Juli 1814.

Die Kurgäste, die im Park promenieren und das übelriechende Wasser trinken, bereden die jüngsten Neuigkeiten aus Wien. Kaiser Franz hat seinen Außenminister nach dessen Rückkehr aus Paris in den Fürstenstand erhoben.

„Mein Fürst", sagte ich und versank in einen tiefen Knicks, als Klemens gestern spät abends nach einem Konzert zu mir kam. „Meine allerherzlichsten Glückwünsche!"

„Was ist schon ein Titel?" meinte er betont gleichgültig. Dann lachte er. „Wirklich freut mich nur, dass der Kaiser einsehen musste, dass ich recht hatte. Ich war ja schon immer der Meinung, dass man Napoleon vernichten musste. Letztlich habe ich ihn durch meine Geduld und Ausdauer zu Fall gebracht."

„Ja, ja, Chéri", pflichtete ich ihm bei, „du verdienst die Fürstenwürde voll und ganz."

„Ist dir klar, kleine Fürstin", sagte er und küsste mich, „dass ich dir jetzt ebenbürtig bin? Fürst Metternich! Klingt ganz gut, wie?"

„Wie war es bei den Friedensverhandlungen in Paris?" erkundigte ich mich.

„Es wurde nur ein vorläufiger Friedensvertrag beschlossen. Wir kommen im Herbst alle noch einmal zu intensiveren Verhandlungen zusammen."

„In Paris?"

„Nein", Klemens' Stimme klang sehr stolz, „in Wien! Ich bin der Gastgeber."

„Und was wird mit Napoleon geschehen?"

„Ich habe vorgeschlagen, dass wir ihn auf die Insel Elba verbannen", sagte Klemens, „aber der Kaiser meint, das sei zu nahe bei Frankreich."

Ich dachte an den stolzen kleinen Mann mit den furchterregenden Augen. „Könntet ihr ihm nicht gestatten, seinen Lebensabend in Malmaison bei Josephine zu verbringen?"

„Er ist mit Marie Louise verheiratet!"

„Sie wird ihn doch sicher verlassen."

„Wir haben ihr geraten, mit ihrem Sohn nach Wien zu kommen. Der Kaiser kann doch nicht zulassen, dass seine Tochter und sein Enkel in der Verbannung leben."

„Wie geht es Alexander?"

Klemens lächelte. „Du hättest ihn in Paris einreiten sehen sollen. Er saß auf einem riesigen Schimmel, die großen Stiefel in goldenen Steigbügeln, trug die auffallendste Uniform, die man sich vorstellen kann, und lächelte und winkte der Bevölkerung zu. Die Leute standen am Straßenrand, und der Mund blieb ihnen offen."

„Hat er nach mir gefragt?"

„Ja." Klemens schien erbost. „Ich habe es für richtig gehalten, ihm mitzuteilen, dass du in einer Umgebung lebst, die einer Fürstin Bagration durchaus nicht angemessen ist."

„Und was hat er gesagt?“
„Nichts. Er hat schweigend zugehört.“

25. August 1814.

Mein „großer Bruder“ Alexej hat mich überraschend in Baden besucht. Ich las Graf Cobenzl gerade die letzte Geschichte aus dem „Decamerone“ vor. Er war eingeschlafen.

„Kleine Schwester!“ Alexejs mächtige Stimme füllte das stille Zimmer. „Was um Himmels willen tust du da?“ Ich stand auf. „Ich verdiene mir meinen Lebensunterhalt, Majestät“, sagte ich kalt und verneigte mich.

Graf Cobenzl fuhr erschrocken hoch. Seine kleinen, kurzsichtigen Augen richteten sich auf die riesige Gestalt des Zaren, dann wurden sie groß und rund vor Angst. Er sprang auf, verneigte sich tief und lief aus dem Zimmer.

Alexej blickte ihm nach, dann grölte er vor Lachen. „Dieser lächerliche Zwerg!“ Er schlug sich auf die Schenkel und konnte sich gar nicht beruhigen. „Wie er rennt! Wie eine Ratte!“

„Ohne den Grafen“, sagte ich steif, „wäre ich verhungert.“

„Ich weiß das alles.“ Alexejs Stimme klang nun etwas milder. „Du wärest nicht verhungert, kleine Schwester. Du hast dich sehr brav gehalten.“ Er küsste mich auf die Stirn.

„Woher weißt du das?“ Ich sah ihn verwundert an. „Deine kleine Freundin, Mademoiselle Aurora, hat mich über jeden deiner Schritte auf dem laufenden gehalten.“

„Aurora ist eine Spionin?“ rief ich. „Das kann nicht wahr sein!“

„Sie war es immer schon.“ Alexej setzte sich in einen großen Lehnstuhl. „Erinnerst du dich noch, wie sie zu dir kam, damals in Dresden? Fouché hatte sie geschickt. Später habe ich ihr Einkommen dann aufgebessert. Und noch jemand tat dasselbe, Graf -“ Er hielt inne und lächelte sarkastisch. „Pardon - Fürst Klemens Metternich.“

„Soll das heißen, dass auch er Aurora bezahlt, damit sie mich bespitzelt?“

Wiederum grölte Alexej vor Lachen. „Anscheinend hat dir dein Liebhaber nie so recht getraut. Er hegte immer schon den Verdacht, du könntest für mich arbeiten.“

Mir wurde übel. „Der Marquis de Sade hat wirklich recht“, sagte ich bitter. „Güte wird mit Verrat belohnt.“ Alexejs graue Augen wurden ernst. „Die Güte“, sagte er mit Nachdruck, „trägt ihren Lohn in sich.“

1. September 1814.

Wenn die Tugend ihren Lohn in sich trägt, muss auch das Böse seine Strafe in sich selbst haben. Ich halte es deshalb für überflüssig, Aurora zu entlassen. Ich sage ihr nicht einmal, dass ich von ihrer Spionage weiß. Das arme Mädchen brauchte wahrscheinlich dringend Geld - genau wie ich, als ich Graf Cobenzls Angebot annahm. Ich verzeihe ihr ... Klemens aber kann ich nicht verzeihen!

Gestern kam er nach Baden. Ich war gerade beim Packen.

„Wo willst du hin?“ fragte er und sah auf die offenen Koffer, die herumliegenden Kleider.

„Zurück nach Wien. Alexej hat mich gebeten, während des Friedenskongresses seine Gesellschaftsdame zu sein.“

„Sehr gut!“ Er schob einen Stoß Wäsche zur Seite und setzte sich auf das Bett. „Ich hätte jetzt sowieso kaum mehr Zeit gefunden, herauszukommen. Der Kongress wird das größte Ereignis in der Geschichte dieses Jahrhunderts. Alle europäischen Herrscher und Staatsmänner werden sich hier versammeln ...“

„Dieser Gedanke ist dir sicher schrecklich unangenehm!“ Meine Ironie war verschwendet. „Ich werde sehr viel Arbeit haben und eine ungeheure Verantwortung“, meinte er selbstzufrieden. „Ich fürchte, ich werde nur spät abends Zeit finden, dich zu besuchen, Kitty.“

„Ich kann dich beruhigen“, sagte ich kalt. „Auch ich werde von meinen Pflichten völlig in Anspruch genommen sein. Wir werden wahrscheinlich überhaupt keine Zeit haben, miteinander allein zu sein.“

Er zog die Brauen in die Höhe. „Was habe ich denn jetzt wieder angestellt?“ Er streckte mir die Arme entgegen. „Komm! Ich bin schließlich nicht den langen Weg ins Helenental herausgefahren, um mit dir zu streiten.“

Ich musste mich zwingen, nicht in diese strahlenden blauen, halbgeschlossenen, bittenden Augen zu schauen.

„Willst du mich nicht küssen?“ Seine Stimme war sanft und verführerisch. Am liebsten hätte ich mir die Ohren zugehalten, um sie nicht zu hören.

„Nein.“

„Gut, wie du meinst.“ Er setzte sich auf. „Du wünscht unsere ... Freundschaft zu beenden, Katharina?“ Er lächelte.

„Unsere Freundschaft? Ist das ein Freund, der Spitzel bezahlt?“

„Ach, du hast die Sache mit Aurora herausbekommen?“ Er zuckte mit den Achseln. „Ich war nicht der erste, der auf diese Idee kam. Damit begonnen hat dein geliebter Ziehbruder, der Zar.“

„Alexej wollte, dass sie ihn über mein Befinden informiert. Das hat dich allerdings nie im geringsten interessiert.“

„Ich glaube, du hattest dich nicht zu beklagen, wenn wir miteinander im Bett waren.“

„Geh auf der Stelle“, sagte ich, außer mir vor Wut.

Er stand auf, trat vor den Spiegel und strich sich die Haare glatt. „Wir sehen uns in Wien. Vielleicht bist du dann bei besserer Laune!“ Er verbeugte sich ironisch und ging.

Ich starrte noch lange auf die geschlossene Tür. Sobald ich in Wien bin, schwor ich mir, hole ich meine Tochter sofort aus seinem Haus!

Ich blickte zufällig in den Spiegel. Um die Augen habe ich kleine Fältchen, mein Mund ist hart geworden, das rote Haar glanzlos. Ich bin einunddreißig und sehe aus wie vierzig. Mein Leben als Frau ist zu Ende!

5. September 1814.

Heute Nachmittag kam Graf Cobenzl, um die Schlüssel der Villa zu übernehmen. Ein Diener schob ihn im Rollstuhl in den Salon. An jenem Tag, an dem er vor Alexej floh, war er im Garten gestolpert und hatte sich eine Bänderzerrung am Knöchel zugezogen.

„Mein liebes Kind“, sagte er traurig, als er die Schlüssel entgegennahm, „Sie werden mir sehr fehlen. Sie haben Jugend und Sonnenschein in mein Leben gebracht. Hier ist ein kleines Geschenk für Sie.“

Ich musste lächeln, als ich das kleine Paket öffnete und wiederum ein Buch zum Vorschein kam. Der kleine Graf war wirklich unverbesserlich!

„ ‚Die Kunst der Liebe' wurde von dem größten aller römischen Dichter geschrieben, von Ovid. Ich beneide Sie um das Vergnügen, dieses Buch zum erstenmal zu lesen, Fürstin."

Ich schlug das Buch auf und las das Inhaltsverzeichnis. „Mich interessiert nur ein Kapitel", sagte ich bitter, „nämlich das letzte: „Die Heilmittel gegen die Liebe'."

Der kleine Herr im Rollstuhl kicherte. „Heilmittel gegen die Liebe? Wie gut, dass es sie nicht gibt!"

„Die Liebe ist ein Fluch! Das Leben wäre so friedlich ohne Liebe ..."

„Dann könnten Sie auch sagen, es ist ‚friedlicher', tot zu sein als lebendig, mein Kind."

„Es gibt doch andere Dinge, die das Leben lebenswert machen", sagte ich. „Vaterlandsliebe oder die Liebe zu Kindern ..."

Graf Cobenzl lachte. „Und Sie meinen tatsächlich, diese Gefühle könnten die Liebe zwischen Mann und Frau ersetzen?"

„Vielleicht nicht, solange man jung ist", gab ich zu. „Aber in meinem Alter hat man keine romantischen Vorstellungen mehr."

Wiederum kicherte er. „Ich habe vor kurzem meinen achtzigsten Geburtstag gehabt", sagte er. „Warum meinen Sie, habe ich mir von Ihnen diese pikanten Bücher vorlesen lassen? Ich sehe gar nicht so schlecht, ich hätte sie sehr gut selbst lesen können."

„Ich ... ich verstehe nicht recht", stammelte ich, und ein Unbehagen stieg in mir hoch. Graf Cobenzl wandte seinen Blick nicht von meinem Gesicht.

„Meine Gefühle für Sie, mein Kind, brannten so heiß, als wäre ich zwanzig. Und da mein Körper - leider - zu schwach ist, ihnen Ausdruck zu verleihen ..." Er hielt inne, die magere Hand auf der Decke zitterte.

„Vermutlich hatten Sie Streit mit Ihrem Freund, Fürstin." Mit großer Mühe ergriff er sein Lorgnon und betrachtete mich eingehend. „Alt!" kicherte er. „So etwas nennt sich alt! Ich garantiere Ihnen, es werden keine zwei Wochen vergehen, und Sie sind wieder verliebt!"

34. Kapitel

Wien, Palmenschlößl, 15. September 1814.

Ein glücklicher Zufall wollte es, dass meine alte Wohnung frei war. Als ich sie vor vier Jahren verlassen musste, war Prince de Ligne selbst wieder hier hergezogen. Als es aber bekannt wurde, dass man zum Friedenskongress in Wien Scharen von Ausländern erwartete, zog er sich wieder auf seinen Landsitz auf dem Kahlenberg zurück.

Kaum war ich hier angekommen, machte ich mich auf den Weg, meine Tochter zu mir zu holen.

„Liebste Katharina!" Lorel begrüßte mich mit offenen Armen. „Ich habe schon gehört, dass du nach Wien kommst und habe deinen Besuch erwartet."

„Wo ist Klementine?" fragte ich.

„Du wirst staunen, wie groß sie geworden ist!" sagte Lorel herzlich und fügte stolz hinzu: „Eine richtige junge Dame!"

„Kannst du sie bitte rufen?"

„Sie hat gerade Geschichtsstunde mit Viktor", erklärte Lorel entschuldigend. „Der Lehrer ist äußerst zufrieden mit ihr. Ich glaube, wir sollten den Unterricht nicht stören. Möchtest du nicht eine Tasse Tee mit mir trinken und warten, bis die Kinder fertig sind. . ."

Sie nahm mich am Arm und führte mich in ihren Salon.

„Ich bin froh, dass ich wieder nach Wien kommen konnte", sagte ich. „Mir ist, als wäre ich nie fortgewesen."

„Dabei ist in diesen vier Jahren so viel geschehen", sagte Lorel. „Gestern habe ich Marie Louise gesehen."

„Wie geht es ihr denn?"

„Sie ist dick geworden." Lorel lachte. „Angeblich hat sie sich in Graf Neipperg verliebt, der sie nach Österreich heimbrachte, und ich muss sagen, sie machte wirklich keinen allzu unglücklichen Eindruck."

„Wie sieht ihr Sohn, der kleine König von Rom, aus?"

„Er ist bezaubernd. Goldene Locken! Sein Großvater ist ganz vernarrt in ihn."

„Armer Napoleon!" sagte ich leise. „Wie einsam wird er auf Elba sein!"

„Ich bin der Meinung, dass mein Mann Napoleon gegenüber große Milde walten ließ", erklärte Lorel scharf. „Elba ist eine der schönsten Inseln der Welt. Er erhält jährlich sechs Millionen Franc. Ich habe Klemens schon oft gesagt, ich hätte das Ungeheuer nicht so schonend behandelt. Leider hat mein Mann ein viel zu weiches Herz."

Ich sah immer wieder zur Tür, der Hausherr schien jedoch glücklicherweise nicht zu Hause zu sein.

„Meinst du nicht, dass die Stunde schon zu Ende sein müsste?" fragte ich und sah auf die Uhr.

„Wir werden nachsehen", sagte sie zögernd und führte mich über einen langen, dunklen Korridor, an dessen Wänden zahlreiche Ahnenbilder hingen. „Das ist das Studierzimmer der Kinder", flüsterte sie vor einer hohen Tür. Sie legte den Zeigefinger an den Mund und öffnete die Tür.

An einem runden Tischchen saßen Viktor Metternich und Klementine, steckten die Köpfe zusammen und studierten eifrig eine Landkarte.

„Klementine", sagte Lorel, „ich habe eine Überraschung für dich."

Das Kind blickte auf, schlug die Augen aber sofort wieder nieder, als es mich erkannte.

„Bonjour, Maman." Sie stand auf und küsste mich.

Ich stellte fest, dass meine Tochter mit ihren elf Jahren genauso groß war wie ich. Sie trug ein einfaches, graues Kleid mit weißem Kragen und weißen Manschetten; ein weißes Band hielt die Haare aus der runden Stirn.

„Ma petite", rief ich. „Endlich kann ich dich heimholen!" Ich zog sie in die Arme. Aber ihr Körper blieb steif, abweisend.

„Freust du dich denn nicht, *ma petite?"* fragte ich. „Ich konnte diesen Augenblick kaum erwarten. Aurora wartet auf dich zu Hause!"

„Mademoiselle Aurora ist immer noch bei dir?" fragte Lorel missbilligend.

„Ich bin froh, dass ich sie habe", sagte ich trotzig. „Heute ist es ja in Wien fast unmöglich, eine Kammerzofe zu bekommen."

„Ja, die Stadt gehört jetzt den Ausländern", stimmte Lorel mir zu. „Aber es eilt ja nicht so sehr damit, dass du das Kind wieder zu dir nimmst, oder?“ Sie legte den Arm um meine Tochter, die an ihre Seite getreten war.

Viktor, das Ebenbild seiner Mutter, küsste mir die Hand.

„Klementine und ich arbeiten an einem Projekt“, erklärte er mir ernst.

„Klemens hat sie so ins Herz geschlossen“, erzählte Lorel, „dass er manchen Abend zu Hause bleibt, um mit ihr mathematische Probleme zu lösen. Und als Gesellschaftsdame des Zaren wirst du sicher sehr beschäftigt sein, meine liebe Katharina. Lass sie doch wenigstens bei uns, bis der Kongress zu Ende ist.“

„Möchtest du denn nicht mit mir kommen?“ fragte ich Klementine.

Sie ließ den Kopf hängen.

„Das Kind ist so glücklich hier.“, bat Lorel.

„Ich möchte gern hier bleiben.“ Ihre Stimme war kaum hörbar. Und so verließ ich das Palais Metternich allein.

1. Oktober 1814.

Scharen von Ausländern erfüllen die sonst so stillen, friedlichen Straßen und Gassen Wiens mit Lärm und Getriebe. Sechs Herrscher sind hierher gekommen: der dicke König von Württemberg, der magere König von Dänemark, der König von Bayern, Friedrich Wilhelm von Preußen, Friedrich August von Sachsen und der Zar. Monsieur Talleyrand, der Louis XVIII. vertritt, wird von der Herzogin von Dino begleitet, der einundzwanzigjährigen Schwester Wilhelminas von Sagan. Lord und Lady Castlereagh kamen aus England als Abgesandte König Georgs III., der - wie jeder weiß - geisteskrank ist. Zuerst machte man sich große Sorgen wegen des Protokolls und der Rangordnung, dann aber beschloss man, dass ausschließlich das Alter der einzelnen Teilnehmer die Rangordnung bestimmen sollte.

Zusammen mit den sechs Monarchen sind 700 Diplomaten in Wien eingetroffen, daneben ihre Sekretäre, Bediensteten und Familien. Es ist beinahe unmöglich, in einem Kaffeehaus einen freien Tisch zu finden. Natürlich wimmelt es in der Stadt von Spionen. Als ich vor zwei Wochen hier ankam, erhielt ich einen Brief des Polizeipräfekten. Ich öffnete ihn mit gemischten Gefühlen.

„Hochgeschätzte und verehrte Fürstin Bagration“, begann er. „Gestatten Sie mir, Sie in unserer Stadt untertänigst willkommen zu heißen.“ - Offensichtlich weiß der Polizeipräfekt, dass ich wieder unter dem Schutz des Zaren stehe! - „Ich habe die Ehre, Sie zu ersuchen, nicht nur Ihre Verbindungen und Informationsquellen bestmöglich zu nutzen, um mich täglich mit Neuigkeiten versorgen zu können - selbstverständlich werde ich mich dafür erkenntlich zeigen und für dadurch entstandene zusätzliche Ausgaben aufkommen -, sondern ich möchte Sie auch bitten, so freundlich zu sein und mir mitzuteilen, welche Leute Ihrer Meinung nach unter den gegebenen Umständen für eine ähnliche Aufgabe geeignet wären und ob diese bereit wären, in diesbezügliche Verhandlungen mit mir zu treten.“

Ich musste den Brief zweimal lesen, ehe ich ihn verstand. Dann zerriss ich ihn und warf ihn ins Feuer.

Einige Tage später erschien Baron Hager persönlich. „Sie wünschen?“ fragte ich kühl, als er verlegen vor mir stand und seinen Hut in den Händen drehte.

„Ich war so frei, Euer Durchlaucht einen Brief zu schreiben“, begann er betreten.

„Ja?“

„Haben Durchlaucht ihn erhalten?“

Ich deutete auf den Kamin. „Er befindet sich dort.“ Einen Augenblick schien er die Fassung zu verlieren, dann aber begann er mutig von neuem. „Besonders interessiert wären wir an der Korrespondenz, die Durchlaucht zweifellos mit unserem verehrten Herrn Außenminister geführt haben. Seine Briefe wären für höchste Kreise von großem Wert. Wenn Durchlaucht sich davon trennen könnten, würden wir eine großzügige Summe dafür bieten.“

„Was würden Sie tun, Baron“, sagte ich und bebte vor Wut, „wenn ich dem Fürsten Metternich von Ihrem Angebot Mitteilung machte?“

Er sah mich mit seinen kleinen, runden Äuglein ausdruckslos an. „Ich würde Seiner Exzellenz sagen, dass die Fürstin Bagration offenbar eine blühende Phantasie besitzt.“

Ich läutete nach Aurora und bat sie, den Polizeipräsidenten hinauszugeleiten. Ich bin nun froh, dass ich sie nicht entlassen habe. Jede andere Zofe, die ins Haus gekommen wäre, hätte zweifellos ebenfalls spioniert. Bei Aurora weiß ich wenigstens schon, dass ich ihr nicht trauen darf.

14. Oktober 1814, 3 Uhr Nachts.

Heute Abend habe ich Klemens wiedergesehen. Seine blauen Augen, sein schöner Mund ließen mich völlig kalt. Eines allerdings machte meinen Puls schneller schlagen, nämlich dass Wilhelmina an seiner Seite ging. Auch sie ist vor einigen Tagen nach Wien zurückgekehrt, und ein riesiger Möbelwagen fuhr in der Schenkenstraße vor. Zu dem Ball, den Graf Rasumofsky zu Ehren des Zaren gab, waren 500 Gäste geladen. In Begleitung des Zaren befand sich diesmal auch seine Frau. Elisabeth ist eine schweigsame, ältliche Dame geworden, die sich meiner kaum zu entsinnen scheint. Unter Alexejs Gefolge befanden sich auch die Czartoryskis, sein Bruder Konstantin und seine Schwester Pawlowna. Ich hatte sie zuletzt als dreizehnjähriges Mädchen gesehen. Nun ist sie sechsundzwanzig und beinahe so groß wie Alexej. Die beiden Geschwister sehen einander sehr ähnlich. Sie hat seine blonden Haare und seine klassischen, regelmäßigen Gesichtszüge. Außerdem hat sie herrliche Schultern und eine königliche Haltung. Diese Frau also hatte mein Mann geliebt! Ihr einfaches, schwarzes Kleid war hochgeschlossen, und plötzlich erschienen mir der Ausschnitt meines eigenen Kleides zu tief, die Haare zu rot, das Gesicht zu stark geschminkt.

„Wie seltsam, dass wir uns als Witwen wiedersehen“, sagte ich.

Pawlowna gab keine Antwort. Sie sah mich nur mit ihren großen, klaren Augen an, und ich musste den Blick senken.

Als ich wieder aufsah, bemerkte ich, dass ihre edlen Züge weicher wurden und dass sie errötete. Ich folgte ihrem Blick.

Zuerst meinte ich, den Geist meines toten Geliebten Louis Ferdinand zu sehen. Der Mann, der den Saal gerade betreten hatte, trug dieselbe silbergraue Uniform, hatte dieselbe hohe, schlanke Gestalt und ebenso unbändiges blondes Haar. Seine preußische Aussprache erinnerte mich wieder an Louis Ferdinand.

Alexej nahm mich zur Seite, er zog die Stirn in Falten. „Wie gefällt dir der Kronprinz von Württemberg?“ Warum sah er so böse drein? Glaubte er, ich sei im Begriff, wieder einmal eine Dummheit zu machen? „Der Prinz scheint recht nett zu sein“, antwortete ich ausweichend.

„Ich möchte, dass du ihn Pawlowna ausspannst!“ Die Falten auf seiner Stirn wurden tiefer. „Sie macht sich ja lächerlich. Wilhelm ist mit Charlotte von Bayern verheiratet, und Pawlowna will partout, dass er sich scheiden lässt.“

„Ist das denn so schlimm, Alexej?“ fragte ich. „Pawlowna ist doch frei, sie kann jederzeit wieder heiraten.“

„Ja, aber nicht ihn“, sagte Alexej böse. „Sein Vater, der König von Württemberg, würde das sehr übel nehmen. Er selbst hat Wilhelm seinerzeit gezwungen, Charlotte zu heiraten. - Wenn man den Esel nennt ...“ Alexej deutete mit dem Kopf zur Tür.

Die Tür schien nicht breit genug, um den König von Württemberg durchzulassen. Sein Bauch ist so enorm, dass es ihm schwer fällt, jemandem die Hand zu reichen. „Wir mussten einen Halbkreis aus dem Tisch sägen, damit er überhaupt imstande war zu essen“, flüsterte Alexej, bevor er ihn begrüßte.

Kronprinz Wilhelm verließ Pawlowna hastig und ließ sie in Gesellschaft ihres Bruders Konstantin zurück. In den vierzehn Jahren, in denen ich Konstantin glücklicherweise nicht sehen musste, ist er zum Ebenbild seines Vaters geworden. Er hat den gleichen verwachsenen Körper, die gleiche unförmige Nase und die gleichen degenerierten Züge wie sein Vater.

Kronprinz Wilhelm kam auf mich zu. „Ich war unglücklich, als mein Vater mich zwang, ihn auf dieser Reise zu begleiten.“ Seine preußische Stimme klang jetzt weich, vertraut. „Nun allerdings bin ich ihm dankbar dafür.“ Kühne, dunkle Augen blickten mich an.

Der Kronprinz von Württemberg hatte sich gerade zur rechten Zeit zu mir gesellt. Denn in diesem Augenblick betraten Friedrich von Gentz, Wilhelmina von Sagan und Fürst Metternich den Ballsaal. Obwohl ich nichts mehr für Klemens empfand, war ich doch froh, einen gut aussehenden Mann an meiner Seite zu wissen, während ich ihn begrüßte.

„Fürstin“, sagte Klemens und schenkte mir sein bezauberndstes Lächeln. „Wie beglückend, Sie wieder einmal zu sehen.“ Seine Lippen verweilten auf meiner Hand. „Hast du mir verziehen?“ flüsterte er kaum hörbar.

„Meine liebste Katharina", zwitscherte Wilhelmina, „wie sehr das an alte Zeiten erinnert, findest du nicht?" Ihre lebhaften, braunen Augen triumphierten.

„Darf ich um diesen Walzer bitten?" fragte Prinz Wilhelm und legte mir den Arm um die Mitte, bevor ich noch zustimmen konnte.

Neben uns tanzte Klemens mit der Gräfin Czartoryski. Isabella muss nun Mitte Sechzig sein, ihr Haar war blond gefärbt und ihr Gesicht vom Alter grausam gezeichnet. Ihr rosafarbenes Ballkleid war tief ausgeschnitten und entblößte die faltige Haut ihrer Brüste. Sie hob ihre geschminkten Augenlider kokett zu Klemens. Er aber berührte hinter ihrem Rücken meine Hand, die auf der Schulter des Kronprinzen lag.

1. November 1814.

Meine Haare glänzen wieder, und meine Haut fühlt sich jung und glatt an. Ich tanze die Nächte durch. jeden Abend gibt es einen anderen Ball. Kronprinz Wilhelm ist mein ständiger Begleiter.

„Ich bin zufrieden mit dir, kleine Schwester", sagte Alexej, als er mich soeben - es ist vier Uhr früh - besuchte. „Der Prinz hat derzeit nur mehr Augen für dich." Er zog die Stiefel aus, legte die Füße auf meinen zierlichen Teetisch und lehnte sich zurück.

Ich rieb mir die Augen und setzte mich im Bett auf. Ich habe mich an Alexejs nächtliche Besuche immer noch nicht recht gewöhnt.

„Pawlowna ist weniger zufrieden", sagte ich, halb triumphierend, halb schuldbewusst. Es bereitete mir eine gewisse Befriedigung, mich an der Frau zu rächen, die mein Mann mir vorgezogen hatte. Wenn ich jedoch den Schmerz in ihren jungen Augen sehe, schäme ich mich, den Kronprinzen ermutigt zu haben. „Eigentlich tut sie mir leid", sagte ich und zog mir die Decke bis zum Hals.

„Bitte, kümmere dich nicht um Pawlowna", gab Alexej ärgerlich zurück. „Ich habe genug Sorgen, ich möchte nicht auch noch den König von Württemberg verärgern."

„Ich verstehe gar nicht", sagte ich schläfrig, „wie man nach all diesen Bällen, Theateraufführungen, Konzerten und Diners noch die Kraft aufbringen kann, sich an den Konferenztisch zu setzen.

Ich werde mich den ganzen Tag ausruhen müssen, um morgen Abend auf Talleyrands Ball halbwegs frisch zu sein."

„Ich weiß wirklich nicht, wer mir widerlicher ist", sagte Alexej, öffnete den Hemdkragen und streckte sich auf dem Diwan aus, „dein parfümierter Freund Metternich oder der lahme Intrigant Talleyrand!"

Talleyrand ist sechzig, er hinkt und hat eine tiefe, heisere Stimme. Sein langes, geheimes Wirken gegen Napoleon wurde nun belohnt: Louis XVIII. ernannte ihn zum Vertreter Frankreichs beim Wiener Kongress. Alexej, Klemens, König Friedrich Wilhelm III. von Preußen und Lord Castlereagh hatten sich vor der Ankunft des französischen Abgesandten zu einer Privatbesprechung getroffen. Als Talleyrand davon erfuhr, war er wütend. Acht Mächte hatten den provisorischen Friedensvertrag in Paris unterzeichnet - und Talleyrand bestand darauf, dass diese acht Mächte völlig gleichberechtigt waren. Als man ihm erklären wollte, dass es sich bei den „großen Vier" um Verbündete handelte, stand er beleidigt vom Konferenztisch auf und wandte sich zum Gehen. „Wenn sie sich bei diesem Kongress immer noch als Verbündete fühlen", erklärte er, „ist hier für uns kein Platz. Ich kam hierher in der Annahme, dass bei diesem Kongress alle teilnehmenden Nationen gleichwertige Partner wären."

Man gab nach.

„Der Krüppel ist unverschämt", tobte Alexej. „Sein Land war schließlich der Angreifer! Zwei Jahrzehnte lang hat Frankreich Kriege vom Zaun gebrochen und andere Staaten angegriffen. Er tut geradeso, als wäre Frankreich der Sieger und nicht der Besiegte! Als hätte nicht ich, Alexander, Napoleon geschlagen!"

„Alexej", fragte ich leise, „bist du jetzt glücklich, da du deinen Eid erfüllt und Napoleon vernichtet hast?"

Im Morgendämmern sah ich, dass sein Gesicht kummervoll war. „Nicht Napoleon war es, der mich unglücklich machte, sondern..." Er unterbrach sich und stand auf. „Ich möchte nicht darüber sprechen. Um wieder auf Talleyrand zurückzukommen - ich muss ihm einmal klarmachen, wie viele Tausende namenloser Gräber sein Land verschuldet hat!"

„Talleyrand scheint nicht der Meinung, dass Napoleon mit Frankreich gleichzusetzen ist.", sagte ich.

„Nie macht ein Diktator ein Volk zu dem, was es ist.“, sagte Alexej hart. „Ein Volk macht den Diktator zu dem, was er ist. Er folgt nur den grausamen Wünschen der Menge.“

„Wie reagiert Fürst Metternich auf den Hochmut Talleyrands?“, fragte ich.

„Hat er mit dir darüber noch nie gesprochen?“

„Ich hatte keine Gelegenheit zu einem privaten Gespräch mit dem Außenminister.“, sagte ich kühl. „Wir haben ein paar Mal miteinander getanzt, das war alles.

„Er hat nicht versucht, die Beziehungen zu dir wieder aufzunehmen?“ Alexejs Augen wurden ganz schmal, als er mich prüfend ansah.

„Nein.“ Während unseres letzten Tanzes hatte Klemens geflüstert: „Betrügst du mich mit diesem langweiligen Preußen? Ich möchte dich wieder in meinen Armen halten, ich möchte dich küssen. Wann? Sag mir, wann!“ - Bevor ich noch antworten konnte, war der Kronprinz zu uns getreten und hatte mich abengagiert.

„Das freut mich.“, sagte Alexej. „Er ist der widerlichste Kerl, der mir je untergekommen ist. Er duckt sich, sobald er fühlt, dass ein anderer stärker ist als er. Nach außen hin ergreift er Talleyrands Partei. Er erklärt immer wieder, dass eine völlige Vernichtung Frankreichs ein gefährliches Vakuum in Europa entstehen lassen würde. Wir als Sieger sollten uns bescheiden, predigt er.“

„Und meint er das im Ernst?“, fragte ich.

„Keineswegs!“, sagte Alexander verächtlich. „Er ist ein Verräter und ein Narr dazu. Er will lediglich verhindern, dass ich einen freien, geschützten Staat Polen schaffe. Er fürchtet Russland als unmittelbaren Nachbarn Österreichs. Da ist ihm noch lieber, wenn Preußen *sich* ganz Sachsen nimmt - obwohl er mir gegenüber behauptet, er würde dem nie zustimmen. Nichts als Lügen! Mir dreht *sich* schon der Magen um, wenn ich seinen Lockenkopf nur sehe. Ihn und seinen Adlatus, diesen Herrn von Gentz!“

Klemens hat Fritz vor kurzem zu seinem Sekretär gemacht. Fritz erklärt den Zeitungen, was sie schreiben sollen, Fritz bestimmt, wer beim Außenminister in Audienz empfangen wird. Man sieht Klemens nie mehr ohne den Herrn von Gentz, der ihm immer und überall mit zwei Schritten Abstand folgt.

„Erst gestern hatte ich einen derartig heftigen Streit mit Metternich", sagte Alexej und zog die Stiefel wieder an, „dass ich ihn beinahe aus dem Fenster geworfen hätte. Ich muss heute früh zu einer Militärparade." Sein Gesicht erhellte sich. „Das gefällt mir viel besser als die idiotischen Bälle!"

2. Dezember 1814.

Obwohl Alexej behauptet, Bälle zu hassen, erschien er heute bei einem Kinderfest im Palais Schwarzenberg. Er tanzte mehrmals mit meiner Tochter, und Klementine lachte und plauderte genauso unbefangen mit ihm wie alle anderen Kinder. Ich überlegte, sie zu fragen, ob sie nicht mit mir nach Hause kommen wollte. Dann aber dachte ich an Kronprinz Wilhelm und an die vielen Stunden, die er in meinem Boudoir verbrachte. Kinderaugen sind unbestechlich. Ich liebe meine Tochter innig, und wenn ich nicht im Moment für den Zaren und mein Land eine Aufgabe zu erfüllen hätte, würde ich jedenfalls darauf bestehen, dass sie heimkommt ...

5. Dezember 1814.

Alexej kam heute nach einer Wildschweinjagd zu mir. Er bog sich vor Lachen. „Stell dir vor, ein französischer Delegierter fragte mich heute, wo er ein Bordell finden könnte. Ich riet ihm, eine Zeltplane über die gesamte Stadt zu spannen - dann hat er sein Bordell."

„Du übertreibst, Alexej. Ich finde die Atmosphäre hier amüsant."

„Nun, ich persönlich werde diese Stadt nicht vermissen, wenn ich wieder abreise.", murmelte Alexej, und wie so oft wechselte seine Stimmung von einer Minute zur anderen. „Ich bin in dieser Hurenstadt ja sowieso nur von Feinden umgeben. Es würde mich nicht wundern, wenn Österreich, Frankreich und England sich verbündeten und Russland den Krieg erklärten."

„Doch nicht England!" protestierte ich. „Traust du Lord Castlereagh so etwas zu?"

„Eigentlich nicht", lenkte Alexej ein. „Er ist der einzige anständige Mensch hier, der einzige Delegierte, der sich nicht heimlich Vorteile erhofft. Alle anderen schreien Frieden! Gerechtigkeit! Gleichgewicht der Staaten! Und dabei will Preußen Sachsen, Schweden verlangt Norwegen, Österreich erhofft sich Teile Bayerns ..."

... und Russland möchte Polen, dachte ich im stillen. „Gestern traf ich Lord und Lady Castlereagh auf der Kärntner Straße. Sie gingen Arm in Arm und sahen sich die Schaufenster an. Wir begrüßten einander und plauderten ein bisschen, und sie erzählte mir, dass sie ein Kostüm suche für ein Maskenfest bei Metternichs."

„Die braucht keine Maske", murmelte Alexej. „Mit ihren langen, gelben Zähnen sieht sie auf jeden Fall wie ein Pferd aus."

Ich musste lachen. „Aurora hat von ihren Bediensteten gehört, dass die beiden zu Hause heimlich Tanzstunden nehmen. Sie hüpfen wie zwei Ziegen in ihrem Salon herum."

Alexej lachte nicht mit. „Ich vergaß Aurora", sagte er mit gerunzelter Stirn. „Vergiss nicht, den Inhalt deines Papierkorbes immer zu verbrennen, sonst verkauft sie deine Briefe an Baron Hager. Man macht heutzutage mit zerknülltem Papier recht gute Geschäfte."

„Meinst du, dass sie immer noch spioniert?"

„Es würde mich jedenfalls nicht wundern." Er zuckte mit den Achseln, stand auf und ging.

1. Januar 1815

Offenbar fand Lady Castlereagh doch kein Kostüm, das ihr zusagte. Wie ich höre, geben die Engländer nicht gern viel Geld aus. Jedenfalls erschien sie beim Neujahrsmaskenball der Metternichs mit dem Ordensband ihres Mannes im Haar. Alle lachten hinter ihrem Rücken über sie. Wilhelmina von Sagan kam als Zigeunerin, aber ihre jüngere Schwester übertraf sie bei weitem. Die Herzogin von Dino, die am Arm Talleyrands den Saal betrat, erschien mit silbernen Lidern als Kaiserin Josephine. Lorel Metternich trug das Kostüm einer Holländerin, und ich kam - als Engel. An meinem losen, silbernen Gewand waren durchscheinende Flügel befestigt, und ich trug die Haare offen.

Kurz vor Mitternacht bat Klemens mich um einen Tanz. „Schade, dass die Männer nicht auch Kostüme tragen müssen", sagte ich. „Du würdest dich prächtig machen als ein spanischer Edelmann namens Don Juan."

„Weißt du, dass die Leute über dich reden? Ganz Wien schließt Wetten darüber ab, wer zur Zeit dein Geliebter ist. Einige sagen, dass der Zar dich jede Nacht besucht, andere behaupten, dass der Kronprinz von Württemberg viele Stunden in deinem Boudoir verbringt. Stimmt das?"

„Warum kaufst du dir nicht einfach jemanden, der das herausfindet und dir berichtet?" Die Musik verstummte, ich ließ ihn stehen.

5. Januar 1815

Um 6 Uhr früh kam ich heute von einem Ball in der Hofreitschule heim. 3000 Menschen waren gekommen. Der Saal war prächtig geschmückt, und Hunderte Kerzen brannten in silbernen Leuchtern. Kronprinz Wilhelm engagierte mich jedes Mal ab, wenn jemand anderer mit mir tanzte. Alexej strahlte, er küsste und umarmte mich vor allen Leuten. Seine Schwester Pawlowna spricht nicht mehr mit mir.

8. Januar 1815

Gestern Abend nahm mich Graf Rasumofsky ins Theater an der Wien mit. Wir sahen Monsieur Beethovens „Fidelio". Nach dem letzten Akt applaudierten die Besucher eine halbe Stunde lang. Kronprinz Wilhelm starrte während der ganzen Vorstellung mit dem Opernglas auf unsere Loge. Manchmal ist er wie ein Kind. Er hat mir erzählt, dass seine Frau Charlotte fast ebenso dick ist wie sein Vater und ebenso humorlos. Er hat immer noch die Absicht, sich scheiden zu lassen, allerdings nicht Pawlownas wegen. „Die Schwester des Zaren ist eine schöne Frau", bemerkte er einmal ganz nebenbei. „Wenn sie nur nicht so ernst, so empfindsam wäre! Wenn sie hie und da lachen könnte und einen Spaß verstünde..."

1. Februar 1815

Gestern ließ ich mich von Kronprinz Wilhelm zum größten Konzert der Saison begleiten. Zwanzig Pianisten spielten gleichzeitig auf zwanzig Klavieren. Zweihundert Finger! Nachher fuhren wir in eines der kleinen Weinlokale in Grinzing. Der herbe Wein erinnerte mich plötzlich an den Heiligen Abend, den ich mit Klemens in der Küche verbracht hatte. Ich fing an zu weinen, und je mehr ich trank, desto mehr weinte ich. Schließlich brachte Wilhelm mich nach Hause.

8. Februar 1815

Gestern hatte ich Geburtstag, und Alexej lud mich aus diesem Anlass ins Theater ein. Ich saß in seiner Loge, die Gräfin Czartoryski saß rechts von mir, Pawlowna links. Keine sprach ein Wort. Alexej schien sich bei der Komödie „Napoleon dethrone" köstlich zu amüsieren. Auch Klemens, der mit Wilhelmina und Friedrich von Gentz in der Loge gegenüber saß, applaudierte heftig.

Ich fand das Stück geschmacklos, besonders im Hinblick darauf, dass Napoleons Frau sich in Wien befindet. Die arme Marie Louise darf auf keinen einzigen Ball gehen, ihr Vater hat es ihr verboten. Angeblich weint sie Tag und Nacht - nicht aus Sehnsucht nach ihrem Mann, sondern weil sie ihren neuen Freund, den einäugigen Grafen Neipperg, nicht sehen darf. Sie soll sich auch nicht viel um ihren kleinen Sohn kümmern. Er wird jetzt „Herzog von Reichstadt" genannt - sein Großvater verlieh ihm diesen Titel. Auch Kaiserin Maria Ludovika zeigt sich nie in der Öffentlichkeit. Man sagt, sie sei sehr krank.

Die Wiener beginnen langsam über den Kongress zu schimpfen. Das Hauptangriffsziel der Öffentlichkeit bildet zur Zeit Alexejs Bruder Konstantin. Vor einigen Tagen versteckte er sich im Innenhof der Hofburg. Mitten in der Nacht blies er in ein Horn und weckte die Wachen mit diesem Signal. Als sie halbangezogen mit ihren Gewehren gelaufen kamen, lachte er sich halbtot. Gestern war er anscheinend mitten durch die Beete im Park von Schönbrunn geritten und hatte Blumen und Pflanzen verwüstet. An Konstantin lassen die Wiener kein gutes Haar, aber Alexej scheinen sie ins Herz geschlossen zu haben. Die Büste des Zaren steht im Schaufenster jedes Friseurs und wird als Perückenständer benützt. Er ist der einzige ausländische Monarch, über den nicht gelästert wird. Vom König von Preußen sagt man, dass er der König ist,

„der für alle denkt", vom König von Dänemark, dass er „für alle trinkt", vom König von Württemberg, dass er „für alle isst", und vom eigenen Kaiser Franz, dass er „für alle zahlt".

Wann immer man den Kaiser sieht, scheint er verschlafen und missgelaunt. Er hat offensichtlich große Sorgen, dieser Kongress kostet ihn ein Vermögen. Fünf Monarchen und 216 Diplomaten wohnen mit ihren Familien im Schloss Schönbrunn. Für jede Mahlzeit werden vierzig Tische für je fünfzig Personen gedeckt. 1400 Pferde aus den kaiserlichen Ställen mussten für die Gäste zur Verfügung gestellt werden. Kein Wunder, dass der Kaiser immer schlecht gelaunt ist! Angeblich macht ihm nur eines Spaß, nämlich der Geheimakt, den Baron Hager ihm jeden Morgen überreicht. Während er sein Frühstück zu sich nimmt, kann er lesen, wo der König von Preußen inkognito die Nacht verbracht hat; welches Bordell der Großherzog von Baden besucht hat; und dass Alexander sich jeden Tag einen großen Eisblock bringen lässt, um sich Gesicht und Hände damit zu waschen. Alle diese „streng geheimen" Berichte werden bald danach in ganz Wien ausgiebig diskutiert - vermutlich haben die Kammerdiener in den Papierkörben reiche Beute gemacht.

1. März 1815.

Heute früh um 11 Uhr holte mich Kronprinz Wilhelm zu einem Sparzierritt in den Prater ab. Gerade als wir aus meiner Wohnung traten, kam Fürst Metternich in höchster Eile die Treppe herunter und knöpfte sich im Laufen den Rock zu.

Er war so aufgeregt, dass er jede Diskretion außer acht ließ. „Ich habe verschlafen!" rief er und rannte an uns vorbei. „Ausgerechnet heute! Seit Wochen versuche ich den König von Bayern zu überzeugen, ein Stück Land an Italien abzutreten. Heute um neun Uhr sollte der Vertrag endlich unterzeichnet werden. Hoffentlich hat er es sich in der Zwischenzeit nicht anders überlegt ..." Er lief zur Haustür hinaus und ließ sie offen stehen.

Ein eisiger Wind blies mich an. Ich spürte, dass ich eine Migräne bekam. „Ich fürchte, du wirst mich heute entschuldigen müssen", sagte ich zu Wilhelm. „Ich fühle mich mit einemmal sehr elend."

35. Kapitel

„Hier wird man nie zu einer Einigung kommen", murmelte Alexej, als er heute morgen - wie gewöhnlich - um 5 Uhr zu mir kam. „Jeder zieht in eine andere Richtung. Nur ein Angriff von außen, ein drohender Krieg etwa, könnte die Nationen dazu bringen, sich endlich zu vereinigen."

„Vor einigen Tagen war der Prince de Ligne bei mir", berichtete ich. „Er hat gemeint: *‚Le Congres ne marche pas, il danse!'* "

„Ich mag die Bonmots des Prinzen von Ligne nicht", brummte Alexej. Seine Züge waren angespannt, erschöpft. Als ich die tiefen Schatten unter seinen Augen bemerkte, bedauerte ich, den alten Prince de Ligne erwähnt zu haben. Er hatte ja Alexejs Adjutanten, General Uwarow, ganz offen als „Strangulierer" bezeichnet und damit auf Onkel Pauls Tod angespielt.

„Was ist das?", fragte ich, um ihn auf andere Gedanken zu bringen, und zeigte auf den großen Adler auf Alexejs Brust.

„Ein neuer Orden, den mir der Kaiser von Österreich verliehen hat", lächelte Alexej und setzte sich auf den Bettrand. „Die Hauptbeschäftigung der Monarchen auf diesem Kongress ist das Ordenverleihen. Dein Freund Fürst Metternich hat schon gar keinen Platz mehr auf seiner Brust."

„Er ist nicht mehr mein Freund, Alexej!"

„Ach ja, das vergesse ich immer wieder.", lächelte er. „Du kannst dir wirklich gratulieren, dass du mit ihm gebrochen hast. Erst gestern sagte Talleyrand zu mir: Fürst Metternich beweist bei diesem Kongress den vollen Umfang seiner Mittelmäßigkeit, seine Vorliebe für gemeine Intrigen und unwürdige Methoden sowie seine Virtuosität im Gebrauch leerer, nichtssagender Phrasen."

... Monsieur Talleyrand ist allerdings selbst auch nicht gerade ein Muster an Tugend", bemerkte ich spitz. Alexejs Augen wurden schmal. „Du verteidigst ihn immer noch, kleine Schwester."

„Ich weiß zufällig, dass Talleyrand nicht nur Napoleon betrog, sondern sich dafür auch noch bezahlen ließ."

„Die beiden passen ja prächtig zueinander.", meinte Alexej verächtlich. „Fürst Metternich hat sich soeben die Unabhängigkeit Genuas mit zwei Millionen bezahlen lassen."

„Klemens hat wieder Geld genommen?“ Ich musste an die 50.000 Rubel denken, die er nie zurückgezahlt hatte. „Er hat enorme Spielschulden, wie ich höre.“ Vertraulich flüsternd fuhr er fort: „Er wird übrigens dafür stimmen, dass ich Polen annektiere.“

„Alexej! Du verlässt dich noch einmal auf seine Bestechlichkeit?“

Er zuckte mit den Achseln. „Ich muss es tun! Ich sage dir, je mehr ich hier erlebe, desto mehr beneide ich Napoleon um sein ruhiges Leben auf Elba, weit weg von diesem verderbten Kongress.“

„Setzt sich Metternich wirklich dafür ein, dass Caroline Murat Königin von Neapel bleibt?“

„Ja. Er will sie dafür belohnen, dass sie sich bereits gegen Napoleon wandte, als er noch Kaiser war.“ Alexejs Züge erhellten sich. „Ein Glück, dass meine Schwestern kaum bereit wären, mich zu verraten. Wie steht es um deine Romanze mit dem Kronprinzen von Württemberg?“ fragte er dann.

„Wilhelm hat mich gebeten, seine Frau zu werden.“

„Drehen wir der ganzen Welt eine lange Nase, Katharina“, hatte der blonde Prinz erst gestern Abend zu mir gesagt. „Heirate mich, sobald meine Scheidung von Charlotte ausgesprochen ist. Du und ich, wir gehören zusammen, wir lachen gern, wir tanzen gern. Unsere Ehe wird ein immerwährender Ball sein!“ Warum eigentlich nicht, hatte ich gedacht. Vielleicht sollte der Traum, den ich einst mit Louis Ferdinand geträumt hatte, doch noch Wahrheit werden.

Alexej breitete seine mächtigen Arme aus. „Ich gratuliere, kleine Schwester! Ich freue mich, dass einer meiner Aufträge endlich Freude in dein Leben gebracht hat.“

„Ich habe abgelehnt.“

„Was hast du?“ Alexej ließ mich los, sprang auf die Füße und starrte mich so zornig an, dass ich dachte, er wollte mich wieder schlagen.

Ich setzte mich auf und sah ihm fest in die Augen. „Ich will mein neues Glück nicht auf dem Unglück einer anderen Frau begründen. Wilhelm ist ja nur so rasend verliebt, weil ich kein Verhältnis mit ihm habe. Deine Schwester Pawlowna aber liebt ihn, Alexej.“

„Aber ich habe dir doch gesagt, ich will nicht, dass sie ihn heiratet!“ brüllte Alexej.

„Warum nicht?“ fragte ich ruhig. „Willst du, dass sie nie glücklich wird, weil auch du nie glücklich geworden bist, Alexej?“

Er senkte die Augen und schwieg.

„Deine Frau war ein so süßes und hübsches Mädchen, als sie nach Sankt Petersburg kam“, sagte ich leise. „Warum hast du dich von ihr abgewandt?“

Langsam hob Alexej wieder den Blick, seine Augen waren blutunterlaufen. „Du weißt das doch besser als andere. Elisabeth verabscheut Männer. Die Sache mit dir damals war weder die erste noch die letzte.“

„Wenn das so war - warum hast du Grand-mère nicht um ihre Einwilligung zur Scheidung gebeten?“

„Grand-mère!“ Seine Stimme klang bitter. „Wenn sie davon erfahren hätte, wäre Elisabeth heute tot.“

„Grand-mère hätte niemals etwas so Grausames getan!“

„Du siehst in ihr eine Heilige, Katharina“, sagte Alexej bitter. „Aber mich hat sie zerstört.“

„Wie kannst du so etwas sagen? Sie hat dich geliebt! Sie wollte, dass du ihr Nachfolger wirst!“

„Sie hatte nicht das Recht, mich gegen meinen eigenen Vater aufzuhetzen“, sagte Alexej und verbarg sein Gesicht in den Händen. „Unsere große Katharina ermordete ihren Mann, um den Thron für sich zu gewinnen. Sie wagte es nicht, auch noch ihren Sohn zu ermorden, obwohl sie es gerne getan hätte. Statt dessen nahm sie ihm sein Geburtsrecht weg und gab es mir. Und ihr ist es zu verdanken, dass ich zu seinem Mörder wurde.“

„Aber du warst es doch nicht, Alexej! Er war geisteskrank, und seine eigenen Soldaten haben ihn umgebracht!“

„Aber ich habe sie gehört“, sagte Alexej stumpf. „Ich habe sie zuschlagen gehört, immer wieder. Ich habe gehört, wie er um Hilfe schrie.“ Alexej presste die Hände gegen seine Ohren. „Ich habe mich unter die Decke verkrochen.“ Sein mächtiger Körper bebte. „Und ich protestierte nicht, als sie nachher zu mir kamen und mich zum Zaren machten.“ Er warf sich auf das Bett und vergrub den Kopf in den Kissen. „Ich werde seine Hilferufe nicht los! Jede Nacht höre ich ihn rufen. In diesen vierzehn Jahren habe ich keine Nacht ruhig geschlafen.“

Ich hörte einen schrecklichen Laut - so schrecklich, dass es mir kalt über den Rücken lief. So hatte mein Kätzchen geschrieen, als Konstantin es forttrug. Es war Alexej. Er weinte.

7. März 1815.

Heute morgen wurde ich durch kräftiges Klopfen geweckt. Alexej klopft doch nie, dachte ich. Ein unbestimmtes Angstgefühl ergriff mich, und ich stand auf.

„Herein!" Ich schlüpfte in meinen Morgenrock.

Es war Klemens. Sein Gesicht war kreidebleich, seine Augen waren weit geöffnet.

„Es ist deine Schuld, Kitty.", seine Stimme klang rau. „Nie hätte ich auf eine Frau hören dürfen! Er wird mich bestrafen, er wird mich hinrichten lassen!" Fürst Metternich sank erschöpft auf einen Stuhl.

„Chéri", sagte ich aus alter Gewohnheit, „wovon um alles in der Welt sprichst du?"

„Napoleon ist von Elba geflohen!"

Meine Knie wurden schwach, ich setzte mich an den Bettrand. „Wo ist er jetzt?" fragte ich mühsam.

„Er ist in Frankreich gelandet. Die Armee ist sofort zu ihm übergelaufen. Die Leute überschütten ihn mit Blumen."

„Weiß Alexej davon?"

Klemens nickte. „Wir hatten soeben eine dringliche Sitzung. Kaiser Franz, König Friedrich Wilhelm, Lord Castlereagh und der Zar haben ein Abkommen unterzeichnet, das die sofortige, allgemeine Mobilmachung gegen den gemeinsamen Feind, Napoleon Bonaparte, vorsieht."

„Alexej hatte recht", murmelte ich. „Ein Angreifer muss kommen, ein gemeinsamer Feind, damit die Völker sich zusammenschließen. Sorge dich nicht, Chéri!" Ich ging zu ihm und strich ihm über die Haare. „Diesmal wird Napoleon schnell erledigt sein. Er kann nicht gewinnen. Alles wird gut enden."

Er nahm meine Hand und küsste sie. „Meinst du wirklich, Kitty?"

„Ich bin überzeugt davon."

Er stand auf. „Danke. Du hast mir ein wenig Mut gemacht. Ich muss jetzt heim und Lorel trösten."

„Bitte, richte ihr etwas von mir aus", sagte ich und hielt ihm die Hand zum Abschied hin. „Nun, da der Kongress anscheinend zu Ende geht, kann ich Wien verlassen. Ich möchte für einige Zeit zurück nach Russland. Bitte deine Frau, dass sie die Sachen meiner Tochter richtet."

„Deiner Tochter?"

„Klementine. Sie lebt bei euch - hast du das vergessen?"

„Ich habe wirklich beinahe vergessen", sagte er und sah verlegen drein, „dass sie deine Tochter ist. Ich habe mich sehr an sie gewöhnt. Ich habe sie so gern, als wäre sie mein eigenes Kind."

„Aber sie ist ja dein Kind, Chéri!" Plötzlich war es ganz leicht, ihm das zu sagen.

„Mein Kind?" Die blauen Augen wurden ganz groß vor Staunen.

„Hast du das wirklich nicht gewusst?"

„Wie hätte ich das wissen sollen? Warum hast du es mir nie gesagt?"

„Ich dachte, das wäre nicht notwendig."

„Aber dann ist sie ja die Halbschwester meiner anderen Kinder. Kein Wunder, dass sie sich mit Viktor so gut versteht. Du kannst mir doch meine Tochter nicht wegnehmen! Ich werde sie adoptieren. Ich liebe dieses Kind!"

„Auch ich liebe Klementine!"

„Wenn du sie liebst", sagte Klemens ernst, „ist es deine Pflicht, sie bei uns zu lassen. Du bleibst ja sicher nicht lange in Russland. Was für ein Leben wäre das für sie, dieser Wechsel, einmal da, einmal dort. Möchtest du, dass Klementine wird wie du? Eine ruhelose ..." Er brach ab. Ich trat ans Fenster und starrte in die Morgendämmerung. Jetzt endlich hatte ich die Möglichkeit, mich an ihm zu rächen. Ich konnte ihm weh tun. Aber im Geiste sah ich die niedergeschlagenen Augen meiner Tochter, hörte ich ihre leise Stimme: Ich möchte hier bleiben, Maman!

Schließlich brach ich das Schweigen. „Einmal in deinem Leben hast du die Wahrheit gesprochen, Klemens", sagte ich ohne mich umzudrehen. „Bei dir und Lorel hat Klementine ein Heim, eine Familie." Ich holte tief Atem. „Gib gut acht auf sie, Chéri!"

36. Kapitel

Paris, Rue St. Honore, 7. Februar 1853.

Als ich meine Tochter aufgab, schwor ich mir, nie mehr in dieses Tagebuch zu schreiben. Warum sollte ich jeden Kummer zweimal erleben, indem ich ihn zu Papier brachte? Aber heute Nachmittag ist etwas so Außergewöhnliches geschehen, dass ich meinen Schwur breche.

Eigentlich hätte ich kein Datum über diese Eintragung setzen sollen. Heute bin ich siebzig Jahre alt geworden! Ich kann es nicht glauben. Ich fühle mich nicht verändert. Die Vorhänge sind immer zugezogen, und schon seit Jahren hängen in meiner Wohnung keine Spiegel mehr. Wenn ich mich sehen will, gehe ich hinunter in den Salon. Dort hängt mein Porträt, das Isabey gemalt hat, kurz nachdem der Kongress zu Ende gegangen war.

Graf Rasumofsky hat einmal behauptet, Isabey hätte die Fähigkeit, die Seele eines Menschen darzustellen. Ich betrachte das Porträt oft, aber ich finde meine Seele nicht. Ich sehe nur eine junge Frau, deren üppiges rotes Haar lose auf ihre nackten Schultern fällt. Den Kopf hat sie leicht nach oben gewandt, als wollte sie etwas fragen. Hat Isabey die Seele in die Augen gelegt? Dunkelgrün blicken sie auf mich herab - stolz, scheu, nachdenklich. „Geheimnisvoll" sagen die Leute meist, wenn sie das Bild sehen. Niemand ahnt, dass das „Geheimnis" dieser Augen in ihrer Kurzsichtigkeit liegt. Ich fühle mich noch wie damals, als dieses Porträt entstand. Ich könnte die vielen Jahre, die seit dem Wiener Kongress vergangen sind, leicht vergessen.

Eines jedoch hindert mich daran: So viele Menschen, die damals in den hellerleuchteten Ballsälen von Schönbrunn tanzten, leben nicht mehr. Was mit Napoleon geschah, ist bereits in die Geschichte eingegangen. Nach seiner berühmten „Regierung der 100 Tage" wurde er bei Waterloo geschlagen und nach St. Helena verbannt, wo er im Alter von 52 Jahren starb. Seine Frau Marie Louise erhielt drei kleine italienische Güter zugesprochen. Sie zog mit dem Grafen von Neipperg nach Parma und gebar ihm viele uneheliche Kinder. Ich habe dieses plumpe Geschöpf nie als Napoleons wahre

Frau betrachtet. Napoleons einziger Sohn, der König von Rom, starb an einer Lungenkrankheit im Alter von 21 Jahren. Sein Großvater, der mürrische Kaiser Franz, war untröstlich. Auch seine Frau Maria Ludovika war ja kurz nach dem Kongress an derselben Krankheit gestorben. Franz heiratete sogleich wieder. Seine vierte Frau war Charlotte von Bayern, die geschiedene Frau meines Kronprinzen von Württemberg!

Wilhelm hat Pawlowna geheiratet, aber mein Opfer hat ihr kein Glück gebracht. Ihr blonder Mann war ihr immer wieder untreu, und sie starb nach drei Jahren Ehe an „gebrochenem Herzen".

Mein Entschluss, auf ihn zu verzichten, hatte mir den Respekt des Zaren gewonnen. Da man mich in Wien nicht mehr benötigte, sandte er mich nach Paris und stellte mir ein reizendes kleines Haus zur Verfügung.

Am 25. Dezember 1825 starb Alexej, achtundvierzigjährig, in der kleinen Ortschaft Taganrog. Ich fuhr zum Begräbnis nach St. Petersburg. Die Straßen vor der St. Peter-und-Pauls-Kathedrale waren schwarz von weinenden Menschen. Während ich hinter dem Sarg herging, hörte ich eine Stimme flüstern: „Der Sarg ist leer. Alexander ist nicht tot. Er hat mit einem Gefangenen die Kleider, getauscht und ist an seiner Stelle nach Sibirien gegangen." - Alexej, o Alexej! Ist das wahr? Bist du wirklich nach Sibirien gegangen, um den Mord an deinem Vater zu sühnen? Ich werde es nie erfahren.

Eigentlich wollte ich in Russland bleiben, aber ich brachte es nicht über mich. Wohl waren mir die Straßen meiner Heimatstadt vertraut, und doch war mir alles fremd. Ich kehrte nach Paris zurück. Obwohl mein Leben hier ereignisreich und ausgefüllt war, fühlte ich mich im Grunde einsam. Aber ich hatte von Alexej gelernt, dafür nicht andere verantwortlich zu machen. Hätte ich meine Tochter bei mir gehabt, wäre alles leichter gewesen. Aber ihr Verlust war letztlich auch meine Schuld. Ich habe es einfach zu lange verabsäumt, mir die Liebe und Zuneigung meines Kindes zu verdienen.

Klementine blieb bei den Metternichs, bis sie mit 21 Jahren einen Österreicher heiratete, Graf Otto Blome. Ich fuhr zur Hochzeit nach Wien, aber ich hätte es nicht tun sollen. Ich kam mir ganz überflüssig vor. Lorel war Klementines wahre Mutter. Ich weiß nicht, wer von uns beiden mehr litt, als Klementine ein Jahr später bei der Geburt ihres Kindes starb.

Klemens wurde nach seinem Erfolg beim Wiener Kongress zum mächtigsten Staatsmann Europas. Er besuchte mich oft hier in Paris. So war er auch bei mir, als die Nachricht eintraf, dass seine Frau, seine Gefährtin in dreißig Ehejahren, ihrem Lungenleiden erlegen war. Klemens schloss mich in die Arme und vergrub schmerzerfüllt den Kopf in meinen Haaren. „Sie hat mich verlassen“, stöhnte er. „Jetzt bist du alles, was ich noch habe, Kitty.“ Er fuhr sofort nach Wien - ich hielt es für Geschmackvoller, nicht an dem Begräbnis teilzunehmen -, und zwei Monate danach erhielt ich die Nachricht, dass er wieder geheiratet hatte, und zwar die Baronesse Antoinette von Leykam, ein einundzwanzigjähriges Mädchen.

Zu jener Zeit hatte ich einen jungen Verehrer, Sir John Caradoc, einen dreißigjährigen Diplomaten. Was Klemens kann, das kann ich auch - dachte ich und heiratete ihn Hals über Kopf. Es war ein Fehler. John war lieb, aber recht langweilig wie alle Engländer. Als die junge Fürstin Metternich zwei Jahre später im Kindbett starb, ließ ich mich scheiden.

„Ich hätte dich heiraten sollen, Kitty“, sagte Klemens, als er bald darauf nach Paris kam. „Ich bin beinahe sechzig. Wie konnte ich nur ein so junges Ding heiraten?“

Er fuhr nach Wien zurück, und einige Monate später hörte ich auf einer Soiree, dass Fürst Metternich zum drittenmal geheiratet hatte. Melanie Zichy war sechsundzwanzig Jahre alt und die Tochter eines ungarischen Grafen.

Zu jener Zeit war auch ich schon fünfzig und hatte mich an das Leben allein gewöhnt. Fünfzehn Jahre danach sah ich Klemens wieder. Es war im Jahre 1848 - in Frankreich gab es wieder eine Revolution, die in ihrer Folge fast alle Throne Europas zum Wanken brachte.

Auch in Wien bekam man den Aufstand zu spüren. Endlich erhob sich die Bevölkerung gegen ihren Unterdrücker. Fürst Klemens Metternich - so schrieben die Zeitungen - sei der gefährlichste Autokrat, der das Mitspracherecht des Volkes leugnete und behauptete, Demokratie führe nur zu Anarchie. Man warf ihm vor, Bestechungsgelder von Zar Alexander angenommen zu haben. Angeblich handelte es sich um eine jährliche Summe von 50.000 Rubel, die von Alexanders jüngerem Bruder, Zar Nikolaus I., weiterhin gezahlt wurde. Mit dieser Bestechung erklärte man sich auch österreichisch-russische Abmachungen, die zur Abtretung bestimmter Gebiete an der Donau geführt hatten. Klemens Metternich wurde des Verrats beschuldigt, der unerlaubten Partizipation an Staatsdarlehen und der Veruntreuung öffentlicher Gelder. Er musste fliehen.

Völlig mittellos kam er in Paris an. Er war fünfundsiebzig Jahre alt, hatte eine junge Frau und fünf Kinder. Ich nahm ihn und seine Familie auf einige Wochen bei mir auf, aber der Aufenthalt in Paris war für ihn gefährlich, und so lieh ich ihm eine beträchtliche Summe Geldes, damit er nach England weiterreisen konnte.

In Wien beruhigte sich dann die Lage, und drei Jahre später erteilte Kaiser Franz Joseph I. dem Fürsten Metternich die Erlaubnis, nach Wien zurückzukehren; er setzte ihm sogar eine großzügige Pension aus.

Auf der Rückreise von England nach Österreich machten die Metternichs in Paris Station und besuchten mich. „Wie kannst du nur in ein Land zurückkehren, Chéri, das dich hinausgeworfen hat?" fragte ich verwundert.

„Warum nicht?" Klemens zuckte mit den Achseln. „Warum sollte ich den Wienern böse sein? Mich verwundert ihre Haltung ja nicht. Habe ich dir nicht immer schon gesagt, dass sie ein faules, unverlässliches Pack sind, ohne Charakter, ohne Tugenden?" Er lächelte. Das Geld, das ich ihm geborgt hatte, zahlte er nicht zurück.

Vielleicht war es ein Fehler, mein Tagebuch wieder zur Hand zu nehmen. Mit siebzig Jahren sollte man weise Worte von sich geben. Ich aber habe nichts dazugelernt. Das Leben ist so verwirrend. Alles, was gut ist, ist gleichzeitig auch schlecht. Und alles Schlechte ist doch oft auch gut. Zum Beispiel Grand-mère. Ich sah sie in strahlendem Licht. Für Alexej dagegen war sie ein Dämon. Revolutionen sind gut, sie befreien die Unterdrückten. Sie sind aber auch schlecht - der Pöbel regiert und begeht Grausamkeiten. Klemens hat doch recht, wenn er meint, dass alles Leben sein Gleichgewicht haben muss. Klemens! Er hat mir so viel Kummer verursacht, und doch hätte ich ohne ihn nicht gewusst, was Glück ist. Sobald man erkennt, dass jedes Ding zwei Seiten hat, wird alles viel weniger wichtig. Ach, nun versuche ich doch noch, weise Sprüche von mir zu geben, und das steht mir wirklich nicht zu. Es war zweifellos ein

Fehler, mit siebzig noch einmal in mein Tagebuch schreiben zu wollen.

Aber da war dieses Ereignis heute Nachmittag. Ich war erstaunt, als Aurora mir einen Besucher ankündigte. Ja, Aurora ist immer noch bei mir. Ihre dunklen Locken sind nun weiß und dünn, und ihr Gesicht ist faltig geworden. Seltsam - dieses Mädchen, das Fouché mir als Spionin ins Haus geschickt hatte, ist meine einzige, lebenslange, treue Freundin geblieben. Wieder ein Paradoxon des Lebens!

„Durchlaucht ...", sagte sie, als sie mein abgedunkeltes Boudoir betrat, „es ist jemand hier, der möchte Sie unbedingt sprechen."

„Du weißt doch, dass ich niemanden empfange."

„Es ist Graf Hübner, der österreichische Gesandte", verteidigte sich Aurora. „Er sagt, er muss Ihnen etwas ausrichten von Seiner Exzellenz, Fürst Metternich."

Ich setzte mich auf. „Von Klemens? Er soll hereinkommen."

„Graf Hübner", sagte ich, während er versuchte, sich in der Dunkelheit zurechtzufinden, „es ist sehr nett von Ihnen, dass Sie mich alte Frau besuchen!"

Er küsste mir die Hand. „Durchlaucht sehen blendend aus."

„Die Wiener haben immer schon charmant gelogen", entgegnete ich. „Sie sollen mir etwas vom Fürsten Metternich bestellen?"

„Seine Exzellenz hat mich gebeten, Sie herzlich einzuladen, mit ihm im Mai seinen achtzigsten Geburtstag zu feiern."

Ich griff nach meinem blassgrünen Chiffonschal und legte ihn mir um die Schultern. „Klemens will, dass ich nach Wien komme?" Der Schal war mir zu warm, also legte ich ihn wieder ab. „Lädt er nur mich ein, oder wird das ein ganz großes Fest?"

„Soviel ich weiß", sagte Graf Hübner, „möchte er nur seine intimsten Freunde um sich versammeln. Die Herzogin von Sagan ..."

„Sie meinen: seine intimsten Freundinnen, nicht wahr, Graf?" Immer noch konnte ich mich ärgern. Ich wollte Wilhelmina nicht sehen, obwohl es mich vielleicht befriedigen würde zu sehen, wie alt sie geworden ist.

„Keineswegs, Durchlaucht", versicherte Graf Hübner, „es kommen selbstverständlich auch Herren ..."

„Ich bin zu alt, um eine so weite Reise allein zu unternehmen", sagte ich.

„Sie würden nicht allein reisen, Durchlaucht", sagte Graf Hübner. „Ich fahre ebenfalls zu dieser Geburtstagsfeier, und es würde mir zur Ehre gereichen, Ihnen auf der Reise behilflich zu sein."

„Gehören Sie denn auch zu den intimen Freunden des Fürsten, Graf?"

Hübner schwieg lange, dann räusperte er sich und sagte: „Fürst Metternich ist mein Vater."

„Ihr Vater?" Nun zündete ich doch noch eine Kerze an. Nein, er hatte nicht die geringste Ähnlichkeit mit Klemens, keine Adlernase, keine blauen Augen, keine sinnlichen Lippen.

„Eigentlich weiß das niemand", sagte Graf Hübner mit verlegenem Lächeln. „Und ich weiß nicht, warum ich gerade Ihnen dieses kleine Geheimnis erzähle, Durchlaucht. Aber vermutlich kann man so etwas nicht auf ewig für sich behalten. Einmal redet man einfach darüber. Meine Mutter, Elisabeth Hafenbredl, war die Tochter eines Glasbläsers in einem einfachen Wiener Vorort. Fürst Metternich hatte sie sehr gern. Nach den Anforderungen seines schweren Amtes ruhte er sich oft spätabends in ihrer Wohnung aus. Er nahm an meiner Entwicklung regen Anteil und war so freundlich, mir die diplomatische Laufbahn zu ermöglichen. Er legte sogar dem Kaiser nahe, mir einen Titel zu verleihen."

Ich schloss die Augen. Wohin gehst du noch so spät, Chéri? hatte ich Klemens nach dem Silvesterball in Wien gefragt, und er hatte erklärt, es sei so erholsam, allein spazieren zu gehen.

„Durchlaucht?" Graf Hübner sprach ganz leise. Offenbar dachte er, ich sei eingeschlafen.

Ich öffnete die Augen. „Ich habe es nie übers Herz gebracht, ihm einen Wunsch abzuschlagen. Sagen Sie dem Fürsten, ich komme. Ich möchte ihn schrecklich gern noch einmal sehen."

✻

Fürstin Katharina Bagration starb in Venedig, wo sie auf der Heimreise von ihrem letzten Besuch in Wien Station machte.

Einige Jahre später starb in Wien Fürst Metternich im Alter von sechsundachtzig Jahren. In aller Welt trauerte man um ihn, und in zahlreichen Nachrufen wurde er als der einzige Mensch bezeichnet, dem es gelungen war, Europa vierzig Jahre lang in Frieden zu regieren.

Stella K. Hershan

wurde in Wien geboren und emigrierte 1939 in die Vereinigten Staaten, um den Nationalsozialisten zu entkommen.
Sie schrieb zahlreiche Bücher wie *A Woman of Quality* und *The Candles She Lit* über Eleanor Roosevelt, *Das Kind der Revolution* sowie *In Freundschaft, Elisabeth* - ein Briefroman der österreichischen Kaiserin an die moderne Frau von heute. Die Autorin lebt in *Greenwich Village* in New York City und Frauenpersönlichkeiten der Geschichte sind ihre Stärke.

Stella K. Hershan

Der nackte Engel

Roman

Gryphon Verlag

Die Deutsche Bibliothek verzeichnet diese Publikation in der Deutschen Nationalbibliografie; detaillierte bibliografische Daten sind im Internet über http://dnb.ddb.de abrufbar.

Originaltitel: The Naked Angel

Übersetzung aus dem Amerikanischen Ursula Heim

Gryphon Verlag - Germany
Booklayout and Cover: Idee & Konzept
Coverbild: Prinzessin Bagration - Privatbesitz

www.gryphon-publishers.com
www.gryphon-verlag

Gryphon Edition
München - New York
Print: PoD - Schaltungsdienst Lange - Berlin
eMail: Gryphon.Publishing@t-online.de
skh@gryphon-online.de

ISBN: 3-935192-81-9